D1873933

BLT

Mit der Welt
auf Buchfühlung

Roberto Mistretta wurde 1963 im sizilianischen Mussomeli geboren, wo er mit seiner Familie lebt und als Journalist und Romanautor arbeitet. Nachdem er bislang Kinderbücher geschrieben hat, von denen einige prämiert wurden, hat ihn in den letzten Jahren das Krimifieber gepackt: Zwei Romane um den temperamentvollen sizilianischen Carabiniere Saverio Bonanno erschienen bereits in Italien, weitere Geschichten sind in Arbeit.

Weh dem, der die Verführungen verschuldet!
Es wäre besser für ihn, man würde ihn mit einem
Mühlstein um den Hals ins Meer werfen,
als dass er einen von diesen Kleinen zum Bösen
verführt.

(LUKAS 17,2)

Roberto Mistretta

Die dunkle Botschaft des Verführers

Maresciallo Bonanno
ringt um Fassung

Aus dem Italienischen von
Katharina Schmidt

BLT

BLT
Band 92292

1. Auflage: Juli 2008

Vollständige Taschenbuchausgabe
der in der editionLübbe erschienenen Hardcoverausgabe

BLT und editionLübbe in der Verlagsgruppe Lübbe

Titel der italienischen Originalausgabe:
IL CANTO DELL'UPUPA,
erschienen bei Terzo Millennio Editore, Caltanissetta

Textredaktion: Konstanze Allnach
Umschlaggestaltung: Gisela Kullowatz
Titelbild: © Mauritius-Images/CuboImages
Autorenfoto: © Privat
Satz: Kremerdruck GmbH, Lindlar
Druck und Verarbeitung: GGP Media GmbH, Pößneck
Printed in Germany
ISBN 978-3-404-92292-5

Sie finden uns im Internet unter
www.luebbe.de
Bitte beachten Sie auch: www.lesejury.de

Der Preis dieses Bandes versteht sich einschließlich
der gesetzlichen Mehrwertsteuer.

Eins

Maresciallo Saverio Bonanno spuckte Feuer wie die Krateröffnungen im Mongibello. Sogar an diesem Morgen überschüttete ihn sein verdammtes Horoskop geradezu mit schlechten Nachrichten, schlimmer konnte es gar nicht kommen: *»Jupiter übt einen negativen Einfluss auf die Beziehung zu Ihren Kindern aus, Neptun auf die zu Freunden und Verwandten. Uranus bringt Probleme im Beruf, das betrifft besonders die in der zweiten Dekade Geborenen.«*

»Also das ist wirklich die Höhe«, sagte er resigniert und ging zu seinem Fiat Punto. Natürlich war er ausgerechnet in dieser Dekade geboren. Und die Auseinandersetzung mit Vanessa, die er gerade hinter sich gebracht hatte, bestätigte, dass das Horoskop auch diesmal den Nagel auf den Kopf getroffen hatte. Wie üblich war Ringhio der Anlass gewesen. Vor ein paar Monaten hatte Bonanno seiner Tochter den Setter geschenkt. Sie hatte sich einen Hund gewünscht, der weder braun noch grau sein sollte. Obwohl das liebe Tierchen eine gemütliche Hundehütte im Garten hatte, jaulte und bellte es so lange, bis Bonanno aufstand und es ins Haus ließ, damit die Nachbarn ihn nicht anzeigten.

»Womöglich noch bei den Carabinieri, darüber würden die in der Kaserne sich bestimmt totlachen.«

Stinkende Pipipfützen und zerbissene Sofas, dazu überall Haare, dieser Anblick erwartete ihn jeden Morgen nach dem Erwachen. Eine Katastrophe von unglaublichen Ausmaßen, wenn man dabei berücksichtigte, wie klein dieser Hund eigentlich war. Bonanno verfluchte sich pausenlos, dass er sich selbst in dieses Chaos gestürzt hatte. Und er hatte nicht die leiseste Ahnung, wie er sich daraus befreien sollte.

Mit Ringhio nahmen seine schlimmsten Albträume Formen an, und er konnte nicht einmal jemand anderen dafür verantwortlich machen: Er selbst hatte seiner Tochter den Hund geschenkt und deshalb holte er ihn jede Nacht herein, damit er aufhörte, so einen Lärm zu veranstalten. Bonannos Leben war zum Heulen. Das wusste Vanessa genau, und deshalb vermied sie es morgens meist, dieses Thema anzusprechen. Es war doch nicht ihre Schuld, wenn Großmutter Alfonsina und sie einen festen Schlaf hatten und das nächtliche Gejaule des armen Ringhio nicht hörten. Entschuldigungen wie diese ließen den Maresciallo in die Luft gehen und als er sich auf den Weg zur Arbeit machte, hing der Haussegen schiefer als ein krumm eingeschlagener Nagel.

Um seine mehr als feindselige Stimmung etwas aufzuhellen, hielt Bonanno an der Bar Excelsior. In diesem schäbig wirkenden Vorstadtlokal gab es einen einzigen Glanzpunkt: Die Hörnchen mit einer Füllung aus dunkler Schokolade, die die Frau des Barmanns zubereitete. Diese Frau hatte eigentlich nichts Weibliches an sich. Sie sah aus wie ein gebogener Besenstiel, hatte dunkle Ringe unter den Augen und ihre Haare waren so dünn und glatt wie Zwirnsfäden. Aber sie verfügte über gesegnete Hände. Die gesegneten Hände einer Hausfrau, mit deren Hilfe sie wahre Köstlichkeiten zauberte. Mit ihren eckigen Fingern bereitete Signora Maruzza eine dickflüssige Schokoladenmasse, deren Duft allein schon genügte, um Blinden das

Augenlicht wiederzugeben. Damit füllte sie die Hörnchen, die sie abends aus dem Tiefkühlschrank holte und über Nacht aufgehen ließ.
Bonanno lief schon das Wasser im Mund zusammen. Als er seine Zähne in die cremige Masse versenkte, empfand er aufrichtige Verehrung für den Erfinder der Schokolade. Genüsslich ließ er jeden Bissen ganz langsam im Mund zergehen, damit er sich danach nicht noch ein Hörnchen genehmigte. Aus dem Augenwinkel erspähte er etwas im Hintergrund des Raumes, das halb hinter dem Kühl- und Gefrierschrank sowie einem Haufen Pralinenschachteln verborgen war: Eine gottverdammte Personenwaage, die auch Horoskope ausgab, zwinkerte ihm quasi zu. Fast wäre er daran erstickt. Der Fortschritt verdarb ihm sogar in den heruntergekommensten Bars die schönsten Momente.
»Trinkst du heute Morgen keinen Espresso, Saverio?«
Auch ohne sich umzudrehen erkannte Bonanno seinen Freund Tonio, der in der Apotheke Cusumano arbeitete. Er freute sich, ihn zu sehen.
»Zwei starke Espressi«, bestellte der Maresciallo. Als er Tonios scheinheiligen Blick bemerkte, der an dem winzigen Rest klebte, der von Bonannos Hörnchen noch übrig war, fügte er hinzu: »Und ein Hörnchen für meinen Freund hier. Den Espresso für mich bitte mit Süßstoff«, sagte er und bereute es sofort.
Tonios Gesichtsmuskeln entspannten sich. Bonanno begriff, dass jetzt gleich wieder eine seiner sarkastischen Bemerkungen folgen würde, und kam ihm zuvor: »Wenn du es wagst, auch nur andeutungsweise zu lachen, dann spucke ich dir in die Tasse«, sagte er ohne nachzudenken.
»Was glaubst du denn, Saverio ... ich wollte dir nur erzählen, dass wir gestern diese Wunderkapseln erhalten haben, davon nimmst du eine am Tag und nach zwei Wochen

fühlst du dich wie ein neuer Mensch, das ist doch mal was ganz anderes als eine Diät.«

»Nimmt man davon wirklich ab?«, fragte Bonanno interessiert. Er hatte sich in letzter Zeit etwas gehen lassen, auch sein Urlaub auf Ustica hatte dazu beigetragen, und bekam seinen Bauch kaum noch in den Griff, nicht einmal mit der Uniform, die ihm sonst passte.

»Sicher, Savè, es genügt, wenn du den ganzen Tag nichts anderes als Pillen in deinen Wanst füllst und alles ist geritzt. Dazu darfst du dann eine Tomate essen, die am besten grün sein sollte, und zwei Liter Wasser am Morgen und am Abend trinken. Eine Diät aus Neuseeland mit Erfolgsgarantie: Mindestens zehn Kilo weniger und außerdem ein netter Aufenthalt im Krankenhaus, damit du dich von deinem Kreislaufkollaps erholst.«

Wenn Blicke töten könnten, hätte Tonio den Genuss seines Espresso in Gesellschaft von Engeln und Seraphim im Himmel beendet. Verärgert ging Bonanno zu seinem Punto, ohne sich vorher richtig von seinem Freund zu verabschieden. Dieses verdammte Horoskop verdarb ihm noch den ganzen Tag. Zum Glück hatte er keine Geschwister, wer weiß, welche Verwicklungen er sonst noch erlebt hätte, bevor es Abend wurde.

Als er die Kaserne betrat, hatte er noch schlechtere Laune als zu Hause. Jetzt wurde es schwierig. Uranus hatte sich gegen ihn verschworen und verhieß Auseinandersetzungen mit Kollegen. Obwohl er dafür eigentlich jeden Tag einen Grund gefunden hätte. Da war dieser Mistkerl Marcelli, sein Kollege, der die Wache leitete. Seine Dienstzeit war nur zwei Monate kürzer als Bonannos, und er konnte es einfach nicht ertragen, dass man in Abwesenheit des leitenden Offiziers den Befehl über die Kompanie an Bonanno gegeben hatte.

Dabei hätte er sich diese lästige Sache doch niemals freiwillig aufgebürdet. Als Leiter des Einsatzkommandos von Villabosco war ihm schon genug Ärger beschieden, und nun hatte man ihm auch noch acht Kommandos aufgehalst, die über das ganze Montanvalle verteilt lagen, und das bei den Straßen! Einmal ganz abgesehen von Steppanis Fahrstil, für den man ihn sofort einsperren und den Zellenschlüssel wegwerfen sollte. Aber wenn jemand schon unter einem Unglücksstern geboren war ...
Capitano Basilio Colombo, der Glückliche, hatte die schöne Witwe geheiratet. Eine leidenschaftliche Frau, mit einem Mund so heiß wie ein Bügeleisen, und Bonanno war wieder mit dem Kommando über die Carabinieri von Villabosco beauftragt worden.
Nach seiner Heirat hatte sich der Capitano nach Avellino versetzen lassen. Colonello Eugenio Latella hatte Bonanno mitgeteilt, ein neuer Kommandant würde frühestens in ein paar Monaten ernannt werden, aber er, der über einen Bulleninstinkt verfügte, hatte schon den Braten gerochen und ergab sich in sein Schicksal. Offiziere wurden nur im Sommer versetzt, und jetzt war es gerade mal November. Bonanno bereitete sich auf ein unangenehmes Jahresende vor. Das sagte ihm sein Instinkt.

Der junge Hilfscarabiniere bedachte ihn mit einem zackigen, militärischen Gruß. Er schlug diensteifrig die Hacken zusammen. Bonanno knurrte ein »Stehen Sie bequem« und ging hinauf in sein Büro. Er bemerkte, dass er seine Zigarette an der Kippe der eben gerauchten anzündete. Plötzlich erfasste ihn Ekel und er schleuderte sie weit weg, während ihm ein böser Husten den Brustkorb zerriss und seinen Mund mit gallebitterer Flüssigkeit füllte.

»Dieses Unglück schickt mir Marcelli, seinetwegen könnte ich ruhig tot und begraben sein. Aber den Gefallen tue ich ihm nicht und wenn ich mir dafür das Rauchen abgewöhnen müsste.«
Drei Minuten später stürmte Steppani in Bonannos Büro. Sein Gesicht sprach Bände. Bonanno begriff sofort, dass der Tag noch schlimmer zu werden versprach, als er begonnen hatte.

Unzählige Sterne strahlen am nächtlichen Himmel um die Wette, Tausende funkelnder Punkte beleben den dunklen Mantel, der sich über Mandel- und Olivenbäume gelegt hat. Aspanu »Caccialesto« fährt zufrieden durch die Nacht. Seine Geschäfte gehen glänzend, seit er Angilina zwei lebenssprühende junge Fohlen an die Seite gestellt hat, denen das Blut heiß in den Adern pulsiert. Zwei geile Weiber, eine aus Ghana, die andere aus Albanien, mit Kurven am rechten Fleck. Nicht nur die jungen Männer sind verrückt nach ihnen. Das Geschäft blüht besonders bei den älteren Honoratioren.
Aspanu wurde erst vor ein paar Monaten aus dem Gefängnis entlassen. Er war in Drogengeschäfte verwickelt, eine Dummheit, die ihn zwei Jahre hinter Gittern gekostet hatte. Aspanu hieß mit Nachnamen eigentlich Calì, aber unter diesem Namen kannte ihn niemand in Villabosco. Für alle war er nur Aspanu »Caccialesto«, das hieß so viel wie »Schneller Jäger«, wegen seines ungeheuren Glücks bei Frauen, deren Gunst ihm augenblicklich zufiel.
Aspanu war bestimmt nicht schön, aber etwas an seinem Verhalten und seinen Worten ließ die Frauen dahinschmelzen. Daher stammte auch sein Spitzname. Er trug ihn, seit ihn der Rektor seiner Schule dabei erwischt hatte, wie er gemeinsam mit dessen Frau, einer nicht zu ver-

achtenden Fünfzigjährigen, »ihre Briefmarkensammlung betrachtete«.

Als der Betrogene mit gesenktem Kopf auf beide zustürmte, sprang Aspanu aus dem Fenster, die Ehebrecherin packte eilig ihre Koffer und von da an hieß der Rektor für seine Schüler nur noch »Ginu Cammarata, der Gehörnte«. Das hatten sie in riesengroßen Buchstaben über das Schultor gesprüht, und zwar mit feuerrotem Lack, in derselben Farbe wie der des Lieblingslippenstifts seiner Ehefrau.

Damals war Caccialesto sechzehn. Sein ganzes Leben ließ sich mit diesem Spitznamen umschreiben: Aspanu, Sohn eines unbekannten Vaters und einer nicht eben treu sorgenden Mutter, hatte es schnell geschafft, sich in Schwierigkeiten mit der Justiz zu bringen und im Anschluss Bekanntschaft mit dem Erziehungsheim zu machen. Aber auch dort überschlugen sich seine Geliebten fast dabei, ihn mit Zigaretten und Liebe zu versorgen – je nachdem, welche gerade an der Reihe war. Aspanu machte seinem Spitznamen alle Ehre, indem er sich im Gegenzug bei der ersten Gelegenheit mit typisch männlicher Diskretion zurückzog. Es ist ja bekannt, dass Namen einen oft ins Unglück stürzen können.

Dann versuchte er zusammen mit mehreren Kumpanen eine üble Sache. In einer Bank außerhalb ihres Einzugsgebiets schlugen sie unmaskiert zu und benutzten dabei Taschenmesser, um nicht vom Sicherheitssystem der Bank aufgehalten zu werden. Unter den Angestellten war eine seiner Exflammen, »die schöne Onorata«. Die Frau sah ihn verwirrt an, die Augen quollen ihr fast aus dem Kopf. Mit diesen schönen Augen hatte sie ihn in den Armen einer anderen erwischt. Das war vor ein paar Monaten passiert.

Damals war Onoratas Friseurtermin geplatzt, sie war früher nach Hause gekommen und hatte gedacht, ihrem

Liebhaber damit eine schöne Überraschung zu bereiten. Deshalb war sie zu Aspanus Haus gegangen, das außerhalb des Dorfes lag. Der war zur gleichen Zeit damit beschäftigt, mit Händen, Mund und was ihm die Natur noch geschenkt hatte, an den saftigen Melonen der schönsten Evastochter von ganz Villabosco zu kleben. Wenn diese Kleine durch die Gegend stolzierte, verfinsterten ihre Hinterbacken die Sonne und ihr Busen wippte so heftig, dass sie Steine zum Seufzen brachte.

Um diese Demütigung zu vergessen, hatte Onorata sogar die Stadt verlassen. Sie sagte als Erste bei dem verblüfften Maresciallo aus und nannte ihm mit typisch weiblicher Genauigkeit Vornamen, Nachnamen und Spitznamen dieses Mistkerls Aspanu.

Damals hatten sich für Aspanu die Türen des Gefängnisses zum ersten Mal geöffnet und ihn aufgenommen. Nach knapp drei Jahren war er wieder draußen. Er erklärte, mit Banken hätte er abgeschlossen, und fing an, mit Marihuana zu handeln, erstklassiger Ware. Manchmal kaufte er auch ein paar Gramm Heroin dazu, um die Zahl seiner Stammkunden hochzuhalten. Auch diesmal ging es schief, und er landete wieder im Knast. Zu seinem Glück setzte man in der Berufungsverhandlung seine ursprüngliche Strafe von sechs Jahren auf zwei Jahre herab. Als er diesmal aus dem Gefängnis kam, beschloss er, Vernunft anzunehmen und seine Wirkung auf Frauen auszunutzen.

Seine erstes Opfer hieß Angilina, sie hatte vor acht Monaten ihren Mann, einen Schläger und Alkoholiker, begraben. Aspanu erwies sich seines Spitznamens würdig und schaffte es mühelos, die immer noch ansehnliche Witwe zu erobern und sie davon zu überzeugen, sich für sie beide zu opfern, indem sie in ihrem Bett einsame alte Männer empfing. Nach einer ziemlich heißen Woche, in der die beiden das Bett kaum verlassen hatten, war Angilina ihm zuliebe zu allem bereit. Er hatte ihr nämlich in Aussicht gestellt, gemeinsam mit ihr nach Amerika gehen, sobald sie genügend Geld beiseitegelegt hätten.

So stellte Aspanu ein neues Geschäft auf die Beine. Ein paar Monate später bemerkte er aber, dass die arme Angilina schon alles gegeben hatte, was sie zu bieten hatte. Jetzt brauchte er frische Ware, am besten von auswärts, mit viel Fantasie und üppigen weiblichen Formen ausgestattet für die besonderen Spielchen, die die lüsternen Dörfler zusätzlich erwarteten.

Aspanu suchte Kontakt zu Gaunern aus Palermo und Umgebung. Mit dem Segen des lokalen Bosses, »zu Angiolo«, nahm er an jedem Wochenende zwei Mädchen in seiner Wohnung auf, die etwas außerhalb des Zentrums lag. Die Geschäfte gingen glänzend. Junge und nicht mehr ganz junge Männer, auch aus den benachbarten Dörfern, gaben sich bei ihm die Klinke in die Hand. Alle wollten sie die Reize der beiden Schönen am eigenen Leib erfahren. Aspanu hatte seinen Weg gefunden: Er fühlte sich als Wohltäter. Die armen Mädchen kamen aus Ländern, die durch Kriege oder Not zerstört waren, kassierten für jeden Fick hundert Euro und ihm mussten sie lediglich dreißig Prozent für seine Gastfreundschaft abgeben.

Dafür tat Aspanu denen aus Palermo manchen Gefallen. Bei Bedarf stellte er ihren Freunden, die sich nicht öffentlich zeigen wollten, seine Wohnung für Treffen in aller Abgeschiedenheit zur Verfügung. Allein an den letzten drei Wochenenden hatten die Mädchen, während sie durchschnittlich dreißig Männer pro Nacht befriedigten, mehr als dreißigtausend Euro zusammenbekommen. Und er hatte jeweils ein Drittel erhalten. Eine echte Goldgrube.

Es gab nur einen Haken bei der Sache: An diesen beiden Tagen musste er bei Angilina übernachten, die ihn immer sehr glücklich empfing. Auch in dieser Nacht, es war zwanzig nach zwei, fuhr Aspanu gerade mit seinem brandneuen Kombi zu ihr. Er fluchte stumm in sich hinein und sagte sich immer wieder, dass er bald eine Lösung für diese außerdienstlichen »Liebesspiele« finden musste. Vielleicht würde er sich eine kleine Wohnung kaufen. Dort konnte er dann in Ruhe schlafen.
Während er darüber nachdachte und so durch die Nacht fuhr, tauchte plötzlich eine Limousine vor ihm auf. Instinktiv bremste Aspanu, weil ihn die Scheinwerfer des anderen Wagens blendeten. Er riss das Steuer heftig herum, um einen Zusammenstoß zu vermeiden, die Reifen seines Wagens verbissen sich in die Erde am Rand der dunklen Straße. Die Fahrt des Kombis endete in einem Stück Ackerland, das vor kurzem gepflügt worden war. Braune Erde bedeckte die Steine und man sah einen großen Johannisbrotbaum.
»Was zum Teufel …«, zischte Aspanu und stieg wütend aus seinem Wagen. Vor Schreck wurden ihm die Beine so weich wie Ricotta.
Der Fluch blieb ihm im Hals stecken. Ein heftiger Schlag traf genau seine Nieren, stieg die Wirbelsäule hinauf und explodierte in seinem Hirn und seinen Augen, vor denen Tausende Funken aufleuchteten, während er seinen Atem weit in die Nacht hinausspuckte.
Ein zweiter schrecklicher Schlag traf ihn wie ein fahrender Zug, prallte gegen seinen Magen und schien ihn durchstoßen zu wollen. Rippen brachen, seine Lunge wurde zusammengedrückt. Aspanu landete mit dem Bauch auf dem Boden, stammelte unzusammenhängende Worte und bekam keine Luft mehr. Furcht und Überraschung trafen

ihn gleichermaßen vernichtend. Wer waren diese beiden riesigen Schatten mit den Killerfäusten?

»Was zum Teufel wollt ihr denn von mir, ihr Bastarde?«, gelang es ihm endlich, mit gebrochener Stimme zu fragen. Die feste Spitze eines Schuhs zerschlug ihm Lippen und Zähne, er sah den Mond am Himmel tanzen und blutrot anlaufen, aber vielleicht war das auch die Farbe seines stummen Leidens. Aus der Ferne hörte man streunende Hunde kläffen. In solchen Nächten klangen die Stimmen von Mensch und Tier manchmal zum Verwechseln ähnlich.

Die Tortur zog sich unendlich lang hin. Aspanu wurde ohnmächtig. Die kräftigen Schattengestalten überzogen seinen Körper systematisch mit unzähligen Schlägen. Sie ließen erst von ihm ab, als sich ein eigentlich mit sich und der Welt zufriedener Zuhälter innerhalb von wenigen Minuten in einen blutigen Haufen aus gebrochenen Knochen und offenen Wunden verwandelt hatte. Aus Aspanus zerschlagenem Mund entwand sich ein schwacher Klagelaut, aber niemand hörte ihn. Sogar die streunenden Hunde hatten sich entfernt.

Der dickere der beiden Schläger sagte: »Für dieses Mal hat der Scheißkerl seine Lektion erhalten, hol den Wagen und dann nichts wie weg.«

Während der andere die Limousine holen ging, knöpfte der Dicke den Hosenschlitz auf, holte sein schlaffes Glied heraus und spritzte einen warmen stinkenden Strahl über Aspanus mit Blutergüssen überzogenes und unkenntlich gewordenes Gesicht. Mit Mühe öffnete Aspanu die zugeschwollenen Augen, der Schmerz ließ jede Faser seines Körpers stumm aufschreien, ein Bein und beide Handgelenke waren gebrochen, sieben Rippen zertrümmert und sein Mund war nur noch eine breiige Masse.

»Hör gut zu, du Stück Scheiße, wenn wir uns noch einmal begegnen sollten, wird man gerade deine Leiche mit Weihwasser besprengen. Denk daran, bevor du das nächste Mal versuchst, den Falschen übers Ohr zu hauen«, bedrohte ihn der Mann mit Donnerstimme und pisste ihm dabei weiter ins Gesicht.

Das war das Letzte, was Aspanu hörte, bevor er in ein Meer glühender Kohlen eintauchte, die ihn verbrannten, und ihm seine weiche Haut abzogen. Er fiel in einen flammenden Abgrund, in dem geballte Fäuste auf jeden Teil seines Körpers einschlugen. Auch Bewusstlosigkeit kann manchmal die Hölle auf Erden bedeuten.

Zwei

»Guten Morgen, Maresciallo, haben Sie gut geschlafen? Hat Ringhio sich wie ein braves Hündchen benommen oder wurden Sie wieder gestört?«
Bonanno warf seinem Untergebenen einen vernichtenden Blick zu.
»Es gibt drei Neuigkeiten: Eine richtig gute, eine so in der Mitte und eine schlechte. Welche wollen Sie zuerst hören?«, plapperte der oberste Brigadiere des Einsatzkommandos von Villabosco munter drauflos ohne zu ahnen, welches Gewitter sich über seinem Kopf zusammenbraute.
Bonanno wollte schon etwas Beleidigendes entgegnen, aber dann hielt er sich doch zurück. Stattdessen begnügte er sich damit, den Brigadiere anzusehen, als hätte er eine Landplage vor sich und keinen Menschen, und zischte: »Die in der Mitte.«
»Und da ist sie: Ein wunderbares Schreiben von Ihrem lieben Freund, dem Bürgermeister Totino Prestoscendo. Ich lese Ihnen den Erlass wortwörtlich vor: ›In Kenntnisnahme, dass es sich als notwendig erweist, den städtischen Dienst der Sammlung von festen Abfällen in den dafür aufgestellten Containern zu optimieren, und um zu vermeiden, dass die Abfälle tagsüber schlechte Gerüche oder Bakterien erzeugen, und die Anwesenheit von Insekten oder streunenden Tieren hervorrufen könnten, wird angeordnet, dass alle Bürger verpflichtet sind, ihre Abfälle

jeden Tag zwischen 21 Uhr und 7 Uhr in die Container einzugeben.‹«
Bonanno beobachtete ihn finster. Der Brigadiere las genauso gern, wie er schrieb. Steppani hörte auf, den Text zu überfliegen und fuhr fort: »Sogar wir müssen jetzt auf die Uhr gucken, bevor wir den Müll wegbringen. Wenn es noch nicht neun Uhr abends ist, müssen wir die Säcke in der Kaserne stehen lassen. Das Gleiche gilt dann natürlich für einen Sonnabend oder Feiertag, wenn die Müllmänner freihaben, und im August werden die Abfälle dann anfangen zu stinken«, beschloss er seine Rede und schwenkte das Fax unter der Nase Bonannos, der schnaubte wie ein gereizter Stier.
Als er den Namen des ersten Bürgers von Villabosco nur hörte, sandten Bonannos Augen gefährliche Blitze aus, die Vorboten eines drohenden Gewitters. Steppani übersah sie großzügig. Der Maresciallo hatte noch eine Rechnung mit dem Bürgermeister offen, weil der die Müllkippe von Raffello nur ein paar Schritte von den archäologischen Stätten entfernt errichtet hatte. Als Steppani den Rest las, blitzten nicht nur Bonannos Augen, jetzt bewegte der Maresciallo auch noch nervös seine Hände, als wollte er Geige spielen.
Bonanno gelang es kaum noch, sich zurückzuhalten, er zündete sich eine Zigarette an und fragte: »Würdest du bitte die Güte haben, mir zu erklären, was zum Henker wir mit diesem Erlass zu tun haben? Hält uns der Herr Bürgermeister etwa für die Müllpolizei? Nur zu deiner Information: Der da ist nicht mein Freund und wird es auch nie werden.«
Steppani fügte auf eigene Gefahr hinzu: »Der Bürgermeister beschließt sein Schreiben mit der Ankündigung, jeder, der dem Erlass zuwiderhandelt, wird mit Strafen bis zu

fünfhundert Euro belegt, und er beauftragt die städtische Polizei und uns damit, zu überwachen, dass seinem Erlass Folge geleistet wird. Das bedeutet also, Maresciallo, wir müssen den Leuten eine Geldstrafe auferlegen, wenn sie außerhalb der vorgesehenen Zeit ihren Müll abladen. Was meinen Sie, soll ich einen Streifendienst organisieren, der die Unversehrtheit der Container bewacht?«

Bonannos Wutschrei erfüllte den Raum. Steppani floh Hals über Kopf.

Eine halbe Minute später kam er mit einer dampfenden Tasse in der einen Hand zurück, in der anderen hielt er ein Tütchen Süßstoff.

»Das ist jetzt die gute Nachricht. Seit gestern haben wir hier eine neue Maschine, die diesen köstlichen Espresso produziert. Was halten Sie jetzt von einer guten Tasse Kaffee, Maresciallo?«

Bonanno fand keine Worte. Seine Wangen glühten noch wegen der schlechten Nachricht vom Bürgermeister und er wusste nicht, ob er sich wirklich aufregen oder in ein reinigendes Gelächter ausbrechen sollte. Wer weiß, was dieser Tag noch für ihn bereithielt, wenn er so weiterging, wie er angefangen hatte. Ein paar lange Augenblicke über war er nur damit beschäftigt, sich an dem unverwechselbaren Duft des dunklen Sizilianers zu berauschen, einer Kaffeemischung aus Catania, die genau auf den Punkt geröstet war und nach Lava duftete. Er versuchte, sich zu entspannen: »Ich sollte dir eigentlich Dauernachtdienst aufbrummen, Steppà … wage es ja nicht noch einmal, diese Kakerlake im dunklen Anzug als meinen Freund zu bezeichnen.«

»Kosten Sie, Maresciallo, bitte kosten Sie. Ach, ich habe übrigens eigens für Sie eine doppelte Menge von Süßstofftütchen gekauft. Sie liegen da, unter der Espressomaschine.«

Bonanno probierte einen Schluck. Dichter, dunkler Espressoschaum breitete sich aus und er behielt ihn lange im Mund, um seine entzückten Geschmacksknospen zu kitzeln.

»Diesmal ziehen wir vielleicht noch an ihm vorbei«, sagte der Maresciallo und sog mit einem anerkennenden Zungenschnalzen den Espresso bis zum letzten Tropfen ein.

»Was meinen Sie, Maresciallo?«

»Purer Nektar, Steppani, der deine Gedanken erfreut und dich sogar die kompliziertesten Dinge klar erkennen lässt. Also, fassen wir noch mal zusammen. An wen ist der Erlass des Bürgermeisters gerichtet?«

Diesmal war Steppani verblüfft.

»Los, lies schon, Steppà, lass dich nicht lange bitten.«

»Natürlich, Maresciallo!«

»Bravo, du hast es erfasst! Das fällt in die Kompetenz des Leiters der Verwaltung. Und deshalb trabst du jetzt zu Marcelli und haust ihm diesen Wisch, wohin du willst. Wir müssen uns mit ernsteren Dingen beschäftigen als mit dem Müll, den der Bürgermeister auf seinen Hörnern trägt.«

»Genau, Maresciallo. Ich habe hier den Bericht von Cacici und Giarratana, die heute Nacht auf Streife waren. Während ihrer Kontrollfahrt haben sie unweit des Dorfes eine dunkle Gestalt bemerkt. Sie lag neben einem Kombi, der von der Straße abgekommen war. Die beiden sind misstrauisch geworden, weil die Scheinwerfer brannten und die Wagentür weit offen stand. Sie haben sich mit der Waffe in der Hand genähert und … ihn gefunden.«

»Einen Ermordeten?«

»Nicht wirklich.«

»Einen Betrunkenen, der sich überschlagen hat?«

»Das kommt der Sache schon näher.«

»Steppà, willst du, dass mir der Espresso im Hals stecken bleibt, den du mir gebracht hast? Los, sag schon, was haben diese beiden Hilfssheriffs gefunden?«

»Cacici und Giarratana haben sich mit schussbereiten Waffen genähert, aber das war völlig unnötig, denn der Typ dort war übler zugerichtet als Christus am Kreuz. Als sie begriffen hatten, was los war, haben sie die Ambulanz gerufen. Der sind sie bis ins Krankenhaus gefolgt, wo man das Opfer identifiziert hat. Es handelt sich um Gaspare Calì. Jemand, der ihn wohl ganz besonders gern mag, hat ihn brutal zusammengeschlagen.«

»Wer?«, fragte Bonanno verblüfft.

»Aspanu Caccialesto, Marescià, der Kerl, der mit Angilina Cardonaci zusammenlebt. Angilina, die Schlampe, Sie wissen schon.«

»War das wirklich nötig, das so lange hinauszuzögern?« Bonanno zündete sich die x-te Zigarette an, aber ein neuerlicher Hustenanfall brachte ihn davon ab, eine zu rauchen. »Haben wir überhaupt keine Ahnung, wer es gewesen sein könnte? Gibt es Zeugen? Beweise?«

»Nicht die Spur.«

»Na gut, vielleicht war jemand mit Angilinas Diensten unzufrieden und hat ihm die Hucke vollgehauen. Wenn jemand nie den Rücken krumm macht und noch nie gekostet hat, wie ehrliche Arbeit schmeckt, dann ist es das Mindeste, was ihm passieren kann. Umso schlimmer für ihn. Wenn er Anzeige erstatten will, gut, sonst ...«

»Ich glaube, wir müssen auf jeden Fall kurz mit ihm reden.«

Bonanno sah Steppani gereizt an und fragte: »Aus welchem Grund?«

»In primis, nach dem, was uns in letzter Zeit über ihn zu Ohren gekommen ist, hat Caccialesto seine Geschäfte ausgeweitet und arbeitet mit illegal eingewanderten Mädchen. In secundis sprechen die Ärzte von mindestens sechzig Tagen Krankenhausaufenthalt und deshalb müssen wir offiziell in der Sache vorgehen.«

»Haben sie ihn etwa mit einem Traktor überfahren? Was für einen Mist erzählst du mir eigentlich heute Morgen?«

Steppani ignorierte die zweite Frage und fuhr unbeirrt fort: »Schlimmer, Maresciallo, viel schlimmer. Cacici hat mir sogar berichtet, dass der Verwundete nach Urin gestunken hat, man hätte kotzen mögen. Und in tertiis ...«

Bonanno sah ihn aus zusammengekniffenen Augen an, die vor Wut zu rauchen schienen.

»... gibt es noch einen Grund«, redete Steppani schnell weiter. »Ich glaube, jemand wollte ihm ordentlich eins überziehen, vielleicht hat er sich an Geschäfte gewagt, die eine Nummer zu groß für ihn waren oder er ist einem Paten auf die Füße getreten.«

»Schon gut, hol den Wagen, wir fahren ins Krankenhaus.«

»Ich eile«, sagte Steppani und war im selben Moment auch schon aus der Tür. Autofahren war seine Leidenschaft. Wenn er ein Steuer in der Hand hielt, wurde jeder Räuber, Mörder oder Zuhälter zur Nebensache.

Bonanno hatte den Geruch nach Desinfektionsmitteln in Krankenhäusern noch nie ertragen können. Er blieb ihm in der Kehle haften, als versperrte ein Stück Watte dem Speichelfluss den Weg. Kaum hatte er einen Fuß in das vom Zahn der Zeit gezeichnete Gebäude gesetzt, bereute er auch schon heftig seinen Entschluss, Aspanus Aussage persönlich aufzunehmen. Sein Mund war so ausgetrocknet wie ein Steinbruch.

Steppani parkte den Wagen in seiner bekannt »sportlichen« Art. Zahlreiche Patienten stürzten besorgt an ihre Fenster.

Zufrieden stieg er aus und ging zum Maresciallo, der den diensthabenden Arzt in der Notaufnahme befragte.
»Ja, er ist heute Nacht hier eingeliefert worden. Sie finden ihn in der Chirurgie, dritter Stock.«
»Warum ist er in der Chirurgie? Hat man ihn nicht auf die Unfallchirurgie gebracht?«, fragte Steppani.
»Wenn mein Kollege von heute Nacht das so entschieden hat, wird er wohl gute Gründe dafür gehabt haben. Er hat einen Bericht geschrieben, der einem Angst einjagen kann, darin spricht er sogar von einem Schädeltrauma und befürchtet einen Milzriss, aber das wissen Sie sicher schon.«
»Natürlich«, meinte Bonanno, der den Bericht noch nicht einmal von weitem gesehen hatte. »Los, Bewegung, Steppani, sonst treffen wir ihn vielleicht nicht mehr lebend an.«
»Mareschià, ich möchte lieber hier warten, der Wagen steht nicht gut, er könnte jemanden stören.«
»Hör mal, Steppà, wenn du dir diese blöde Sache mit den Autos nicht aus dem Kopf schlägst, wird es dir einmal schlecht ergehen, das sagt dir jemand, der deinetwegen langsam graue Haare bekommt. Jetzt setz dich in Bewegung, das ist ein Befehl, du kommst mit.«
Steppani schlich hinter ihm her wie ein geprügelter Hund. Bonanno tat er leid, er mochte den Jungen, aber seine idiotische Autoleidenschaft würde ihn noch ruinieren. Wenn ein Mann von Leidenschaften zerfressen ist, zerstören sie ihn am Ende.
In der Chirurgie gab es einen Männer- und einen Frauentrakt. Der Mittelteil des Gebäudes wurde vom Personal genutzt, das seine Aufenthaltsräume, einschließlich der Krankenstation und dem Zimmer der Oberschwester hierhin verlegt hatte. Ohne zu zögern, ging Bonanno auf diesen Raum zu. Steppani wurde sichtlich nervöser.

Die Oberschwester war eine junge Frau. Seit einigen Monaten vertrat sie ihre Kollegin, die in Mutterschutz gegangen war. Sie trug ihre Haare hochgesteckt unter der Haube und einen eng anliegenden Kittel, der ihre hohe Gestalt schlanker wirken ließ.

»Guten Tag, Signora, ich bin Maresciallo Bonanno. Wir sind hier, um Gaspare Calì zu befragen. Können Sie mir sagen, wie es ihm geht?«, fragte Bonanno.

Die Oberschwester schoss flammende Blicke auf die beiden Carabinieri ab und zischte: »Das nennt man wirklich Frechheit!«

Bonanno erstarrte: »Was haben Sie gesagt?«

»Erst mal bin ich keine Signora, sondern eine Signorina, und, nur zu Ihrer Information, ich bin hier die Oberschwester!«

»Einverstanden, Signorina Oberschwester, würden Sie jetzt so freundlich sein und mir sagen, wie es Signor Calì geht und wo sein Bett steht, oder muss ich Ihnen das erst schriftlich geben?«, sagte Bonanno und verfluchte stumm Uranus und alle ihm bekannten Planeten des Sonnensystems.

»Wie soll es einem Mann in diesem Zustand Ihrer Meinung nach gehen? Er ist fix und fertig, im wahrsten Sinne des Wortes. Das dort ist sein Zimmer, das letzte auf der rechten Seite«, meinte die Frau abschließend und ging. Bonanno glaubte, in ihren Augen ein verdächtiges Aufleuchten bemerkt zu haben. Steppani schluckte, er war so rot angelaufen wie ein Tonkrug im Brennofen.

»Darf ich dich etwas fragen, Steppà?«

»Später, Maresciallo, später.«

»Nein, lieber sofort, dann können wir es vergessen. Kannst du mir vielleicht erklären, aus welchem verdammten Grund diese Signorina immer dich angeschaut hat, während sie mit mir gesprochen hat? Ehrlich gesagt hatte ich den klaren Eindruck, sie hätte dich am liebsten erschossen. Heraus mit der Wahrheit, lief da etwas zwischen euch?«

»In gewisser Weise …«

»Was heißt das? Ja oder nein?«

»Ich habe sie vor ein paar Wochen kennen gelernt, während ich mit Cantara Dienst hatte. Ich habe sie wegen einer Kontrolle angehalten und daraus … ist dann eine Art Freundschaft entstanden. Sie hatte ein Auto, Marescià, eine richtige Granate. Ein kobaltblauer Opel Tigra, das reinste Wunderwerk der Technik … wenn man aufs Gas trat, drückte einen die Geschwindigkeit in den Sitz zurück, was für eine Beschleunigung, was für ein Zug, was für ein Wagen, Marescià!«

»Würdest du mir vielleicht erklären, was die Oberschwester mit dem Wagen zu tun hat?«

Diesmal war es an Steppani, Bonanno überrascht anzusehen: »Der Wagen hat auch sehr bequeme umklappbare Sitze, Marescià, aus weichem Leder …«

»Aha, und wie kam es dann …«

»Letzte Woche hat sie den Wagen an ihre Cousine verkauft und deshalb …«

Bonanno fluchte stumm und steckte instinktiv die Hände in die Taschen. Erst nachdem er seine Zigaretten herausgeholt hatte, erinnerte er sich wieder, dass er sie dorthin gesteckt hatte. An diesem Morgen lief einfach alles schief. Wütend schaute er seinen Untergebenen an und zischte ganz leise: »Ich möchte dir etwas sagen, Steppà. Ich hoffe für dich, dass du niemals hier im Krankenhaus behandelt werden musst. Wenn dir das wirklich passiert, dann durchlöchert dir diese Frau so oft den Hintern, dass du dich bis ans Ende deiner Tage daran erinnern wirst.«

Der Raum wurde von Sonnenlicht durchflutet. Dort auf dem blütenweißen Bett wirkte Aspanu Caccialesto mehr tot als lebendig. Sein Gesicht war völlig entstellt von zahlreichen Blutergüssen, die Lider, die sich violett verfärbt hatten wie Auberginen, lagen geschlossen über den Augen. Sein Mund war nur noch ein blutiger Spalt, die Lippen entsetzlich angeschwollen. Ein Arm war eingegipst, der andere voller Schläuche, die an einen Tropf angeschlossen waren. Aspanus Brustkorb wurde von einer Elastikbinde geschützt, um die gebrochenen Rippen zusammenzuhalten.

Das eine Bein hatte man hochgehängt, die Gewichte hingen am Fußteil des Bettes hinunter. Bonanno fragte sich, was man wohl empfinden mochte, wenn man Haken an seinen Gliedern hat, die ständig nach unten ziehen.

Angilina saß neben dem Bett. Sie hatte die ganze Nacht geweint, ihre Augen waren so geschwollen, als hätte sie sie mit Zwiebeln eingerieben. Als sie die Carabinieri bemerkte, verbarg sie schamhaft das Gesicht in den großen Händen und fing wieder an zu schluchzen.

Dottor Calcedonio Arcadipane, der Assistenzarzt, hielt Bonanno und Steppani an der Tür auf: »Verzeihung, wen suchen Sie?«

»Den, der hier im Bett liegt, wir möchten mit ihm reden, wenn es möglich ist.«

»Ich glaube wirklich, da müssen Sie mindestens vierundzwanzig Stunden warten«, antwortete der Arzt.

»Wegen seines Mundes? Sicher, bedenkt man seinen Zustand, so wird es sicher schwierig für uns, mit Aspanu zu reden, aber wir haben Geduld«, entgegnete Bonanno.

»Das meinte ich nicht«, sagte der Arzt lächelnd. »Sondern die einfache Tatsache, dass der Patient noch unter dem Einfluss der Narkose steht. Er ist gerade erst aus dem Operationssaal gekommen. Dort haben wir ihm die Milz entfernt. Sie war völlig zerquetscht.«

»Das waren vielleicht Prügel ... na gut, dann kommen wir eben morgen wieder. Hören Sie, Dottore, was ist Ihrer Meinung nach passiert? Könnte es sich um einen Verkehrsunfall handeln? Oder vielleicht ...«

Der Arzt zog eine Braue hoch und Bonanno verstand, dass er auf ihn wie ein Idiot wirkte, der blöde Fragen stellte.

»Das glaube ich nicht«, sagte der Arzt nur.

»Können wir irgendwo in aller Ruhe reden?«, fragte Bonanno.

»Bitte, ich gehe mal voraus«, sagte der Arzt und forderte sie auf, ihm in sein Zimmer zu folgen. Einen Augenblick lang begegneten sie der Oberschwester auf dem Flur. Die Augen der Frau schleuderten wild zuckende Blitze gegen Steppani. Sie hatte Rache geschworen!

Eine Viertelstunde später hatte Bonanno jeden vernünftigen Zweifel ausgeräumt. Bestimmt hatte keiner der vielen streunenden Hunde Aspanu Caccialesto ins Gesicht gepinkelt. Sie liefen in den letzten Jahren völlig ungestört in der Gegend herum, besonders seit eine chaotische Rechtsprechung dem Tierschutz und den Gemeinden einander überschneidende Aufgaben beim Einfangen der Tiere zugewiesen hatte. Nun schob jeder dem anderen die Verantwortung zu, niemand griff ein, und die Streuner durchstreiften die Gegend auf der ständigen Suche nach Nahrung.

Nachdem er diese, wenn auch nur schwache Möglichkeit ausgeschlossen hatte, nahm der Maresciallo zur Kenntnis, dass Aspanu nicht willkürlich zusammengeschlagen wurde, sondern dazu noch richtig gezeichnet. Eine weitere Demütigung. Wer ihn so brutal verprügelt hatte, wollte ihn nicht etwa berauben oder gar töten, obwohl er nah dran gewesen war. Das sah aus, als hätte ihm jemand eine ordentliche Lektion erteilen wollen. Der Arzt bestätigte, dass Aspanu zusammengeschlagen wurde, und versicherte ihnen, er würde langsam, aber sicher genesen, immer vorausgesetzt, es traten keine Komplikationen auf, natürlich.

»Natürlich«, meinte Bonanno abschließend.

Sie verabschiedeten sich von dem Arzt und verließen zu Steppanis großer Erleichterung das Krankenhaus. Der startete den Wagen wie eine Rakete, sodass ein Pfleger, der gerade aus einem Krankenwagen gestiegen war, vor Schreck beiseitesprang.

Aspanus Haus lag am hinteren Ende einer nicht mehr asphaltierten Straße, die zu einem großen freien Platz außerhalb des Dorfes führte. Ein bequemes Heim, verborgen vor neugierigen Blicken. Dort ruhten sich zwei Mädchen in einem breiten Bett von den nächtlichen Lustkämpfen aus.

Es war Samstagmorgen. Sie hielten sich dort wie abgesprochen an zwei Tagen der Woche auf, und zwar freitags und sonnabends, an den sogenannten Wochenendtagen des Dorfes, denn in dieser Gegend verbrachten ihre treuen Kunden den Sonntagnachmittag mit der Familie, Verwandtenbesuchen und am Abend gab es dann Pizza.

»Also, Maresciallo, das dort ist das Haus. Soweit wir wissen, wird hier seit einiger Zeit Freitag- und Samstagnacht ganz schön scharf geschossen. Ich glaube, die Mädchen sind noch da. Greifen wir zu?«

Bonanno bedeutete ihm weiterzufahren. Er sagte immer noch kein einziges Wort. Aus der Art, wie Bonanno rauchte, schloss Steppani, dass er blitzschnell überlegte.

»Können wir uns auf die Information verlassen?«
»So ziemlich.«
»Was heißt so ziemlich, Steppani?«
»Wir haben einige Bestätigungen dafür bekommen, unter anderem von einer Dame, die gestern Nachmittag in die Kaserne kam und sich über ihren Ehemann beschwerte. Er hat sie seit langer Zeit nicht mehr im Bett aufgesucht und sie wusste auch, warum. Daran seien nur diese afrikanischen Nutten schuld, hat sie gemeint, und fast hätte sie von uns noch verlangt, ihren Ehemann wegen unterlassenem Beischlaf zu verhaften.«
»Und weiter?«
»Nichts weiter, Maresciallo. Maresciallo Marcelli befasst sich mit diesem Fall. Ich habe nur ganz zufällig davon erfahren. Heute Morgen hatte Maresciallo Musicchia Dienst und zwischen zwei seiner tragischen Krankheitsgeschichten hat er mir alles darüber erzählt.«
Diese Information traf Bonanno mindestens so schmerzhaft wie ein Schlag ins Gesicht: »Das hat mir gerade noch gefehlt«, beklagte er sich.
»Das glaube ich auch. Arbeiten wir hier weiter?«
»Jetzt nicht, Steppani. Komm, zeig mir lieber, wo Caccialesto zusammengeschlagen wurde und inzwischen sag mir etwas von Mann zu Mann: Wie gut macht sich die Cousine der Oberschwester am Steuer?«
Der Maresciallo ist doch ein richtiger Mistkerl, dachte Steppani.

Aspanus Gedanken kamen und gingen in der Dunkelheit wie Lichtfunken, unfähig, sich zu einer festen Form zu verdichten. Sie huschten im Raum umher wie Gespenster, die sich danach sehnten, menschliche Gestalt anzunehmen. In den wenigen Augenblicken klaren Bewusstseins, die die

Narkose und die schreckliche Tracht Prügel seinen grauen Zellen zubilligten, quälte ihn eine einzige Frage, wie ein Stilett, das einem in die Seite gestoßen wird: Warum hatte jemand den Auftrag erteilt, ihn zusammenzuschlagen? Aus welchem Grund nur?

Er war doch immer mit der nötigen Vorsicht vorgegangen, hatte jede Woche bezahlt, niemand konnte sich beklagen, der Handel mit jungen ausländischen Körpern brachte allen etwas ein. Wozu also dieses Blutbad, wer hatte etwas gegen ihn?

Cavaliere Angiolo Lo Sicco, genannt »zu Angiolo«, hatte ihm für seine Tätigkeit im Montanvalle seinen Segen erteilt, die Freunde aus Palermo verdienten daran, auch die Mädchen, die Männer vögelten und bezahlten zufrieden, was also war passiert? Wer hatte ein Interesse daran, ihn so zuzurichten?

Zu Angiolo wusste bestimmt schon, was ihm zugestoßen war, dem entging nichts. Sicher hatte er schon befohlen, die Mistkerle aufzuspüren, die sich seinen Mann zur Brust genommen hatten. Aber wer mochte das sein? Wer hatte sie geschickt?

Diese bohrenden Fragen quälten Aspanu heftiger als das Meer von Schmerzen, in dem er sich seit Stunden bewegte.

Doch sosehr er sich auch bemühte, er fand keine Antwort. Die Wut zerfraß ihn, unruhig wälzte er sich in seinem Bett hin und her. Angilina streichelte fürsorglich seine Hand und flüsterte etwas, was er nicht verstand.

Drei

Halbdunkel hüllt ihn ein. Er hat die Tür zweimal abgeschlossen. Das scharf gezeichnete Profil hebt sich dunkel vor dem matten Widerschein des Bildschirms ab, während sich die Leere mit Erwartung erfüllt, als der klagende Ruf durch die Luft hallt. In seinen Ohren klingt er wie liebliche Musik, wie der Gesang ferner, unwiderstehlicher Sirenen. Er hat ihn *Das Lied des Wiedehopfs* getauft.

Er hat einen historischen Decknamen für sich gewählt, seine Anhänger kennen ihn nur als Salomo. Aber kein König ist so weise wie er, keiner verfügt über so ungeheure Schätze, so beeindruckende Tempel seiner Herrschaft, einen so großen Harem. Genauso wie der Herrscher über die Israeliten strebt er danach, seinem Gott einen bedeutenden Tempel zu errichten. Ein Gott, der sich sehr von dem unterscheidet, den die Menschen auf der Erde anbeten sollen.

Salomo genießt die Vorfreude, sie kitzelt ihn mit gierigen Fingern: Er fühlt, wie sich sein Unterleib heftig zusammenzieht, als die Bilder klar und deutlich vor seinen lüsternen Augen ablaufen. Sein Penis schwillt prall und dunkelrot an, Salomo genießt das Schauspiel. Schweigend sieht er zu.

Ein anonymer Raum wird von hellen Scheinwerfern erleuchtet. Lichtstrahlen fallen messerscharf herab wie Klingen. Dicke Vorhänge bedecken die Fenster, an der Wand hängen Peitschen, schwarze Handschuhe, Stiefel und

Sporen, Reitgerten und Zaumzeug. In diesem Zimmer kennt die Angst keine Grenzen, die Furcht ist unendlich und stumm, wie eine Kehle, die ihrer Stimme beraubt ist, jeglicher Laute und Gefühle.

Die Angst hat feste Formen, sie ist ein roter Klumpen, die leuchtende Glut der Zigarette, die zwei schmächtige Männer, die aus irgendeinem Land dieser Welt kommen, auf dem wehrlosen Opfer ausdrücken, das seine Qual zum Himmel schreit. Es ist wirklich sehr jung, bestimmt nicht älter als sechs Jahre. Seine Gesichtszüge sehen asiatisch aus. Vielleicht stammt das Kind aus Thailand, Laos oder Vietnam.

Was bedeutet schon Herkunft? Der Junge hat alles, was man braucht: Hände, um Vergnügen zu bereiten, und Körperöffnungen, um etwas aufzunehmen. Und genug Unschuld, die er in dem Schauspiel verströmen kann, das man für ihn vorgesehen hat. Vielleicht hat man ihn verkauft oder gestohlen, oder nicht einmal das. Seine Augen wirken wunderbar sanft, dunkel und klein. Diese Augen schauen sich nun ängstlich um, suchen vergeblich nach einem Fluchtweg.

Das Kind schreit etwas in seiner unverständlichen Sprache, die beiden Männer grinsen und entblößen dabei ihre gelben Zähne. Ihre Bewegungen haben etwas Obszönes, das über die Gewalt, die sie anwenden, hinausgeht. Sie drehen dem Jungen die Hände hinter den Rücken, zwingen ihn, sich hinzuknien, stopfen ihm eine Bissstange in den Mund wie einem Pferd. Einer steigt auf seinen Rücken, das Gewicht erdrückt das Kind fast, es bricht zusammen, glänzende Sporen verletzen seine Seiten. Und während schon das Blut an ihm herunterläuft, schreit der Junge, obwohl er weiß, dass es sinnlos ist.

Salomo glaubt, seinen stechenden Geruch riechen zu kön-

Für Salomo ist dies heute ein gewinnbringender Tag. Sein erhabenes Unternehmen wächst, sein Tempelbau nimmt feste Formen an. Hunderte haben sich ihm angeschlossen, wie die beiden, die jetzt wie hungrige Fliegen auf dem Körper des Kindes hocken und ihn schänden. Salomo weiß, dieser Gruß gilt nur ihm persönlich.

Als sie die Kaserne erreichten, gingen Bonanno und Steppani schnell ins Büro und schlossen die Tür hinter sich. Dabei versuchten sie, Marcelli aus dem Weg zu gehen. Es regnete. Der November wirkte im Montanvalle noch melancholischer als woanders, oft zog Nebel auf und hüllte Dinge und Menschen ein, so sah der Ort fast unwirklich, verwunschen aus. Das stand alles in ziemlichem Widerspruch zu dem Hundeleben, das sie führten. Bonanno gab der Nebel nicht gerade heitere Gedanken ein. Während er rauchte und hustete, krampfte sich eine boshafte Faust um seine Lunge und versuchte, sie von der Verstopfung zu befreien, die jahrelang in großen Mengen eingeatmetes Nikotin ausgelöst hatte.
Ich muss mit dieser Raucherei aufhören, ich muss es endlich lassen, dachte er, aber gleichzeitig wusste er genau, dass er es nie wirklich schaffen würde. Und er wusste auch, wem er die Schuld daran geben musste. Die Erinnerung an *sie*, seine Exfrau, die ihn verspottete, weil er damals immer einen heftigen Hustenanfall bekam, sobald er versuchte zu inhalieren, traf ihn überraschend. Wenn sie hingegen einfach nur eine Zigarette in ihren schmalen Händen hielt,

sah sie wunderbar aus, so sinnlich, so unglaublich elegant und stilvoll. Wie zum Teufel hatte sich so eine Frau in ihn verlieben können?

Liebe? Das war ein großes Wort. Wahrscheinlich wollte sie sich nur amüsieren und hatte einer Laune nachgegeben. Man weiß ja, dass sich gewisse Frauen unwiderstehlich von Uniformen angezogen fühlen. Na, er wollte sich ja nicht loben, aber vor zwölf Jahren hatte er in seiner Uniform durchaus eine überzeugende Figur abgegeben, so schlank, wie er mit sechsundzwanzig gewesen war. Aber wenn es für sie nur eine Laune gewesen war, warum hatte sie ihn dann geheiratet und ein Kind von ihm haben wollen?

»Würden Sie bitte wieder in die Gegenwart zurückkommen, Maresciallo? Dort drüben wartet ein Haufen Akten auf mich, die ich noch bearbeiten muss«, sagte Steppani und riss ihn damit aus seinen Gedanken.

Bonanno sah ihn verwirrt an. Es dauerte nur einen Augenblick und er hatte die stets lebendigen Bilder aus dem Film seines Lebens verscheucht, die er nie so deuten konnte, wie er es gern gewollt hätte. Er hatte sich wieder im Griff. Schließlich hatte er es immer erfolgreich verstanden, seine Gefühle zu verbergen.

»Sag mir eins, Steppà, wer fährt heute Nacht Streife?«

»Ich glaube, Brandi und Torrisi, einen Augenblick, ich sehe nach. Ja, genau, sie haben Dienst.«

»Kommt gar nicht infrage. Heute Nacht will ich sie dort nicht sehen. Nach all dem, was sie in der Spielhölle in Campolone angerichtet haben. Man reißt heute noch Witze darüber, wie sie sich dort bis auf die Knochen blamiert haben. Ich setze kein Vertrauen mehr in sie. Die beiden sind eine Gefahr für sich selbst und andere, schaden mehr, als sie nützen. Für heute Nacht muss eine Ersatzlösung her, Steppà.«

Wenn der Maresciallo im energischen Telegrammstil sprach, konnte dies nur eines heißen: Es gab Ärger. Steppani seufzte, und während er sich auf das Schlimmste gefasst machte, fragte er resigniert: »Kann man vielleicht mal erfahren, was heute Nacht so Kompliziertes passieren soll, dass Brandi und Torrisi nicht damit klarkämen?«

»Ich brauche zwei Männer für eine heikle Aufgabe.«

»Zwei Männer?«

»Genau. Wie passt es bei dir und Cacici?«

»Das habe ich doch geahnt ... Worum geht es?«

Bonanno lächelte, mit Steppani verstand er sich auf Anhieb.

»Erinnerst du dich an das Haus unseres Freundes Aspanu? Gut, wenn die Mädchen immer noch da sind, ist dort heute Nacht sicher etwas los, und ich brauche jemanden, der die Kennzeichen der Wagen für mich aufschreibt, die dort parken ... Also, haben wir uns verstanden? Natürlich ohne Aufsehen, man darf uns nicht entdecken, aber wir müssen unbedingt wissen, wer die beiden Mädchen aufsucht und wie groß der Kundenkreis von Caccialesto ist.«

»Sollten wir dann nicht besser mitten in der Nacht eine nette kleine Razzia durchführen? So wie im Film, Marescià, wenn wir sie mit nacktem Schwanz im Bett erwischen, schießen wir ein paar hübsche Fotos fürs Familienalbum und lachen uns über ihre erschrockenen Gesichter kaputt.«

Bonanno seufzte tief. Steppani änderte sich nie, er kapierte einfach nicht, wo die Grenze zwischen Realität und Fiktion lag.

»Das überlassen wir denen vom Film. Uns geht es nicht darum, Männer mit heruntergelassenen Unterhosen aufzugreifen. Denk mal daran, was dann morgen hier los wäre: Betrogene Ehefrauen, über die sich jeder das Maul zerreißen würde, Kinder, die sich ihrer Väter schämen würden, angesehene Leute wären bloßgestellt und wer weiß, was noch, ganz zu schweigen von den Journalisten, die das Ganze ordentlich aufbauschen würden. Vergiss es, Steppà, so läuft das nicht. Im Moment wollen wir nur wissen, ob jemand von den Kunden mit dem Angriff auf Caccialesto zu tun hat. Du hast doch auch gesehen, wie sie ihn zugerichtet haben, oder? Das waren Profis, da hat nicht einfach einer drauflosgeprügelt, ich bin mir ziemlich sicher, dass mehr dahintersteckt. Vergiss nicht, dass man ihm sogar ins Gesicht gepinkelt hat. Deshalb müssen wir erst mal herausfinden, wer sich mit Aspanus Häschen amüsiert. Haben wir uns verstanden?«

»Heute Abend um neun treten Cacici und ich den Dienst an.«

Bonanno lächelte: »Jetzt kannst du mir zur Feier des Tages einen Espresso anbieten.«

»Von wegen Feier des Tages …«, zischte der Brigadiere mit zusammengebissenen Zähnen und ging zur Espressomaschine.

Nachdem Steppani hinausgegangen war, setzte Bonanno sich an seinen Schreibtisch. Während er schweigend nachdachte, spürte er, dass sein Bulleninstinkt wie wild in ihm zu kribbeln begann und ihm ankündigte, dass sich etwas noch völlig Ungreifbares bereits in der Luft zusammenballte, um später Tonnen Schmutz über ihm auszuschütten.

Es hatte mit Aspanu und seiner Frau zu tun. Angilina, die mit rot geweinten Augen ihren Mann bewachte, einen Zuhälter, der kein Mitleid verdiente, einen Faulpelz, der versuchte, stets mit der kleinstmöglichen Anstrengung gut zu leben. Trotzdem saß sie in diesem schäbigen Krankenhaus an seinem Bett und hielt seine Hand, ungeachtet der Tatsache, dass alle mit dem Finger auf sie zeigten, wenngleich mancher von diesen Leuten durchaus Vergnügen fand an einem nächtlichen Fünfzig-Euro-Fick mit ihrem müden Körper.

»Daran ist nur dieses verdammte Horoskop schuld«, sagte sich Bonanno beim Versuch, sich selbst auf den Arm zu nehmen, aber heute war nicht der richtige Tag dafür. Der Nebel war noch dichter geworden und die Melancholie nahm ihn bei der Hand wie ein verwirrtes Kind. Er konnte es nicht leugnen. *Sie* war der Anfang und das Ende seiner Probleme.

Wie konnte eine Frau einem Mann nur so etwas antun? Er hatte es ihr an nichts fehlen lassen, hatte sich bemüht, sie zufriedenzustellen, sogar gelernt, sich in Gesellschaft zu benehmen. Dort hatte er immer wenig gesagt, um sie nicht mit groben Schnitzern in Verlegenheit zu bringen, und nur mit geschlossenem Mund gelacht. Manchmal hatte er nichts gegessen, obwohl sein Appetit immer groß war, und dann hatte er nachts von Schüsseln mit überbackenen Nudeln und gigantischen Portionen Lamm geträumt, das vor dem Schmoren in einer Marinade aus Öl, Zitrone, Knoblauch, Zwiebeln und Rosmarin gezogen hatte und dann mit einem Berg knuspriger, auf den Punkt gebratener, goldgelber Kartoffeln serviert wurde.

Auch im Bett hatte er sein Bestes gegeben, wenn sie sich gehen ließ und ihn antrieb, und wie sie ihn antrieb, mit feuriger Leidenschaft und Erregung, ihm den Rücken zerkratzte und ihn beschwor, er solle sie jetzt gleich besteigen.

War das Liebe? Wer konnte das entscheiden?

Eines Tages war sie mit einem muskulösen Trapezkünstler von einem berühmten Wanderzirkus auf Europatournee abgehauen. Er war allein mit der damals noch kleinen Vanessa zurückgeblieben, und mit seiner Mutter, Donna Al-

fonsina, die ihn regelmäßig mit anklagendem Blick empfing.
Seine Mutter hatte es ihm wieder und wieder gepredigt: Frauen und Kühe such in deinem eigenen Dorf, aber er war eben ein Sturkopf. Ein Maulesel, der jeden Tag gegen eine unendliche Enttäuschung ankämpfte.
Um sich selbst zu bestrafen, hatte er begonnen, Kette zu rauchen, und wieder angefangen, zu essen wie ein Scheunendrescher. Nur der Uniform zuliebe, die er gern trug, begrenzte er seine Fressattacken. Und diesem Kotzbrocken Marcelli zum Trotz, der muskulös und schnell war wie ein Schwimmweltmeister. Wo zum Teufel nahm der nur seine ganze Energie her?
»Hier ist der Espresso, schön heiß, wie Sie ihn mögen, Maresciallo«, sagte Steppani.
Die Rückkehr des Brigadiere vertrieb Bonannos trübe Gedanken. Der Maresciallo streckte die Hand nach dem Pappbecher aus und streichelte ihn förmlich mit melancholischen Blicken. Steppani würde nie erfahren, wie viel ihm seine gute Laune an diesem Morgen bedeutet hatte.

Zu Angiolo lebte in einer imposanten Villa, die von einer gewaltigen Mauer und dem dichten Bewuchs immergrüner Pflanzen, Nuss- und Olivenbäumen geschützt wurde. Sie dehnten sich über das große Anwesen aus, so weit das Auge reichte. Die niedrigeren Temperaturen der letzten Wochen hatten es ratsam erscheinen lassen zu heizen. Der Kamin im Wohnzimmer brannte, trockene Holzscheite knisterten im Feuer.
Zu Angiolo saß bequem in seinem Schaukelstuhl und trank genießerisch ein kleines Glas Likör, den seine unverheirateten Töchter, die bei ihm im Haus lebten, nach einem alten Rezept zubereiteten. Dafür füllten sie eine köstliche

Mischung aus Alkohol, Wasser und mit Zitronen, Minze oder Vanille aromatisiertem Zucker in dunkle Flaschen und versiegelten die dann mit Lack. Nach sechs Monaten Lagerzeit konnte der hausgemachte Likör Tote zum Leben erwecken und Lebende in Entzücken versetzen.

Assuntina, die jüngste Tochter, kündigte dem Familienoberhaupt den Besuch der beiden Männer an. Zu Angiolo wirkte keineswegs überrascht und meinte: »Lass sie eintreten, Assuntina, meine Schöne, sag ihnen, sie sollen hier hereinkommen.« Zwei kräftige Männer betraten das Wohnzimmer. Sie bewegten sich vorsichtig.

»Wir grüßen Euch, zu Angiolo.«

»Seid gesegnet, zu Angiolo.«

»Immer mit der Ruhe, Jungs. Assuntina, bring zwei Gläser Likör für diese braven jungen Männer.«

Nachdem sie den Gästen Likör und Mandelplätzchen serviert hatte, zog sich die schon etwas ältere Signorina zurück und schloss die Tür des Wohnzimmers hinter sich. Erst dann erhielt der Ältere von beiden, Melo Sferrazza, der Aspanu Caccialesto ins Gesicht gepinkelt hatte, die Erlaubnis zu reden.

»Wir haben ihm das Paket heute Nacht persönlich übergeben und dazu noch eine besondere Botschaft«, sagte er.

»Er weiß nicht, wer euch beauftragt hat?«, fragte zu Angiolo.

»Wenn er es noch nicht weiß, dann bringen wir es ihm schon bei, aber das Paket war bitter und reichlich. Unser Freund wird ziemlich lange brauchen, bis er alles verdaut hat, was wir ihm verabreicht haben. Sicher werden zwei Monate nicht ausreichen, um … wieder auf die Beine zu kommen, und wenn er es wagt, uns noch einmal auf den Sack zu gehen …«

Zu Angiolo leerte mit einer gebieterischen Bewegung sein

Glas. Als er Melo Sferrazza sein faltenreiches Gesicht zuwandte, funkelten seine Augen. Und das lag nicht am Alkohol.

»In diesem Haus wohnen noch ehrenwerte Signorine, hier redet man anständig …«

»Entschuldigt, zu Angiolo«, sagte Melo Sferrazza und senkte den Kopf.

Zu Angiolo zitterte vor Empörung und presste seine Lippen fest zusammen. Er atmete einige Male tief durch, ehe er wieder den Mund öffnete. Melo Sferrazza und seine Bruder Iano beobachteten ihn schweigend. Plötzlich wirkte die Luft bleiern schwer.

»Geht morgen dort vorbei, ihr wisst schon, wo, um die Briefmarken abzuholen. Jedes ordentliche Paket muss auch frankiert werden, bevor man es abschickt«, sagte zu Angiolo schließlich und entließ sie.

Nachdem sie die Villa verlassen hatten, explodierte Iano.

»Wer glaubt er denn, wer er ist, dieser verblödete alte Kerl? Dem pisse ich ins Maul, wenn er es noch einmal wagt, uns so zu behandeln! Der und seine vier Vogelscheuchen, die er wie heilige Reliquien hinter Glas stellt … wir haben kein Problem damit, Leute umzubringen, die wir nicht mögen. Und schon gar nicht, wenn uns so ein dreckiger Hurensohn, nur weil uns mal was rausgerutscht ist, was ihm nicht passt, wie Fußabtreter behandelt und uns über kleinem Feuer röstet.«

Melo packte den Bruder mit seinen riesigen Händen, hob ihn hoch und starrte ihn lange wortlos an. Ein schrecklicher Blick, der unvergleichliche Wut ausdrückte. Als er ihn wieder absetzte, zitterte Iano und begriff im selben Augenblick, was das Wort Respekt zwischen Männern gleichen Schlages bedeutete.

Zu Angiolo ging zum Telefon und wählte eine Nummer. Eine Sekretärin mit freundlicher Stimme erteilte die gewünschte Auskunft: »Natürlich, Cavaliere Lo Sicco, der Ingegnere ist da, einen Augenblick bitte, ich stelle Sie durch.«

Ingegnere Alfonso Riccobono nahm den Hörer ab: »Cavaliere, welch ein Vergnügen, mit Ihnen zu sprechen. Was haben Sie mir zu erzählen?«

»Was soll ich Ihnen erzählen, Ingegnere, Altherrenkram? Wenn das Wetter weiter so schlecht bleibt, wird es vielleicht sogar kalt.«

»Das macht Ihnen doch nichts aus, Cavaliere, eine Eiche ist doch nichts im Vergleich zu Ihnen.«

»Das glauben Sie, aber die Zeit bleibt für niemanden stehen, Ingegnere, da gibt es keine Ausnahme ...«

»Ja ... die Zeit hält für niemanden an, mein lieber Cavaliere, jeder muss sich früher oder später damit abfinden und wer ein Ehrenmann ist, zieht Gewinn daraus, wer nicht ...«

»Selbstverständlich, Ingegnere, selbstverständlich. Im Leben gibt es eben Ehrenmänner und Gauner ... übrigens, wegen des Auftrags brauchen Sie sich keine Gedanken mehr zu machen, ich habe heute Nacht zwei Arbeiter geschickt, um die Angelegenheit in Ordnung zu bringen ... es gab eine Störung ... die beseitigt wurde. Wenn Sie sich das vielleicht später selbst ansehen wollen, um sich persönlich davon zu überzeugen ... es ist erstklassige Ware angekommen, wirklich erste Wahl ...«

»Führen Sie mich nicht in Versuchung, Cavaliere.«

»Aber nicht doch, Ingegnere, nicht doch! Sie sind zu nichts verpflichtet, nur wenn Sie möchten. Ich stehe zu Ihrer Verfügung, es handelt sich um ausgesprochen feine Ware, zartes Frischfleisch.«

»Meinen Sie wirklich, Cavaliere?«

»Können Sie sich vorstellen, dass ich Ihnen bestimmtes Junggemüse empfehle, ohne es selbst gekostet zu haben? Ich empfehle es Ihnen blind, Ingegnere. Einfach köstlich, glauben Sie mir.«

»Zu Angiolo, Sie sind schlimmer als die Versuchung selbst…«

»Man muss das Leben nehmen, wie es ist. Wenn wir schon jeden langen Tag, den uns der Allmächtige sendet, diesen bitteren Kelch leeren müssen, können wir wenigstens ein wenig Honig hineingeben, ich glaube, das billigt er sogar. Wir auf Gottes Erdboden sind doch alle seine Kinder.«

Die beiden verabschiedeten sich herzlich voneinander. Zu Angiolo goss sich noch zwei Fingerbreit Likör ein. Der Ingegnere hatte die Botschaft verstanden: Er konnte sich wieder mit den Mädchen amüsieren, wie und wann es ihm passte. Aspanu würde ihm keine Probleme mehr bereiten. Nein, Aspanu hatte jetzt selbst ein Problem, das so groß war wie ein Mähdrescher. Er musste zu Angiolo Lo Sicco höchstpersönlich erklären, wie er bloß auf die absurde Idee gekommen war, den Ingegnere übers Ohr hauen zu wollen. Und wenn er ihm das nicht zufriedenstellend erklären konnte, würden ihn Angilinas Bitten dieses Mal nicht retten.

Die arme Frau, nach dem Unglück mit dem Ehemann nun auch das noch … was für ein Fluch, sich mit diesem krummen Hund Aspanu eingelassen zu haben. Ja, wenn man mit dem Unterleib denkt… aber für ihr Alter war das Weibsstück gar nicht übel, noch fleischig und saftig wie eine reife, süße Traube. Eine Frau wie geschaffen fürs Bett, die einen Mann dazu bringen konnte, sich wie ein feuriger Hengst zu fühlen. Allein deshalb lebte Aspanu noch.

Cacici stürzte in Bonannos Büro. Den langen Bartstoppeln und geschwollenen, wütend dreinblickenden Augen nach zu urteilen hatte er schlecht oder wenig geschlafen. Sein grellblau kariertes Hemd hing ihm aus den Jeans. Offensichtlich war er erst vor wenigen Minuten aufgestanden. Er wirkte vor lauter Nervosität wie von der Tarantel gestochen.

»Marescià, darf ich? Ich müsste Sie mal ganz kurz sprechen.«

»Hat dir denn niemand beigebracht, dass man um Erlaubnis fragt, bevor man eintritt, und nicht erst, wenn man schon im Zimmer ist?«

Der Brigadiere des Einsatzkommandos, Giovanpaolo Cacici war nicht in der Stimmung, zwischen einem Witz und einer scharfen Zurechtweisung zu unterscheiden. Deshalb machte er auf dem Absatz kehrt und verließ das Büro. Dann schloss er die Tür hinter sich und klopfte unwillig. Bonanno stöhnte. Dieses verdammte Horoskop machte ihm das Leben schwer, Uranus komplizierte mit voller Absicht den Kontakt zu seinen Männern. Woran es wohl lag, dass ein Horoskop nie zutraf, wenn es gut ausfiel? Wenn es jedoch schlecht ausfiel …

»Herein«, sagte er resigniert.

Cacici betrat den Raum zum zweiten Mal und fragte zum zweiten Mal: »Marescià, kann ich Sie ganz kurz sprechen?«

»Ich höre. Aber sag mir erst eins, hattest du dich heute Morgen nicht hingelegt?«

»Darum geht es ja, Maresciallo, ich habe herrlich geschlafen, bis der dort anwesende Brigadiere Steppani mich plötzlich geweckt hat, um mir eine schlechte Nachricht zu überbringen. Ich sollte alle Verabredungen für heute Abend absagen, da ich seiner Meinung nach noch einmal

Dienst schieben muss, ausgerechnet gemeinsam mit ihm. Nachdem ich ihm ein Kissen, Schuhe und wahrscheinlich auch eine Menge wüster Beschimpfungen an den Kopf geworfen hatte, sagte er zu seiner Rechtfertigung, es sei Ihre Idee gewesen, Maresciallo. Ich kann aber einfach nicht glauben, dass Sie mir das tatsächlich antun.«
»Steppani hat nichts damit zu schaffen, ich bitte dich höchstpersönlich um diesen Gefallen. Du gehörst zu den wenigen Leuten hier, zu denen ich ein gewisses Zutrauen habe. Die Sache ist ernst und ich brauche einen fähigen Beamten, der schweigt und sich wie ein echter Polizist verhält, wenn es drauf ankommt.«
Cacici war bestürzt. Wenn der Maresciallo so mit ihm sprach, musste es wichtig sein.
»Worum geht es?«
Bonanno erklärte ihm seinen Plan und das, was er von ihm und Steppani erwartete. Cacici sah es schließlich ein, aber er konnte Steppani nicht davon überzeugen, ihn den Wagen fahren zu lassen. Nachdem er schon wegen des infarktträchtigen Fahrstils des Brigadiere seine Haut riskiert hatte, hatte Cacici geschworen, er würde nicht einmal zu ihm in den Wagen steigen, wenn er tot wäre. Schließlich warfen sie eine Münze. Natürlich verlor Cacici.

Bonanno sprach mit Cacici und Steppani die Bedingungen für ihren außerplanmäßigen Nachtdienst ab und schärfte ihnen ein, sie sollten auf keinen Fall etwas nach außen dringen lassen, um den empfindlichen Marcelli nicht aufzubringen. Danach entließ er sie und wandte sich den alltäglichen Aufgaben zu. Dazu gehörten eine Menge Formulare, die er noch ausfüllen musste. Er legte sie gleich wieder beiseite. Das war Arbeit für einen fähigen Schreiber wie Steppani.

Die Tür war nur angelehnt. Bonanno hatte den bestimmten Verdacht, dass er nicht allein in seinem Büro war. Als er aufschaute, sah er Maresciallo Cino Musicchia, seinen Kollegen, der immer glaubte, von allen möglichen und unmöglichen Krankheiten befallen zu sein. Die blanke Verzweiflung, die nun in dessen Augen lag, jagte Bonanno einen Schrecken ein. Er war an Musicchias Krankheitssymptome gewöhnt, die ihn im Laufe der Jahre lange Monate von der Arbeit fernhielten. Er hatte ihn unzählige Male über Koliken, Hexenschuss, Hämorrhoiden und Krampfadern jammern hören, aber noch nie hatte er dabei ein solches Gesicht gezogen. Diesmal musste ihm wirklich etwas Ernsthaftes zugestoßen sein.
Bonanno versuchte, die Angelegenheit herunterzuspielen: »Na, Musì, wie ist das werte Befinden heute Morgen?«
Musicchia, der bis gestern auf eine solche Frage mit einer Reihe von Schmähungen geantwortet und sich über das Wetter, die Arbeit, die Regierung und vielleicht sogar über den Allmächtigen selbst beschwert hätte, gab ihm keine Antwort. Er schloss die Tür, drehte den Schlüssel herum und sagte: »Bonà, ich muss etwas Persönliches mit dir besprechen.«
Bonanno spürte, da war Ärger im Anzug.
»Was ist ... du siehst aus, als wäre dir heute Nacht das Dach über dem Kopf zusammengebrochen ... fühlst du dich wieder schlecht? Haben die Koliken dich nicht schlafen lassen? Spann mich nicht auf die Folter, du weißt, ich habe ein schwaches Herz ...«
»Bitte Bonà, spiel bitte nicht den Clown, es ist jetzt weder Ort noch Zeit für Scherze. Hier geht es um etwas Ernstes, um mein persönliches Ansehen. Wenn ich das Problem nicht bald löse, begehe ich noch eine Dummheit, Bonà, das versichere ich dir.« Während des letzten Satzes strei-

chelte er liebevoll das Halfter seiner Dienstwaffe. Bestürzt erinnerte sich Bonanno daran, dass man Musicchia vor ein paar Jahren wegen eines Nervenzusammenbruchs behandelt hatte.

»Also Musicchia, du willst heute Morgen wirklich erreichen, dass ich mir ernsthaft Sorgen mache. Darf ich vielleicht erfahren, was mit dir los ist? Wenn du eine Woche Urlaub brauchst, dann musst du nur ein Gesuch einreichen, kein Problem. Geht es aber um Geld, dann bist du an den Falschen geraten«, beendete er seinen Satz und versuchte noch einmal, die Angelegenheit herunterzuspielen.

Cino Musicchia verzog das Gesicht und presste die ausgetrockneten Lippen aufeinander. Dabei bewegten sich seine Hände nervös. Nach ein paar Sekunden, die sich unendlich lang hinzogen, schaute er Bonanno mit Augen an, die widersprüchliche Botschaften aussandten. Zornesblitze legten sich über Abgründe der Verzweiflung, Hoffnungsseufzer verjagten heimlichen Gram und enthüllten einen labilen Mann, der auf sich allein gestellt war und dringend Hilfe brauchte. Ein Stück Holz, das von der wütenden Gewalt des Meeres hin- und hergeworfen, von riesigen Wellen fortgerissen und schließlich vor Bonanno an den Strand gespült worden war. Musicchia wirkte einfach mitleiderregend.

»Bonà, meine Frau setzt mir Hörner auf«, sagte er in einem Atemzug und befreite sich so zugleich von der Scham und der Enttäuschung, die in seiner Brust wüteten.

Bonanno wäre beinahe vom Stuhl gefallen. Seine spontane Bewegung erwies sich als überaus glücklich. Ihm war ein Päckchen Zigaretten unter den Schreibtisch gerutscht, und jetzt bückte er sich schnell, um es aufzuheben und auf diese Weise vor den verzweifelten Blicken seines Kollegen zu verbergen, dass er über Musicchias unglaubliches Schicksal heftig lachen musste.

Allein der Gedanke, Signora Musicchia könnte einen Geliebten haben, löste in ihm einen krampfhaften Heiterkeitsanfall aus, den er seinem gramgebeugten Kollegen besser nicht zeigte. Noch nie hatte man in Villabosco eine solche Vogelscheuche gesehen wie Natalina Mezzasalma, vor der sich sogar Gott fürchtete, eine typische Hausfrau, die sich nur für Kinder, Küche und Kirche interessierte. Sie stammte aus Ragusa und hatte Musicchia in der Blüte ihrer achtundzwanzig Jahre geheiratet, war Mutter von drei Töchtern, die ihr wie aus dem Gesicht geschnitten waren.

Vier

Salomo sitzt im Halbdunkel, er atmet tief und entspannt und wirkt wie eine Katze, die sich ins Gras duckt und ihre Beute belauert. Er weiß, in ein paar Augenblicken wird sich das Schauspiel wiederholen. Sein großartiges Unternehmen geht mit schnellen Schritten vorwärts. Es gibt so viele auf der Erde, die leidenschaftlich für zarte Kinderkörper glühen ... die einzige Grenze setzt seine Auswahl.
Eine äußerst sorgfältige Auswahl: Wer nicht über die ausreichende Menge an Material verfügt, kann nicht zu jener Elite gehören, die das Unternehmen Upupa (Wiedehopf) ins Leben ruft, unter das er am Ende sein königliches Siegel setzen wird. Das dritte Jahrtausend wird im Zeichen der Liebe beginnen. Und kann es eine größere Liebe geben als die zu Kindern?
Man braucht mindestens dreitausend Fotos oder eindeutige Filme, Referenzen, die für sich sprechen, um in die Gemeinschaft aufgenommen zu werden. Die Auswahl ist streng. Halbherzige oder unscharfe Bilder werden nicht akzeptiert. Seine Anhänger müssen fähig sein. Die Feinde schmieden schon im Dunkeln Ränke, um all jene zu zerstören, die ihr Leben bereichern, indem sie verängstigte Wesen mit Liebe berühren. Wesen, die nicht selten verlassen oder verkauft wurden und sich nach sanften Zärtlichkeiten sehnen. Was kann denn Schlimmes daran sein, Kinder zu lieben und sie mit Zärtlichkeiten zu überhäu-

es sein malvenfarbenes Baumwollkleidchen über den Kopf und bringt darunter einen kleinen, mageren Körper zum Vorschein, in den der Hunger tiefe Furchen am Brustkorb getrieben hat. Man erkennt die Rippen unter der Haut, die der Mann mit neu erwachter Lüsternheit küsst. Seine gierigen Lippen kitzeln die Schwellungen um die braunen Brustwarzen, wo sich die feuerrote Schlange schnell wie der Blitz windet und ihren Speichel zurücklässt.
Das kleine Mädchen streckt sich auf dem weichen Bett aus, das so anders ist als das schmutzige, von Flöhen heimgesuchte Lager, das es sich mit der Mutter und sieben Brüdern in einer Hütte am Strand teilt, nur ein paar Hundert Meter von diesem Hotel entfernt. Die Kleine presst die Lider zusammen, ihre Hände bewegen sich automatisch auf dem dicken behaarten Körper auf und ab, der über ihr liegt und schnell von seinem Kleidern befreit werden möchte.
Der Mann sagt wieder etwas. Das kleine Mädchen öffnet seine Augen ein wenig, starrt die viehischen, lustverzerrten Gesichtszüge an, und muss im Spiegel sich selbst zwischen den behaarten Schenkeln des Mannes sehen. Er zahlt und verlangt, dass sie ihn beobachtet, während er seine Show abzieht: Er, der tolle Fünfzigjährige, der die Lust einer kleinen Hure befriedigen kann, die noch Federn in ihr kleines Nest legen muss, das sie zwischen den mageren Schenkeln verschließt.
Da sind zwei Geldscheine, zwei große Geldscheine, die das dumpfe Knurren leerer Mägen und die Tränen aus den eingefallenen Augen der Brüder vertreiben werden. Zwei große Geldscheine, die der Mann dem kleinen Mädchen auf den flachen, ängstlich zitternden Bauch legt. Zwei Geldscheine für eine Reise ohne Wiederkehr, die das zerstören wird, was sie bis jetzt eifersüchtig behütet hat.
Salomo ist atemlos. Was er hier sieht, bedarf keiner Er-

klärung. Wie viel Liebe der generöse Mann der Kleinen schenkt. Mit wie viel Anmut und Zärtlichkeit er in sie eindringt, wie liebevoll er sie küsst, mit welcher Begeisterung die feuerrote Schlange den salzigen Tau trocknet, der in dicken Tropfen aus den Augen des Mädchens fällt, während sich eine purpurrote Lache unter ihnen ausbreitet.

In dieser Nacht schlief Bonanno schlecht. Daran waren jedoch nicht nur die vier köstlichen *bruciuluni* – mit Ei, Erbsen, Pecorino und Zwiebeln gefüllte Scheiben zarten Kalbsfleischs, die in einem pikanten Sud geschmort wurden – schuld, denen Bonanno einfach nicht hatte widerstehen können: Trotz Donna Alfonsinas vorwurfsvollen Blicken hatte er sie allesamt verdrückt.

Neben dem Grummeln in seinem Bauch und dem großen Durst quälte ihn auch noch ein Angsttraum. Aus einer tiefen Grube, die durch den Regen rutschig geworden war, schaute ihn flehend Musicchias grünlich schimmerndes Gesicht an, das von schillernden Blitzen erhellt wurde. Bonanno streckte ihm die Hände entgegen, um ihn festzuhalten und ihm dabei zu helfen, aus diesem Loch herauszukommen, in dem sich eine große Pfütze ausbreitete, aber es hatte den Anschein, als würden sich die Wände ausdehnen und alles sich immer weiter entfernen. Je mehr er sich vorbeugte, desto weiter entfernte sich Musicchia von ihm und versank im Schlamm. Bonanno stand auf, um Hilfe zu holen, doch mit einem Mal blieb sein Herz stehen und ihm stockte der Atem: Er befand sich auf einem Friedhof und Musicchias Grube war ein Grab – sein Grab.

Neben dem Grabstein, auf dem sich das Foto des Maresciallo in Uniform gegen den weißen Marmor abhob, standen eine Frau in Schwarz und drei Mädchen, ebenfalls in Trauerkleidung. Hinter ihnen stand noch eine Frau, deren

Gesicht von einem dichten Schleier verdeckt war. Man konnte ihre Züge nicht erkennen, aber Bonanno wusste genau, wer sie war und dass sie nur gekommen war, um ihn in die Grube zu stoßen. Genauso wie er wusste, dass die Frau, die dort Musicchias Tod beweinte, Signora Natalina Mezzasalma aus Ragusa war und hinter ihr ihre drei Töchter. Doch die Frau hinter ihnen war *sie*, darauf hätte er einen Eid geschworen.

Plötzlich näherten sich die Figuren einander und verschmolzen zu einem einzigen dunklen Schatten. Sie bewegten die Lippen, denen sich ein Geräusch wie von Blättern, die zertreten werden, entwand und lange Schreie, die das Trommelfell verletzten, durch die Luft schrillten, tänzelnd verklangen und wieder kamen, sich in Bonannos Ohrmuscheln einnisteten, bis dieser schließlich verzweifelt rief: »Aufhören, bitte hört doch auf.« Sogar Musicchias Hilfeschreie verwandelten sich in lang gezogenes Wehklagen, ein unerträgliches Jaulen.

Dieses Heulen musste um jeden Preis aufhören. Und da fiel ihm eine wirksame Lösung ein: Er würde eine Schaufel benutzen, um Musicchia und sein Geheule und die dunklen, riesengroß gewordenen Schatten, die zu einer einheitlichen Masse verschmolzen waren, mit Erde zu bedecken.

Als er aufwachte, verfluchte er die *bruciuluni*, Cino Musicchia und den lästigen Ringhio, der wirklich jede Nacht um drei Uhr seine Jaul- und Heularie anstimmte.

Wütend sprang er aus dem Bett. Der Setter begrüßte ihn mit freudigem Schwanzwedeln. Bonanno beschimpfte ihn kräftig, rauchte zwei Zigaretten und hustete dabei wie ein verstopfter Auspuff. Er bereitete sich ein Gebräu aus Wasser, Zitrone, Natriumkarbonat zu, schüttete einen halben Liter kühles Wasser in sich hinein, leerte seine Blase

und versuchte, wieder einzuschlafen. Aber es gelang ihm nicht, das unangenehme Gefühl abzuschütteln, er hätte Musicchia und seinen Eheproblemen nicht genügend Beachtung geschenkt. Er musste sich der Sache bald annehmen, denn mit diesem Druck auf dem Magen konnte er nicht länger leben. Und wenn, Gott behüte, etwas Schlimmes passierte? Verdammt, war das alles kompliziert, hatte Musicchia denn nichts Besseres zu tun, als ihm mit diesen Sorgen das Hirn zu verwirren? Wie konnte er überhaupt auf den Gedanken kommen, diese Vogelscheuche …
Bonanno ärgerte sich über sich selbst, bevor er in einen Schlummer sank, der nach Hundehaaren, angesengten Zigaretten und Frauenparfüm roch, einem Duftwasser von minderer Qualität, das jemand auf dem Markt gekauft hatte, um zu sparen. Das Parfüm von Natalina Mezzasalma, die ihr eigener Lebensgefährte, ein gewisser Cino Musicchia, Maresciallo der Carabinieri in Villabosco, ewiger eingebildeter Kranker, des Ehebruchs beschuldigt hatte. Wann und wie sollte ihm diese arme Frau eigentlich Hörner aufgesetzt haben? Sie verließ das Haus doch nur, um in die Kirche zu gehen oder in die Apotheke, wo sie Medikamente für ihren Mann kaufte. Die ganze Angelegenheit war mindestens ebenso kompliziert, wie die richtigen Lottozahlen zu finden.

Um Viertel vor sieben stand Bonanno auf, obwohl Sonntag war und die Dunkelheit das Montanvalle wie ein feuchter Mantel einhüllte. Es roch nach Erde und Moos. Er ging unter die Dusche und versuchte so, das beklemmende Gefühl abzuwaschen, das die Angstträume zurückgelassen hatten. Er überließ sich lange der warmen Umarmung des Wasserstrahls. Ausgiebig widmete er sich seiner Körperpflege, rasierte sich sorgfältig, erfrischte Kinn und Wangen mit einem neuen, angenehm milden Aftershave und entfernte schließlich mit einer Metallpinzette störende weiße Härchen aus der Nase. Als er mit der gesamten Prozedur fertig war, war eine gute halbe Stunde vergangen. Zufrieden betrat er die Küche und begegnete dort Donna Alfonsina, die ebenfalls schon aufgestanden war. Sie hatte die Espressomaschine bereits gefüllt. Als sie ihn sah, zündete sie eilig die Gasflamme an. Der frisch gewaschene, parfümierte Bonanno wirkte wie ein junger Mann, der sich in Schale geworfen hatte.

In einer Ecke saß Ringhio und schlabberte eine Schlüssel mit in gezuckerter warmer Milch eingeweichtem Brot leer. Diese Köstlichkeit verlangte der Setter morgens und abends, sonst gab es Ärger und er heulte lang und intensiv. Bonanno beobachtete ihn finster. Ringhio kümmerte sich überhaupt nicht darum und fraß genussvoll, dabei wedelte er mit dem Schwanz. »Er wird fetter als ein Schwein«, sagte Bonanno.

»Dann können wir uns ja zu Weihnachten mit Ringhio begnügen, statt eine Schweinshachse zu kaufen«, erwiderte Donna Alfonsina.

Bonanno funkelte seine Mutter böse an: »Was meinst du damit? Hast du etwa nicht darauf bestanden, einen Hund für Vanessa ins Haus zu holen, weil das ihr größter Wunsch war? Erinnere dich, ich habe versucht, sie davon überzeugen, Schildkröten zu nehmen, die ganz reizend waren. Oder dieser nette kleine Papagei, wer weiß, wo der gelandet ist. Aber nein, ihr musstet ja unbedingt euren Willen haben, du noch mehr als sie. Ihr habt gesagt, ihr wollt einen Hund, und jetzt habt ihr einen. Kannst du mir bitte sagen, was zum Teufel du von mir willst, wenn der nachts wie ein Verrückter bellt? Willst du etwa, dass ich ihn die ganze Nacht draußen lasse, damit sich die Nach-

barn beschweren, die ihn so schon kaum ertragen, und uns wegen öffentlicher Ruhestörung anzeigen?«
»Heilige Madonna von Carmine, Savè, warum bist du nur so schwierig! Da, nimm dir eine Tasse Kaffee und entspann dich. Wer hat denn von dir geredet? Ich habe doch nur ein Wort gesagt und muss mir dann gleich eine halbe Wahlrede anhören, heiliger Himmel! Lass ihn ins Haus, lass ihn dort herumlaufen, was ist schon dabei, wenn er überall herumpinkelt? Die blöde Kuh, die jeden Morgen hier putzt, hast du ja zur Hand ... also, wo liegt das Problem?«
Bonanno kostete seinen Espresso. Er schmeckte bitter wie Rattengift.
»Kannst du mir vielleicht mal erklären, was ich tun soll? Ich kann ihn nicht draußen lassen, wo er die ganze Nacht bellt, drinnen verpestet er uns das Haus, und das willst du nicht. Was meinst du, soll ich ihm eine Kugel durch den Kopf jagen?«
»Natürlich nicht, Savè, auf keinen Fall! Das arme Tier fühlt sich einsam, es hat ein großes Bedürfnis nach Liebe, vielleicht braucht es eine Gefährtin, die es in der Hundehütte im Garten tröstet ...«
Bonanno wäre fast an seinem Kaffee erstickt. Donna Alfonsina, die seine abwehrende Reaktion bemerkte, fügte schnell hinzu: »Na gut, lassen wir das, aber wenn du ihn schon hereinholst, warum bringst du ihn dann nicht auch hinaus, wenn er dringend sein Geschäft erledigen muss?«

Bonanno verließ so fluchtartig das Haus, als würde er von einem ganzen Schwarm wütender Wespen verfolgt. Er nahm sich nicht einmal die Zeit, um in sein Horoskop zu schauen. Das würde alles noch verschlimmern. Aber gab es für sein Leben überhaupt noch ein »Schlimmer«? Er fühlte sich wie jemand, der nach Hause kommt und seine Frau in den Armen eines anderen Mannes vorfindet. Sobald er aber den Mund öffnet, um sich darüber zu beschweren, werfen ihm Frau und Geliebter ein Betttuch über den Kopf und prügeln ihn bis aufs Blut. Kurz gesagt, er fühlte sich wie jemand, den man betrogen und geschlagen hatte. Wie viel Geduld brauchte man doch mit seiner Mutter. Ihr konnte man es nie recht machen!

Der blutjunge Wachtposten, ein Hilfscarabiniere aus der Lombardei, sprang auf, sobald er ihn kommen sah, und bedachte ihn mit einem strammen militärischen Gruß.

»Sind Steppani und Cacici zurück?«, fragte Bonanno mürrisch.

»Jawohl, Signor Maresciallo, sie sind oben«, antwortete der junge Mann mit glühenden Wangen. Er ist wohl schüchtern, dachte Bonanno, als er ihn grüßte und die Treppe hinauflief.

Cacici und Steppani stritten sich gerade. Bonanno ahnte sofort, worum es ging: Wie immer hatte Steppani sich am Steuer ausgetobt, sodass dem armen Cacici der Magen samt Inhalt in den Kopf gestiegen waren. Er hatte noch nicht begriffen, ob Steppani das absichtlich tat oder ob er wirklich eine ihm unbekannte Erregung verspürte, wenn er das Gaspedal durchtrat und in jeder Kurve des Montanvalle einen Überschlag riskierte. Und mit ihm würde sich dann auch der unglücksselige Kollege überschlagen, der das Pech hatte, gerade bei ihm mitzufahren.

»Ach, da ist ja der Maresciallo, dann werden wir das jetzt ein für alle Male klären. Wenn Sie mich noch brauchen, Marescià, stehe ich sebstverständlich zu Ihrer Verfügung, aber wenn ich noch einmal meinen Dienst mit dem Brigadiere antreten soll, dann gibt es nur zwei Möglichkeiten: Entweder ich fahre oder ich beantrage sofort meine Versetzung«, sagte Cacici.

Bonanno hätte es nicht unbedingt beschwören können,

aber so verstört, wie Cacici aussah und wie er stank, hatte er sich wohl auch noch die Seele aus dem Leib gekotzt.
»Was für ein Aufstand wegen einer schlecht genommenen Kurve! War es vielleicht meine Schuld, dass uns das Wildkaninchen den Weg abgeschnitten hat?«
»Sie sollten lieber denen die Hände abschneiden, die dir den Führerschein gegeben haben, und zwar alle beide. Der Maresciallo hier ist mein Zeuge: Ehe ich wieder in ein Auto steige, das du steuerst, lasse ich mich erschießen!«
»Es ist gut, Cacici, ich habe es begriffen ... ich entschuldige mich bei dir, möchtest du, dass ich das nächste Mal bei Steppani mitfahre?«, fragte Bonanno.
Steppani grinste. Cacici regte sich nur noch mehr auf: »Das ist doch immer das Gleiche. Der da glaubt, er ist ein Formel-1-Pilot und immer sind die anderen armen Menschen schuld, die es wagen, den Mund aufzumachen und sich zu beklagen.«
»Cacici, du weißt, so habe ich es nicht gemeint.«
»Ja, Marescià, schon gut. Kann ich jetzt gehen und mich duschen? Der hier anwesende verrückte Rennfahrer kann Ihnen alles berichten.«
Bonanno beobachtete seufzend, wie Cacici wütend verschwand. Mit Steppani musste er früher oder später einmal ein ernstes Wort reden. Aber jetzt war eindeutig nicht der richtige Moment dafür. Auf den Fahrstil würde er ein anderes Mal zu sprechen kommen.
»Also, Steppani, wie ist es gelaufen?«
»Das ist die Liste mit den Kennzeichen der Wagen, die heute Nacht vor Aspanus Haus geparkt haben. Genau gesagt waren es zweiundvierzig Autos, darunter das neueste Modell von Mercedes, so majestätisch wie ein Ozeandampfer, ein Auto so lang wie ein Flugzeugträger, so einzigartig und wunderschön ...«

»Steppani, bitte!!«

»Entschuldigen Sie, Maresciallo, es hat mich einfach mitgerissen. Also, morgen setzen wir uns mit denen von der Kraftfahrzeugzulassungsstelle in Verbindung und versuchen, die Eigentümer zu ermitteln, wenngleich wir dabei einen gewissen Unsicherheitsfaktor in Betracht ziehen müssen.«

»Was meinst du damit?«

»Wer sagt uns denn, dass die Eigentümer ihre eigenen Wagen benutzt haben? Vielleicht haben sie den gerade gestern Abend ihrem Sohn oder einem Freund geliehen, und die haben ihn dann benutzt, um sich einen netten Abstecher zu Aspanus kleinen Freundinnen zu gestatten.«

»Na gut, Steppà, wenn sie ihre Wagen verliehen haben, werden sie uns erzählen, an wen. Sag mir eins: Hast du bekannte Gesichter entdeckt?«

»Es war dunkel, Marescià, und die haben das gut organisiert. Es gibt zwei viereckige, markierte Flächen, eine dunkle und eine helle, genau neben der Eingangstür. Wenn dort bereits Wagen parken, stellt sich der Neuankömmling etwas weiter weg und wartet. Fährt einer der beiden Wagen weg, kommt der Nächste und stellt sich auf das helle oder dunkle Viereck, je nachdem ob er sich mit der weißen oder der farbigen Kleinen amüsieren will. Dann klopft er diskret an die Tür. Es muss ein bestimmtes System geben, damit die Kunden einander nicht begegnen. Hier liegt alles so eng beieinander, es besteht also das Risiko, dass plötzlich Vater und Sohn einander gegenüberstehen.«

»Wie lange läuft dieses Geschäft schon?«

»Anscheinend mehr als drei Monate, aber erst in letzter Zeit sickerte etwas durch, dank der Signora, von der ich Ihnen erzählt habe.«

»Natürlich, natürlich«, meinte Bonanno und zündete sich

eine Zigarette an. Steppani öffnet das Fenster zum Balkon. Wie ein Verrückter zu fahren war für ihn in Ordnung, aber Rauch ertrug er überhaupt nicht.
»Na und, hast du jemanden gesehen, den wir kennen?«
»Marescià, ich bin mir nicht sicher, aber ich glaube, einer von denen, die vorbeikamen, um den Schwanz in die Negerin zu stecken, war dieser hochverehrte Mann, der auf den Namen Ingegnere Alfonso Riccobono hört.«
»*Der* Alfonso Riccobono?«, fragte Bonanno, während seine Atemwege von Rauch und Überraschung verstopft wurden.
»Genau der.«
»Bist du sicher, Steppà?«
»Hundertprozentig sicher bin ich nicht, aber meiner Meinung nach war er es, der am Steuer des Mercedes saß. Aber wie dem auch sei, ich hatte dieses Goldstück dabei, das ich mir im letzten Urlaub bei meiner Schwester in der Schweiz gekauft habe, eine hochwertige Kamera mit einem besonders lichtempfindlichen Film mit 3200 ASA, mein Privatbesitz. Auch in der Nacht aufgenommene Bilder sehen aus, als wäre es mitten am Tag, und das ganz ohne Blitz. Sobald wir die Fotos entwickelt haben, vergrößern wir sie und dann wissen wir, wer all diese Brüder waren. Selbst wenn sie danach versuchen würden, alles abzustreiten, Marescià, hier haben wir die Beweise, das sind keine leeren Geschichten.«
Bonanno war einfach sprachlos. Dieser Teufelskerl schaffte es immer wieder, ihn zu überraschen.
»Das heißt, du hast die Fotos heimlich geschossen?«
»Sollte ich sie etwa bitten, sich in Positur zu werfen?«
»Heiliger Himmel, Steppani, war es denn wirklich nötig, Fotos zu machen? Weißt du eigentlich, dass wir ziemlich viel riskieren, falls jemand das Ganze herausfindet? Für diese Art Ermittlungen brauchen wir die Unterschrift des

Untersuchungsrichters, hast du das vielleicht vergessen?«

Der Brigadiere war verärgert. Das war wirklich Dankbarkeit. Er hatte dafür gesorgt, eine heikle Ermittlung wie diese mit unwiderlegbaren Beweisen zu erhärten, und statt ihm dafür zu danken, schimpfte man ihn auch noch aus.

»Es ist noch Zeit, ich meine, ich kann den Film auch wegwerfen und damit ist der Fall dann erledigt.«

»Warte mal, Steppà, nicht so hastig, vielleicht ist uns das Ganze doch irgendwie nützlich und wir können das anders regeln.«

»Und wie?«

»Überlass das mir, du darfst auf jeden Fall niemandem ein Wort davon erzählen, nicht einmal Cacici. Ich verlasse mich auf dich.«

»Ich schwöre.«

»Wir sind uns also einig. Gib mir den Film, ich bewahre ihn auf. Und jetzt sag mir, sind die beiden Mädchen noch dort?«

»Bis heute Morgen bestimmt, ob auch danach noch, weiß ich nicht, aber wenn ich davon ausgehe, was sie heute Nacht geschafft haben, dürften sie todmüde sein. Meiner Meinung nach müssten sie fast im Koma liegen. Später wird sie wahrscheinlich jemand abholen, um sie nach Palermo zurückzubringen.«

»Das glaube ich auch, zumal Aspanu dort nicht auftauchen kann, in seinem Zustand. Was meinst du, welche Strecke werden sie nehmen?«

»Die übliche, die Schnellstraße nach Palermo, an der Einfahrt von Bonanotti. Die andere Abkürzung ist seit einem Erdrutsch für den Verkehr gesperrt. Also ist das der einzig mögliche Weg.«

»Dann haben wir sie. Schick einen unserer Wagen zu der Einfahrt und sag ihnen, sie sollen sich nicht eher von dort entfernen, bis ihre Ablösung kommt. Oberste Priorität: Ein Fahrzeug abzufangen, in dem ein weißes und ein farbiges Mädchen sitzen. Wenn sie den Wagen sehen, sollen sie ihn anhalten und die Insassen auffordern, ihnen in die Kaserne von Bonanotti zu folgen.«

»Nicht hier in die Zentrale?«

»Ein klares Nein, Steppà, sonst geht das mit Marcelli übel aus.«

»Natürlich. Ach, Marescià, da gibt es noch etwas: Nur um das klarzustellen, ich habe die ganze Nacht kein Auge zugetan.«

Steppani kam Bonannos Befehl nach und beauftragte die Kollegen vom Einsatzkommando, Cantara und Lacomare, die Abzweigung von Bonanotti zu überwachen. Sie hatten klare Anweisungen: Sobald sie den Wagen mit den beiden Mädchen abgefangen hätten, sollten sie sofort Bonanno informieren, wo auch immer der sich aufhielt. Was der Maresciallo vorhatte, war Steppani noch nicht ganz klar. Aber er kannte ihn gut genug, um zu wissen, dass er etwas im Sinn hatte, wenn er sich so benahm.

Vielleicht dachte er ja, dass hinter dem Handel mit menschlichem Frischfleisch noch etwas anderes steckte.

Bonanno konnte es nicht glauben. Er kannte Ingegnere Alfonso Riccobono persönlich und hätte nie gedacht, dass der sich in seiner Freizeit gegen Bezahlung bei exotischen Schönen mit glänzender ebenholzfarbener Haut auslebte. Der Mann war verheiratet und Familienvater, ein reicher, angepasster Bürger, Präsident einer Wohltätigkeitsorganisation, Ehrenmitglied in zahlreichen Clubs und Gründer eines kleinen Museums zur Bewahrung ländlicher Traditionen, wo Ackerbaugeräte und Rezepte aus vergangenen Zeiten bewahrt wurden. Er war einer der Männer in Villabosco, die regelmäßig im Licht der Öffentlichkeit standen. Einer der angesehensten.

Wenn Steppanis Informationen sich als richtig herausstellten, konnte das nur eins bedeuten: Aspanus Geschäfte mit den Frauen zogen viel weitere Kreise, als man angenommen hatte, und darin waren hochrangige Persönlichkeiten verwickelt. Sollte dem wirklich so sein, musste Aspanu konkrete Rückendeckung haben. So eine Unterstützung konnten im Montanvalle nur wenige Personen garantieren.

Gedankenversunken verließ Bonanno die Kaserne. Deshalb schreckte er hoch, als der pflichtbewusste Hilfscarabiniere ihn militärisch grüßte, indem er zackig die Hacken zusammenschlug und die Hand an die Stirn führte. Bonanno ging zu ihm und fragte ihn in väterlichem Ton: »Wie heißt du denn, mein Sohn?«

»Furio Della Valle«, antwortete der Carabiniere und dabei schienen seine Wangen wie die Fleischsoße seiner Mutter zu brennen, wenn sie zu viel Chili hineingetan hatte.

»Hör mal, Furio Della Valle, tu mir einen persönlichen Gefallen. Wenn du mich das nächste Mal siehst, egal mit wem, ob ich in Uniform bin oder nicht, dann genügt als Gruß ein einfaches ›Guten Tag‹ oder ›Guten Abend‹. Klar?«

»Jawohl, Signor Maresciallo«, antwortete der junge Mann und schlug die Hacken zusammen.

Bonanno erreichte seinen Fiat Punto, den er in der Nähe geparkt hatte. An diesem Morgen musste er noch eine Schuld – sich selbst gegenüber – abtragen. Und zwar schnell, wenn er wieder ruhig schlafen wollte. Falls Ringhio das überhaupt zuließ.

Er musste mit jemandem reden. Und zwar sofort. Wenn er Glück hatte, würde er ihn bei der Arbeit finden, obwohl heute Sonntag war. Wenn er Glück hatte, konnte er die

Sache Musicchia ganz schnell abschließen und sich so eine Last von der Seele nehmen, die sein Schuldgefühl noch vergrößerte. Er startete den Wagen und legte den Gang ein. Nach ein paar Hundert Metern bog er in die Hauptstraße ein und dann auf die Piazza, wo er zufrieden parkte. An diesem Morgen hatten die Sterne wohl anderweitig zu tun, denn die Apotheke Cusumano war geöffnet und Tonio stand hinter dem Tresen.

»Anscheinend ist es besser für mich, wenn ich das Horoskop nicht lese«, dachte Bonanno, während er aus dem Wagen stieg und seinem Freund zuwinkte.

Tonio bediente gerade eine Kundin.

»Guten Morgen«, sagte Bonanno, als er die Apotheke betrat.

»Saverio, was für eine nette Überraschung! Was führt dich denn am Sonntag hierher?«, antwortete Tonio so begeistert, dass bei Bonanno alle Warnglocken zu läuten begannen.

»Gestatten Sie, Rosalia? Ich möchte Ihnen Maresciallo Saverio Bonanno vorstellen, den Chef der Einsatztruppe und gegenwärtigen Leiter des Kommandos in Villabosco, der fähigste und anständigste Vertreter der Ordnungskräfte im gesamten Montanvalle.«

»Jetzt aber mal halblang, Tonio«, sagte Bonanno verlegen.

»Gestattest du, Savè? Ich möchte dir Signora Rosalia vorstellen, unsere reizende neue Sozialarbeiterin, die seit ein paar Wochen für die Gemeinde tätig ist. Welch ein Glück für uns, eine so schöne Vertreterin des weiblichen Geschlechts bei uns zu haben, nicht wahr?«

Bonanno schüttelte der Frau die rechte Hand und lächelte sie an. Sie erwiderte das Lächeln, drückte seine Hand und sagte ganz leise: »Sehr erfreut«, dann verabschiedete sie sich von beiden Männern. Rosalia war etwa dreißig und besaß eine weibliche Anmut, wie sie nur wenigen Frauen zu eigen war. Ihre Augen schienen in den Augenhöhlen zu glühen. Sie verströmte einen Duft, der an Bonanno haften blieb. Den Duft einer Frau, in dem er sich gern verloren hätte. Er schaute ihr nach, bis er sie in ihren Kleinwagen steigen sah. Rosalia sah ebenfalls zu ihm hinüber, als sie die Autotür öffnete. Er konnte sich irren, aber auf ihn hatte das wie ein Ausdruck unausgesprochener Sympathie gewirkt.

»Und, Savè?«

»Und was?«

»Was hältst du von unserer Sozialarbeiterin? Ein appetitliches Häppchen, oder? Hast du ihre Schenkel und ihre Hüften gesehen?«

»Mein Gott, Tonio, kann es sein, dass du nur an das Eine denkst … was schwirrt dir nur im Kopf herum?«

»Kannst du mir sagen, was es im Leben Besseres gibt?«

»Heirate endlich, dann brauchst du nicht mehr hinter jedem Paar Frauenbeine herlaufen, das du siehst.«

»So dumm bin ich nicht, Savè, die Ehe ist was für Durchschnittsmenschen und Resignierte. Ich kann mir Besseres vorstellen, als mich ständig darum zu sorgen, ob man mir Hörner aufsetzt, wenn ich gerade nicht zu Hause bin.«

Bonanno sah ihn verblüfft an. Er wusste nicht, ob er wütend werden oder die Gelegenheit nutzen sollte. Zufällig hatte Tonio nämlich genau das Thema angesprochen, das ihn hierhergeführt hatte. Bonanno wählte die zweite Möglichkeit. Er hatte keine Lust auf Streit, und für manche Dinge war Tonio viel nützlicher als eine Zeitung. In dieser Apotheke tagte die Klatschbörse von Villabosco.

»Hör mal, Tonio, ich muss dich etwas sehr Heikles fragen. Kann ich mich auf deine Diskretion verlassen?«

»Dafür kannst du die Hand ins Feuer legen.«

»Vergiss mal meine Hand, aber sollte ich irgendwie erfahren, dass du jemandem auch nur ein Wort von dem erzählt hast, was ich dir jetzt sage, dann verspreche ich dir, dass du es teuer bezahlen wirst. Das schwöre ich bei Gott!«

»Ach, Jesus, was wird es denn schon sein … Na los, sag, was möchtest du wissen?«

»Kennst du Signora Natalina, die Frau von Maresciallo Musicchia?«

»Die Vogelscheuche, die sich nur um ihren Haushalt und ihre Gebete kümmert?«

»Die Signora Natalina.«

«Ja und?«

»Hast du vielleicht zufällig gehört, äh, dass diese Signora, also, in letzter Zeit gibt es bestimmte Gerüchte über sie, also ganz besondere eben, du verstehst mich schon, oder?«

»Nicht ein bisschen.«

Bonanno seufzte und sagte dann: »Also, interessiert sich die genannte Signora für irgendjemanden?«

Nach einigen Augenblicken der Verblüffung brach Tonio in schallendes Gelächter aus. Sein Lachen überzog die Regale, brachte die Hustensaftfläschchen zum Klirren, blieb lange an den großen und kleinen Medikamentenpackungen haften und verklang schließlich hinter Bonannos Rücken. Der sah seinem Freund dabei zu, wie er sich mit Tränen in den Augen den Bauch hielt und sich nicht mehr einzukriegen schien.

In letzter Zeit legte Tonio es anscheinend darauf an, ihn aufzuregen. Zornrot meinte Bonanno daraufhin: »Und die beiden Häschen, die in Caccialestos Haus die Beine breitmachen, bringen die dich auch zum Lachen?«

Das Gelächter erstarb. Tonio spürte den Schlag unterhalb der Gürtellinie. Er wurde ernst.

»Also hatte ich recht, du wusstest Bescheid und hast mir

nichts davon gesagt, es ist dir nicht einmal im Traum eingefallen, mich darüber zu informieren. Du bist mir ein schöner Freund!«, beharrte Bonanno, der nicht erwartete hatte, so ins Schwarze zu treffen. Er hatte es einfach nur mal so gesagt.

»Versuch mich zu verstehen, Savè, du kennst den Unterschied zwischen einem Freund und einem Spion, und ich bin weder ein Gauner noch ein Mistkerl. Das ist mein Dorf, ich lebe hier und das gern möglichst in Frieden. Lass dir das von einem sagen, der etwas davon versteht, Savè, und denk an das Sprichwort: ›Wer vögelt, vögelt, und Gott verzeiht allen.‹«

Bonanno schaute ihn lange an. Zum ersten Mal, seit sie einander kannten, sah er ihn plötzlich mit anderen Augen. Bullen blieben immer Bullen, egal wo, und ihre Freunde waren Freunde, wenn es ihnen in den Kram passte. Eine Freundschaft, die sich auf den Austausch gegenseitiger Gefälligkeiten beschränkte.

»Also bis dann, Tonio, entschuldige bitte die Störung, ich versichere dir, das wird nie wieder vorkommen«, sagte der Maresciallo und verließ eilig die Apotheke.

Tonio lief ihm nach und versuchte, ihn aufzuhalten. Er sagte noch etwas, aber in Bonannos Ohren war nur Raum für einen dumpfen Schmerz und viel aufgestaute Wut, die ihm immer wieder zurief, Tonio sei ein Bastard.

Fünf

Einige Kilometer lang fuhr Bonanno schlimmer als Steppani. Tausend Gedanken stürmten auf ihn ein. Er war so wütend auf sich, dass er sogar vergaß, sich eine Zigarette anzuzünden. Es nagte ziemlich an ihm, feststellen zu müssen, dass Tonio ein völlig anderer Mensch war als der, den er zu kennen glaubte: Der hatte sich als feiger Opportunist erwiesen, der bereit war, Freundschaft und Würde hintanzustellen und ganz fröhlich auf den Handel mit den Körpern der Mädchen zu pfeifen. Vielleicht, nein, ganz bestimmt hatte er es genossen, seinen Stängel in ihren Blüten zu baden, wie jeder andere aufrechte Mann der gesamten Gegend. Wie mussten sie gelacht haben, wenn sie einander von ihren männlichen erotischen Höchstleistungen erzählten.

Manchmal glaubte Bonanno wirklich, den Beruf verfehlt zu haben. Vielleicht hätte er besser Priester werden sollen oder ein reisender Missionar. Wie konnte er Recht und Ordnung aufrechterhalten, wenn er nicht einmal wusste, wo er anfangen sollte?

Er beschleunigte wie wild, der Punto hüpfte nach vorn und fädelte sich in die Straße ein, die von Villabosco nach Bonanotti führte. Bonanno nahm die übliche Abkürzung über Land. Der November hatte den endlosen, braunen Feldern die Bäuche geöffnet. Die umgepflügten Schollen zeigten sich in allen Erdfarben, bereit, die Saat keimen und

Leben entstehen zu lassen. Ein immerwährender Kreislauf, der sich Jahr für Jahr wiederholte.

Als er die Hälfte des Weges zurückgelegt hatte, bog er nach rechts ab und erreichte den höchsten Punkt des kahlen Hügels. An diesen Lieblingsplatz zog er sich zurück, um nachzudenken, wenn sein Leben zu schnell lief und er nichts mehr begriff oder wenn Freunde plötzlich keine mehr waren. Bonanno stieg aus dem Punto und nahm die Stimmung der Landschaft tief in sich auf. Dann suchte er nach seinen Zigaretten, fand sie, zündete sich eine an, hustete und zwar so heftig, dass seine Augen rot und dick anschwollen wie kleine Luftballons und seine Lungen sich wie trockene Schwämme anfühlten.

»Zum Teufel, dieser verdammte Husten hat mir heute Morgen gerade noch gefehlt«, knurrte er und rauchte weiter. Dabei ließ er seinen Blick über das vor ihm liegende Tal schweifen. Dieses unendlich schöne Schauspiel mit seinen warmen Farben wirkte beruhigend auf ihn. Der Nebel staute sich im Tal wie dicke Baumwolldecken, er hüllte das gesamte Montanvalle ein, das wie eine riesige schimmernde Fläche wirkte, ein märchenhaft anmutender See aus weichen Wolken, die sanft auf der Erde ruhten.

Die Festung von Villapetra erhob sich in ihrem blassblauen Licht aus diesem Wolkensee und raubte dem Himmel die schönsten Farben. Indigo verlief in Türkis und Violett streifte dieses Türkis, bis es im großen Atem der Unendlichkeit verblasste. Mein Gott, was für ein herrlicher Anblick! Warum hatten die Menschen nur aufgehört, sich den Himmel anzuschauen?

Bonanno fühlte sich plötzlich unendlich klein und einsam, ohne eine Vorwarnung senkte sich Traurigkeit auf ihn herab. Lange saß er da, an die Motorhaube seines Wagens gelehnt, betrachtete die Landschaft und fror. Der Nieselregen des Montanvalle war gnadenlos, doch die Kälte, die Bonanno fühlte, rührte anderswo her. Es nutzte nichts, sich warm anzuziehen, um sie zu vertreiben.

Nachdem Bonanno zwanzig Minuten unbeweglich dagesessen hatte, löste er sich aus seinen Gedanken. Die Nässe war in seine Knochen gedrungen und jagte ihm Kälteschauer über den Rücken. Er stieg wieder in seinen Wagen, startete den Motor und drehte die Heizung auf die höchste Stufe.

Zur Hölle mit allen, er war zwar kein Priester oder Missionar, aber immer noch Maresciallo Saverio Bonanno, Chef der Einsatztruppe und gegenwärtiger Leiter der gesamten Kompanie. Er würde es diesen paar Hampelmännern schon zeigen. In seiner Stadt hatte jemand nicht nur ein blühendes Geschäft mit Prostituierten aufgezogen, sondern nun auch noch begonnen, sich durchzuboxen und aus noch unbekannten Gründen bitterböse Schläge auszuteilen.

Dabei hätte jemand sterben können. Die Schläge, die Aspanu Caccialesto abbekommen hatte, waren kein Kinderkram. Jetzt wurde es richtig ernst. Zur Hölle mit diesem Mistkerl Tonio, mit Maresciallo Musicchia und seinen fixen Ideen! Seine eingebildeten Krankheiten reichten wohl nicht mehr, jetzt zog er auch noch seine Frau mit hinein, nur damit er einen Grund hatte, sich zu beklagen. Man sollte ihn ins Irrenhaus einliefern, bevor er noch mehr anrichtete.

Versuchen wir mal, uns in diesem ganzen Chaos zurechtzufinden, dachte Bonanno und rieb die Arme gegeneinander, um sich zu wärmen. Seine Kleidung fühlte sich unangenehm feucht an.

Caccialesto wurde brutal zusammengeschlagen, aber Bonanno hätte geschworen, dass er den Namen seines Angreifers und die Tatsache, dass er so gedemütigt wurde, für sich behalten würde, angenommen, er hatte wirklich das Gesicht des Schlägers gesehen. Sein reges Geschäft mit den Mädchen lockte vielleicht Profis einer gewissen Klasse an, und wenn es stimmte, dass sogar Ingegnere Riccobono ab und zu gern festes, junges Fleisch genoss, bedeutete das, Aspanu konnte nicht allein arbeiten. In dieser Branche gab es zu viele Idioten, jemand musste ihm Rückendeckung geben.

Bonanno überlegte weiter, aber er drehte sich immer im Kreis. Das Bild in seinem Kopf war klar, aber irgendetwas entging ihm, darauf hätte er gewettet, etwas, das er nicht fassen konnte, das mit Angilina zu tun hatte. Mit dieser Frau, die sich wie eine schicksalsergebene Maria Magdalena benahm.

Bonanno bretterte los und hinterließ zwei fingerbreite Reifenabdrücke auf der Schotterstraße. Er musste sich mit Aspanu unterhalten. Und zwar unverzüglich.

Aspanu Caccialestos durch die vielen Blutergüsse entstelltes Gesicht wirkte auf Bonanno noch stärker geschwollen als am Vortag. Angilina saß neben Aspanu, der in eine Art Dämmerschlaf gesunken war, und hielt seine Hand. Ihren schwarz geränderten Augen und den zerzausten Haaren, die mühsam von einer goldfarbenen Haarspange gebändigt wurden, sah man an, dass sie in der vergangenen Nacht wenig geschlafen hatte.

Bonanno versuchte den Geruch des Desinfektionsmittels zu ignorieren, der ihn einhüllte und ihm ein Gefühl der Beklemmung vermittelte. Die anderen Betten im Zimmer waren nicht belegt und zum Glück ließ sich auch die Oberschwester nicht blicken. Dieser Sonntag hielt wenigstens etwas Positives für ihn bereit.

»Guten Tag, Herrschaften«, sagte der Maresciallo, als er den Raum betrat.

Angilina antwortete ihm mit gesenktem Blick.

»Wie geht es?«, fragte Bonanno.

»Wie Gott will, Maresciallo, wie Gott will«, antwortete die Frau.

»Was sagen die Ärzte?«

»Was sollen die schon sagen? Wenn ein Unglück geschieht ...«

»Sicher, aber, äh ... Unglücksfälle wie dieser sind äußerst selten! Würden Sie mich jetzt bitte zwei Minuten mit Aspanu allein lassen, damit ich ihm ein paar Fragen stellen kann?«

»Er könnte sich aufregen, wenn ich seine Hand loslasse.«

»Das wird er nicht, Signora, ganz bestimmt nicht, seien Sie beruhigt, dafür sorge ich schon.«

Angilina sah ihn ergeben an. Sie hatte längst gelernt, Männern schweigend zu gehorchen. Leise sprach sie Aspanu an und weckte ihn.

»Aspanu, Aspanu, der Maresciallo ist hier und möchte mit dir reden. Hast du mich gehört, Aspanu? Der Maresciallo ist da.«

Aspanu wachte auf. Er wendete ihr sein Gesicht zu, das so dunkel verfärbt wie Blaupapier aussah, und brummte etwas.

»Ich warte draußen. Der Maresciallo hat gesagt, er will allein mit dir sprechen. Hast du mich verstanden, Aspanu?«

Aspanu senkte sein unglaublich angeschwollenes Gesicht zum Zeichen der Bestätigung. Angilina streichelte ihn flüchtig und ging. Sie war müde, ihr Körper vom Alter gezeichnet, aber sie war immer noch eine attraktive Frau. Bonanno entging ihre spontane Zärtlichkeit nicht. Diese Frau mochte eine Hure sein, aber für Aspanu, der sie zu diesem Leben getrieben hatte, empfand sie eine ganz besondere Zuneigung. Eine seltsame Liebe, die Bonanno sich nicht erklären konnte. Verstehe einer die Frauen.

»Diesmal haben sie dich wirklich übel zugerichtet, stimmt's, Aspanu?«

»Was wollen Sie damit sagen, Maresciallo? Ich weiß von nichts«, antwortete Aspanu. Jedes Wort kostete ihn Anstrengung. Er musste auch Zähne verloren haben.

»Die, die dich zusammengeschlagen haben, meine ich. Gewisse Freunde von dir, die du nur zu gut kennst. Ging es um Frauen? Oder um etwas anderes? Du solltest reden, wenn du das nämlich nicht tust, dann stechen die dich das nächste Mal vielleicht ab, und wenn man uns dann ruft, wird es für dich zu spät sein. Dann können wir dir nicht mehr helfen. Denk daran, die Carabinieri wachen natürlich über alles, aber wenn jemand dann nicht mit uns zusammenarbeitet …«

»Maresciallo, was zum Teufel wollen Sie mir anhängen? Ich liege hier an ein Krankenhausbett gefesselt, ganz frisch am Bauch operiert und jetzt gehen Sie mir auch noch auf den Sack? Was fällt Ihnen ein? Was meinen Sie mit ›Ging es um Frauen?‹ und dem ganzen Blödsinn? Ich hatte einen Unfall, und ich war allein. Ich habe einen neuen Wagen gefahren, Sie wissen doch, wie das ist, man braucht Zeit, um sich an etwas Neues zu gewöhnen, so war das. Ich bin ganz von selbst ins Schleudern geraten, das Lenkrad ist mir aus der Hand gerutscht, und dann bin ich im Straßengraben gelandet. Ein Wunder, dass ich mich nicht überschlagen habe.«

Nach wie vor war Aspanu offensichtlich entschlossen, die ganze Angelegenheit für sich zu behalten. Das musste er persönlich regeln, da durften sich die Bullen nicht einmischen, nicht einmal aus Versehen. Aber wenn etwas

Bonanno vor Wut kochen ließ, dann der dreiste Versuch, ihn für dumm zu verkaufen.

»Könntest du mir dann genauer erklären, wie es sein kann, dass dein Wagen, der von der Straße abkam, aussieht wie vorher und nicht den kleinsten Kratzer hat, du aber zugerichtet bist wie der heilige Sebastian?«

»Das ist ein unglücklicher Zufall, Maresciallo, wirklich verdammtes Pech! Die Tür hat sich geöffnet, ich bin hinausgefallen und dabei habe ich mir den Kopf angeschlagen. Als ich aufstehen wollte, habe ich, glaube ich, Wölfe oder streunende Hunde bemerkt, die wütend heulten. Ich bekam es mit der Angst zu tun und bin schnell auf einen Baum geklettert, der genau vor mir stand, da muss es mit dem Teufel zugegangen sein, und als ich ganz oben war, bin ich gestolpert und hinuntergefallen, das ist alles. Was danach geschah, daran erinnere ich mich nicht mehr. Vielleicht bin ich mit dem Gesicht gegen einen großen Stein geprallt.«

»Ich wüsste schon, wogegen ich dich prallen lassen würde, und zwar ganz genau.«

»Was haben Sie gesagt, Maresciallo, ich habe Sie nicht verstanden.«

»Hör mir gut zu, Aspanu, hier im Zimmer gibt es nur einen Idioten und du weißt genau, wer das ist! Versuch das gar nicht erst mit mir! Wenn du nicht reden willst, ist das deine Sache, uns tust du einen Gefallen damit, denn das bedeutet, dass wir dich das nächste Mal nicht mehr ins Krankenhaus, sondern gleich auf den Friedhof bringen. Jedenfalls ist im Krankenbericht von Schlägen und nicht von Unfallverletzungen die Rede. Du hast die Wahl, mit uns zusammenzuarbeiten oder nicht. Nur zu deiner Information, ich werde dich wegen Zuhälterei anzeigen. Wegen der Schläge, die du bekommen hast, werde ich gegen unbekannt ermitteln und wir sprechen uns wieder, wenn du es dir anders überlegt hast. Bis dann, du Mistkerl.«

Aspanu wälzte sich unruhig in seinem Bett und überschüttete Bonanno stumm mit einem Haufen Beschimpfungen. Obwohl der Maresciallo sie nicht hörte, konnte er in Aspanus wütend funkelnden Augen lesen, was sein zorniger Blick sagen wollte. Deshalb stieß er beim Hinausgehen »versehentlich« gegen die Gewichte am Fußende. Diesmal blieb Aspanus Schrei nicht mehr stumm.

Angilina erschrak, als sie ihren Mann wie ein abgestochenes Ferkel quieken hörte. Aufgeregt versuchte sie, den Raum zu betreten. Bonanno hielt sie auf: »Angilina, ich muss kurz mit Ihnen reden.«

»Maresciallo, Aspanu, meinem Aspanu geht es schlecht, ich muss sehen, was er braucht.«

»Dem geht's gut, Angilina, regen Sie sich nicht auf, es geht ihm gut. Jedenfalls bis jetzt ...«

Angilina sah ihn ernst an.

»Was wollen Sie damit sagen, Maresciallo?«

»Nichts, gar nichts ... aber wenn man etwas beginnt ... beendet man es früher oder später auch ... Diesmal haben sie ihm eine Lektion erteilt, das nächste Mal landet er unter der Erde, verstanden?«

»Wenn sie es auch nur wagen, ihn noch einmal anzufassen ...«

»Wer, Angilina? Wer darf ihn nicht noch einmal anfassen?«

»Nichts, Maresciallo, gar nichts. Das ist mir nur so rausgerutscht.«

»Hören Sie mir gut zu, Angilina, die Sache sieht so aus: Entweder Sie arbeiten mit uns zusammen oder ich bestelle Sie alle zwei Tage in die Kaserne. Ich werde mich richtig ins

Zeug legen, lasse das Haus überwachen und früher oder später ... haben wir uns verstanden?«

»Bestellen Sie mich ruhig in die Kaserne. Was wollen Sie denn mit mir anstellen, Maresciallo, mich anzeigen? Und aus welchem Grund, lassen Sie hören.«

»Angilina, Sie wissen genau, aus welchem Grund.«

»Hören Sie schon auf, Marescià ... seit wann ist es ein Verbrechen, ab und zu einen Freund in seiner Wohnung zu beherbergen? Lassen Sie mich gehen«, sagte Angilina und ging hocherhobenen Hauptes auf Aspanus Krankenzimmer zu.

Bonanno musste sich eingestehen, dass er so gar nichts bei ihr erreichte. Angilina hatte recht, in Italien bumste jeder, wie und wann er wollte, ohne dass er jemandem Rechenschaft schuldig war, schon gar nicht einem Dorfpolizisten wie ihm.

»Hör mir gut zu, Angilina, du liebst Aspanu doch?«, fragte Bonanno und ging ganz bewusst zum Du über, das klang direkter und vertraulicher.

An ihrer empfindlichsten Stelle getroffen drehte sich die Frau interessiert zu ihm um.

»Wenn du ihn liebst, hilfst du mir besser, ich versichere dir, niemand wird davon erfahren, nicht einmal Aspanu. Aber wenn du mir nicht hilfst, dann werde ich dir das nächste Mal, wenn wir uns sehen, mein Beileid aussprechen müssen, ich weiß nicht, ob ich mich klar ausgedrückt habe ...«, bedrängte sie der Maresciallo. Er hatte den richtigen Punkt getroffen.

Angilina sah ihm direkt in die Augen, ihre Hände zitterten, sie schien einem befreienden Tränenausbruch nah. Wie lange sie wohl niemandem ihr Herz ausgeschüttet hatte? Sie atmete tief durch. Bonanno beobachtete, wie sich ihr Busen rhythmisch hob und senkte, wartete hoffnungsvoll

ab und atmete dabei ihren warmen duftenden Schweiß ein.
»Ich weiß wirklich nicht, wie ich Ihnen helfen kann, Maresciallo, wenn Sie erlauben, werde ich jetzt wieder zu ihm gehen …«, antwortete Angilina und ließ Bonanno einfach stehen.

Um seinen Ärger zu bekämpfen, hielt Bonanno an der ersten Bar auf dem Weg und bestellte sich eine Tasse heiße Schokolade mit Sahne und zwei Finger hoch Kakaostreusel. Um nicht auf unliebsame Gesellschaft zu stoßen, zog er sich in den Nebenraum des Lokals zurück, und verputzte dort zur heißen Schokolade zwei knusprige Brioches. Für einige Minuten fühlte er sich vollkommen im Reinen mit sich. Aber heute war einfach nicht sein Tag.
Die Stimme, die er von der anderen Seite der Bar hörte, wirbelte alles in ihm durcheinander. Bürgermeister Totino Prestoscendo plapperte mit seiner dünnen Stimme, die Bonanno Schauer über den Rücken laufen ließ, über seinen neuen Erlass über die Müllabladezeiten in Villabosco. Er war stolz darauf und prahlte damit, er habe als Erster das Gesetz zur Anwendung gebracht, indem er in seiner Funktion als oberste Autorität für das Gesundheitswesen und als Regierungsbeamter sogar den Carabinieri klare Regeln vorgab. Er hatte sie beauftragt, alles sorgsam zu überwachen und den Müllsündern saftige Strafen zu verpassen.
Fast wäre Bonanno an seinem Hörnchen erstickt. Wenn etwas schieflaufen sollte, konnte man es eben nicht aufhalten. Die Planeten kreisten, wie sie wollten, und richteten damit dieses große Chaos an. Bonanno versuchte, sich abzulenken. Er griff nach der *Voce provinciale*, der regionalen Tageszeitung, die auch interessante Artikel über das Montanvalle enthielt. Er las ein paar davon und zwang sich dazu,

der Versuchung zu widerstehen, die sich heftig in ihm zu Wort meldete. Bonanno vertiefte sich in eine komplizierte Analyse der italienischen Wirtschaft, in der der Diskontsatz sank und damit auch die Geldkosten.

Er konnte das einfach nicht verstehen: Wenn alles besser lief, wie der Schreiber des Artikels behauptete, warum verbreitete die Regierung dann Krisenstimmung? Doch als er die altbekannten Gesichter der »politischen Führer« sah, begriff er, dass hinter den schönen Worten, den harten Stellungnahmen und dem ganzen Blabla nichts anderes steckte als das übliche Spiel um gewisse Pöstchen. Er blätterte um: In den Innenseiten tauchte sogar Totino Prestoscendo auf, der in einem Artikel noch einmal mit seinem Müllerlass prahlte.

Seufzend zündet Bonanno sich eine Zigarette an. Er hielt es nicht mehr aus: Der Bürgermeister bedrängte ihn mit seinen Prahlereien im Zeitungsartikel und mit seiner unsympathischen Stimme, die von der anderen Seite der Wand widerhallte. Prestoscendo stand immer noch in der Bar und redete ohne Unterlass. Jemand musste ihn herausgefordert haben, denn er krähte ohne Punkt und Komma. Was für ein Spuckeregen, dachte der Maresciallo resigniert.

Er hustete und blätterte fast automatisch zur letzten Seite, wohl wissend, was er dort finden würde. Und da war es auch. Er hielt bei seinem Sternzeichen inne, um sich wie gewöhnlich mit dem ganzen Universum anzulegen: *Bevor Sie ausfallend werden, bedenken Sie lieber, dass Sie eigentlich gegen sich selbst und Ihre eigenen Schwächen kämpfen: Stolz, Angst und Ehrgeiz. Jupiter bringt kleine Auseinandersetzungen mit sich, der Stress könnte die Oberhand gewinnen, passen Sie auf, dass Sie nicht durchdrehen.*

Das war ja noch schlimmer, als er es sich vorgestellt hatte.

Er schaute auf die Uhr und vergaß den Bürgermeister und seine Erlasse. Es war spät geworden, und er hatte noch etwas zu erledigen. Erst dann konnte er den Sonntag genießen, soweit Vanessa und Donna Alfonsina das zuließen.
Als der Bürgermeister ihn aus dem Raum kommen sah, ergriff er natürlich die Gelegenheit, ihn mit einem süßlichen: »Maresciallo, wie schön, trinken Sie einen Aperitif mit uns?« zu überschütten. Bei ihm standen zwei Referenten, drei Stadträte und einige Bürger. Jeder von ihnen hatte natürlich ein Rezept zur Rettung der Stadt auf Lager.
»Nein, danke«, knurrte Bonanno. Er ging zur Kasse. Ein junges Mädchen mit Pickeln im Gesicht sah ihn ausdruckslos an.
»Was bin ich schuldig?«, fragte der Maresciallo.
»Maresciallo, ich hoffe, Sie wollen uns nicht beleidigen. Erlauben Sie, heute geht alles auf die Firma Prestoscendo«, sagte der Bürgermeister und steckte die Hände in die Hosentaschen.
Halt du dich da raus oder ich vergesse mich, hörte Bonanno sich in seinen Gedanken brüllen. Er hielt das Handgelenk des Bürgermeisters fest, der schon fünf Euro in der Hand hielt und zischte: »Nein danke, ich bezahle selbst.«
»Nein, Maresciallo, ich bestehe darauf.«
»Sie können so sehr darauf bestehen, wie Sie wollen, Bürgermeister, meine Antwort wird immer die gleiche sein.«
Prestoscendo runzelte die Stirn und meinte: «Maresciallo, sagen Sie mir die Wahrheit, ist irgendetwas nicht in Ordnung? Haben Sie eine Beschwerde an mich, die es Ihnen unmöglich macht, meine Einladung anzunehmen? Wenn es so ist, stehe ich Ihnen für jede Klärung der Angelegenheit zur Verfügung.«
»Es gibt bessere Orte als eine Bar, um zu … reden.« Bonan-

nos Anspielung kam nicht von ungefähr, aber der Bürgermeister begriff sie nicht.

»Ganz genau, Maresciallo, aber jedes Mal, wenn ich in der Kaserne nach Ihnen frage, treffe ich Sie nicht an. Man sagt mir immer, Sie seien dienstlich unterwegs. Seit Sie die wichtige Aufgabe als Leiter der Kompanie übernommen haben, sieht man Sie seltener als einen arabischen Phönix, Maresciallo.«

Bonanno, der nicht einmal die leiseste Ahnung hatte, was ein Phönix war, beschloss, jetzt sei es an der Zeit, das Gespräch abzubrechen, ehe er Prestoscendo auf üble Weise zum Teufel schickte.

»Einen schönen Tag, Herr Bürgermeister, die Pflicht ruft«, sagte er und zitierte einen Satz des Titelhelden aus seinem Lieblingskrimi.

»Aber es ist doch Sonntag und ...«

»Carabinieri kennen keinen Sonntag«, antwortete der Maresciallo entschieden.

Totino Prestoscendo sah ihn argwöhnisch an, sein Gesicht schrie geradezu nach einer Ohrfeige.

Bonanno konnte es sich nicht verkneifen, noch hinzuzufügen: »Wie der Müll.« Dann ging er zu seinem Wagen.

Als er in die Kaserne zurückkehrte, erschreckte ihn der Wachtposten Furio Della Valle – er hatte immer noch hochrote Wangen – mit seinem zackigen militärischen Gruß, dabei schlug er die Hacken zusammen.

Der Maresciallo verzichtete auf jeden Kommentar. Er war schon äußerst angespannt und eigentlich traf den Jungen ja keine Schuld daran, dass ihm jemand beigebracht hatte, er müsse seine Vorgesetzten auf diese lächerliche Art grüßen. Bonanno ging hinauf ins Büro, zur Funkstation, und ließ sich mit Cantara und Lacomare verbinden.

»Hier ist Maresciallo Bonanno. Gibt es was Neues?«
»Positiv, Maresciallo, positiv. Anordnung wie befohlen ausgeführt. Fahren in Richtung Bonanotti, warten auf weitere Anweisungen, over«, krächzte Cantara. Wenn er es darauf anlegte, redete er wirklich wie die im Film.
»Erklär's mir genauer, Cantà, was bedeutet ›positiv‹?«, fragte Bonanno. Wenn es um Funk oder Handys ging, sah er rot.
»Fahrzeug vor dreizehn Minuten abgefangen, mit vier Personen, zwei männlichen, zwei weiblichen Geschlechts, Papiere zu fünfzig Prozent in Ordnung, wir bewegen uns auf die vereinbarte Position zu, Wagen folgt uns. Brauchen Sie mehr Details? Over.«
»Negativ. Over und Ende«, beendete Bonanno das Gespräch.
Er lief die Treppe hinunter. Fast hätte er den Wachtposten am Eingang umgerannt, der ihn gerade wieder grüßen wollte. Eilig stieg er in seinen Fiat Punto und startete ihn, dann raste er Richtung Bonanotti, wo seine Leute mit den beiden ausländischen Mädchen auf ihn warteten, die in Aspanu Caccialestos Haus der Prostitution nachgingen. Und mit ihnen zwei Männer. Wie überall auf der Welt gab es auch in Sizilien reichlich Zuhälter.

Sechs

Vor seinem geistigen Auge lässt Salomo noch einmal den himmlischen Anblick des Schauspiels vorüberziehen, dem er gerade beigewohnt hat. Er spürt noch den herben Geschmack auf seinen Lippen, er trägt noch den Geruch nach Schweiß und Lust in sich, als wäre er selbst dabei gewesen, mitten unter diesen Körpern, verschlungen in einer unendlichen Umarmung rosiger Glieder, mit glänzenden Augen und gebleckten Zähnen.

Wie groß doch die Liebe zwischen Menschen sein kann! Wie viel Zuneigung können sie geben, wenn es ihnen gelingt, sich von den mentalen Sperren und elenden moralischen Prinzipien zu lösen, die trockene Moralapostel schwachen Menschen vorschreiben. Menschen auf der Suche nach Idealen, an die sie glauben können. Menschen, die erkennen, dass ihre Wahrheiten von Lügen durchzogen sind. Es existiert keine Wahrheit, die den leisesten Zweifel überstehen kann.

Wie viele Lügen werden in jemandes Namen oder an seiner Stelle verbreitet!

Wie oft werden historische Quellen verfälscht!

Ist der Mensch denn nicht geboren, um frei zu lieben? Warum also diese Freiheit im Namen irgendeiner Sache beschränken, statt den heranwachsenden Kindern die Freude zu gewähren, sich mit Erwachsenen zu vereinen, die sie in die Wonnen des Lebens einführen? Ihnen dabei helfen, den eigenen Körper zu erkunden. Sie auf dem schwierigen Weg zu einer Sexualität an die Hand nehmen, die oft verwirrt, mit Schuldkomplexen und Frustration belastet ist, weil strenge und bigotte Erzieher im Namen der Moral unsagbare Schäden anrichten.

Vor ihnen liegt noch sehr viel Arbeit. Sie müssen noch viele Feinde besiegen. Viele Menschen bekehren. Die Schäden beseitigen, die jahrhundertelange religiöse und kulturelle Abhängigkeit sogar in den unerschrockensten Herzen angerichtet hat.

Er wird diese Fäden wieder zusammenführen. Die Zeit arbeitet für ihn. Sein Unternehmen Upupa wächst und gedeiht, der Ruf des Wiedehopfs, des *upupa epops*, durchzieht Tag und Nacht, Stadt und Land, Berge und Täler, jeden noch so entlegenen Winkel und wächst, wächst immer weiter wie sein Ruhm. Das weiß Salomo.

ten und Fesseln durch die Lüfte fliegt, endlich frei in die Welt hinausschreien kann: Ich liebe!
Wie kann man etwas verdammen, das man gar nicht kennt?
Aber vielleicht sieht die Wahrheit ja ganz anders aus?
Der Mensch verdammt das, was er fürchtet. Er hat Angst vor sich selbst, vor seinen Schwächen, vor dem eigenen Fleisch, das sich nach den Kindern sehnt, die so voller Leben und Energie sind. Glaubt ihr denn, ich sehe euch nicht, wenn ihr mit diesem gierigen Blick voller uneingestandener Wünsche pubertierende kleine Mädchen oder kleine Frauen mit Blicken auszieht, deren Brustknospen so hart sind wie Nüsse?
Oder ihr Frauen, die ihr unter eurem perfekten Make-up, das Falten und tiefe Gefühle verstecken soll, hingebungsvoll, ausgehungert und nur scheinbar uninteressiert die männlichen Bewegungen heranwachsender kleiner Bengel genießt, auf deren Wangen sich gerade mal der erste Bartflaum zeigt, dass es euch bis in die reifen Eierstöcke durchschauert?
Ich sehe euch, ich beobachte euch, ich verfolge euch. Ihr seid ein Haufen Heuchler, unfähig, sich aus dem Klammergriff zu lösen, mit dem man euch im Zaum hält, ein Dschungel von Frustrierten, in euch ist jedes Verlangen nach Nächstenliebe ausgelöscht, nur weil ihr euch schämt, eure Seele vor euch selbst zu entblößen. Und das zuzugeben, was ihr euch nicht einzugestehen wagt.
Eure Augen sprechen es an eurer statt aus, dieser Spiegel der Leidenschaften reflektiert die uneingestandensten Wünsche. Ich bin der Weg dahin, ich bin die Straße, der ihr folgen müsst. Ich führe euch zur Wiederentdeckung des wahren Lebenssinns. Die Menschen sind für die Liebe geboren, dafür, dieses kostbare Geschenk zu geben und zu

empfangen. Ihre Gesetze, die den Kindern verbieten, die eigenen Fantasien auszuleben, und den Erwachsenen, sie anzunehmen, sind alberne Fesseln. Sie setzen Grenzen, die unvereinbar sind mit den ursprünglichsten Gefühlen und Trieben unserer Herzen.

Ich befreie euch von diesen Ketten, ich löse die Knoten, breche die Schlösser auf, ich binde euch von diesen schändlichen Fesseln los. Ich führe euch auf den Weg der Liebe, ich bin euer König, eure aufgehende Sonne, der einzige und wahre Salomo. Upupa ist unser Ziel. Die vollkommene Bekehrung aller unsere Religion. Die Umwälzung des Systems unser Credo, die Befreiung der Kinder unser Evangelium. Upupa ist Gott. Ich bin sein würdiger Prophet.

Er verlieh mir untrügliche Kenntnis der Dinge, sodass ich den Aufbau der Welt und das Wirken der Elemente verstehe. (Altes Testament, Buch der Weisheit 7,17)

Salomo hat aufgehört, den Planeten mit elektronischen Botschaften zu überschütten. Schweißnass sinkt er zusammen. Schreiben kostet ihn so viel Kraft, dass er sich hinterher immer ganz zerschlagen fühlt. Jede Botschaft kommt aus seinem Inneren, ist ein Teil von ihm selbst, den er auf den Flügeln des Windes in die fernsten Länder verschickt. Er lebt für die Verwirklichung seines Traumes: Eine Welt voller Menschen, die die Freiheit haben, zu lieben und Zärtlichkeiten mit liebevollen Jungen und sanften, kleinen Mädchen auszutauschen, ohne jede Grenze, ohne Gewalt anzuwenden, in absoluter Freiheit. Die Harmonie der Schöpfung überträgt sich durch die Einigkeit der Menschen untereinander. Die Kinder sind der Weg, um dies zu erreichen. Er der Mittler. Upupa das Ziel.

Salomo versiegelt sein elektronisches Tagebuch, er signiert

seine Botschaft, verschlüsselt sie und verbreitet sie über die ganze Welt.

Die Kaserne in Bonanotti war klein und in schlechtem Zustand, wie der Rest des Dorfes, das seit dreißig Jahren beinahe entvölkert war. Damals mussten die Leute auswandern, um nicht zu verhungern.

Fast hätte die Sonntagswache – der junge Mann war der einzige Staatsvertreter im gesamten Gebäude – der Schlag getroffen, als er die Kollegen Cantara und Lacomare kommen sah. Die einzige Anzeige, um die sich der Maresciallo und er in den drei Monaten seines Aufenthalts in Bonanotti hatten kümmern müssen, betraf einen Diebstahl von Goldmünzen und Bargeld. Die Tat wurde am wöchentlichen Markttag im Haus einer Witwe verübt, die mit ihrer unverheirateten, penetranten Tochter zusammenlebte. Der Fall wurde übrigens nie gelöst.

Als der Wachtposten zwei wenig vertrauenerweckende Männer und dahinter zwei knapp bekleidete Frauen bemerkte, kroch ihm die Aufregung bis ins Mark, er wusste nicht, ob er den Kommandanten anrufen oder einfach niemanden hereinlassen sollte.

Er nahm die Waffe in die Hand und beschloss, schweigend zu warten, vielleicht würde ja auch niemand klingeln. Drei Sekunden später durchschnitt der grelle Ton der Klingel die Stille der verwahrlosten und heruntergekommenen Zimmer, über denen das Porträt des Generalkommandeurs der Carabinieri thronte.

Das Klingeln des Beamten Cantara war im gesamten Montanvalle berüchtigt: Er pflanzte seinen Finger auf die Klingel und nahm ihn nicht eher herunter, bis er hörte, dass drinnen jemand reagierte. Schließlich trug er eine Uniform, das musste ihm doch ein paar Sonderrechte verschaffen.

Der Wachtposten überlegte ernsthaft, ob er die Eingangstür durchlöchern sollte. Ein paar nacheinander abgefeuerte Schüsse, um diesen Krach zum Schweigen zu bringen, der seine empfindlichen Ohren zerriss.
»Merken Sie denn nicht, dass keiner da ist, Cantara? Heute ist Sonntag, warum wollen Sie unsere Zeit verschwenden, lassen Sie uns gehen, wir haben zu tun ...«
»Ruhe!«, befahl Cantara dem jüngeren der beiden Männer und begann, die Tür mit Fußtritten zu bearbeiten.
Der Wachtposten drückte sich an die Wand. Wie sollte er sich nur verhalten?
Als Bonanno mit seinem Punto vor der Kaserne auftauchte, wirkte das Ganze auf ihn wie eine Reihe von Einzelbildern, die ihn rotsehen ließen. Cantara trat weiter fluchend gegen die Tür. Lacomare stand knapp hinter ihm und beobachtete die erfolglosen Bemühungen seines Kollegen. Einer der beiden Männer rauchte nervös, der andere lehnte sich an das Fenster einer großen Limousine, lachte ordinär und unterhielt sich mit den beiden Frauen, die im hinteren Teil des Wagens saßen und aufgeregt und erschöpft zugleich wirkten.
Bonanno begriff sofort, was dort ablief. Er seufzte und verfluchte stumm Sterne und Horoskope: Sollte er etwa nicht verrückt werden, wenn selbst seine Männer jeden Augenblick etwas Neues anstellten? Er griff nach seinem riesigen Schlüsselbund, sprang aus dem Wagen und ging eilig auf die Kaserne zu. Ohne jemanden eines Blickes zu würdigen, steckte er den passenden Schlüssel ins Schlüsselloch der Eingangstür, drehte ihn nach rechts und rannte hinein.
»Barbarì, Barbarì, ganz ruhig, ich bin es, Maresciallo Bonanno, steck die Waffe weg und komm her.«
Der Carabiniere Crocifisso Barbarino litt unter schweren Kontaktstörungen. Er war der Neffe einer hochrangigen

Persönlichkeit aus der nahen Stadt Agrigent, die ihren Einfluss genutzt hatte, um ihm einen sicheren Arbeitsplatz zu verschaffen. Als er die Stimme des Leiters seiner Kompanie hörte, entspannte sich Barbarino. Er steckte die Pistole Kaliber neun in das Halfter und begrüßte Bonanno herzlich.

»Wer zum Teufel ist dieser Verrückte?«, fragte Cantara Lacomare beunruhigt.

Lacomare breitete die Arme in einer alles erklärenden Bewegung aus. Er hatte noch nie etwas von Barbarino gehört. Der war erst vor ein paar Monaten ins Montanvalle gekommen, und man hatte ihn dem ruhigsten Kommando zugeteilt. Der Mann unterstand Maresciallo Bonocore, der ein so gutes Herz besaß, wie sein Name es besagte.

Bonanno beruhigte Barbarino und beauftragte ihn, aus der einzigen Bar des Ortes Kaffee für ihn zu holen.

»Aber bitte schön heiß und mit wenig Zucker.«

Crocifisso Barbarino machte sich auf den Weg, glücklich, sich nützlich machen zu können.

Bonanno wandte sich an seine Männer, die immer noch mit offenem Mund dastanden: »Wollen wir hier etwa übernachten, Jungs? Los, holt unsere Gäste herein und dann bringen wir das Ganze schnell hinter uns. Heute ist Sonntag und ich werde zu Hause zum Mittagessen erwartet.«

»Entschuldigen Sie, Maresciallo, vielleicht irre ich mich, aber war das, was ich in der Hand dieses Stachelschweins auf zwei Beinen bemerkt habe, nicht zufällig eine Pistole?«, fragte Cantara.

»Für mich sah es genauso aus«, unterstützte ihn Lacomare.

»Volltreffer, Cantà, warum gelingt dir das bloß nie im Lotto?«

»Marescià, wollen Sie wirklich sagen, dieser Verrückte hielt eine geladene Pistole in der Hand und wir Idioten haben unsere Haut riskiert, als wir klingelten? Das war eine echte Pistole?«

»Hör mir gut zu, Cantà! Dieser arme Teufel Barbarino tut keiner Fliege etwas zuleide, deshalb vergiss die echte Pistole und bring die Signorine und ihre Beschützer herein.«

Cantara und Lacomare wirkten nicht sehr überzeugt. Vielleicht stimmte es ja, dass Barbarino keiner Fliege etwas zuleide tun konnte, aber mit dieser blöden Pistole hätte er ihnen ein faustgroßes Loch in den Pelz schießen können. Die Sache gefiel Cantara überhaupt nicht, und er musste sie schnell mit dem Maresciallo klären.

Cantara war noch immer erschüttert, als er die Wagentür der Limousine heftig aufriss und die Frauen und Männer ziemlich barsch aufforderte, ihm in die Kaserne zu folgen.

»Was für ein Benehmen!«, sagte die Afrikanerin.

Der jüngere der beiden Gauner warf ihr einen vernichtenden Blick zu. Die Frau, geschmeidig wie eine Pantherkatze, kaum über zwanzig, krauses Haar, eine platte Nase mit großen Nasenlöchern, biss sich auf die geschwollenen Lippen. Sie stieg aus dem Wagen und folgte ihren Herren und Meistern, genauso wie ihre albanische Freundin, eine blasse Blondine mit weit aufgerissenen, ängstlichen Augen, die den ganzen Schrecken der Welt gesehen haben mussten.

Cantara führte die vier herein.

»Lacomare, begleite die beiden Herrschaften nach nebenan«, ordnete Bonanno an, dann wandte er sich an die Männer: »Wir lassen Ihnen gleich einen guten Kaffee bringen.«

»Maresciallo, ich protestiere energisch, ich habe immer noch nicht begriffen, was zum Teufel heute Morgen vorgeht. Sie halten uns hier seit mehr als einer Stunde grundlos fest und ...«

Bonanno zog eine Augenbraue hoch. Mit einer Handbewegung gebot er dem anderen zu schweigen. Der Mann war jung, noch unter dreißig, und hatte unter dem rechten Auge eine schlecht vernarbte Wunde. Er musste der Boss der Bande sein. Der andere Mann, der ihn begleitete, wirkte vulgär, war untersetzt, eine Art Gorilla. Bonanno steckte die Hand in die Tasche. In aller Ruhe holte er seine Packung Zigaretten hervor, öffnete sie, steckte eine Zigarette zwischen die Finger, roch an ihr und legte sie wieder zurück.

»Maresciallo …«, sagte der Jüngere noch einmal ungeduldig.

Wieder hob Bonanno die Hand. Er wirkte wie ein Vater.

»Sie möchten Gründe hören? Das ist mir recht. Dort stehen die Gründe«, sagte Bonanno und deutete auf die beiden Mädchen, die jetzt noch eingeschüchterter wirkten. Vielleicht froren sie auch nur. Unter den Kunstlederjacken sah man schwarze Netzstrümpfe mit Laufmaschen.

»Würdet ihr mir bitte eure Papiere zeigen und mir erklären, was ihr in Gesellschaft dieser beiden jungen Frauen zu suchen habt, die bis eben ihre Körper in Villabosco verkauft haben? Los, leert eure Taschen aus, dann können wir die Gründe gemeinsam aufzählen.«

Der junge Mann wurde blass, er zog die Narbe unter den funkelnden Augen zusammen. Der Gorilla spannte die Halsmuskeln an und ließ die Finger knacken. Seine Muskeln strahlten die Stärke eines Stiers aus. Er musste über Riesenkräfte verfügen. Hatte er vielleicht Aspanu Caccialesto so übel zugerichtet?

»Maresciallo, wer kennt die denn? Wir haben ihnen nur einen Platz im Wagen nach Palermo angeboten.«

»Legt auch die Handys auf den Tisch«, forderte Bonanno sie sehr bestimmt auf. Wenn er wollte, konnte er sich Respekt verschaffen. Die beiden gehorchten wortlos.

»Habt ihr gesehen, dass wir die Gründe gefunden haben? Und jetzt geht da rüber, ehe ich mich ernsthaft aufrege. Lacomare, zeig ihnen bitte den Weg. Ach, ich vergaß, Herrschaften, eure Papiere bitte und alles, was ihr sonst noch bei euch tragt.«

Natale Lo Curto und sein Gorilla Peppino Mangiacavallo übergaben dem Maresciallo ihre Ausweispapiere und einige Tausend Euro in bar, was Bonannos Augen zum Leuchten brachte. An so viel Reichtum war er nicht gewöhnt. Heiliger Strohsack, dieser Handel mit menschlicher Haut brachte richtig was ein! Die beiden Zuhälter folgten Lacomare widerwillig und begriffen, dass ihr Gaunerleben den Bach runterging. Natale sah die Mädchen lange drohend an, während Peppino die Hand zur Faust ballte.

»Cantà«, sagte Bonanno, als die beiden draußen waren, »ruf das Provinzkommando an und überprüfe die persönlichen Daten dieser zwei Halunken. Ich möchte jedes noch so kleine Detail über sie wissen, sogar, wie oft sie aufs Klo gegangen sind, als sie hier drin waren. Ich bin sicher, die Kerle sind besser mit dem Inneren eines Gefängnisses vertraut als mit den Hörnern auf ihren Köpfen. Und dann kannst du dir die Zeit damit vertreiben, diesen hübschen Schlitten da hinten gründlich zu filzen. Barbarino soll dir dabei helfen. Stellt den Wagen in die Garage und nehmt ihn euch gründlich vor, ich bin sicher, es wird etwas dabei herauskommen.«

»Aber, Maresciallo, können wir sicher sein, dass dieses menschliche Stachelschwein ...«

»Keine Sorge, Cantà, Barbarino ist schon in Ordnung, vielleicht nur ein wenig, äh, sagen wir mal, unbeholfen, ja, das ist es.«

Vito Cantara gehorchte seinem Kommandanten, aber er war fest entschlossen, nicht eine Sekunde den Bullen aus

den Augen zu lassen, der seine Kollegen mit der Pistole in der Hand begrüßt hatte, bereit, ein Blutbad anzurichten.
Danach beschäftigte sich Bonanno mit den beiden Mädchen, die natürlich keinerlei Papiere besaßen und vorgaben, kein Italienisch zu verstehen, während sie sich ängstlich umsahen. Sie agierten wie schlechte Schauspielerinnen, aber im Grunde taten sie ihm leid: Diese unglücklichen Töchter unbekannter Mütter hatten Hunger und Verzweiflung dazu gezwungen, ihre Körper für flüchtige Vergnügungen an verfettete alte Männer und junge Hähne zu verkaufen.
Hinter ihren zu kurzen Röcken verbarg sich ein moralischer Sumpf aus Männern wie Aspanu Caccialesto, Natale Lo Curto, Peppino Mangiacavallo und vielen anderen Bastarden, die sich an ihnen bereicherten und sie mit Ohrfeigen und anderen Misshandlungen traktierten, wenn sie es auch nur wagten, sich zu widersetzen.
Nach einer Stunde strengem Verhör war Bonanno noch auf keinen grünen Zweig gekommen. Aber eigentlich war ihm das auch ziemlich egal.
Cantara hatte inzwischen die Vergangenheit der beiden Männer rekonstruiert. Beide besaßen Strafregister, die mit Verbrechen im Bereich Ausnutzung von Prostitution, Körperverletzung und Drogenhandel gefüllt waren. Nachdem Barbarino aus der Bar zurückgekommen war – dort hatte man ihm eine scheußliche Brühe untergejubelt, so schlimm, dass Bonanno nur deshalb nicht brüllte, weil Sonntag war –, ging Cantara gemeinsam mit ihm an die Durchsuchung des Wagens. In der Limousine fanden sie zahlreiche Schachteln mit Präservativen und einen Schlagring.
Bonanno wurde sofort darüber informiert. In ihm wuchs die Wut und mit ihr der unbändige Wunsch, die beiden

dafür zahlen zu lassen. Der Maresciallo hatte schon einen ungefähren Plan im Kopf, aber um ihn in die Tat umzusetzen, brauchte er eine richterliche Genehmigung. Wie gut, dass der zuständige Richter zugleich ein guter alter Bekannter war.

Er rief Dottor Panzavecchia an.

»Es ist Sonntag, Maresciallo! Worum geht es denn?«

»Entschuldigen Sie, Dottor Panzavecchia, aber ich benötige Ihren Rat.«

»Hören Sie, Bonanno, ich bin heute nicht im Dienst.«

»Keine Sorge, Dottore, es ist nur eine Kleinigkeit.«

»Dann mal los, aber beeilen Sie sich, es ist fast zwölf Uhr und ich habe eine Verpflichtung, die keinen Aufschub duldet.«

Um welche Art von Verpflichtung es sich handelte, konnte Bonanno mit geschlossenen Augen erraten. Er hatte schon öfter mit Panzavecchia das kleine bäuerliche Restaurant Za Lisa mit seiner Anwesenheit beehrt, wenn er Dienst hatte oder als Zeuge in einem Prozess im städtischen Gericht aussagen musste. Dort schmeckte das Essen einfach köstlich! So, dass man danach die ganze Nacht nicht schlafen konnte. Man bekam traditionelle Gerichte zu essen und allein bei dem Gedanken daran glaubte Bonanno schon die guten aromatischen Düfte der Speisen zu riechen, die Za Lisas gesegnete Hände dem Herd zu entlocken vermochten. Besonders gern aß er *cavateddi*, eine sizilianische Gnocchiart, für deren Zubereitung Za Lisa Buchweizenmehl mit kaltem Wasser verknetete. Er hatte ihr einmal dabei zugesehen und das war etwas, was man sich ins Buch der schönsten Träume schreiben konnte: Sie zerschnitt den Teigklumpen in dünne Streifen, die sie mit einem Nudelholz ausrollte, bis daraus kleine Stäbchen so dünn wie Grissini wurden. Die schnitt sie dann in Würfel und zog sie mit dem Daumen über ein Gnocchibrett. Dabei rollte sich der Teig um den Finger. Man kochte die *cavateddi* in reichlich gesalzenem Wasser und genoss sie anschließend mit einer einfachen Soße aus Tomaten mit etwas Basilikum und einer Handvoll geriebenem, altem Pecorino. Aber jetzt musste er sich anderen Gedanken zuwenden.

Bonanno erklärte Panzavecchia seinen Plan. Der war sprachlos.

»Sind Sie verrückt geworden? Wenn das herauskommt, gibt es Ärger.«

»Dottore, hier sitzen zwei Mädchen ohne Papiere, die ausgenutzt werden und die man mit dem Tode bedroht, wenn sie wagen, hier etwas zu sagen. Wir haben zwei vorbestrafte Verbrecher gefasst, bei denen es sich möglicherweise um dieselben handelt, die den guten Aspanu Caccialesto bis aufs Blut verprügelt haben, der jetzt in ernstem Zustand im Krankenhaus liegt, und Sie sorgen sich um solche Lappalien?«

»Hören Sie, Bonanno, Sie wissen, wie sehr ich Ihr Pflichtbewusstsein schätze, aber hören Sie bitte auf, so einen Unsinn zu reden. Sie können nicht weiter die Verfahrensordnung mit Füßen treten. Wenn wir nicht als Erste die Regeln respektieren, wie können wir das dann von anderen verlangen? Auf welcher Grundlage soll ich Sie Ihrer Meinung nach ermächtigen, die beiden Männer in Untersuchungshaft zu nehmen? Es fehlt der klare Tatbestand, und dann, bei Vergehen dieser Art ... wer muss sich dann später mit ihren Anwälten herumschlagen? Zeigen Sie sie an und setzen Sie sie auf freien Fuß, dann sehen wir weiter.«

»Dottore, die da haben sich wirklich eine Lektion verdient, die ihnen unter die Haut geht! Außerdem werden sie nie den Mund aufmachen, wenn wir sie laufen lassen. Wenn wir sie heute den ganzen Tag unter Druck setzen, werden

sie morgen vielleicht ein bisschen weich gekocht sein und dann …«
»Was dann, Bonanno, soll das ein Witz sein? Wenn die, äh, Frauen nicht mit uns zusammenarbeiten, haben wir keine Beweise in der Hand, überhaupt nichts, begreifen Sie das, Bonanno?«
Da bewies Bonanno, was er für ein Mistkerl sein konnte, und seine Stimme klang so eindringlich wie die eines professionellen Schlangenbeschwörers, als er in der unschuldigsten Art der Welt seine letzte Karte ausspielte: »Ehrlich gesagt, Dottore, etwas haben wir schon.«
»Ach, ja? Und was?«
Bonanno bezog sich sehr unbestimmt und mit vielen Umschreibungen auf den hochempfindlichen Film, den Steppani in dieser Nacht vollgeknipst hatte. Er erwähnte natürlich mit keinem Wort, dass er noch entwickelt werden musste.
Panzavecchia ging hoch, als hätte ihn eine Biene gestochen.
»Bonanno, Sie sind eine Gefahr für demokratische Institutionen.«
Richter drücken sich sogar kompliziert aus, wenn sie wütend werden.
»Vielleicht bin ich jetzt sogar ein Terrorist … lassen Sie das doch, Dottor Panzavecchia. Niemand weiß von dem Film, das ist ein Geheimnis, aber wenn Sie mir eine Genehmigung geben, vielleicht auch noch mit dem Datum von gestern …«
Es folgte eine lange Schimpftirade. Damit hatte Bonanno schon gerechnet. Panzavecchia brummte jedes Mal, aber eigentlich war er ein guter Kerl, einer der wenigen Untersuchungsrichter, denen der Maresciallo vertraute.
Bonanno hätte seine letzten Zigaretten darauf verwettet: Bis zum nächsten Morgen würde er die Genehmigung

erhalten, mithilfe der Fotos eine Sonderprüfung durchzuführen. Wenn er es ein wenig zurechtbog, würde ihn das dazu berechtigen, die beiden Mädchenausbeuter auszuquetschen.
»Und was soll ich jetzt tun?«, fragte er ganz unschuldig.
»Na gut, zum Teufel, setzen Sie sie die Nacht über fest, aber wenn Sie mich in Schwierigkeiten bringen …«
Bonanno fühlte sich wie im siebten Himmel. Er rief Cantara und Lacomare zu sich und sprach mit ihnen wie der geborene Pfarrer: »Also, Jungs, bringt diese beiden verirrten Schäfchen zu den Nonnen ins Kloster hier in der Nähe und fragt, ob sie sich dort stärken dürfen. Danach setzt ihr sie in den erstbesten Zug und sagt ihnen, sollten sie es wagen, hierher zurückzukommen, sperren wir sie ein und werfen den Schlüssel ins Meer.«
»Melden wir sie nicht dem Ausländeramt?«
Bonanno gab keine Antwort. Er sah Cantara mit scheinheiligem Blick an. Dieser hatte verstanden. Wenn sich der Maresciallo so verhielt, dann gab es früher oder später Schwierigkeiten.
»Heut sind wir mal nett«, sagte Bonanno mit dem Anflug eines Lächelns. »Morgen nehmen wir dann alles auf, aber mit falschen Namen … Inzwischen, ach, da ist es ja, geben wir den Mädchen das Geld zurück, ohne dass dieser Abschaum etwas davon mitkriegt. Wenigstens wird es zu etwas gut gewesen sein … dass wir uns dieser Kälte ausgesetzt haben.«
Cantara und Lacomare gingen grinsend hinaus, gefolgt von den Mädchen, die ihr unverhofftes Glück immer noch nicht fassen konnten. Sie hatten genau begriffen, dass sie ihren Zuhältern kein Wort davon sagen durften. Unter den Carabinieri-Uniformen der beiden Männer und der knappen Bekleidung der Frauen steckten eigentlich nur

vier junge Menschen wie viele andere, die einfach ein normales Leben leben wollten.
Bonanno rief Barbarino zu sich. Seine Befehle waren glasklar. Zuerst sah Barbarino den Kommandanten überrascht an, dann lächelte er und beruhigte ihn. Bei ihm wären die beiden Gefangenen sicher aufgehoben. Mehr als sicher. Und wenn sie für diesen Tag ihre Gürtel enger schnallen und die Kälte in der kleinen Zelle ertragen mussten, na und. Er würde ihnen Gesellschaft leisten.
Als Bonanno die Kaserne in Bonanotti verließ, klangen in seinen Ohren immer noch die Protestschreie der beiden Zuhälter nach, die schließlich begriffen hatten, was sie erwartete.
Zufrieden mit sich fuhr er in sein Haus nach Villabosco zurück. Dort setzte er sich wie ein König an den Tisch und verputzte mit großem Appetit eine halbe Form mit überbackenen Nudeln, die Donna Alfonsina zubereitet hatte. Danach folgte ein köstlicher zweiter Gang, Kaninchen aus eigener Aufzucht mit einer Füllung aus Oliven und Kartoffeln, später eine wohlschmeckende doppelte Portion panierte Artischocken mit Eiern von den eigenen Hühnern. Damit ihm das Essen nicht so schwer im Magen lag, genehmigte er sich dazu einen halben Liter sizilianischen Rotwein aus Liscialba, der ihm überdies ein angenehmes Mittagsschläfchen bescheren würde.
Manchmal war es doch befriedigend, Polizist zu sein, und die Uniform ermöglichte ihm manche Freuden. Daran dachte er, ehe er sich einem sanften Dämmerschlaf hingab, der den ganzen Nachmittag dauerte. Dabei konnte ihn nicht einmal Ringhio stören, der nach zwei Stunden heftig anfing zu bellen. Er spürte, dass ein Unwetter im Anzug war.

Sieben

Am nächsten Morgen erwachte Bonanno mit Kopfschmerzen, die er nicht einmal Musicchia gewünscht hätte. Das passierte ihm jedes Mal, wenn er sich nachmittags hinlegte, was selten genug vorkam. Dann schlief er nämlich immer erst gegen drei Uhr morgens ein.

Als der Wecker ein paar Stunden später klingelte und Donna Alfonsino beharrlich nach ihm rief, stand er unter großen Mühen auf und schwankte dabei wie ein Schiffbrüchiger, der von der wütenden Gewalt des Meeres getroffen wird. Seine Gedanken schwebten frei durch den Raum, und er musste sich ziemlich anstrengen, sie sinnvoll zusammenzufügen. Mit drei Tassen kochend heißem Kaffee, vier Zigaretten und dreißig Tropfen Novalgin schaffte er es normalerweise irgendwie, wieder auf die Beine zu kommen.

Aber in letzter Zeit ließ Ringhio ihn bis zum frühen Morgen nicht schlafen und die Lage spitzte sich dramatisch zu. Als Bonanno sich vollkommen schlaftrunken und wie betäubt aus dem Bett quälte, stieß er heftig gegen die Kante des Nachttischs, schlug sich den Knöchel an und wäre fast der Länge nach auf dem Boden gelandet. Es brodelte ohnehin schon gewaltig in ihm, und nun musste er sich auch noch auf die Suche nach dem einen fehlenden Hauspantoffel machen. Er fand ihn schließlich, allerdings erst nachdem er bereits mit dem nackten Fuß in einen halben

Liter ekliger gelblicher Flüssigkeit getreten war. Überdies war der Schuh angefressen – beides kleine Geschenke von Ringhio.
Bonanno fluchte kräftig und beschloss, die Hundefrage sofort zu lösen, und zwar auf seine Weise.
Bevor er das Haus verließ, griff er nach der Fernbedienung. Er stellte den üblichen Sender ein und schaute kurz hinein: *Sie suchen und suchen, dadurch verlieren Sie nur Zeit und lassen sich bessere Möglichkeiten entgehen. Das bringt Frustration mit sich und Ihr Pessimismus wächst. Ihr ausgeprägtes Pflichtbewusstsein treibt Sie dazu, nicht an sich selbst zu denken. Suchen Sie neue Wege, um Ihre Lage zu verbessern.*
Es wurde immer schlimmer. Seine Mutter sagte kein Wort, sie hatte begriffen, woher der Wind wehte. Vanessa schlich sich aus ihrem Zimmer und winkte ihm von weitem zu. Ringhio ließ sich nicht blicken.
Bonanno fasste einen Entschluss. Die Zeit der Abrechnung war gekommen.

Vanni Lenticchio war wie immer von seinen geliebten vierbeinigen Freunden umgeben. Bonanno betrat das städtische Tierheim mit einem so finsteren Gesicht, dass man nicht wusste, wo seine dunkle Uniform endete und sein Gesicht anfing.
»Maresciallo, welches Vergnügen! Was für eine gute Nachricht haben Sie heute Morgen für mich?«
»Dieser verdammte Hund lässt mich nicht schlafen, nachts bellt er, als würde jemand ihm die Haut mit dem Messer abziehen, und jetzt fängt er auch noch an, sich mit Pantoffeln und Sofas zu beschäftigen.«
»Das, mein lieber Maresciallo, ist nur ein Zeichen für sein Temperament. Ringhio ist ein Rassehund, solange er

wächst, schärft er seine Zähne und nachts bellt er aus Gewohnheit.«

»Was meinen Sie mit Gewohnheit?«

»Entschuldigen Sie, Maresciallo, was tun denn Katzen? Wenn ich es richtig weiß, miauen die, oder nicht? Die Hühner legen jeden Morgen frische Eier, und die Kühe, was tun die?«

»Ich bitte dich, Lentì, ich habe den Kopf auch so schon voll, hör auf mit dieser Menagerie! Was zum Teufel hat das denn mit Ringhio zu tun?«

»Verzeihung, Maresciallo, wenn so ein Welpe nicht bellt, was ist das denn dann für ein Hund? Sollte ich Ihnen etwa einen stummen geben?«

»Warum eigentlich nicht ... aber muss er denn ausgerechnet um fünf Uhr morgens schon beginnen, einem auf die Nerven zu gehen, wenn man schläft?«

»Lassen Sie ihn doch bellen.«

»Das hast du dir wohl so gedacht! Also, wenn jemand dich um einen Rat fragt, dann kann er sich eigentlich auch gleich eine Kugel in den Kopf schießen und das war's.«

»Maresciallo, warum wollen Sie mir schon am frühen Morgen Kummer bereiten? Hunde sind gehorsame und anhängliche Tiere, die Fürsorge brauchen. Und Ringhio ist ein ganz besonderer Hund, er bellt, wenn er glücklich ist oder wenn er sein Geschäft verrichten muss.«

»Lentì, versuchen wir einfach mal, uns richtig zu verstehen, denn ich bin schon auf hundertachtzig. Kannst du mir bitte erklären, warum dieser verdammte Köter ausgerechnet um fünf Uhr morgens sein Glück herausbellen muss? Und sein Geschäft ... darüber reden wir lieber nicht.«

»Teuerster Maresciallo, also mit euch Menschen braucht man schon viel Geduld, und dann fragt man mich noch, warum ich lieber den ganzen Tag hier bei den Tieren bin.

Ringhio bellt bei Tagesanbruch, weil Tiere normalerweise zu dieser Zeit aufwachen. Ihr Gebell ist ein Gruß an die Natur, die zum Leben erwacht, an die Sonne, die sich zeigt, an …«

»An jeden verdammten Unsinn! Hör mir gut zu, Lentì, an all diesen Blödsinn denkt Ringhio nicht einmal im Traum. Wenn ich ihn nämlich ins Haus hole, dann fängt er sofort an zu kläffen, pinkelt mir alles voll und frisst sogar noch meine Schuhe an!«

Vanni Lenticchio starrte Bonanno an, als habe er gerade Gott gelästert. Er wich ein paar Schritte zurück und stützte sich schwer auf ein kleines Mäuerchen in der Nähe.

»Geht es dir nicht gut, Lentì?«

»Verzeihung, Maresciallo, aber wollen Sie mir wirklich erklären, dass ihr Ringhio draußen lasst, während ihr anderen …«

»Und was sollte ich deiner Meinung nach tun, ihn in meinem Bett schlafen lassen?«

»Bei allem Respekt, Maresciallo, wenn ich das gewusst hätte, hätte ich Ihnen Ringhio nicht überlassen, dann hätte ich das arme Tier lieber bei mir behalten. Das nennt man wahre körperliche und psychische Grausamkeit. Hat man je erlebt, dass jemand einen wenige Monate alten Welpen allein draußen gelassen hat? Ringhio begrüßt nicht das Leben, er jault aus Angst, fühlt sich allein und braucht Gesellschaft.«

Bonanno betrachtete ihn argwöhnisch. Hatte seine Mutter etwa mit Vanni Lenticchio geredet? Diese Frau war zu allem fähig.

Fünf Minuten später ging er zu seinem Wagen zurück. Er war noch verwirrter als vorher und bereute heftig seinen Entschluss hierherzukommen. Vanni Lenticchio hatte ihm drei Lösungen genannt: Er konnte das Mistvieh im Haus schlafen lassen, ihm Gesellschaft verschaffen oder ihn zurück ins Tierheim bringen. Die letzte Möglichkeit erschien dem Maresciallo am verlockendsten.

Als er in die Zentrale kam, witterte Bonanno schon dicke Luft. Noch bevor er sein Büro betrat, hatte Marcelli ihn bereits eingeholt.

»Bonà, ich muss mit dir reden. Sofort.«

»Hier auf dem Flur oder hat es noch Zeit, bis wir in meinem Büro sind?«

Völlig gegen seine Gewohnheit antwortete Marcelli nicht mit einer seiner beißenden Bemerkungen. Bonanno spürte noch deutlicher, dass da etwas nicht stimmte.

In seinem Büro ließ er den Rollladen vor der Balkontür herunter und versank hinter seinem Schreibtisch. Den Aschenbecher stellte er in Reichweite.

»Also, Marcè, worum geht es? Gibt es Probleme?«

»Nein, Bonà, da ist nur dieser verdammte Hurensohn, der darauf besteht, den Oberschlauen zu spielen. Aber diesmal habe ich ihn auf frischer Tat ertappt! Und ich schwöre beim Allmächtigen, diesmal wird er dafür bezahlen!«

»Gut gemacht, Marcelli, ich wette, es geht um diesen Gauner Mezzodito. Weil die Gemeinde angeblich keine Arbeit für ihn findet, terrorisiert er weiter die Familie seines armen Onkels.«

»Das ist es nicht, aber es geht trotzdem um einen verdammten Hurensohn.«

Maresciallo Filippo Marcelli, Kommandant der Kaserne von Villabosco, zog ein drohendes Gesicht und schlug einen Ton an, der Bonanno überhaupt nicht gefiel. Außerdem sah er ihn mit zornblitzenden Augen an. Augen, die ihn offensichtlich am liebsten vernichtet hätten.

Bonanno fühlte sich unwohl. Er zündete sich eine Zigarette

an. Heimtückisch überfiel ihn ein heftiger Hustenanfall und verwickelte ihn in einen Kampf, aus dem er keuchend und mit hervorquellenden Augen als Verlierer hervorging. Ungerührt betrachtete Marcelli, wie sein Kollege von starken Krämpfen geschüttelt wurde. Während es seine Brust fast zerriss, glaubte Bonanno, in Marcellis Augen eine gewisse Genugtuung aufblitzen zu sehen.
»Wenn du noch etwas Luft übrighast, verschwende sie nur nicht, Bonà, denn egal, wie du es drehst, es stinkt. Da unterschreib. Ich nehme bis Weihnachten Urlaub, sechs Wochen Ruhe, weit weg von diesem Sumpf hier und von diesem unglaublichen Mistkerl. Obwohl er wusste, dass ich gegen dieses Geschäft mit Prostituierten, das Caccialesto aufgezogen hat, ermittele, hat er wie immer den Schlauen spielen müssen. Da ich ihn jetzt erwürgen würde, wenn ich ihn in die Finger bekäme, fliege ich lieber zu meinem Bruder nach Australien, genieße dort Sonne und Meer, während dieser große Bastard sich hier mit Nutten und Gaunern herumschlagen muss. Habe ich mich klar genug ausgedrückt?«
Bonanno fühlte sich ertappt. Ohne Möglichkeit, sich zu verteidigen. Konnte man nicht einmal einen Finger rühren, ohne dass dieser Mensch gleich ein paar Stunden später davon erfuhr? Was für ein mieses Kommando leitete er eigentlich? Wenn er den Spion in seiner Kaserne zu fassen bekam …
»Marcè, wenn du dich beruhigst, erkläre ich dir alles.«
»Nur eine Unterschrift, Bonà, das ist die einzige Erklärung, die ich brauche. Wenn ich dann schön braun und entspannt zurückkomme, werde ich eine Entscheidung treffen: Entweder lasse ich mich versetzen oder ich bring dich um.«
Würdevoll und gemessenen Schrittes verließ Marcelli das

Büro seines Vorgesetzten. Aber Bonanno wusste, dass unter dieser scheinbaren Gelassenheit Leidenschaften und Rivalität heißer brodelten als die Glut des Ätna. Eigentlich hätte er Marcelli in seine Ermittlungen einbeziehen können, statt ihn weiter auszuschließen. Er empfand den ein oder anderen Gewissensbiss. Aber nur kurz. Dann fiel ihm ein, dass die australische Küste von Haifischen heimgesucht wurde.

Als er seine Gedanken wieder geordnet und sich überzeugt hatte, dass Marcelli sein Büro verlassen hatte, rief Bonanno Giarratana zu sich.
»Zu Befehl, Maresciallo.«
»Steh bequem, Giarratà. Erklär mir eins, wie lange brauchst du, um einen Film zu entwickeln.«
»Von Hand?«
»Nein, mit den Füßen. Giarratà, bitte ...«
»Entschuldigen Sie meine Kühnheit, Maresciallo, aber ich habe Sie das nicht ohne Grund gefragt. Wenn ich den Film von Hand entwickeln soll, muss es sich um einen Schwarz-Weiß-Film handeln. Ansonsten müssen wir uns an ein Fotostudio wenden.«
»Auch das noch ... und wie stellt man das fest?«
»Wenn Sie ihn mir zeigen, sage ich es Ihnen sofort. Normalerweise steht es drauf.«
Bonanno kam sich vor wie einer der dummen Carabinieri aus den vielen Witzen.
»Hier ist er, Giarratà, dann hören wir mal, was der Fachmann sagt«, meinte er und holte den Film heraus, den Steppani ihm in der vergangenen Nacht übergeben hatte.
»Donnerwetter, das ist Profimaterial, ein sehr lichtempfindlicher Film. Erstklassige Ware. Kein Problem, Maresciallo, ich setze mich sofort daran, und innerhalb einer

Stunde haben wir die entwickelten und getrockneten Bilder.«
»Sehr gut, Giarratà, wirklich sehr gut.«

Bonanno sah sich kurz die Berichte aus der Nacht an. Nichts Wichtiges. Eine Prügelei zwischen Besoffenen in Vallevera, eine Auseinandersetzung in Montacino – drei leicht verletzte Personen waren ins Krankenhaus gebracht worden –, ein Anruf wegen verdächtiger Geräusche in einer kleinen Kirche in einem Ortsteil von Villabosco. Wie sich herausstellte, rührten sie von einer Schar von Mäusen her, die zwischen den Bänken umherliefen.
Energisch legte er einen Bericht beiseite, den er eigentlich noch beenden musste, ordnete verschiedene Akten und überprüfte den Dienstplan für die gerade begonnene Woche. Er war ungewöhnlich froh gelaunt. Lag das vielleicht an der guten Nachricht von Marcellis Abreise?
In diesem Moment klingelte das Telefon.
»Maresciallo, eine Dame von der Gemeinde ist am Telefon. Soll ich durchstellen oder …«, fragte Cacici, der heute in der Telefonzentrale Dienst schob.
»Hat sie gesagt, was sie will?«
»Nein.«
»Stell mir das Gespräch durch.«
»Spreche ich mit Maresciallo Saverio Bonanno, dem Leiter der Kompanie?«, fragte eine zart schwingende Stimme. Bonanno fühlte, dass sie sich wie eine Welle im Raum verteilte und ihn wie ein Wolke einhüllte, in deren Duft er sich verlor.
»Ja, der bin ich«, sagte der Maresciallo und fuhr sich über die Haare.
»Guten Tag, Maresciallo, entschuldigen Sie die Störung, ich bin Rosalia Santacroce, die Sozialarbeiterin der Gemeinde,

wir haben uns gestern in der Apotheke kennengelernt, erinnern Sie sich?«

Und wie er sich daran erinnerte!

»Natürlich, Signorina, natürlich erinnere ich mich. Das war gestern in der Apotheke, nicht wahr? Sagen Sie mir doch, was Sie möchten. Wie kann ich Ihnen helfen?«

»Wenn es Ihnen passt, würde ich gern in den nächsten Tagen mit Ihnen über eine etwas ... heikle Angelegenheit sprechen, die die Unterstützung durch den maßgeblichen Rat einer Einrichtung wie der Ihren benötigt.«

»Wann es Ihnen recht ist, Signorina, wann Sie wollen, ich bin immer hier. Möchten Sie mir nicht andeuten, worum es geht?«

»Ich spreche lieber persönlich mit Ihnen darüber, Maresciallo. Wissen Sie, es geht um ... eine wirklich heikle Sache und ich möchte nicht am Telefon ...«

»Sie haben recht, entschuldigen Sie meine Neugier. Ich stehe zu Ihrer Verfügung.«

»Dann einen schönen Tag, Maresciallo, und frohes Schaffen«, fügte sie hinzu und ihre Stimme schien ihn zu packen und über die Gipfel des Montanvalle zu erheben.

»Danke, Ihnen auch.«

Was für eine Stimme hatte diese Rosalia Santacroce!. Aus irgendeinem Grund fühlte Bonanno, dass seine Haut prickelte, als wäre sie von einer ganzen Kolonie roter Ameisen gebissen worden. Rosalia Santacroce! Er zitterte schon, wenn er nur ihren Namen aussprach.

Ein leichtes Klopfen an seine Tür unterbrach die Empfindungen, die seit langer Zeit unter der schmerzlichen Erinnerung an sein bisheriges Liebesleben begraben lagen.

»Herein«, sagte Bonanno knapp.

»Maresciallo, die Fotos sind fertig. Möchten Sie sie sehen?«

Giarratana hatte durchaus großartige Arbeit geleistet. Bonanno schaute sich die getrockneten Fotos der Reihe nach mit großem Interesse an. Je länger er sie jedoch betrachtete, desto mehr wuchs seine Wut und ihn überkam der dringende Wunsch, Steppani zu erwürgen. Langsam, mit bloßen Händen, sodass ihm die Zunge heraushing.

Die Bilder waren so dunkel, dass man gerade mal Umrisse erahnen konnte. Auf einigen Fotos erkannte man undeutlich ein paar Autos. Nur drei Bilder sahen zumindest teilweise annehmbar aus. Auf einem sah man einen Mann. Das Licht in dem Zimmer, in dem er sich aufhielt, hatte ihn genau in dem Moment beleuchtet, als Steppani abgedrückt hatte. Die anderen beiden Fotos zeigten zwei alte Männer. Sie wurden ebenfalls durch einen Lichtstrahl angeleuchtet. Vielleicht Autoscheinwerfer. Der Rest war Müll.

»Kann ich gehen, Maresciallo?«

»Wie?«

»Brauchen Sie noch etwas, Maresciallo?«

»Äh, nein danke, Giarratana, geh nur.«

Giarratana wollte den Raum verlassen, als Bonanno noch meinte: »Such sofort Steppani und bring ihn so schnell wie möglich zu mir. Es ist dringend.«

In letzter Zeit wirkt der Maresciallo zerstreuter als früher, dachte Giarratana und entfernte sich mit einem Nicken.

Als er allein war, überprüfte Bonanno noch einmal alle Fotos der Reihe nach. Es war einfach nicht zu fassen. Selbst ein vollkommen Blinder hätte es mit Sicherheit besser gemacht. Wie hatte er sich nur auf Steppani verlassen können?

Er war wohl doch etwas voreilig gewesen. Ohne den kleinsten Beweis wurde es wirklich schwierig, die Festnahme der beiden Zuhälter aus Palermo vor dem Auge des Gesetzes zu rechtfertigen, mit der Betonung auf »Gesetz«. Und wie

würde er vor Panzavecchia dastehen? Er saß ziemlich in der Klemme. Eigentlich sollte er auf Steppani schießen, sobald der die Nase zur Tür hereinsteckte.
Bonannos Zorn erkannte man an seinen verkrampften Bewegungen und den zusammengepressten Lippen. Und daran, dass er die Pistole aus dem Halfter gezogen, sie auf den Schreibtisch gelegt hatte und sie verklärt betrachtete. Cacici bemerkte all dies und erstarrte, als er das Zimmer betrat. In einer Hand hielt er einen Becher Kaffee, in der anderen das Fax von Dottor Panzavecchia, das gerade in der Zentrale eingetroffen war.
»Was ist los, Maresciallo?«
»Ich bin hier von einer Herde Dorftrottel umgeben, das ist los! Und ihr werdet erst glücklich und zufrieden sein, wenn ich hier unter einem Haufen Mist krepiere, verdammt noch mal«, brüllte der Maresciallo mit blitzenden Augen.
Cacici begriff, dass hier dicke Luft herrschte, und wagte nicht, nachzufragen.
»Hier ist der Kaffee und das hier ist für Sie gekommen, ich gehe, das Telefon klingelt wieder. Mit Ihrer Erlaubnis …«
Panzavecchias Fax enthielt alles, worum Bonanno ihn am Vortag gebeten hatte. Es war sogar auf Samstag zurückdatiert. Der fleißige Richter hatte ihm, wie vorauszusehen, größtes Vertrauen entgegengebracht. Seine Situation wurde immer chaotischer. Wenn sich diesmal auch nur eine Fliege rührte, würde so viel Ärger über ihn hereinbrechen, dass er sich in der dunkelsten Höhle von Villapetra verkriechen konnte. Seine Gedanken wanderten weiter zu den Steilhängen aus wertvollem Alabaster, die unterhalb der Festung aufragten. Ein Freund von ihm, ein Bildhauer aus Campolone, schnitt daraus die schönsten Tierfiguren. Bonanno musste in diesem Moment

unwillkürlich an einen Esel denken. Dem glich er gerade wirklich beängstigend.

Steppani unterdrückte seine Wut und verbarg sie hinter dem Anschein von Niedergeschlagenheit und Scham. Er fuhr so brav wie ein Engel. Sanft glitt der Wagen über die graue Straße, die die schwärzlichen Felder mit der Aussaat durchteilte. Zeitweise wurden die Felder von schattigen Olivenhainen durchbrochen, während einzeln stehende Büsche ihr volles Laubwerk langsam an den fortschreitenden Herbst verloren, der ihre halb entblätterten Zweige in rotbräunliche und goldene Farben tauchte. Die Standpauke, die der Maresciallo ihm hielt, ließ gewagte Geschwindigkeitserhöhungen gar nicht erst zu, obwohl sich ihm die Kurven des Montanvalle sinnlich und einladend wie die einer schönen Frau darboten.
Der Brigadiere behielt seinen geradlinigen, ruhigen Fahrstil bei, er fuhr wie jemand, der ziemlich ängstlich am Steuer war. Das genaue Gegenteil zu seiner üblichen wilden Raserei.
Bonanno war ernsthaft wütend. So hatte Steppani ihn selten erlebt. Dass er wütend auf ihn war, stand außer Frage. Und doch konnte Steppani es einfach nicht begreifen: Gestern hatte Bonanno ihn beschimpft, weil er unerlaubt fotografiert hatte, und jetzt, da er ihm den Film übergeben hatte, kassierte er eine weitere Schimpftirade, weil auf den Fotos nicht das Geringste zu erkennen war. Was hatte sich der Maresciallo vorgestellt, etwa, dass er sich hinstellte und die Leute nackt fotografierte? Ja, wie denn, wenn das Ganze geheim bleiben sollte?
Konnten Schweine vielleicht fliegen?
Diese Undankbarkeit! Das nächste Mal würde er nicht einmal im Traum daran denken, sich so einsetzen. Und

er war so glücklich gewesen, hatte sogar schon die Zulassungsstelle kontaktiert. Dort hatte man ihm bereits die Personendaten zu den Kennzeichen übermittelt, die sie interessierten. Jetzt musste er dem Maresciallo eigentlich nur noch sagen, dass er einen weiteren Film abgeknipst hatte, bevor er den Dienst aufgenommen hatte, diesmal mehr aus der Nähe. Nur war der Film noch nicht ganz voll, und deswegen hatte er ihn in der Kamera gelassen.

Aber wenn er es recht bedachte ... Wer würde es jetzt schon riskieren, noch einmal etwas dazu zu sagen? Man handelte sich doch nur böse Worte ein, wenn man seine Pflicht erfüllte. Und die schlimmste Strafe: Wie ein Anfänger am Steuer zu sitzen, völlig grundlos dieses magischen Kribbelns beraubt zu werden, das nur eine schöne, draufgängerische Fahrt im Bauch auslöst, wenn das Hirn mit Energiefunken aufgeladen wird, die Hände entschieden das Lenkrad steuern und die Füße ständig mit Gaspedal, Bremse und Kupplung arbeiten, man eins mit dem Wagen wird, während die Straße sich vor einem schlängelt: Großartig, sinnlich, grenzenlos. Steppani litt Qualen.

Einen Moment lang beobachtete er Bonanno. Der Maresciallo schrie sich weiterhin die Lunge aus dem Hals, obwohl Steppani ihm gar nicht zuhörte.

Manchmal war es einfach furchtbar, ein Carabiniere zu sein.

Acht

Als sie vor der Kaserne in Bonanotti ankamen, stoppte Steppani den Alfa 155 so, dass niemand einen Herzinfarkt bekam. Bonanno stieg aus, brummte ein entschiedenes »Warte hier auf mich«. Sein Ton ließ keine Widerrede zu. Ganz offensichtlich war er immer noch stinkwütend.

Der Brigadiere überlegte. Eigentlich konnte er, während der Maresciallo oben seine Zeit verschwendete, ganz unauffällig, eine schnelle Runde durch den Ort drehen. Nur eine, ganz schnell.

Noch ehe er seinen Gedanken zu Ende führen konnte, wurde die Fahrertür aufgerissen. »Die da nehme ich«, hörte er jemanden brüllen, während flinke Finger die Schlüssel aus dem Zündschloss der Limousine entfernten. Die Finger sollten dem Maresciallo abfallen!

Als Bonanno die Treppe hinaufging, nahm er zwei Stufen auf einmal. Er war nervös wie ein gefangener Vogel, der nach rechts und nach links flatterte und nicht recht wusste, wie er seinen Kopf aus der Schlinge ziehen sollte.

Nunzio Bonocore, der Kommandant der winzigen Station, kam höchst besorgt auf ihn zu, als er ihn sah.

»Zum Glück sind Sie gekommen, Maresciallo, würden Sie so freundlich sein, mir zu erklären, was hier vorgeht? Heute Morgen versteht man hier noch weniger als sonst.«

»Hat Barbarino Ihnen nichts erzählt?«

»Was hätte er mir denn sagen sollen?«

»Hat er nicht erklärt, dass die beiden dort Tatverdächtige sind und zur Verfügung der Justizbehörde verbleiben und wir sie heute Morgen befragen müssen?«

»Nein … Ich habe Barbarino in einem Zustand vorgefunden, den ich Ihnen nicht schildern möchte … Ich glaube, er ist den ganzen Tag und wahrscheinlich auch einen guten Teil der Nacht unbeweglich vor der Zelle sitzen geblieben, ohne die beiden Unglücklichen auch nur eine einzige Sekunde lang aus den Augen zu lassen. Außerdem hat er niemandem ein Wort der Erklärung gesagt.«

Zum ersten Mal an diesem Morgen deutete Bonanno so etwas wie ein Lächeln an. Na gut, er hatte Barbarino befohlen, die beiden Gauner im Auge zu behalten, aber er hatte ja nicht ahnen können, dass dieser das so wörtlich nehmen würde.

»Von wegen die Unglücklichen. Bonocò, wollen Sie wirklich sagen, Barbarino hätte …«

»Ich will gar nichts sagen. Überzeugen Sie sich mit Ihren eigenen Augen, wenn Sie mir nicht glauben. Es gab keine Möglichkeit, Barbarino davon abzubringen oder ihn auch nur einen halben Meter wegzubewegen, er behauptet, er hätte Befehl von oben und dem müsste man gehorchen«, sagte Bonocore ohne Punkt und Komma. Sein Italienisch war einfach traumhaft.

Vor dem robusten Eisengitter der kleinen Zelle fläzte sich Carabiniere Crocifisso Barbarino mit gespreizten Beinen auf einem umgedrehten Stuhl, sein Ellenbogen ruhte auf der Lehne. Bestürzt stellte Bonanno fest, dass der Arm in einer Hand endete, die eine Pistole Kaliber neun hielt. Zum Glück war sie nicht entsichert.

Nach dem anfänglichen Schrecken musste sich Bonanno zusammenreißen, damit er sich nicht vor Lachen schüttelte. Knapp vierundzwanzig Stunden hinter Gittern

unter der strengen Bewachung des unbeirrbaren Barbarino hatten von Natale Lo Curtos und Peppino Mangiacavallos früherer Arroganz nichts übrig gelassen. Sie sahen aus wie Penner in Lumpen. Ihre Kleidung war zerknittert, ihre Augen blutunterlaufen, die Haare zerzaust. Als sie Bonanno mit schwerem Schritt und seiner beeindruckenden Statur auf sich zukommen sahen, flehten sie ihn an, sie herauszuholen.
Plötzlich hatte der Maresciallo einen Geistesblitz. Er begriff, dass Barbarino unbeabsichtigt ein Wunder vollbracht hatte, das ihn aus den Schwierigkeiten herausholen würde, in die er sich durch seine Vertrauensseligkeit gebracht hatte.
Nach dieser Erfahrung waren die beiden Gauner sicher bereit zu gestehen, und zwar alles, auch dass sie Aspanu niedergeschlagen hatten. Darauf hätte er seine letzte saubere Uniform verwettet.
Wenn das stimmte, lösten sich auch seine Probleme mit Dottor Panzavecchia, obwohl die kompromittierenden Fotos nur uneingelöste Versprechen blieben und er nichts in der Hand hatte. Verdammter Steppani! Bonanno verfluchte sich selbst, weil er ihm vertraut hatte.
»Sehr gut, Barbarino, bravo, ausgezeichnete Arbeit! Jetzt geh hinauf, schlaf dich aus, du hast es verdient, das war wirklich erstklassige Arbeit!« Man sollte dem Jungen ein goldenes Denkmal setzen.
Maresciallo Bonocore riss Augen und Mund weit auf, starrte Bonanno an und fragte sich stumm auf Sizilianisch: Ist der Maresciallo jetzt völlig verrückt geworden?
Barbarino verabschiedete sich glücklich, steckte seine Pistole in das Halfter zurück und erreichte mit letzter Kraft sein Zimmer, wo er erschöpft auf dem Bett zusammensank.
»Maresciallo, rufen Sie mir bitte den kräftigeren der beiden

Männer herein«, sagte Bonanno zu seinem Kollegen Bonocore, während er sich hinter den Schreibtisch setzte. Peppino Mangiacavallo stammte aus Campolone, war siebenundvierzig Jahre alt und hatte ein ellenlanges Strafregister, jeder Kontoauszug war ein Dreck dagegen. Er wohnte seit zwanzig Jahren in Palermo. Wenn er nicht gerade die Zellen des dortigen Gefängnisses abschritt, hielt er gegen Bezahlung Leuten den Rücken frei.

Als leidenschaftlicher Bodybuilding-Fan wies sein Körper beeindruckende Muskelpakete auf, insbesondere seine Oberarme wirkten wie aufgepumpt. Nicht zuletzt hielt er sich damit in Form, dass er jedem, der ihm auf den Sack ging, ordentlich die Schnauze polierte.

Bonanno hielt ihm den Umschlag mit den Fotos unter die Nase. Aber er hütete sich, ihm eines davon genau zu zeigen.

»Also, Mangiacavallo, was ist jetzt, gestehst du?«

Mangiacavallo wirkte so gereizt, als hätte ihn ein ganzer Schwarm Pferdebremsen gestochen: »Marescià, wenn Sie nicht der wären, der Sie sind, würde ich jetzt eine Dummheit begehen. Was ist das für eine Art? Hat man je erlebt, dass Sie uns grundlos einsperren? Ja, wir waren in Begleitung von zwei Nutten, na und? Seit wann ist es verboten, die mit dem Auto mitzunehmen?«

Bonanno sah rot. Er ging mit gesenktem Kopf auf ihn los: »Ruhe, zum Teufel! Wag es ja nicht, die Stimme gegen mich zu erheben, du Stück Dreck! Setz dich, verdammt, bleib da sitzen und versuch das nicht noch mal!«

Mangiacavallo presste die Zähne zusammen. Seine Finger umkrampften die Stuhllehnen wie Zangen und drückten so heftig, bis seine Fingerknöchel weiß wurden. Bonanno beobachtete ihn aufmerksam. Diese Hände würden ihn ohne große Mühe erwürgen.

Bonanno zündete sich eine Zigarette an. Zornig setzte er sein Verhör fort: »Was hast du mir über Aspanu Caccialesto zu erzählen?«
»Was soll ich Ihnen Ihrer Meinung nach über den erzählen? Das ist ein braver Kerl, er weiß sich zu helfen, ab und zu bringt er mit irgendwelchen Freunden, die ich nicht kenne, ein Geschäft zum Laufen.«
»Wenn das so ein ehrenwerter junger Mann ist, aus welchem Grund habt ihr ihn dann halb totgeschlagen?«
Mangiacavallo fiel aus allen Wolken. Ein Ausdruck völliger Überraschung breitete sich über seinem finsteren Gesicht aus und ließ keinen Zweifel zu: Er wusste nicht das Geringste darüber, was Caccialesto zugestoßen war. Das hätte Bonanno beschworen. Beinahe zwanzig Jahre Erfahrung bei den Carabinieri hatten doch einen Sinn. Aber wenn er es nicht gewesen war, wer dann? Verdammt noch mal, was für ein Durcheinander!
Als ihm klar wurde, dass Mangiacavallo ihm nichts mehr nutzen konnte, setzte Bonanno dem Verhör ein schnelles Ende und bereitete sich dann darauf vor, Natale Lo Curto auszuquetschen. Nach und nach gelangte er zu der Erkenntnis, dass die beiden nichts mit dem nächtlichen Angriff zu tun hatten, und beschloss daher, seine Taktik zu ändern: Jetzt musste er nicht mehr herausfinden, welche Verbindung die beiden zu Aspanu unterhielten, sondern sein eigenes Vorgehen legitimieren. Ohne zwingende Gründe durfte man niemanden einsperren, nicht einmal, wenn es sich um Berufsverbrecher handelte. Er musste vorsichtig spielen, vielleicht sogar ein wenig mit gezinkten Karten.
Nachdem er den Gorilla entlassen hatte, nahm Bonanno sich den anderen Kerl vor.
Natale Lo Curto war vierunddreißig Jahre alt, untersetzt, elegant gekleidet und benahm sich wie ein kleiner Chef. Er

liebte Gold, das zeigten die dicken Armbänder und massiven Ketten, die er auf seiner gelblichen Haut zur Schau stellte. Aus dem offen stehenden Hemd quoll starke Brustbehaarung. Sein Strafregister wies zahlreiche Einträge auf. Bonanno spielte auf Risiko.

»Hör mir gut zu und lass es mich kein zweites Mal sagen«, fing er an, sobald ihm der Mann vorgeführt wurde.

»In diesem Umschlag habe ich Beweise für einen netten Handel mit menschlichem Fleisch, den du und dieses andere Stück Dreck, Aspanu Caccialesto, in Villabosco aufgezogen habt, genau unter meiner dummen Bullennase. Aber ich bin kein Idiot. Jetzt hat Aspanu das bekommen, was er verdient, die Ärzte haben ihm sogar die Milz herausgenommen. Jemand hat ihn mit Fußtritten fast umgebracht. Und ich habe den starken Verdacht, du und dein sauberer Kumpel wisst mehr, als ihr mir erzählt habt, und selbst, wenn ihr alle Alibis der Welt habt, die Sache gefällt mir nicht. Überhaupt nicht.

Selbst wenn mein Verdacht nicht ausreicht, bleibt da noch die Tatsache, dass wir euch gestern Morgen in Begleitung dieser beiden attraktiven Damen angetroffen haben, denselben, die auf diesen Fotos an den Männern hier aus der Gegend herumfummeln. Ein Puff von beachtlichen Ausmaßen. Den ihr gemeinsam mit Caccialesto führt.

Hör mir jetzt gut zu, du Stück Dreck. Du erklärst mir jetzt, was da wirklich abläuft, dann lasse ich euch frei und in euren Sumpf zurückkehren oder ich werde euch noch heute ins Gefängnis überstellen. Ich habe genug Beweise, um dich in die Mangel zu nehmen, bis du mich vom Gegenteil überzeugt hast. Und inzwischen befehle ich Barbarino nachdrücklich, dass er euch sogar bewachen soll, wenn ihr schlaft. Wenn ihm dabei die Hand an der Waffe ausrutscht ...«

Natale Lo Curto versuchte nicht einmal zu lügen. Die endlos scheinenden Stunden, die er, ständig im Visier dieses Bullen, der wie ein Schwachsinniger aussah, in der Zelle verbracht hatte, hatten mehr als genügt.

Er beäugte die Bilder im Umschlag, den der Maresciallo offen auf den Schreibtisch gelegt hatte. Er war unverschlossen, durch einen Spalt konnte man einige Männer und die unverkennbare dunkle Silhouette des Lusthauses sehen. Das Spiel war aus. Jetzt ging es nur noch darum, den Schaden zu begrenzen.

Lo Curto beschloss zu gestehen. Allerdings erklärte er, mit dem Angriff auf Aspanu nichts zu tun zu haben, im Gegenteil, das Ganze schien ihn ernsthaft zu beunruhigen. Offensichtlich hatte etwas den blühenden Geschäftsbetrieb blockiert.

Der war vor einigen Monaten entstanden, nachdem sich Aspanu und Mangiacavallo zufällig getroffen hatten. Die beiden kannten sich seit langem. Ein Wort gab das andere, sie redeten über die Arbeit. Aspanu schien sehr interessiert am Geschäft mit der Prostitution zu sein, das in der Stadt nicht mehr so lief wie früher. Dort herrschte gnadenlose Konkurrenz.

In einigen Gegenden wurde sogar das System »Drei für zwei« praktiziert, um die Kunden bei der Stange zu halten. Zu viel Konkurrenz, zu viele Afrikanerinnen, zu viele Osteuropäerinnen, zu viele Südamerikanerinnen, zu viele Italienerinnen. Es waren einfach zu viele, einschließlich der Frauen aus Catania, Messina, Trapani und Palermo. Trotz großer Nachfrage hatten die Preise beträchtlich nachgegeben. Inzwischen reichten lächerliche dreißig Euro für einen Fick.

Deshalb hatte Aspanu vorgeschlagen, den Handel auszudehnen und ihn in die fast jungfräuliche Provinz zu brin-

gen. Wenn es immer wieder neue Ware zum Austausch gab, konnte man hier sogar hundert Euro pro Fick erzielen. Und so war es. Die Mädchen wurden Freitagabend von Palermo nach Villabosco gebracht, in Caccialestos abgelegenes Domizil. Dort blieben sie Freitag- und Samstagnacht. Sonntagmorgen wurden sie abgeholt und nach Hause zurückgefahren, wo sie dann wieder auf den Strich gingen und die abgestumpften Begierden der Männer in der Stadt anheizen sollten.
Innerhalb weniger Wochen hatte sich das Ganze im gesamten Montanvalle herumgesprochen, einer ziemlich einsamen ländlichen Gegend, in der die männliche Bevölkerung bewiesen hatte, dass sie die exotischen Genüsse sehr schätzte, die ihnen fast im Ehebett serviert wurden. Ein Hunderter war doch nicht zu viel für eine halbe Stunde Zerstreuung, sozusagen vor der eigenen Haustür, und danach konnte man zufrieden ins warme Bett der völlig ahnungslosen eigenen Ehefrau zurückkriechen.
Caccialesto hatte die Sünde sozusagen in Reichweite gebracht. Jeder konnte seine Bedürfnisse befriedigen, wenn er welche hatte.
Es floss reichlich Geld. Einen Teil behielt Aspanu für sich, den Leuten aus Palermo zahlte er ihren Anteil aus und den Mädchen blieb genug zum Leben, sogar das Vierfache von dem, was sie in der Stadt verdienten. Also für alle ein gutes Geschäft.

Jetzt wusste Bonanno zwar, wie sich das Geschäft im Montanvalle entwickelt hatte, und es war ihm auch eine große Genugtuung, aber eigentlich stand er wieder genau am Anfang: Er hatte immer noch keine Ahnung, wer Aspanu zusammengeschlagen und gedemütigt hatte. Nur Angilina konnte ihm helfen, aber die wollte nichts mit der

Polizei zu tun haben. Sie war ohne Zögern bereit, sich für ihren Mann erniedrigen zu lassen, aber mit den anderen wusste sie schon umzugehen.
Hatte vielleicht eine von den vernachlässigten Ehefrauen oder Freundinnen jemanden beauftragt? Aber – gesetzt den Fall, es war so – warum sollte derjenige Aspanu ins Gesicht pinkeln? Nein, da steckte etwas anderes dahinter. Das spürte er. Er wusste zwar noch nicht genau, was es war, aber es ließ ihn nicht los und nagte an ihm. Als ob ein unerträglicher, bislang unbemerkt gebliebener Fäulnisgeruch langsam immer näher käme. Etwas, das direkt mit dem Angriff auf Caccialesto zu tun hatte.
Bonanno nahm Lo Curto und Mangiacavallo ziemlich in die Mangel. Seine Augen zogen sich zu schrecklichen Schlitzen zusammen, als er ihnen drohte, sollte er ihnen noch einmal begegnen, egal wo, dann würde er sie nicht nur einsperren, sondern auch dafür sorgen, dass sie so lange wie möglich dort blieben. Die beiden hatten inzwischen begriffen, dass der untersetzte Carabiniere dazu ganz bestimmt fähig war.
Die beiden Zuhälter hätten nicht einmal im Traum vermutet, dass sie Opfer einer Justiz geworden waren, die sich einen vorgeschobenen Grund gesucht hatte, um sie zu verhaften. Und so war ihnen auch nicht bewusst, dass sie Bonanno deshalb in gewaltige Schwierigkeiten hätten bringen können. Sie waren überglücklich, so einfach ihre Freiheit wiedererlangt zu haben, dass sie ohne Nachdruck nach ihrem Geld fragten und, als Bonanno sie mit gerunzelter Stirn informierte, das sei beschlagnahmt, schnell in ihre Limousine stiegen und so herzinfarktträchtig eilig starteten, dass Steppani den Fahrer ein wenig beneidete.

Um sich zu entspannen und in Ruhe nachdenken zu können, aber auch, weil er es Steppani ein wenig heimzahlen wollte, befahl er dem Brigadiere, er solle ihn zu einem Routinebesuch nach Montacino bringen. Als Kommandant der Kompanie gehörte es zu seinen Pflichten, ab und zu die Stationen zu überprüfen.
Steppani fuhr ungezwungen, bezähmte jedoch seinen Wunsch, sich am Steuer auszuleben. Bonanno genoss die niedrige Reisegeschwindigkeit und den Blick auf die Landschaft. Seinen hartnäckigen Husten ignorierend rauchte er und dachte nach, ohne etwas Neues herauszufinden.
Alles geschah binnen Sekunden: Das Funkgerät krächzte und in der Zentrale ging der Alarm los. In Campolone war ein Supermarkt ausgeräumt worden. Zwei maskierte Verbrecher hatten die Kunden mit Revolvern bedroht und die Einnahmen vom Vormittag gestohlen.
Bonanno zog in Betracht, dass es sich um zwei verzweifelte Drogenabhängige handeln musste. Wer raubte schon am Montagmorgen einen Supermarkt aus? Wie viel, glaubten sie, würde in einem kleinen Ort mit ein paar Tausend Einwohnern zusammenkommen?
Die plötzliche Beschleunigung des Alfa 155 drückte ihn in den Sitz zurück.
»Maresciallo, schnallen Sie sich an und halten Sie sich fest, diesen Gaunern werden wir es zeigen«, kündigte Steppani euphorisch an. Er konnte sein Glück kaum fassen. Dieser Überfall war ein Geschenk des Himmels. Das Aufheulen des Motors, der auf vollen Touren lief, wurde nur vom Quietschen der Reifen übertönt, die sich in den Asphalt krallten und schnell vorwärtsrollten, während die Sirene wie verrückt heulte.
Campolone lag auf dem Weg nach Montacino.

Nach sieben Kilometern halsbrecherischer Fahrt trafen sie auf die beiden Täter, die versuchten, auf einer kleinen getunten Vespa die Autobahn Palermo–Agrigent zu erreichen, um ihre Spur zu verwischen. Ehe sie überhaupt bemerkten, dass sie die für den Überfall Verantwortlichen vor sich hatten, zersprang der Seitenspiegel ihres Wagens mit einem fürchterlichen Knall. Auf der Motorhaube verteilten sich Glasscherben und Stücke aus dunklem Kunststoff. Es folgten zwei weitere Schüsse. Diese verdammten Verbrecher schossen auf sie.

Mit einem blitzartigen Manöver wendete Steppani den Wagen, der schlingerte, als würde er tanzen. Bonanno gab die Meldung per Funk weiter und griff sich seine Handfeuerwaffe. Steppani fuhr wie ein Besessener, schaltete und beschleunigte. Wütend verbiss sich der Wagen in den Asphalt und schlingerte vorwärts. Die Entfernung zu der Vespa verringerte sich immer weiter.

Zum ersten Mal in seinem Leben achtete Bonanno nicht auf die überhöhte Geschwindigkeit. Sie hatten auf ihn geschossen, das war im Moment seine einzige Sorge.

Die beiden flogen dahin wie eine Rakete. Der Beifahrer auf dem hinteren Sitz drehte sich ständig um. Er schwenkte fortwährend seine Pistole.

»Zielen Sie auf die Reifen, Maresciallo, zielen Sie auf die Reifen«, rief Steppani aufgeregt.

Bonanno kurbelte das Seitenfenster herunter.

»Los, Maresciallo, so kriegen wir sie, eine nette Salve und wir stoppen sie. Zielen Sie nach unten, Marescià.«

So, wie das Auto hüpfte, hätte man nicht einmal einen Elefanten getroffen, geschweige denn eine Vespa, die ab und zu im Schatten der mit Mandelbäumen bewachsenen Felsen verschwand, und hinter der nächsten Kurve wiederauftauchte. Und das bei Bonannos Treffsicherheit.

»Schießen Sie, Maresciallo, los, jetzt ist der richtige Moment. Schießen Sie doch!«
Bonanno drückte nicht ab. Er konnte es nicht. Bei dieser Geschwindigkeit und so, wie der Wagen hüpfte, war das Risiko zu groß. Statt des Reifens der Vespa hätte er die jungen Leute treffen können. Niemand hätte etwas einzuwenden gehabt. Er schon.
Das Schicksal beschloss, ihm aus der Klemme zu helfen. Um einer Zugmaschine mit Anhänger auszuweichen, die sogar bergab nur sehr langsam vorwärtskam, musste der Junge am Steuer der Vespa heftig die Bremse ziehen. Die beiden rollten seitlich von der Straße hinunter und landeten in den umgepflügten Feldern. Sie waren verletzt und hatten Schmerzen, aber sie lebten. Bonanno und Steppani nahmen sie unverzüglich fest. Sie hatten einhundertdreiundsechzig Euro in der Tasche, die Beute aus dem Überfall. Er hatte recht gehabt, es handelte sich wirklich um zwei Drogenabhängige. Sie kamen von auswärts und waren auf Entzug. Das meinten jedenfalls die Ärzte im Krankenhaus, in das er sie zur Untersuchung bringen ließ. Beim Aufprall auf den Boden hatten sie sich Hautabschürfungen und Prellungen zugezogen. Der Mann, der geschossen hatte, hatte sich die Hand gebrochen, mit der er die Pistole gehalten hatte. Das nennt man Schicksal.

Bonanno war den ganzen Nachmittag mit den bürokratischen Vorgängen beschäftigt, die im Zusammenhang mit dem Überfall standen. Zum Glück konnte Steppani genauso gut mit der Schreibmaschine umgehen wie mit dem Steuer eines Wagens. Der Colonello meldete sich höchstpersönlich aus dem Provinzkommando. Er wollte wissen, ob die beiden Verbrecher tatsächlich auf sie geschossen hatten.

Die Nachricht verbreitete sich schnell. Bonanno erhielt zahlreiche telefonische Anfragen von lokalen und regionalen Medien. Er rief niemanden zurück, außer seine Mutter, die diese Nachricht geängstigt hatte.
Bonanno beruhigte sie. Es ginge ihm gut, er würde bald nach Hause kommen. Sogar Vanessa wollte mit ihm reden. Bonanno sprach liebevoll mit ihr. Manchmal reichen schon wenige Worte, um Wichtiges zu sagen.
Steppani reichte ihm den Bericht. Bonanno unterschrieb ihn, ohne einen Blick hineinzuwerfen.
»Maresciallo, würden Sie mir bitte etwas erklären?«
»Ich weiß, was du mich fragen willst, Steppà. Warum zum Teufel ich nicht geschossen habe, richtig?«
»So ungefähr, Maresciallo. Die hätten uns umbringen können.«
»Ich sie auch.«
Ohne ein weiteres Wort ging Bonanno hinaus zu seinem Fiat, den er in der Nähe geparkt hatte, startete ihn und fuhr zu Vanni Lenticchios Tierheim. Nach ein paar Minuten entspannter Fahrt war er dort. Als er wieder in seinen Wagen stieg, hatte er ein herrliches Setterweibchen in einem großen Karton bei sich.

Neun

Drei unschuldige Opfer warten schon. Schweißgeruch liegt in der Luft. Ihre Herzen klopfen heftig, während sie in einen Riegel Bitterschokolade beißen. Zusammen sind sie nicht älter als fünfundzwanzig Jahre. Zwei kleine Jungs und ein Mädchen. Das Hinterzimmer dieses Obstgeschäfts kennen sie nur zu gut, sie wissen genau, wozu dieses merkwürdige Gerät mit dem Glasauge dient, das auf dem Stativ montiert ist. Sie sind an sein leises Surren gewöhnt.

Eigentlich müssten sie jetzt in der Schule sein, stattdessen …

Der Onkel, er trug den Beinamen *sciancatu*, das heißt Krüppel, hat in seinem Wagen in der Nähe des Gebäudes auf sie gewartet. Ein unscheinbarer, beigefarbener Kleinwagen. Ein Hupen ist das Zeichen. Heute ist ein besonderer Tag. Zweimal im Monat ist es so weit und jetzt warten ganz andere Lehrstunden auf sie.

Auf die Dauer werden die Bücher langweilig, sie quellen über von vollgeschriebenen Seiten und obwohl bunte Abbildungen darin sind, sind sie keineswegs unterhaltsam. Trotzdem würden die drei Kinder tausendmal lieber vor diesen Büchern sitzen, als hier zu sein …

Was gleich mit ihren Körpern geschieht, tut so weh.

Die Kinder haben ihre Lektion gelernt, auch heute kassiert wieder jeder zehn Euro und eine Karte für den Zirkus. Der

Zirkus ist wunderschön, dort gibt es Löwen, Affen und dann die Clowns. Über die muss man immer lachen. Und die fliegenden Männer. Die sind ganz toll.
Eigentlich ist der Onkel nicht böse. Er hat sie lieb. Seine Hände sind weich und zittern schweißnass, wenn er sie streichelt. Auf seiner Oberlippe bildet sich ein feuchter Rand, während er flüstert: »Los, Kleiner, komm näher, lass mich deinen kleinen Pimmel fühlen. Schaun wir mal, wie hart er ist. Ja, so ist es gut, zeig mir, wie sehr dir das Lutschen gefällt. Ja, komm, dann kaufe ich dir auch einen richtigen Lutscher.«
Totò merkt es jedes Mal, wenn der Onkel sich ihm nähert. Totò ist sieben Jahre alt und hat vier jüngere Geschwister. Seine Mutter hat wieder einen dicken Bauch und schreit immer seinen Papa an, weil der keine Arbeit findet. Totò lebt in einem kleinen Haus, dort ist es zwar nicht kalt, aber die Wände sind immer feucht.
Totò wird immer für die besonderen Spiele ausgewählt. Er ist der Kleinste von ihnen. Er geht nicht gern in das Hinterzimmer, aber wehe, er erzählt seiner Familie oder anderen Leuten von diesen Spielen, etwa dem Pfarrer oder den Lehrern in der Schule. Wehe! Der Onkel kann schrecklich sein, wenn er wütend wird. Er hat ein ganz langes Messer, das versteckt er unter seiner Hose in einem hellen Futteral.
Einmal hat sich der eine Onkel fürchterlich aufgeregt. Totò erinnert sich noch genau daran. Der Onkel flößte einem mit seinem Anblick Angst ein, seine Augen blitzten auf und weißer Schaum lief ihm aus den Mundwinkeln. Er sagte schlimme Dinge und fluchte.
Auch Mico weiß das genau. Mit seinen zehn Jahren ist er der Älteste. Er hat die schlimmsten Wutausbrüche aushalten müssen. Der Onkel wollte ihm nicht glauben, dass er Padre Deodato nichts verraten hatte. Er behauptete, dieser

verdammte Pfarrer hätte ihn am Schluss der Messe schief angesehen und ihn aufgefordert, sich von den Kindern fernzuhalten, sonst …

Und da hat er ihn mit aller Kraft in das Hinterzimmer geschleift. Er hat Mico das lange Messer an die Kehle gehalten und gesagt, wenn er es auch nur wagt, ein Wort anzudeuten, würde er ihn abstechen wie ein Zicklein. Dann hat er auch noch Totò das Messer an den Hals gehalten und gesagt, er würde ihn auch umbringen und seine Mutter und all seine Geschwister. Einen nach dem anderen. Er würde ihnen, ohne zu zögern, die Kehle durchschneiden. Mit einem Schnitt.

Totò hat angefangen zu weinen und vor Angst in die Hose gepinkelt. Von da an hat er jeden Abend ins Bett gemacht und seine Mutter hat ihn wütend angebrüllt, ohne den Grund dafür zu begreifen. Totò hätte ihn ihr gern gesagt. Wenn er nur einen Weg fände.

Neben dem Onkel *sciancatu* gibt es den Onkel *tignusu*, den Glatzkopf. Er bedient dieses merkwürdige Gerät auf dem Stativ. Sie haben mir gesagt, das heißt Videokamera und damit werden die Filme gedreht, wenn wir uns auf dem Sofa ausstrecken und sie uns befehlen, wir sollen Doktor spielen und das Spiel mit dem Schwänzchen, das die unterirdische Höhle findet. Alles nackt.

Ich heiße Micaela, ich bin acht Jahre alt. Ich bin Totòs und Micos Cousine. Seit einem Jahr bringen sie uns hierher. Wenn wir rauskommen, brennt meine Knospe immer sehr. Das sticht so schrecklich. Auch hinten. Und ich weine. Ich weine sehr. Ich möchte alles der Oma erzählen. Aber ich fürchte mich. Der Onkel hat gesagt, wenn ich das auch nur versuche, dann …

Ich habe niemand sonst auf der Welt. Die Oma ist so lieb. Ich kann doch nicht zulassen, dass diese bösen Menschen

ihr etwas antun. Deshalb spare ich alles Geld, das ich bekomme. Ich habe schon viel zusammen. In der Stadt habe ich ein wunderschönes Geschäft gesehen, wo sie Pistolen verkaufen. Sie kosten sehr viel. Aber wenn ich das Geld habe …
Heute Nacht habe ich Gott gebeten, mir zu helfen. Ich habe ihn gebeten, mich in einen Schmetterling zu verwandeln, damit ich weit wegfliegen kann, oder in eine Schwalbe, damit ich dorthin fliegen kann, wo es schön warm ist und das Meer türkisblau und die Wolken so weich wie Zuckerwatte. Heute Nacht habe ich Gott angefleht, mich für immer schlafen zu lassen. Aber er hat nicht auf mich gehört.
Er hatte sich wohl auf die andere Seite gedreht. Ich habe nach ihm gerufen, aber er hat mich nicht gehört. Er schien taub zu sein. Schließlich habe ich so laut geschrien, wie ich konnte, und als er sich umgedreht hat, habe ich ihm direkt in seine unendlich großen, blauen Augen gesehen. Er weinte. Um mich.
Und da habe ich wirklich geschrien. Meine Oma ist aufgewacht. Und an mein Bett gekommen.
Ich hatte mich nicht in eine Schwalbe verwandelt. Nicht einmal in einen Schmetterling. Gott mag mich nicht. Wenn er nicht will, dass ich für immer schlafe, warum lässt er dann die Onkel nicht verschwinden?
Totò schluchzt. Der Onkel kniet hinter ihm. Vollkommen nackt. Er packt ihn an seinen mageren Schultern. Totò weint jedes Mal. Ich weine nicht mehr. Schon lange nicht mehr.
Totò tut mir so leid. Er ist so klein. So schutzlos. Er windet sich, während er sich mit den Handflächen auf das Sofa stützt und die Zähne zusammenbeißt.
Ich möchte, dass er sich auch in ein Vögelchen verwandelt,

damit er von hier wegfliegen kann. Und ich möchte, dass auch Mico ganz, ganz klein wird, so klein wie ein unscheinbarer Marienkäfer. Ein Marienkäfer, der kein Schwert hat, das er mir jedes Mal in den Leib stößt. Da tut auch weh. Nicht so sehr wie bei dem Onkel, aber es brennt trotzdem. Ich möchte, dass Mico ein Marienkäfer wäre, den ich streicheln könnte, ohne die Angst, in meine nackte, gerötete Knospe gebissen zu werden.

Salomo sieht zu. Die künstlerische Qualität des Films taugt nicht viel. Auch die Technik lässt zu wünschen übrig. Sein Inhalt verdient dagegen Beachtung. Die Kleinen sind wunderschön und willig. Sie wissen um die Befriedigung, die man aus ihren unreifen Körpern ziehen kann, die so lebendig sind, so leidenschaftlich. Die Lebenskraft eines jungen Bäumchens, das heranwächst und sich in eine kräftige Eiche verwandelt, indem es Lebenssaft und Samen aus der Welt der Erwachsenen aufnimmt, die sich immer noch das reine Herz von Kindern bewahrt haben.

Der Film wird die üppige Sammlung für die über den gesamten Erdball verteilten Auserwählten bereichern. Mit der nötigen Umsicht und einer geeigneten Anleitung werden die neuen Mitglieder, einschließlich der drei zarten, blühenden kleinen Lieblinge das nächste Mal ein besseres Video produzieren.

Er könnte diese drei Engelchen in den nächsten Wochen einmal persönlich aufsuchen. Eigentlich ist die Entfernung dorthin nicht so groß …

Besser nicht. Solange das Unternehmen Upupa noch nicht auf festen Beinen steht, sollte er sich nicht so exponieren und lieber im Dunkel bleiben. Es gibt einfach zu viele Feinde der reinen Liebe.

Das weiß Salomo genau. Noch einmal verbirgt er die Bilder

hinter einer harmlosen Oberfläche und schickt sie über das Internet weiter.
Und noch einmal bedient er sich einiger Sätze aus der Bibel, die seinen berühmten Vorgänger König Salomo heraufbeschwören: »*So freue dich, Jüngling, in deiner Jugend und lass dein Herz guter Dinge sein in deinen jungen Tagen. Tu, was dein Herz gelüstet und deinen Augen gefällt.*« (Buch Prediger Salomo 11,9)

Obwohl Ringhio jetzt eine liebevolle Gefährtin an seiner Seite hatte – die Hündin wurde auf den Namen Briciola getauft –, begann er um drei Uhr nachts wie üblich seine Heultirade. Diesmal hatte Bonanno aber eine Vereinbarung mit Vanessa getroffen: »Entweder du stehst auf und kümmerst dich um Ringhio und Briciola oder ich greife mir die beiden morgen früh und bringe sie mitsamt Hundehütte zu Vanni Lenticchio und dort kannst du sie dann besuchen.« So weit kam es aber nicht. Sei es, dass Bonanno mit seiner Drohung überzeugend gewesen war, sei es, dass es jetzt auch Briciola gab, jedenfalls war ein Wunder geschehen und Vanessa stand fortan auf, um beide ins Haus zu lassen. Donna Alfonsina hatte Lust zu beten.
Aber trotzdem war nicht im Traum an Schlaf zu denken. Seit Stunden schüttete es ohne Unterlass, der Regen prasselte rhythmisch rauschend gegen die verriegelten Fensterläden. Hustenanfälle quälten Bonanno. Aber mehr noch quälte ihn der Gedanke an die beiden bewaffneten Idioten, die auf ihn und Steppani geschossen hatten, als wären sie Tauben.
Beide waren noch sehr jung, einundzwanzig und dreiundzwanzig, und die Drogen hatten bereits ihr Leben zerstört. Sie hatten nicht gezögert, die Waffen zu ziehen und die Kunden des kleinen Supermarkts zu bedrohen. Die

Kassiererin hatte immer noch gezittert, als sie ihm von diesen aufregenden Minuten erzählt hatte. Einer der Täter hatte ihr die kalte Waffe an den Kopf gehalten und sie aufgefordert, die Kasse zu öffnen und kein Wort zu sagen. Er hat ihr einen fürchterlichen Blick zugeworfen, als er feststellte, dass die Einkünfte sich an diesem Vormittag auf ein paar spärliche Zehner und einen einzigen armseligen Hunderter beliefen.

Wie wenig war ein Menschenleben manchmal wert! Die Kassiererin, eine frischgebackene Mutter, war mithilfe der regionalen Förderungsmittel für junge Arbeitslose eingestellt worden und schuftete nun für achthundert Euro im Monat. Für diese geringe Summe hatte sie dem Tod ins Auge gesehen, in den Augen des jüngeren Mannes, der immer wieder zu ihr gesagt hatte: »Gib mir das Geld, gib mir sofort das Geld, oder ich bring dich um, du Schlampe.«

Bonanno sah die Szene vor sich, als wäre er selbst dort gewesen. Er erschauerte bei dem Gedanken, was hätte passieren können. Zum Glück hatte sein Komplize eine Flasche Brandy genommen und ihn aufgefordert, damit aufzuhören und zu verschwinden.

Ganz offensichtlich hatte der junge Kerl die Lust am Sheriffspielen nicht verloren, denn er hatte nicht gezögert, in ihre Richtung zu schießen.

Bonanno fand keine Ruhe. Seit Stunden dachte er ständig an diese Geschehnisse. Seit Stunden wälzte er sich in seinem Bett und fand keinen Schlaf. Wenn er die Augen schloss und versuchte, sich zu entspannen, rückte der Schlaf in weite Ferne und ließ ihn mit diesen unsichtbaren Sorgen, den Schatten seines eigenen Gewissens allein, die im dunklen Zimmer die Oberhand gewannen. Wenn er mit ihnen allein war, half es nicht, sich selbst zu belügen.

Er hatte Angst gehabt. Zwanzig Zentimeter weiter und dann gute Nacht, Bonanno. Eine verschwindend kleine Entfernung in der Unendlichkeit der Schöpfung, gerade mal zwei, drei Handbreit. Statt des Seitenfensters hätte die Patrone seine Leber oder einen seiner Lungenflügel zerfetzen können.
Wer hätte sich dann um Vanessa gekümmert? Wie wäre seine Mutter damit zurechtgekommen, in ihrem Alter?
Und warum nur, aus welchem verdammten Grund hatte er nicht geschossen, wenn er diese Angst empfunden und der Tod ihn mit seinem kalten Atem zwei Finger breit vor seiner Nase gestreift hatte? Warum war er so dumm gewesen? Konnte es wirklich sein, dass er trotz seiner achtunddreißig Jahre und seiner Uniform immer noch nicht gelernt hatte, das Leben zu meistern?
Warum hatte er nicht abgedrückt? Es ist schwierig, die richtigen Antworten zu finden, wenn sie im entlegensten Winkel des Herzens verborgen liegen, dort wo die heimlichsten Träume und die schmerzlichsten Verletzungen begraben sind. Dort fühlt sich jeder Mensch ganz klein und sieht sich so, wie er wirklich ist, ohne die Täuschungen, die einen zwingen, höfliche Masken zu tragen. Dort lässt ein Mann lieber auf sich schießen, als jemanden zu töten, der sein Sohn sein könnte.

Bonanno hielt es nicht länger aus. Er sprang aus dem Bett und ging unter dem Vorwand, er müsse sich ein Glas Wasser holen, in die Küche. Vanessa schlief fast im Stehen ein. Ihre Augen waren zu zwei reizenden kleinen Schlitzen zusammengezogen, die er am liebsten abgeküsst hätte. Ringhio und Briciola liefen durch das Haus, als sei es mitten am Tag.
»Komm, ich bring dich ins Bett.«

»Nein, ich muss mich doch um Ringhio und Briciola kümmern.«
»Keine Sorge, ich übernehme das.«
»Auf keinen Fall, Papa, du musst dich ausruhen. Versprochen ist versprochen.«
Bonanno zögerte. Diese Antwort hatte er nicht erwartet.
»Das stimmt, Vanessa, aber du musst morgen in die Schule und es ist schon spät.«
»Das ist unwichtig, du musst ja auch zur Arbeit.«
Kindliche Logik bringt einen oft in Verlegenheit. Bonanno wusste nicht, was er darauf antworten sollte.
Vanessa entdeckte einen Karton, in dem sie alte Spielsachen aufbewahrt hatte. Sie legte eine ausgemusterte Decke und einen Ball aus Lumpen hinein, dann ließ sie die kleinen Hunde sich nacheinander darauf ausbreiten und trug sie in ihr Zimmer.
Bonanno war sprachlos. Jetzt brauchte er eine Zigarette. Sofort. Vielleicht überlegte Vanessa es sich ja noch anders. Doch Vanessa blieb standhaft. Anscheinend hatten sich die drei Welpen geeinigt. Für den Rest der Nacht hörte er nichts mehr von ihnen.
Aber ein anderer ungebetener Gast zerriss ihm die Brust, sobald er sich die Zigarette angesteckt hatte. Der bösartige Anfall hielt lange an und ließ ihn entkräftet zurück. Bonannos Lungen hörten sich an wie eine verrostete Reibe.
»Heilige Muttergottes, Savè, was für ein Husten! Daran sind die Zigaretten schuld, die bringen dich noch um. Und dein sturer Kopf. Warum hörst du nicht auf mich und trägst einen Wollpullover? Mit deinen fast vierzig Jahren benimmst du dich immer noch wie ein verzogener kleiner Bengel. Heilige Jungfrau, erleuchte ihn! Morgen fährst du zu Tonio in die Apotheke und kaufst eine neue Flasche von diesem Hustensaft. Hier nimm, schluck einen Löffel voll hinunter, damit

das vergeht«, sagte Donna Alfonsina. Der Husten, der sich laut wie Kanonenschüsse aus der Brust ihres Sohnes über die ganze Wohnung verteilte, hatte sie geweckt.
»Vielen Dank, keuch, keuch, aber das ist nicht nötig, keuch, keuch, der bringt es fertig und tut Gift hinein, keuch, keuch«, erklärte Bonanno, verschwand in sein Zimmer und ließ seine Mutter völlig verblüfft stehen.
Er wusste genau, welches Mittel er gegen den Husten brauchte, nicht diesen Industriehustensaft mit seinen chemischen Keulen. Morgen gab es keine Störungen und Probleme für ihn, denn der Maresciallo würde sich die nächsten vierundzwanzig Stunden freinehmen. Das war unbedingt nötig. Er musste seinen geistigen Frieden und sein körperliches Wohlergehen wiederfinden.

Das Kloster der Franziskaner-Minoriten lag im Schutz einer Anhöhe, die sich über dem darunterliegenden Tal erstreckte. Schon der Anblick erfüllte Bonanno mit tiefem Frieden. Sein letzter Besuch lag Monate zurück, damals war er mit dem äußerst unangenehmen Mordfall Pietro Cannata beschäftigt gewesen, einem Fischhändler aus Porto Empedocle, der ein dunkles Geheimnis hütete.
Bonanno ging es schon besser. Er hatte gerade mit der Zentrale telefoniert und Cantara informiert, er sei den ganzen Tag nicht erreichbar. Und wenn die Welt unterginge.
Eine halbe Stunde später verursachte diese Nachricht bei Maresciallo Musicchia ein Magengeschwür. Er war nach Marcelli der Dienstälteste und deshalb für die Kompanie verantwortlich: Bonanno hatte nicht nur seine unglücklichen Geständnisse völlig außer Acht gelassen, sondern, als ob das noch nicht reichte, ihm auch noch diesen Ärger aufgeladen.
Als er an die Klostertür klopfte, hörte Bonanno es stür-

misch in seinen Ohren pfeifen. Wie immer öffnete ihm Bruder Girolamo. Und wie immer sagte er kein Wort. Er schenkte ihm nur ein Lächeln und forderte ihn auf, ihm zu folgen. Bonanno ging das Herz auf. Aber er wurde nicht in die übliche Zelle ganz hinten gebracht, sondern zu Vater Edoardo, dem Prior des Klosters.

»Willkommen, Bruder, Friede sei mit dir.«

»Gott segne Sie, Vater Edoardo, ich war in der Nähe und komme Sie deshalb besuchen.«

»Was für eine reizende Idee, Maresciallo.«

»Kann ich die gleiche Zelle wie sonst haben? Bruder Girolamo …«

»Darum kümmern wir uns sofort, aber wir müssen eine andere Unterbringung für Sie finden. Die beiden Zellen sind seit einigen Wochen belegt.«

»Belegt? Und von wem?«, fragte Bonanno erstaunt.

»Von zwei neuen Brüdern. Zwei Novizen haben eine Welle der Kraft und Heiterkeit in unser Haus gebracht. Sie heißen Gino und Umberto. Bruder Gino spielt Gitarre, singt wie eine Nachtigall und liebt das Theater, und Bruder Umberto ist ein Computergenie und kennt alle Kniffe und Spiele wie im Schlaf. Bevor ihn der Herr dazu berief, das Mönchsgewand anzulegen, hat er Elektroingenieur studiert und die Leidenschaft für dieses Gebiet ist ihm geblieben.

Seit ihrer Ankunft hat sich das Kloster mit frischem Leben gefüllt. Mit den Kindern der Gegend haben sie einiges auf die Beine gestellt, sie organisieren Fußballturniere in der Halle und Musikveranstaltungen in unseren Räumen in der Stadt, richten eine Theaterwerkstatt ein und vieles mehr, ganz zu schweigen von der Vorliebe für den Computer, die junge Menschen, besonders die Kinder einbezieht. Sie sollten sehen, wie sie an Gino und Umberto hängen. Ich verstehe nichts von diesen Geräten, aber Sie …«

»Reden wir lieber nicht von mir, Vater Edoardo, da könnte ich mich gleich erschießen. Ich habe nicht einmal ein Handy. Ich verliere ja schon die Übersicht, wenn ich all diese Knöpfe und Schalter nur sehe ...«

Der Prior lächelte. Mit dem Maresciallo verstand er sich vollkommen. Für sie blieb diese besondere Technologie ein Mysterium.

Der Prior forderte Bonanno auf, ihm zu folgen, und brachte ihn in eine äußerst einfache Zelle, die nur mit dem Notwendigsten ausgestattet war. Bonanno kümmerte das nicht. Das Kloster war der einzige Ort auf dieser Welt, an dem es ihm gelang, nicht zu rauchen.

»Ich sage sofort Bruder Angiolo Bescheid«, meinte der Prior.

Bonanno legte sich aufs Bett und entspannte sich. Er wollte an nichts anderes denken als an sich und seine Bronchien. Zehn Minuten später klopfte der schon erwartete Bruder leicht an die Tür und kündigte damit an, dass er die bewährte natürliche Therapie gegen Bonannos verstopfte Lungen brachte.

Bruder Angiolo trug auf einem Tablett eine große Schüssel mit dampfendem Süßwurzelaufguss. Aus einer Karaffe verbreitete sich der typische Geruch einer Weintinktur: man hatte frische Salbeiblätter mehrere Tage lang in Marsala, den aromatischen sizilianischen Dessertwein, eingelegt. Sie würden seine Bronchien von dem mörderischen Katarrh befreien und den Husten mildern, der ihn nicht schlafen ließ.

Bruder Angiolo stellte auch einen Krug mit Quellwasser auf den Tisch und daneben ein Tablett mit frischen *paste di Napoli*, einem Gebäck, das man nur in Villabosco bekam. Niemand konnte sich den Namen erklären, der sicher irgendwie damit zusammenhing, dass diese Gegend früher

unter der Herrschaft Neapels stand. Man erzählte sich, ein sehr begabter Konditor, der am Hof der Bourbonen arbeitete, wäre so hingerissen von den dunklen Augen einer Kleinen aus Villabosco gewesen, dass er ihr nach einer Liebesnacht dieses geheime Rezept geschenkt hätte. Ob das nun stimmte oder nicht, Bonanno war jedenfalls in der Lage, sie zu verschlingen, bis er platzte. Sie rochen so unverwechselbar köstlich, die Mönche mussten sie gerade aus dem Ofen geholt haben. Bonanno hielt sich einen Moment damit auf, ihre lange, goldbraune Form zu bewundern. Einmal hatte ihn auch Donna Alfonsina damit beglückt. Das war Weihnachten und er war damals noch ziemlich klein. Er erinnerte sich noch genau an jeden Moment dieses unvergesslichen Tages. Zuerst hatte seine Mutter die Mandeln gepellt, sie im Ofen geröstet, dann hatte sie sie mit Mehl, Zucker und Eiern vermengt. Aus dem Teig, der fest bleiben musste, hatte seine Mutter Gebäckstückchen geformt, die nicht länger waren als zehn Zentimeter, sie auf ein Blech gelegt und für eine halbe Stunde in den Ofen geschoben. Das war eine Köstlichkeit aus reiner Mandel und knusprigem Teig gewesen und an die Fressorgie erinnerte sich Bonanno heute noch, nach so vielen Jahren. Wer hätte gedacht, dass er ausgerechnet in einem Mönchskloster seine geliebten *paste di Napoli* wiederfinden würde.
Manchmal lag das Paradies eben direkt vor der Haustür.

Zehn

Er träumte von blühenden Wiesen. In seinem Traum schwebte er am Ufer eines wunderschönen Sees entlang, das von samtigen Mohnblumen und wogenden Margeriten durchsetzt war. Verspielt erschien die Sonne mit wohlwollendem Strahlen hinter den sanft geschwungenen Hügeln und wärmte seinen Bauch, der, mit gesunder Nahrung gefüllt, unter der sanften Wärme vor Behagen erzitterte.
Bonanno schnarchte zufrieden. Nirgendwo anders konnte er so angenehm und entspannt schlafen wie im Kloster. Zeigte vielleicht irgendein Chromosom in seiner DNA, dass er eine Neigung zum Mönchsgewand hatte? Oder lag es eher daran, dass die Karaffe mit der Weintinktur inzwischen schrecklich leer war?
Der Maresciallo hatte mehr als einen halben Liter von dem alten, mit Salbeiblättern aromatisierten Marsala in sich hineingeschüttet, in der Überzeugung, der Alkohol würde durch die genossenen üppigen Mahlzeiten aufgesaugt. Neben dem köstlichen Gebäck hatte Bonanno sich nämlich auch ein herzhaftes unwiderstehliches Gericht gut schmecken lassen: Röhrennudeln mit kleinen, aromatischen Linsen aus Liscialba, die mit zwei Handvoll gewürfelter Speckschwarte gewürzt wurden, mit frischen Oliven, die die Mönche vor ein paar Tagen im Olivenhain im Viertel Omo fituso gesammelt und in Salz eingelegt hatten, mit jungem Pecorino, am Stock gerösteten Pilzen

und zum Schluss mit Knoblauch, gehackter Petersilie, Öl und einem Tropfen Essig vermischt wurden. Alles begleitet von Brot, das einladend nach Weizen duftete, und einer Karaffe köstlichem Rosé, den selbst die Engel im Himmel besungen hätten.

In Bonanno löste ein Besuch im Kloster immer ein heftiges, gesundes Hungergefühl aus, was an der absoluten Ruhe dort liegen mochte, an der angenehmen Gesellschaft oder auch daran, dass er all seine Gedanken außerhalb der Klostermauern zurückgelassen hatte. Jedenfalls hatte er sich alles Essen mühelos und mit großem Genuss einverleibt.

An diesem Tag hatte er seiner Verdauung und seiner Leber schwer zugesetzt, denn er hatte sie nicht nur mit dem Rosé, sondern auch noch reichlich mit der Weintinktur begossen. Um seinen Husten zu lindern, hätten zwei Gläser mehr als ausgereicht, aber Marsala war tückisch, er schmeckte einfach zu gut. Bonanno gab sich erst zufrieden, als in dem Krug nicht einmal mehr der Duft zurückgeblieben war. Er verschwendete keinen Tropfen. Das Ergebnis war katastrophal.

Engelsgleich schnarchte er vor sich hin, im Frieden mit sich und der ganzen Welt. Ohne Hustenanfälle genoss er im Schlaf freudetrunken auf Traumpfaden wandelnd den Blick auf ein Montanvalle ohne Bausünden und stadtplanerische Untaten.

Sogar Raffello, die antike Stadt, die das ruhmreiche Seefahrervolk errichtet hatte, war so aufgewertet worden, wie sie es verdiente, und jetzt für das Publikum geöffnet, das vor dem kunstvollen Eingang, den ein ausgezeichneter Bildhauer aus mit herrlichen Reliefs verzierten, sehr hohen Säulen gestaltet hatte, Schlange stehen musste, um Eintrittskarten zu kaufen. Der abgemagerte, stinkende Bürger-

meister Totino Prestoscendo war an einen Felsblock angekettet, er winkte den Besuchern aus der Ferne affektiert zu, während er mit einer Schaufel die Müllgrube zuschuttete, deren Errichtung er erst vor ein paar Monaten ganz in der Nähe der archäologischen Stätten angeordnet hatte.
Bonanno träumte, dass diese Strafe nach seinem persönlichen Rechtsempfinden bis in alle Ewigkeit verlängert würde.
Er lächelte auch noch, als Vater Edoardo, der Prior, unsanft versuchte, ihn zu wecken.
»Maresciallo, Maresciallo«, rief er ihn und schüttelte ihn kräftig.
Aus einer Welt, die ganz weit entfernt zu sein schien, den Kopf auf einen Haufen leichter Federwölkchen gebettet, öffnete Bonanno unter großen Mühen die Augen zu zwei schmalen Schlitzen.
»Maresciallo, um Gottes willen, Maresciallo, wachen Sie auf. Maresciallo, Maresciallo! Guter Gott, Maresciallo, antworten Sie mir doch!«
Bonanno empfand seinen Kopf als tonnenschwer. Er hob ihn nur zehn Zentimeter vom Kissen, öffnete seine Augen gerade so weit, dass er Vater Edoardo und hinter ihm zwei dunkle Uniformen erahnen konnte, die ihm entfernt bekannt vorkamen. Er schenkte den Anwesenden ein weinseliges Lächeln und bevor er wieder aufs Kissen zurücksank, hob er vage die Hand. Das sah aus, als erteilte ein Papst seinen Segen.
»Es ist sinnlos, er ist völlig betrunken«, sagte der Prior betrübt und zeigte den beiden Carabinieri die leere Karaffe.
Brigadiere Attilio Steppani roch misstrauisch an dem Gefäß.
»Alter Marsala«, versicherte der Prior.
Dass der Maresciallo außerhalb seiner Dienstzeit das kleine

Laster pflegte, sich einen guten Tropfen einzuverleiben, konnte noch angehen, aber dass er sich betrank und noch dazu im Kloster, konnte Steppani nicht hinnehmen, nicht einmal wenn ihm der heilige Franziskus einen Eid darauf geschworen hätte.

Vater Edoardo erkannte die drohend wirkende Frage in Steppanis Blick und erklärte schnell genauer: »Das ist eine Art Heilmittel gegen Husten, nur dass der Maresciallo ... es mit der Dosis übertrieben haben muss.«

»Das glaube ich auch«, sagte Steppani streng.

Er packte den Maresciallo an den Schultern und bewegte ihn heftig, er schüttelte ihn wie eine Glocke aus gebranntem Ton.

Es half nichts. Bonanno glitt immer wieder in seinen Traum zurück, sah das Seeufer mit den Mohnblumen und Margeriten, quälte weiter den Bürgermeister, schloss ihn mit schweren Ketten fest, um ihn durchzuschütteln und zu verprügeln.

»Was tun wir jetzt, Cacì?«, fragte Steppani.

Der Carabiniere hatte einen Geistesblitz. Bei seiner Ankunft hatte er einen Brunnen mit Quellwasser bemerkt. Während der Prior dafür sorgte, dass eine große Kanne Kaffee gekocht wurde, stellten sich Cacici und Steppani an den Brunnen, ließen den Blecheimer hinunter und zogen ihn gefüllt wieder hoch.

Bonanno spazierte immer noch an seinem kleinen See entlang, er hörte so etwas wie Stimmen, die ihn aus weiter Entfernung riefen, lästige Schreie, Rufe, die ...

Plötzlich streckte der See lange schleimige Arme nach ihm aus, die ihn packten, hochzogen und ihn in einen Wasserfall hüllten, der ihm den Atem nahm. Der See ertränkte ihn, er spritzte ihm beißend kaltes Wasser an den Hals und hatte ihn so fest im Griff, dass seine Haut violett anlief.

»Hilfe, ich sterbe«, brüllte Bonanno triefend und setzte sich im Bett auf. Steppani und Cacici beobachteten ihn. Sie standen ein paar Schritte vom Bett entfernt und schienen auf etwas zu warten.
Bonanno brauchte nicht sehr lange, um festzustellen, dass er nicht ertrank. Ausgerechnet seine eigenen Männer hatten ihm heimtückisch diese eiskalte Dusche verpasst. Als Erstes schoss ihm der Gedanke durch den Kopf, sich zu bewaffnen und zu schießen. Ganz gleich, was dabei herauskam.
Das entnahm Steppani sofort dem Blick des keuchenden Maresciallo, der sich zunächst wütend auf die Beamten richtete und dann schnell zu seiner Dienstwaffe hinüberglitt, die er auf den Stuhl gelegt hatte.
»Es tut mir leid, Maresciallo, aber es ist ein großes Unglück geschehen. Maresciallo Musicchia ist nicht der Richtige für diese Art Schwierigkeiten … sobald er gemerkt hat, woher der Wind weht, hat er schnell eine Leberkolik bekommen.«
»Das stimmt genau, Marescià, wir brauchen Sie persönlich.«
Bonanno schien sie nicht zu hören. Er war immer noch völlig durcheinander und sein Anblick war zum Totlachen. Von der Wasserschlacht völlig durchnässt, fielen ihm seine Haare über die wütenden, von Entsetzen erfüllten Augen. Von seinen Ohrläppchen tropfte ihm das Wasser hinunter auf die Schulterblätter, lief ihm in Rinnsalen den Nacken und weiter den Rücken hinunter. Ein plötzliches Zittern packte ihn und ließ ihn erschauern.
»Marescià, Sie ziehen das besser aus und trocknen sich ab, sonst holen Sie sich noch etwas.«
»Genau, Marescià, das ist besser.«
Bonanno kam auf die Beine und begann zu verstehen. Als

wollte er Gewissheit erlangen, starrte er zunächst auf das nasse Bett, fuhr sich mit einer Hand durch die Haare, dann blieb sein Blick auf dem leeren Eimer haften, den Steppani noch in der Hand hielt, und er stürzte sich brüllend auf ihn.

»Mir eine kalte Dusche verpassen? Dir werde ich's zeigen, du verdammter …«

Steppani konnte nicht rechtzeitig ausweichen. Bonannos Finger packten ihn an der Kehle. Verdammt, der Maresciallo hatte wirklich Kraft, wenn er wütend war. Und so wie er zudrückte, musste er gelinde ausgedrückt stinkwütend sein.

»Ma-re-scià …«, stammelte Steppani und rang nach Luft. Bonanno drückte mit seinen Daumen auf Steppanis Adamsapfel, er wollte, dass der Brigadiere die gleiche Atemlosigkeit spürte wie er eben.

»Verdammt, es ist jemand ermordet worden, hören Sie auf oder ich fange an, in die Luft zu schießen«, brüllte Cacici. Der Klang seiner Stimme drang zu Bonanno wie durch eine dicke Wand aus Matratzen. Seine Finger lockerten den Griff.

»Wer wurde ermordet?«, fragte er.

»Ein Mann. Es wird noch dauern, bis wir wissen, wer es ist. Man hat ihn ganz schön zugerichtet«, sagte Steppani, schnappte nach Luft und massierte sich den Hals.

Das nächste Mal würde er sich zurückhalten, wenn Cacici einen guten Einfall hatte. Dann sollte er dem Maresciallo gefälligst selbst eimerweise kaltes Wasser überschütten, um ihn zu wecken.

»Verdammt. Warum habt ihr das denn nicht gleich gesagt?«, fragte der Maresciallo.

Diesmal hatte Steppani Lust zu schießen.

Am Nachmittag, um 15.12 Uhr, hatte Buchhalter Melchiorre Russo, Angestellter des Postamts von Villabosco, eine Leiche gefunden, die an einer kleinen Steinmauer lehnte. Der dreiundvierzig Jahre alte Buchhalter ging jeden Tag nach der Arbeit in seine Wohnung. Nach dem Mittagessen brach er zu einem Stück Acker in der Nähe von Tre Fossi auf, einer Gegend, die nur ein paar Kilometer vom Ortszentrum entfernt war. Dort gehörte ihm etwa ein Hektar Land, das er geerbt hatte und zum eigenen Vergnügen bewirtschaftete. An jenem Nachmittag konnte Melchiorre Russo sich weder seinen Obstbäumen noch seinem Gemüse oder seinem Weinberg widmen. Irgendein verdammter Hurensohn hatte sich ausgerechnet seinen Besitz ausgesucht, um diesen armen Menschen umzubringen. Man konnte noch nicht einmal erkennen, ob er jung oder alt gewesen war, so hatte man ihn zugerichtet. Und als hätte dieser Schrecken nicht gereicht, der ihn hätte töten können, hatte Buchhalter Russo auch noch bemerkt, dass man einen Zementpfahl benutzt hatte, um dem armen Kerl den Kopf zu zertrümmern. Einen von den Blöcken aus seiner Umzäunung.
Der Postangestellte war in die Kaserne geeilt, um seine makabre Entdeckung zu melden. Auf seinem Stück Land war noch nie jemand umgebracht worden. Russo war wirklich erschüttert. Er stellte jedem Polizisten immer wieder die gleiche Frage: Was mochte ihm jetzt noch passieren?

Unter der Uniformjacke trug Bonanno einen kanariengelben Wollpullover, den Bruder Umberto ihm geliehen hatte, und rief damit bei seinen Untergebenen neugierige Bemerkungen und verstohlenes Lächeln hervor. Er näherte sich der Leiche. Trotz sechs Tassen schwarzem Kaffee und einer giftigen Mischung, die Bruder Angiolo ihm verabreicht hatte, um gegen die Doppelwirkung von Marsala und Rosè anzukämpfen, fühlte sich Bonannos Kopf an wie ein Nadelkissen. Deshalb hatte er es auch vorgezogen, in einem Dienstwagen zum Tatort zu kommen, den Cacici fuhr. Steppani fuhr seinen Punto und prügelte den Motor auf schwindelerregende Touren. Der Wagen schoss dahin wie ein Torpedo. Vielleicht schnellte auch Bonannos Blutdruck etwas in die Höhe, als er ihn direkt in einer Kurve rasant überholen sah.

Der Körper gehörte einem schmächtigen Wesen männlichen Geschlechts, wenigstens daran bestand kein Zweifel, und den faltenlosen Händen nach zu urteilen, musste er jung gewesen sein. Der oder die Mörder waren mit bestialischer Wildheit vorgegangen. Nachdem sie ihn mit Fußtritten und Schlägen zu Boden geworfen hatten, hatten sie ihr »Werk« vollendet und dafür vermutlich diesen schweren Zementpfahl benutzt, der nur ein paar Meter entfernt liegen geblieben war.
Sie hatten so oft zugeschlagen, bis der Pfahl zersprang und von den Gesichtszügen des Mannes nichts als Brei und umherfliegende Knochensplitter übrig waren. An dem Pfahl klebten Stücke der Kopfhaut mit blutigen Haarbüscheln. Ein furchtbarer Anblick.
Vielleicht lag es an diesem Detail oder auch an dem Kaffee und der verdammten Mischung von Bruder Angiolo, dass Bonanno fühlte, wie ihm der Brechreiz die Speiseröhre hinaufstieg und seine Mandeln überschwemmte.
»Was hat der Maresciallo denn?«
»Er ist erschüttert, siehst du das nicht?«
»Jetzt regt ihn plötzlich der Anblick von Leichen auf?«
»Nein, aber solche Arschlöcher wie ihr schon, haut bloß ab, wir übernehmen das«, zischte Steppani klar und deutlich den Kollegen von der Funkstreife zu. Er griff äußerst

selten zu so groben Worten, aber wehe, jemand trat dem Maresciallo zu nahe.

Nachdem er sich von dem furchtbaren Druck befreit hatte, fühlte Bonanno sich besser. Er zündete sich eine Zigarette an, aber sein heftiger Husten überzeugte ihn sofort davon, dass es besser war, sie wieder auszudrücken. Die Folter begann von vorn.

»Wissen wir gar nichts über den Toten?«

»Der hier anwesende Buchhalter Russo hat ihn vor einer Dreiviertelstunde gefunden. Er hat berichtet, dass der Fund der Leiche im gleichen Moment erfolgte, als er das Tor aufmachte. Dieses dort. Als er das Vorhängeschloss öffnete, hat er sich in diese Richtung gewandt und einen Schrecken bekommen, von dem er sich noch nicht erholt hat«, antwortete Steppani.

»Ich nehme mal an, wir kennen seine Personalien und wissen, wie er hieß, wo er wohnte, was er tat, um seinen Lebensunterhalt zu verdienen?«

»Wie soll das gehen, so wie er zugerichtet ist?«

»Na gut, lassen wir das«, gab Bonanno auf und stellte sich vor die Leiche. Unter deren Brustkorb breitete sich eine Lache aus geronnenem Blut aus. Der Tote lag mit der rechten Schulter auf dem Boden, die Überreste seines Kopfes hingen auf die Brust herab. Es sah aus, als habe er sich mit der linken Hand vor weiteren Schlägen schützen wollen.

»Bist du fertig mit den Fotos?«, fragte Bonanno den Fotografen der Kompanie, einen melancholischen Typen mit Haaren, die genauso dunkel waren wie seine Haut und seine Augen.

»Noch ein paar Aufnahmen, und dann stelle ich daraus einen Adventskalender für euch zusammen.«

Diese wandelnden Leichenfledderer waren völlig abge-

brüht, wenn es um Ermordete ging. Wo zum Teufel gabelten sie die nur auf?, fragte Bonanno sich resigniert.
»Habt ihr die Umgebung untersucht?«
»Wir hatten noch keine Zeit, das anzugehen, Maresciallo.«
Da sollte doch alle der Schlag treffen. Manchmal war es einfach zum Verrücktwerden mit seinen Männern. Es stimmte schon, Morde gab es hier sehr selten, aber zum Teufel, bitte etwas mehr Eigeninitiative!
»Ihr sperrt die Umgebung ab und lasst niemanden heran. In spätestens eineinhalb Stunden ist es stockdunkel. Schauen wir, dass wir alles vorher erledigt haben. Steppani und Cacici, ihr untersucht jeden Zentimeter der Umgebung, haltet die Augen offen. Jedes Indiz könnte helfen, also strengt euch an. Brandi und Torrisi, ihr geht etwas weiter weg und überprüft diesen Bereich, für euch gilt das Gleiche. Beweg dich, Lacomare. Komm schon, Cantara. Und du, Giarratana, hoch mit dem Allerwertesten. Habt ihr Dottor Paternò verständigt? Ja, gut. Und den Untersuchungsrichter? Hat jemand das Provinzkommando benachrichtigt? Los, vorwärts!«
Ohne Genehmigung des Untersuchungsrichters durften sie den Toten nicht einmal anfassen, das wusste Bonanno genau. Damit man keine Spuren am Tatort vernichtete und eine möglichst wahrheitsgetreue Rekonstruktion des Verbrechens ermöglichte, so hatte man es ihm beigebracht, denn das konnte die Ermittlungen erleichtern und bei der Entdeckung des Täters helfen. Aber manchmal musste man im Lauf der Dinge seinen eigenen Weg einschlagen, um der Gerechtigkeit ein wenig auf die Sprünge zu helfen. Außerdem schmerzte sein Kopf zu sehr, als dass er sich um diese verfahrenstechnischen Scherereien kümmern konnte. Die zuständigen Ermittlungsbeamten waren er und sein Instinkt, also konnte er genauso gut in Eigenregie handeln.
Bonanno ging zu dem Toten und kniete sich neben ihn.

Für den jungen, vom Tod besiegten Körper empfand er großes Mitleid. Dieser endgültige Abschied machte alle Menschen gleich.
Jetzt musste er sich aber konzentrieren. Geschickt durchsuchte Bonanno mit einer Hand die hintere Hosentasche des Toten, wo eine viereckige Ausbeulung auf eine Geldbörse hindeutete. Er zog eine Geldbörse aus schwarzem Leder heraus, wie man sie billig bei den afrikanischen Straßenhändlern kaufen konnte. Eine Geldbörse wie jede andere.
Er öffnete sie, suchte zwischen ein paar Zehneuroscheinen, holte ein amtliches Dokument hervor und sah es sich näher an. Dann sagte er: »Wir haben es. Wenn dieser arme Kerl nicht die schlechte Angewohnheit hatte, anderen ihre Personalausweise zu klauen, muss er der hier auf dem Foto sein: Mansueto Malosso, vierunddreißig Jahre alt, geboren in Vallevera, wohnhaft in Villabosco, Via Martiri D'Ungheria, ledig, von Beruf Elektriker, ein Meter siebenundsechzig groß, kastanienbraune Haare, dunkelbraune Augen, besondere Kennzeichen: eine mondsichelförmige Narbe auf der rechten Wange.«
Wie sollte man in diesem zu Brei zerschlagenen Gesicht eine Mondsichel finden?

»Marescià, haben Sie heute Morgen die Pullover verwechselt? Sie sehen aus wie ein Singvögelchen.«
Die witzige Bemerkung vom Amtsarzt Nino Paternò holte Bonanno mit beiden Beinen auf die Erde zurück und erinnerte ihn daran, dass dies alles kein Albtraum war. Die Leiche, die nur ein paar Meter entfernt lag, war so real wie seine Männer. Schlotternd standen sie da, blau angelaufen angesichts der Kälte des kräftig wehenden Nordwinds. Die Sonne ging hinter den Hügeln unter und tauchte den grauen Himmel in flammend rötliche Töne.

»Nun, Dottore?«
»Auf den ersten Blick würde ich sagen, er ist heute Nacht gestorben, vor zwölf, höchstens sechzehn Stunden. Sie müssen ihn bis aufs Blut geprügelt und dann das Ganze mit dem Pfahl da beendet haben. Ich würde sagen, zwischen ein und drei Uhr morgens.«
»Glauben Sie, das Verbrechen wurde hier begangen?«
»Und warum, wenn Sie die Frage erlauben, sollte man so etwas groß inszenieren? Ich bin geneigt zu glauben, dass das Verbrechen genau hier begangen wurde. Es gibt keinerlei Hinweise, dass der Körper hierher getragen wurde, und auch keine weiteren Blutspuren in der Umgebung. Genaueres kann ich Ihnen erst nach der Autopsie sagen. Können wir die Leiche jetzt mitnehmen? Hier weht ein verdammt mörderischer Wind.«
»Ja, genau, der Untersuchungsrichter wartet nur auf das Ende Ihrer äußeren Untersuchung, um die Erlaubnis zu geben.«
»Wer ist der zuständige Untersuchungsrichter?«
»Dottoressa Mariagrazia Cancemi.«
«Eine schöne Frau! Ich habe sie einmal während eines Prozesses von Weitem gesehen. Schon der Klang ihrer Stimme – ganz zu schweigen vom Rest – genügt, um einen Mann dahinschmelzen zu lassen. Eine echte Klassefrau, Maresciallo, eine richtig hübsche Kleine!«
Bonanno hörte ihm nicht mehr zu, er hing wieder seinen eigenen Gedanken nach. Paternò war ein Arzt in mittleren Jahren. In seinem Berufsleben hatte er wirklich schon alles erlebt, und er kannte den Maresciallo gut genug, um zu begreifen, dass er einen bestimmten Grund haben musste, wenn er ihm eine solche Frage stellte. Dafür sprach auch seine Nachdenklichkeit.
»Ich habe verstanden, die Dottoressa interessiert Sie nicht

die Bohne. Mal abgesehen von dem kanariengelben Pullover, Maresciallo, wollen Sie mir vielleicht erklären, warum Sie mich fragen, ob der Mord hier stattgefunden hat? Ich glaube nämlich, die Tatsachen sprechen für sich: Es gab einen Streit und jemand hat diesen armen Menschen mit einem Zementpfahl erschlagen. Vielleicht wollte er ihn ausrauben, vielleicht steckte aber auch etwas ganz anderes dahinter, wer weiß das schon? Das menschliche Gehirn ist ein schwindelnder Abgrund von Schwächen, die so finster sind wie der Teufel, das müssten Sie nach so vielen Jahren Erfahrung doch wissen, Maresciallo.«
»Das stimmt, Dottor Paternò, aber da wir in der Gegend weder ein Auto noch ein anderes Fahrzeug gefunden haben, frage ich mich wirklich: Aus welchem verdammten Grund sollte ein Elektriker mitten in der Nacht fünf Kilometer Fußmarsch aus seiner Wohnung in Villabosco auf sich nehmen, um herzukommen und sich hier nur ein paar Meter vom Land des Buchhalters Melchiorre Russo entfernt umbringen zu lassen? Raub kann es kaum gewesen sein, hier ist seine Geldbörse. Es fehlt kein Geld, demnach fällt dieses Motiv weg.
Wissen Sie, was ich glaube, Dottore? Mansueto Malosso ist gestern Nacht im Auto mit seinen Mördern an diesen Ort gelangt. Und die haben ihn schon mit der Absicht, ihn zu ermorden, genau hierher gebracht. Wenn ich damit recht habe, sehen die Dinge plötzlich ganz anders aus, ich weiß nur noch nicht genau, wie. Ich habe eine Art Rahmen, aber das dazugehörige Bild fehlt. Habe ich mich klar ausgedrückt?«
Dottor Paternò sah ihn fragend an. Drehte der Maresciallo langsam durch?

Elf

Mama hat mir gesagt, jedes Kind hat seinen eigenen Schutzengel, der es bewacht und beschützt, wenn es Hilfe braucht und dunkle Schatten auf seinen Weg fallen. Diesen Engel verbirgt Gott vor unseren Augen, denn sonst würden wir ihn nachahmen wollen. Wir würden gern so sein wie er.
Ich glaube, meine Mutter hat wirklich recht. Zwar habe ich diesen Engel noch nie gesehen, aber ich würde so gern sein wie er. Ich stelle mir vor, er hat große weiße Flügel, lange Haare, die ihm in Locken über die Schultern fallen und eine melodische Stimme, die einen streichelt, wenn er spricht, eine warme, beschützende Stimme. Aber mein Engel hört mich nicht, wenn ich ihn rufe ...
Ich möchte so gern unsichtbar werden wie er und Flügel haben. Große, wunderschöne Flügel, um weit fortzufliegen, dorthin, wo das Blau des Himmels verschwimmt, sich die grünen Wiesen ausbreiten und Kinder glücklich spielen, ihren Drachen hinterherlaufen und sich so hoch auf der Schaukel abstoßen, dass sie den Himmel berühren.
Ich möchte so gern ein Engel sein.
Mama nennt mich sehr oft so. Jeden Morgen wenn sie mich auf dem Weg zur Arbeit zur Schule bringt. Mein Kleiner, du bist mein Engel. Und auch abends, wenn sie nach Hause kommt, dann küsst sie mich und sagt wieder, dass ich ihr kleiner Engel bin. Dann legt sie sich aufs Sofa, nimmt mir die Fernbedienung ab, zappt sich durch ein paar Sender

und wartet darauf, dass mein Vater das Abendessen auf den Tisch bringt. Ich möchte ihr von dem Engel erzählen, der mich nicht hört, aber dafür ist nie Zeit. Während sie auf das Essen wartet, schaut Mama sich die Nachrichten an, sie sagt immer, man muss sich informieren, sich für alles interessieren, wenn man mit der Zeit Schritt halten will. Die Entwicklung bleibt nicht stehen.
Mama ist tüchtig. Ich habe sie so lieb. Leider ist sie nur selten zu Hause, nicht einmal sie kann mir zuhören.
Papas Arbeit ist anders als Mamas. Ziemlich oft hat er nachmittags nichts mehr im Büro zu tun und statt mich ganz allein vor dem Fernseher hocken zu lassen, bleibt er bei mir. Manchmal spielen wir etwas.
Am Anfang haben wir mit dem schwarz-roten Zug gespielt, der keucht und Geräusche macht. Dann haben wir die Rennbahn mit den ferngesteuerten Autos aufgebaut und Formel 1 gespielt. Dann Puzzle gelegt und einmal hat Papa mir diese Comic-Hefte mit den Indianern und den Cowboys gekauft. Ich lese unheimlich gern, so gern, dass mir Papa mehr Hefte gekauft hat und dann …
Dann hat er diese Hefte mit den Damen gekauft, die hatten gar nichts an, mit nackten Brüsten und auch ganz nackten Herren, die überall Haare haben. Sie haben sich gedrückt und berührt und …
Papa hat mich gefragt, ob mir die gefallen. Ich habe Nein gesagt, aber er hat angefangen zu lachen, und dann hat er gemeint: »Kleiner Lügner!«, und dann hat er mich … da angefasst. Ich weiß nicht, warum, aber da war ich ganz hart.
»Hast du gesehen, kleiner Schlingel, dass dir diese Sachen auch gefallen. Aber kein Wort darüber zu deiner Mutter, das muss ein Geheimnis zwischen uns beiden bleiben, das ist Männersache, Frauen verstehen davon nichts. Wenn du was sagst, wird Mama ernsthaft wütend, du würdest

ihr sehr wehtun, sie zum Weinen bringen und sie würde dich für immer in ein Internat einsperren, und ich könnte nichts tun, um dir zu helfen. Du willst doch nicht ins Internat, du willst doch deine Mutter nicht zum Weinen bringen, oder?«

Ich wollte nicht ins Internat, ich wollte niemandem zum Weinen bringen. Und ich wollte auch das da nicht ansehen.

Ich habe mich zu Tode geschämt und noch mehr habe ich mich geschämt, als mein Papa sich auch noch nackt ausgezogen hat und mir alles gezeigt hat. Es war so ... furchtbar groß. Und ganz behaart.

Und dann hat er ganz viel geredet, während er mich an sich gedrückt und meine Hand gewärmt und sie gestreichelt hat, und während er sie gestreichelt hat, hat er sie immer näher zu seinem Ding geführt. Ich konnte seine Wärme fast fühlen und die Haare, die mich an den Fingern gekitzelt haben.

Da habe ich die Augen geschlossen und an meinen Engel gedacht. Mein Schutzengel wird mich retten, habe ich mir gesagt, er wird gleich erscheinen und mich retten, gleich bringt er mich hier weg, gleich ...

Ich habe lange gewartet, ich weiß nicht, wie lange, aber es war sehr lange. Und plötzlich war meine Hand schmutzig. Ganz klebrig. Ich habe mich geekelt und losgeheult. Ich weiß nicht, warum. Ich hatte einfach nur Lust zu weinen. Papa hat mich getröstet. Er hat sich wieder angezogen, lange mit mir geredet und mir dabei über die Haare gestreichelt. Er hat mir auch zehn Euro geschenkt und mir ein Eis gekauft. Das gute Schokoladeneis, das ich so gern mag. Aber an diesem Abend wollte ich kein Eis. Schon bei dem Gedanken daran musste ich würgen.

Mama habe ich nichts erzählt. Sie war so sehr von dem Bericht über die amerikanischen Schauspielerinnen gefesselt. Ich wollte sie nicht zum Weinen bringen. Ich wollte nicht ins Internat. Sie hat nichts gemerkt. Zu Hause war alles wie immer.

Als sie von der Arbeit zurückkam, hat sie mich geküsst und wieder gesagt, dass ich ihr kleiner Engel bin. Sie hat auch Papa geküsst und dann hat sie sich aufs Sofa gelegt, um fernzusehen.

An diesem Abend ist Papa besonders nett zu mir gewesen, er hat mich mit Liebkosungen und Aufmerksamkeit überhäuft. Seitdem ist er immer nett zu mir. Seitdem will er immer mit mir dieses Spiel spielen, wenn Mama arbeitet und er zu Hause ist.

Jetzt badet er mich und streichelt mich lange, während er mich wäscht. Dann zieht er sich auch aus und steigt zu mir in die Wanne. Er sagt, das warme Wasser regt die Durchblutung an und der Badeschaum aus anregenden Kräutern tut der Haut gut. Ich weiß nicht, ob das stimmt. Aber er ist immer sehr angeregt.

Es ist passiert, während wir gebadet haben. Da hat er mich aufgefordert, mich auf ihn zu setzen. Ich wollte das nicht. Aber er hat darauf bestanden. Er ist ganz wütend geworden, hat mich am Arm gepackt und gesagt, ich sei böse und ungehorsam, Kinder wie ich würden direkt in der Hölle landen, wenn sie ihren Eltern nicht gehorchen.

Das hat mich nicht interessiert. Ich hätte mich nie auf ihn gesetzt. Das da war … hart wie ein Panzer. Wie das Fernrohr, mit dem ich nachts die Sterne beobachte und nach meinem Engel suche. Wenn ich ihn auf der Erde nicht sehe, werde ich ihn früher oder später im Himmel finden.

Papas Ding sah furchtbar aus. Dunkelrot, fast lila und es glänzte stark. Es war eklig. Nein, nein, nein, habe ich gesagt, während ich aus der Wanne steigen und abhauen

wollte. Aber er hat mich festgehalten, hat mich wieder hineingezogen und …
Seitdem ist Spielen ganz schrecklich. Ich erzähle das jede Nacht meinem Schutzengel. Jede Nacht stelle ich mein Fernrohr auf und suche die leuchtenden Sterne ab, um ihn zu finden. Ich kann mich nur ihm anvertrauen. Nur ihm. Ich möchte so gern ein Engel sein und zu einem Stern fliegen. Ich würde weit wegfliegen und mich zwischen dem Großen Bären und den anderen Sternen in der Nacht verlieren.
Papa hat jetzt ein neues Spiel entdeckt, vor dem Spiegel, auf dem Bett, in dem er und Mama schlafen. Da muss man die Dinge nachahmen, die die nackten Damen in den Zeitschriften tun. Jetzt hat er auch angefangen, Fotos zu machen, mit einem Apparat, der sie sofort ausdruckt. Er sieht sie an und dann lächelt er zufrieden. Er hat mir gesagt, das nächste Mal bringt er einen Freund mit, einen ganz netten Herrn, der mich kennenlernen möchte. Er sagt, der ist so nett und freundlich. Der Herr hat sogar ein Geschenk für mich gekauft.
Ich will sein Geschenk nicht. Nein, ich will es nicht. Heute Nacht werde ich meinen Engel fragen, ob er mich mitnimmt, und wenn er das nicht tut, dann werde ich zu ihm gehen. Mal sehen, ob er mir dann endlich zuhört.

Salomo betrachtet die Fotos. Der Junge ist nicht älter als zehn. Der Mann, der ihn mit berechtigtem Stolz vorzeigt, sieht ihm sehr ähnlich. Er muss mit ihm verwandt sein. Vielleicht sein Vater. Salomo liebt die Eltern, die ihren eigenen Kindern die Wege zur Liebe ebnen. Anbetungswürdige Eltern, die ihre Nachkommenschaft auf den Weg einer gesunden Sexualität führen, die von frühester Kindheit an genossen sein will.

Der andere Mann gehört nicht zur Familie, vielleicht ist er ein Freund. Welche Brüderlichkeit verbindet mutige Menschen, die einander anvertrauen können, welche Begierden und entlegenen Wünsche sie bewegen.

Das Kind auf dem Foto sieht nicht gerade begeistert aus. Vielleicht hat man die sprießende Saat nicht richtig zum Wachsen gebracht. Zarte Pflänzchen müssen begossen und liebevoll gepflegt werden, damit man später, wenn sie sich dem Leben öffnen, den aufsteigenden Saft auffangen kann.

Er sollte sich persönlich um ihn kümmern. Salomo ist ein ausgezeichneter Gärtner und dieser Junge ist ein Goldstück. Er hat dichte, widerspenstige, kupferrote Haare, rote Wangen und smaragdgrüne Augen. Er würde diesen Kleinen in einen wunderbaren, folgsamen Liebhaber verwandeln, der ihm großartigen Menschen gegenüber vor Dankbarkeit überflösse. Ein Kind, das von seiner eigenen Sanftheit trunken wäre, glücklich, seine angeborene Sexualität zu entdecken und seine Fantasien frei ausleben zu können, seinen noch nicht erwachsenen und deshalb so zarten und biegsamen Körper genießen zu können. Oh Gott, wie sehr liebte er Kinder.

Bonanno konnte es nicht fassen. Er drehte die Fotos in seiner Hand hin und her, sah sie seit etwa einer halben Stunde aus jedem Blickwinkel an, von oben, von der Seite, sogar im Profil, als könne etwas anderes dabei herauskommen, wenn er die Perspektive wechselte, als könne er so das beschichtete Papier durchdringen und ihm seine stummen Geheimnisse entreißen.

Ingegnere Alfonso Riccobono wurde von den nackten Schenkeln einer rassigen Mulattin umklammert. Es bestand kein Zweifel daran, dass es sich um den Ingegnere handelte, genauso wenig wie an der Schönheit der farbigen Prostituierten, die sich nach Kräften anstrengte, ein Vergnügen vorzutäuschen, das sie wohl kaum empfand. Eine heftige, fast animalische Umarmung. Das Bild vermittelte sehr gut die Intensität, mit der die Professionelle arbeitete. Den ausgehungerten Blick. Der Fotograf hatte wirklich gute Arbeit geleistet.

Bonanno sah sich die Bilder an und konnte es einfach nicht fassen. Er war verblüfft. Was bedeuteten diese Dutzende Fotos von Ingegnere Riccobono, die er in der Wohnung des ermordeten Elektrikers Mansueto Malosso gefunden hatte? Welche Verbindung bestand zwischen den beiden Fällen? Hatte Riccobono vielleicht den Elektriker umgebracht, um eine feige Erpressung zu beenden? Und wenn er der Täter war, warum hatte er die Fotos nicht verschwinden lassen, die eine enge Verbindung mit dem Toten bewiesen und ihn festnagelten? Oder wollte jemand den Ingegnere, einen sehr angesehenen Experten auf seinem Gebiet, da hineinziehen und hatte die Bilder absichtlich gut sichtbar in die oberste Schublade des Schreibtischs gelegt?

Ein politischer Gegner? Der Ingegnere bekleidete das Amt des Dezernenten für Stadtplanung und öffentliche Ausschreibungen im Stadtrat des Bürgermeisters Totino Prestoscendo. Ein äußerst begehrter Posten. Vielleicht wollte sich jemand an ihm rächen und ihn in Misskredit bringen? In der Tat hatte der Ingegnere seinem moralischen und bigotten Bürgermeister zum Trotz ganz schön herumgevögelt.

Aber würde man aus politischer Rache so weit gehen, einen Menschen umzubringen? Und was zum Teufel hatten die anderen Bilder damit zu tun, die er in Malossos Wohnung gefunden hatte? Auf ihnen sah man eine kultivierte Dame, die Bonanno als Gattin des Arbeitsamtsleiters identifi-

zierte, eine attraktive Frau um die fünfzig. Sie vergnügte sich in den muskulösen Armen eines jungen Mannes, der nicht viel älter als zwanzig sein konnte.
Auch hier hatte der Fotograf ihre Gesichter aus nächster Nähe eingefangen und die Bilder der beiden ließen der Fantasie nicht allzu viel Spielraum.
Bestimmt hatte das Mordopfer die Fotos geschossen. Die Profiausrüstung, die man in seiner Wohnung gefunden hatte, Fotoapparate, Filmkameras, lichtstarke Teleobjektive und so weiter ließen kaum Zweifel daran zu. Außerdem hatte Bonanno in der Wohnung eine perfekt ausgestattete Dunkelkammer entdeckt.
Um dieses Verbrechen einzuordnen, musste man der Logik folgend davon ausgehen, dass der Elektriker Leute erpresst hatte. Er hatte seine Opfer sorgfältig ausgewählt, sie mit leistungsfähigen Teleobjektiven in intimen Situationen aufgenommen und sie erpresst. Und dann hatte ihn wohl eines seiner Opfer, nicht länger gewillt, dies hinzunehmen, mit brutaler Gewalt ermordet. Eine ganz offensichtliche Spur, die jedoch trotzdem durch Beweise erhärtet werden musste. Bonanno musste die unmittelbar Betroffenen befragen, die auf den Bildern zu sehen waren.
Dennoch ging Bonannos Bulleninstinkt in eine ganz andere Richtung. Ein paar kleine Details wirkten unstimmig auf ihn. Schließlich die Bilder und die Negative. Es hatte den Anschein, als hätte jemand die Bilder finden sollen, als hätte jemand die Fotos absichtlich so offen hingelegt. Ein Erpresser versteckt seine Schätze besonders gut. Und warum hätte man ihn umbringen sollen? Man hätte ihn doch nur anzeigen brauchen, sobald man seine Identität herausgefunden hatte.
Ausgenommen, jemand wollte kurzen Prozess machen. Hätte dann aber der Täter nicht alle Spuren vernichtet, die

eventuell zu ihm führen könnten? Damit stand Bonanno wieder am Anfang.
Irgendwie musste er plötzlich an Aspanu Caccialesto und seine Geliebte Angilina Cardonaci, von Beruf Nutte, denken. Konnte es irgendeinen Zusammenhang zwischen diesen beiden anscheinend völlig unabhängigen Ereignissen geben? Hatten vielleicht dieselben Leute, die vorher dem Zuhälter eine fürchterliche Lektion erteilt hatten, auch den Elektriker ermordet?
Bonanno spürte die Nachwehen seines Rauschs und nach ein paar Minuten hektischer Betriebsamkeit verlangte sein Kopf nach Treibstoff. Er kannte nur ein einziges Mittel, um ihn zu beleben, Nikotin. Aber sobald er eine Zigarette auch nur an die Lippen hielt, krampften sich seine Bronchien zusammen. Und als er versuchte, sie anzuzünden, fing er heftig an zu husten. Eine furchtbare Qual. Die Weintinktur der Mönche kannte kein Erbarmen.

»Maresciallo, soll ich Ihnen einen Schluck Kaffee holen?«
Bonanno warf Steppani flammende Zornesblicke zu.
»Mit wenig Zucker, Maresciallo, so wie Sie ihn mögen?«
»Steppà, ich hatte noch keine Gelegenheit, dir das zu sagen, aber wenn mein Punto nach deiner Höllenfahrt gestern Nachmittag auch nur das kleinste Schaltproblem aufweist, dann werde ich …«
»Was tun Sie dann, erschießen Sie mich?«
Ein Fehlschlag. Seit einiger Zeit ahnte Steppani jede seiner Handlungen voraus. Nach drei Jahren Arbeit an der Seite seines Kommandanten hatte der Brigadiere Bonanno sehr gut kennengelernt. Aber noch nicht gut genug.
»Nein, diesmal erschieße ich dich nicht, diesmal kommst du noch so davon, aber zu Weihnachten werde ich dir ein schönes Geschenk machen, an das du dich immer erinnern

wirst. Ich brumme dir die Schicht für beide Weihnachtstage und Silvester auf«, sagte der Maresciallo triumphierend und trank befriedigt seinen Kaffee. Der war ausgezeichnet, genauso cremig und dunkel, wie er ihn mochte.
»Was denken Sie über die Bilder?«, fragte Steppani und zog es vor, über diese deutliche Drohung hinwegzugehen. Der Maresciallo war fähig, sie in die Tat umzusetzen.
»Das Gleiche wie du.«
»Wie gehen wir vor?«
»Wann wollte Dottor Paternò die Autopsie vornehmen?«
»Heute Nachmittag um halb drei.«
»Hmmh ...«
»Was ist los, Maresciallo?«
»Nichts, Steppani, gar nichts.«
»Also, ich meine, wir müssen sofort Ingegnere Riccobono und Signora Adelina, die Frau des Arbeitsamtsleiters, herbestellen. Ich könnte mich darum kümmern. Ich hole sie mit dem Dienstwagen ab.«
Bonanno erriet seine Gedanken: Nicht einmal das schrecklichste Verbrechen konnte Steppani von seiner fixen Idee ablenken. Vielleicht würde er ihn für das Rennen anmelden, das jedes Jahr im Mai im Montanvalle stattfand.
»Lass nur, Steppà. Diese lästige Angelegenheit erledige ich selbst, hol du andere Zeugenaussagen ein. Ich möchte wissen, was für ein Mensch der Elektriker war, mit wem er Kontakt hatte, ob er Freundinnen hatte, wie oft er aufs Klo ging, ob er nicht nur keine Eltern und keine Geschwister, sondern auch keine anderen Verwandten hatte. Ich möchte alles über die letzten Stunden seines Lebens erfahren. Befrag die Nachbarn. Ich will alles wissen. Ist das klar?«
»Glasklar.«
»Wenn du schon dabei bist, dann hol auch gleich Informationen in seinem Geburtsort Vallevera ein. Du kannst

Maresciallo Totò Amenta, den Kommandanten der Station, um Unterstützung bitten. Hoffen wir mal, dass er dir nicht wieder seine Visionen von Padre Pio erzählt, von dem er jede Nacht träumt.«
Steppani verschwand, ohne mit der Wimper zu zucken. Keine drei Minuten später wusste Bonanno auch, warum: Er hatte sich den Geländewagen unter den Nagel gerissen, den armen Brandi irgendwie dazu bekommen, ihn zu begleiten, und steuerte das Auto nun mit Vollgas über die Straße Richtung Vallevera. Diese Kurven entflammten ihn mehr als die der Oberschwester im Krankenhaus.

Jetzt kam der schwierigste und heikelste Teil seiner Aufgaben. Bonanno musste die Menschen kontaktieren, die auf den Fotos aus der Wohnung des Elektrikers in nahezu unbekleidetem Zustand zu sehen waren. Er verwarf sofort die Idee, erst mit dem Ingegnere zu reden. Wenn Totino Prestoscendo auch nur ansatzweise Wind davon bekam, was sie während der Durchsuchung von Mansueto Malossos Wohnung entdeckt hatten, würde eine Art politischer Aufstand ausbrechen. Diese menschliche Kakerlake war durchaus imstande, hochrangige Persönlichkeiten wie Regionaldezernenten und Parlamentsmitglieder ins Spiel zu bringen. Sogar Generäle der Carabinieri. Der Bürgermeister war eine verdammte Nervensäge. Deshalb knöpfte er sich den Dezernenten aus seiner Verwaltung besser später vor.

»Ist dort Signora Adelina Midulla?«, fragte Bonnano ganz neutral.
»Mit wem habe ich denn das Vergnügen?«, fragte die Frau neugierig und amüsiert zurück. Diese Frau flirtete mit ihm!
Bonanno konnte es sich nicht verkneifen, ein wenig bos-

haft zu denken, dass der unwissende Ehemann die Hörner, die ihm seine Frau aufgesetzt hatte, wirklich verdiente. Wenn nur die Hälfte dessen stimmte, was man sich über ihn erzählte, hatte der Schürzenjäger seine Position als Leiter des Arbeitsamtes dazu benutzt, zahlreiche Frauen zu überreden, ihm im Austausch gegen Stellen für ihre arbeitslosen Ehemänner oder Freunde ihre Gunst zu schenken.

»Hier ist Maresciallo Bonanno«, antwortete er.

»Aha. Und warum …«

Bonanno sah sie vor sich, wie sie sich halb nackt und leidenschaftlich um den Jüngling auf dem Foto schlängelte. Frauen dieses Alters waren gefährlich. Sehr gefährlich. War sie die Mörderin?

»Entschuldigen Sie die Störung, Signora, aber ich muss mit Ihnen sprechen. Die Sache eilt sehr. Ich wäre Ihnen dankbar, wenn Sie mich so schnell wie möglich in der Kaserne aufsuchen könnten.«

»Heilige Jungfrau, was ist denn passiert?«, fragte die Frau beunruhigt.

Voller Angst fiel Bonanno plötzlich ein, dass manche Frauen einfach umkippten, wenn sie schlechte Nachrichten auch nur ahnten, und der Länge lang tot zu Boden sanken.

»Um Gottes willen, haben Sie keine Angst, es geht weder um Tote noch um Verletzte. Es handelt sich um eine … wie soll ich sagen … ja, genau, um eine etwas heikle Angelegenheit, die es erforderlich macht, dass Sie zu mir kommen. Sofort.«

»Heilige Jungfrau Maria, Maresciallo, und wie soll ich das anstellen, in meinem Zustand? Und es ist wirklich nichts Ernstes geschehen?«

»Reden wir Klartext, Signora, Sie müssen jetzt unverzüglich in die Kaserne kommen. Wenn Sie das in den nächsten

zwanzig Minuten nicht schaffen, schicke ich Ihnen einen Wagen nach Hause ... und man wird sehen, was dabei herauskommt. Das bedeutet, Sie müssen Ihrem Ehemann alles ... über Ihren jungen Liebhaber erklären«, fügte Bonanno mit dem richtigen Gefühl für Timing hinzu.
Wenn er wollte, konnte er ein ausgebuffter Scheißbulle sein.
Am anderen Ende der Leitung hörte er einen langen Seufzer.
»Signora, sind Sie noch dran?«
»In genau zehn Minuten bin ich bei Ihnen, Maresciallo.«

Zwölf

Adelina Midulla sah wenigstens zehn Jahre jünger aus, als sie war, nämlich über fünfzig. Sie kam aus Canicattì und wirkte so reif und saftig wie die Trauben der berühmten Rebsorte Italia aus ihrer Heimat. Die Haare fielen ihr scheinbar ungeordnet auf die wohlgeformten Schultern. Duftige Wellen umrahmten ihr rebellisches Gesicht und die Augen. Augen, deren bloßer Anblick den Maresciallo aufwühlte. Aufreizende Augen, die in der Lage waren, einem Mann die Seele aus dem Leib zu reißen, sie genussvoll zu quälen und sie dann an ihren Platz zurückzulegen, als sei nichts gewesen.

Bonanno erkannte Adelina Midullas Charakter auf den ersten Blick. Und er beneidete den Jungen auf den Fotos ein wenig, der sie bestieg, sie seufzen und beben ließ, und sie so lustvoll und leidenschaftlich auf dem Altar der Liebe opferte, dass es besser nicht mehr ging.

»Möchten Sie einen Kaffee, Signora?«

»Sehr gern«, antwortete Adelina und machte es sich ganz lässig auf dem Stuhl bequem.

Bonanno ertappte sich dabei, wie er sie förmlich mit Blicken verschlang, als sie ihre makellosen und perfekt gepflegten Beine mit den schlanken Fesseln übereinanderschlug.

»Eine Zigarette?«

»Nein danke, ich rauche nicht, Maresciallo.«

»Also gut, dann rauche ich auch nicht«, sagte er und steckte das Päckchen weg.

Nachdem Cacici den Kaffee gebracht hatte, hielt Bonanno den richtigen Augenblick für gekommen, ihr Fragen zu stellen und sein Problem zu lösen. Er wollte etwas sagen, aber er wusste nicht genau, wo er anfangen sollte. Als er aufblickte, begegnete er Adelinas Augen, die ihn fröhlich und herausfordernd und höchstens ein wenig neugierig ansahen.

Bonanno versagten sowohl der Mut als auch die Stimme. Die Signora erlöste ihn aus seiner Verlegenheit.

»Nun, Maresciallo, würden Sie bitte so freundlich sein und mir die Gründe für Ihren Auftritt vorhin am Telefon genauer erklären?«

»Aber natürlich«, sagte er und reichte ihr einen großen Umschlag mit ihren Fotos. Er hatte sie vorher geordnet. Ein zweiter Umschlag enthielt die Bilder für Riccobono.

Adelina sah ihn noch einmal an, als wollte sie sich jedes einzelne Detail dieses Vormittags genau einprägen, jede Falte im Gesicht ihres merkwürdigen Gesprächspartners. Als wollte sie so die Zeit festhalten und damit auch die außergewöhnlichen Gefühle, die sie in intensiven Momenten ihres Lebens erlebt hatte.

Und an diesem Vormittag war nichts wie sonst. Mit ihren sorgfältig manikürten Fingern, die von langen, sündhaft blutrot lackierten Fingernägeln geziert wurden, öffnete sie den Umschlag und wusste schon, was sie erwartete. Sie betrachtete jeden der Schnappschüsse ausgiebig und genau. Auf Bonanno wirkte sie beinahe zufrieden und erleichtert.

Ehrlich gesagt hatte er die Fotos ebenfalls lange und mit viel Vergnügen angeschaut und die Signora sehr attraktiv und aufregend gefunden. Für solch eine Frau schloss man

Tür und Vorhänge, um sich ihr dann einen Monat lang mit Leib und Seele zu widmen.

»Endlich ist die Geschichte mit diesem verdammten Erpresser vorbei, also ist jetzt alles zu Ende«, platzte Adelina heraus und warf dem Maresciallo glühende Blicke zu.

Bonanno fühlte, wie seine Wangen plötzlich flammend rot wurden. Adelina wusste genau, dass er sie auf den Fotos vollkommen nackt und in sehr gewagten Positionen gesehen hatte, aber das schien sie überhaupt nicht zu bekümmern, im Gegenteil, sie schien ihn auf diesem Gebiet noch herauszufordern. Abgesehen von seinem Bauch sah Bonanno eigentlich auch gar nicht so übel aus.

»Verzeihung, was haben Sie gesagt?«

»Er hat Ihnen die Bilder geschickt, nicht wahr, Maresciallo? Seit Monaten knöpft mir dieser verdammte Bastard Geld dafür ab. Jetzt ist endlich alles vorüber, es soll alles seinen Lauf nehmen. Ich bin sicher, in diesem Augenblick haben mein Mann und wer weiß wie viele andere noch Abzüge davon. Ich hätte mir alles vorstellen können, dass er sie an die Presse schickt, denken Sie nur, oder vielleicht die Stadt mit Plakaten zupflastert. Aber ich hätte nie gedacht, dass er sie an die Carabinieri schickt. Was manchen Leuten bloß einfällt.«

Man hätte Adelina Midulla alles zugetraut, aber Bonanno hätte einen Eid darauf geschworen, dass sie in diesem Moment vollkommen ehrlich war.

Der Maresciallo musste sich ziemlich anstrengen, um ihr zu erklären, dass niemand die Bilder verschickt hatte, sondern man sie in der Wohnung des ermordeten Elektrikers Mansueto Malosso gefunden hatte.

»O Gott, das ist der, den ihr gestern draußen gefunden habt?«

»Genau der.«

»Und die da ... hatte er?« Adelina klang erschüttert.
»Ganz genau, Signora, und wenn es Ihnen recht ist, stelle ich jetzt die Fragen. Fangen wir an. Kannten Sie Mansueto Malosso?«
»Ja natürlich, er hat die Alarmanlage in meinem Landhaus installiert. Mit einer Überwachungskamera, die an einen eigenen Stromkreis angeschlossen ist. In diesen Dingen war er ein Genie ... mein Gott, wenn ich jetzt darüber nachdenke. Die Erpressungen begannen ein paar Wochen nachdem er die Arbeiten abgeschlossen hatte. Mein Gott, warum habe ich nicht früher daran gedacht!«
»Sie meinen, unmittelbar nachdem Sie die Alarmanlage einbauen ließen, begann das mit den Erpressungen?«
»Genau, Maresciallo, unmittelbar danach. Das Telefon klingelte. Eine verstellte Stimme sagte, in meinem Haus auf dem Land ..., also, Sie wissen schon, was ich meine, läge ein Umschlag, der mich beträfe. Ich sollte ihn besser dort abholen, bevor mein Mann ihn fände, wenn ich mich weiter ... amüsieren wollte. Ja, genau dieses Wort hat der Mistkerl benutzt«, sagte Adelina und schlug wieder die Beine in ihrer aufreizenden Art übereinander. Ihr entströmte ein warmer weiblicher Duft, der Bonanno berauschte und verwirrte.
»Und wie haben Sie sich verhalten?«, fragte Bonanno und schaffte es nur mühsam, seine Augen von ihren Knien zu lösen.
»Ich habe meinen Wagen genommen und bin hingefahren. Der Umschlag lag wirklich dort, Maresciallo, und darin fand ich fünf dieser Fotos. Sie haben sicher schon begriffen, dass es sich bei dem Jungen nicht um meinen Mann handelt.«
»Das dachte ich mir.«
»Auf der Fahrt nach Hause war ich sehr aufgeregt. In mei-

nem Kopf stürmten pausenlos Gedanken auf mich ein. Ich wusste, wenn ich nach Hause kam, würde ich eine Antwort bekommen. Und so war es, kurz darauf klingelte wieder das Telefon. Die gleiche Stimme erklärte, er besäße Dutzende dieser Fotos. Mein Ehemann wäre sicher nicht sehr erfreut, davon Kenntnis zu erhalten. Genauso wenig wie die Eltern des jungen Mannes.

Kurz und gut, Maresciallo, er verlangte Geld. Dreitausend Euro. Und ich gab sie ihm. Ich sollte die Summe an einem bestimmten Platz hinterlegen. Ein paar Wochen später meldete er sich wieder und wollte noch einmal fünftausend. Und dann sieben. Das letzte Mal habe ich ihn zum Teufel geschickt. Als Sie mich anriefen, habe ich geglaubt, der Verbrecher hätte Ihnen und wem auch immer die kompromittierenden Fotos zugeschickt. Ich hätte nie geglaubt, dass jemand dieses Stück Dreck beseitigt hat. Das geschieht ihm recht, Maresciallo. Erpresser sind die verachtenswertesten Menschen auf der Welt und verdienen den schlimmsten Tod. Er soll in der Hölle brennen!«

Adelina sagte den letzten Satz so erbarmungslos, dass es dem Maresciallo eiskalt den Rücken herunterlief. Diese feine Dame wäre sicher fähig, den Erpresser mit bloßen Händen zu erwürgen.

»Und wer ist dieser … äh … leidenschaftliche junge Mann?«

»Ein guter Junge. Der Sohn einer engen Freundin«, sagte Adelina und schaute ihm herausfordernd in die Augen.

»Treffen Sie sich schon sehr lange?«

»Marescià, damit wir uns richtig verstehen. Haben Sie mich hierher bestellt, um etwas über die Fotos zu erfahren oder über meine persönlichen Angelegenheiten? Glauben Sie nicht, Sie haben mein Privatleben schon genug … überprüft?«

Bonanno fühlt sich an einem wunden Punkt getroffen. Sie spielte ganz offen auf die Bilder an, die er gierig betrachtet hatte.

»Hören Sie, Signora, bei allem Respekt … Sie können herumlaufen, wie Sie wollen, sich zurückziehen, mit wem Sie möchten, und sich amüsieren, wo es Ihnen sinnvoll erscheint. Das geht nur Ihren Mann etwas an.

Aber hier ist ein Ermordeter im Spiel und in seiner Wohnung haben wir diese Fotos gefunden, die, wie Sie gesehen haben, für sich sprechen. Jetzt bestätigen Sie mir auch noch, dass eine Erpressung stattgefunden hat, und deshalb stehen Sie und Ihr Liebhaber bis zum Beweis des Gegenteils ganz oben auf der Liste der Hauptverdächtigen.«

Adelina sah ihn aufmerksam an. Bonanno fuhr fort: »Wie Sie sich vorstellen können, führen wir hier ein, wie soll ich es nennen, lockeres Gespräch, das niemand protokolliert. Wenn Ihnen das so nicht gefällt, dann sagen Sie es mir das offen und ich lasse Sie ganz offiziell vom Ermittlungsrichter vorladen. Habe ich mich klar ausgedrückt?«

»Glasklar, Maresciallo. Was möchten Sie wissen? Ob wir ihn ermordet haben? Sagen Sie es ruhig.«

»Warum nicht, schließlich hat der Elektriker Sie erpresst …«

»Glauben Sie wirklich, wir hätten so offensichtliche Spuren hinterlassen, wenn ich herausgefunden hätte, wer dieser Mistkerl ist?«

Diese Tatsache hatte der Maresciallo natürlich auch schon bedacht. Aber da das Thema bereits aufgekommen war und die Signora sich aufgeregt hatte und wie von Hornissen gestochen auf ihrem Stuhl hin und her rutschte, fuhr er im gleichen Stil fort. Der Maresciallo genoss solche Verhöre, in denen es um intime Details und das Privatleben anderer Leute ging. Hier konnte er diskret in Begierden und menschlichen Schwächen wühlen, die ihm manchmal in seinem Leben als Provinzbulle unterkamen.

»Wo waren Sie gestern Abend, Signora?«

»Das kommt darauf an.«

»Wie meinen Sie das?«

»Auf die Zeit. Sehen Sie, gestern Abend war ich an verschiedenen Orten, wenn Sie also etwas genauer sein könnten ...«

»Beginnen wir um acht Uhr – abends.«

»Also, schauen wir mal, ich glaube, um diese Zeit habe ich mir noch das Haar frisiert. Mein Mann und einige unserer Freunde hatten beschlossen, ins Kino zu gehen, in die Vorstellung um 21.15 Uhr. Wir gehen gern in die Montagsvorstellung, dann ist das Kino nämlich fast leer. In Agrigento spielen sie einen Film, den sollten Sie sich ansehen, ein amerikanischer Film, hochgelobt von der Kritik und ...«

»Bitte, Signora!« Seit Jahren hatte Bonanno kein Kino mehr betreten. Weder samstags noch montags und er hatte auch wenig Veranlassung, sich an die Gründe dafür zu erinnern.

»Ja, verzeihen Sie«, antwortete Adelina. Bonanno verlor allmählich die Geduld angesichts ihrer Dreistigkeit. Es fehlte nicht viel und er hätte sich vergessen.

»Kurz und gut, mein Mann und ich sind in seinem Wagen mit dem Anwalt Cristenzio Piazza und seiner reizenden Ehefrau nach Agrigent gefahren. Der Film endete um halb zwölf. Nach dem Film sind wir in ein kleines Lokal in der Nähe gegangen, dort servieren sie in der Pfanne zubereitete, gefüllte Babytintenfische, die sind einfach anbetungswürdig, ich habe mir sogar das Rezept geben lassen, so begeistert war ich, Maresciallo.«

»Könnten Sie mir bitte noch sagen, wie lange Sie sich in

dem Restaurant aufgehalten haben«, sagte Bonanno, der sich nur mühsam beherrschte.

»Ich weiß nicht genau, wie lange wir dort geblieben sind, ich würde sagen, so bis halb zwei. Etwa Viertel nach zwei sind wir nach Hause gekommen. Dann haben wir uns ausgezogen und sind ins Bett gegangen. Wir haben das Licht ausgeschaltet und ... interessiert Sie auch noch, was danach passiert ist?«

»Das genügt, Signora. Würden Sie mir bitte die Adresse des Kinos und des Restaurants geben?«

Wenn das bestätigt wurde, war Adelina Midullas Alibi unangreifbar. Dann blieb noch ihr Liebhaber. Wer konnte schon ausschließen, dass er vielleicht ohne Adelinas Hilfe gehandelt hatte?

»Wissen Sie vielleicht auch, wo sich Ihr leidenschaftlicher junger Mann gestern Abend aufgehalten hat? Wie heißt er übrigens?«

»Natürlich, Maresciallo, er heißt Andrea. Andrea Bonomo, um genau zu sein. Seit zwei Monaten dient er beim Militär. Er hat seinen Wachdienst im Pulvermagazin von Udine angetreten. Einmal im Monat stellen sie eine Woche lang die Wache in diesem verdammten Pulvermagazin. Aber wenn alles glattgeht, lassen wir ihn nächsten Monat nach Trapani versetzen. Mein Mann kümmert sich darum. Andreas Mutter hat ihn eindringlich darum gebeten. Und mein Mann kann freundliche Bitten besorgter Mütter nicht abschlagen. Sie verstehen, oder?«

Natürlich verstand er das. Dieser Ort war ein einziges Bordell!

Also verlief auch diese Spur im Sand. Und wenn die Signora jemand anderen beauftragt hatte? Aber warum sollte sie dann die Fotos herumliegen lassen?

Es war zwecklos, sich selbst zu belügen. Er musste sich

jetzt sofort mit Ingegnere Riccobono beschäftigen, obwohl er genau wusste, was der Bürgermeister dann anstellen würde. Und wer wollte ihm schon die fixe Idee ausreden, der faschistische Maresciallo verübe einen Anschlag auf die Glaubwürdigkeit seiner Verwaltung und seiner innovativen Politik, die er seiner Einbildung nach in dem Hauptort des Montanvalle verfolgte?

»In Ordnung, Signora, Sie haben uns sehr geholfen. Wir werden überprüfen, was Sie uns erzählt haben. Aber ich verspreche Ihnen jetzt schon, wenn ich irgendwann herausfinde, dass Sie mich an der Nase herumgeführt haben ...«

»Hören Sie mir gut zu, Maresciallo: Ich war zu allem bereit. Man kann sich im Leben nicht Tag und Nacht verstellen. Ich weiß, Sie glauben, ich bin verrückt, und vielleicht bin ich das auch, aber die Begegnung mit Andrea hat mir das Leben zurückgegeben. Mein Mann, na ja, Sie wissen selbst, was für einer das ist. Er hat mich nicht mal mehr angesehen. Für ihn bin ich unsichtbar geworden. Mit Andrea gibt es für mich keine Zukunft, das weiß ich, das ist nur eine Laune, so Gott will, aber solche Launen sollen mir in meinem Alter recht sein. Das Einzige, was mich davon abgehalten hat, all die Freude, die ich empfunden habe, öffentlich zu zeigen, war meine Furcht, Andrea würde mit hineingezogen, aber ich konnte auch die Erpressungen nicht mehr hinnehmen. Wirklich nicht. Alles hat seine Grenzen. Außerdem muss hier bei uns immer die Frau dafür bezahlen, nur sie wird als leichtfertiges Flittchen bezeichnet. Männern, besonders den jungen, wird man höchstens ihre Vorliebe für reife Frauen vorwerfen, aber für die Leute werden sie immer die Ganymeds bleiben.«

Bonanno zog eine Augenbraue hoch. Das tat er immer, wenn er die Bedeutung eines Wortes nicht verstand und dieses hatte er im Leben noch nicht gehört. Was zum Teufel bedeutete ›Ganymed‹?

»Also, seien Sie beruhigt, mein geschätzter Maresciallo, ich habe keinen Grund, Sie anzulügen. Genauso kann ich unbesorgt zugeben, dass ich nicht weiß, was ich mit dem Erpresser getan hätte, wenn ich herausgefunden hätte, wer es ist.«

Das konnte Bonanno sich mühelos vorstellen.

»Und die da?«, fragte die Signora und zeigte auf die Fotos.

»Bis jetzt weiß niemand davon ... und wenn es nicht unbedingt notwendig ist, wird auch keiner davon erfahren.«

Sie verstanden einander wortlos.

»Cacici«, schrie Bonanno, der wieder allein in seinem Büro war. Der intensive Duft von Adelina Midulla schwebte noch provozierend im Raum. Der Maresciallo meinte zu ersticken und öffnete die Fensterflügel weit.

»Da bin ich, Maresciallo, was ist los? Brrr, ist das kalt, wollen Sie sich bei offenen Fenstern eine Lungenentzündung holen?«

»Treib mir auf der Stelle Ingegnere Riccobono auf, egal wo. Und gib ihn mir sofort, wenn du ihn am Apparat hast, klar? Und wenn du schon da bist, könnte ich vielleicht freundlicherweise noch einen Kaffee haben? Der erste schmeckte ein bisschen nach ... Spülwasser.«

Cacici sah ihn finster an. Er hatte nicht die leiseste Vorstellung, worauf sich der Maresciallo bezog.

»Noch etwas, Cacì«, ergriff Bonanno wieder das Wort. »Überprüf bitte, ob ein gewisser Andrea Bonomo in Udine Dienst tut, treib ein Foto von ihm auf, damit wir es mit dem, was wir hier haben, vergleichen können. Dann überprüf bitte, ob sie sich in diesem Restaurant in Agrigent daran erinnern, dass gestern Signora Midulla mit ihrem

reizenden Ehemann und einem befreundeten Paar dort gewesen ist.«
»Zu Befehl, Maresciallo.«

Wenige Minuten später hauchte Ingegnere Alfonso Riccobono ein ziemlich verstörtes »Ja bitte?« in den Hörer.
»Entschuldigen Sie die Störung, Ingegnere, aber die Sache ist dringend. Wir beide müssen uns treffen. Sofort.«
»Was bedeutet das, Maresciallo? Ich verstehe Sie nicht, außerdem haben wir in einer halben Stunde eine dringende Stadtratssitzung einberufen und …«
»Das können Sie halten, wie Sie wollen. Allerdings bedeutet das dann, dass ich den Untersuchungsrichter persönlich um eine Vorladung bitten und in einer halben Stunde zu Ihnen kommen werde, um Sie in aller Öffentlichkeit aus Ihrer Sitzung zu holen.«
»Würden Sie mir bitte erklären, was zum Teufel los ist?«
»Sie kommen?«

Das Rathaus lag knapp drei Autominuten von der Kaserne entfernt. Dezernent Alfonso Riccobono, von Beruf Ingenieur, brauchte mehr als zwanzig. Die restliche Zeit verbrachte er in der ersten freien Telefonzelle auf dem Weg, wo er hastig eine Nummer gewählt hatte.
Am anderen Ende der Leitung saß zu Angiolo, Geschäftsmann im Ruhestand, mit dem Orden »Ritter der Arbeit« ausgezeichnet, und nippte am x-ten Glas Likör, den seine jüngere Tochter Assuntina mit ihren zarten Händen selbst zubereitet hatte. Zu Angiolo mochte kräftigen hausgemachten Likör sehr, besonders den aus Kaktusfeigen. Das Rezept dafür war ebenso alt wie einfach: Man goss die Feigenessenz in einen Fünftelliter reinen Alkohol, löste vierhundert Gramm Zucker in einem halben Liter kochenden

Wassers auf, ließ das abkühlen, goss alles zusammen durch ein Sieb, füllte es ab und ließ die Flaschen mindestens ein paar Monate verschlossen lagern, danach war es die reine Gaumenfreude. Aber heute konnte sich der Likör für ihn in Gift verwandeln.

»Zu Angiolo, Sie müssen mir beistehen, wenn kein Unglück geschehen sollte. Die Bullen sind hinter mir her, gerade hat mich dieser lästige Mistkerl Maresciallo Bonanno angerufen und an seinem hinterhältigen Tonfall habe ich gleich gemerkt, dass er es ernst meint, der muss etwas gewittert haben. Er hat sogar damit gedroht, mir Handschellen anlegen zu lassen, wenn ich nicht sofort in die Kaserne komme. Wie soll ich mich verhalten?«, sagte der Ingegnere in einem Atemzug.

»Als Erstes, keine Namen, und leugnen Sie, was man Ihnen auch immer vorwerfen sollte, Dottore, immer und allem widersprechen. Die haben nicht einmal den Dreck einer Fliege in der Hand. Bleiben Sie ganz ruhig, Ingegnere, keine Kurzschlusshandlungen und keine Angst. Sie sind in Sicherheit, sicherer als in einem Fass aus Eisen. Die können Ihnen wirklich gar nichts. Und dann: Leugnen Sie immer, widersprechen Sie allem! Diese Bullen sind alle geborene Verleumder. Sind wir uns einig?«

»Und wenn Aspanu Caccialesto gesungen hat, zu Angiolo?«

Darauf folgten lange Augenblicke absoluter Stille. Nur das schnelle Atmen verriet Riccobonos Angst. Als zu Angiolo ihm antwortete, war seiner Stimmme nicht die kleinste Aufregung anzumerken.

»Hören Sie auf mich, Dottore. Und wenn Caccialesto wirklich den Mund aufgemacht hätte, was geht Sie das an, Ingegnere, können Sie mir das erklären? Was haben Sie mit Aspanus … Unfall zu tun? Nichts. Also? Das war ein

Auftrag, den gewisse Freunde erledigt haben, erinnern Sie sich? Stellen Sie bloß keinen Blödsinn an, Dottore, und vor allem bleiben Sie ruhig. Sie haben mit Caccialesto nichts zu schaffen, genauso wenig wie mit meiner Person.«

»Und wenn seine Schlampe redet? Diese Erzhure Angilina, die an ihm hängt, als wäre er eine heilige Hostie?«

»Ingegnere Riccobono«, flüsterte zu Angiolo entschieden und seine Stimme klang schneidend. Wenn er so nachdrücklich sprach, hörten sogar die Mücken in seiner Umgebung sofort auf, die Flügel zu bewegen, und alle Anwesenden trauten sich kaum zu atmen. Die Zeichen standen auf Sturm. Zu Angiolos Zorn konnte furchtbar sein. Das wusste Riccobono.

»Entschuldigen Sie, zu Angiolo, ich ...«

»Halt die Schnauze, du Schlappschwanz.« Es war noch schlimmer, wenn Cavaliere Lo Sicco sich plötzlich vulgär ausdrückte, ein Zeichen dafür, dass das Maß überschritten war.

»Angilina ist ein Rasseweib, die hat Mumm in den Knochen, nicht so wie manche sogenannte Männer, die sich schon bei den ersten Anzeichen von Sturm in die Hosen scheißen. Und jetzt sperren Sie einmal die Ohren auf, Dottore, denn ich möchte Ihnen das nicht zweimal sagen müssen. Ihnen persönlich können die Bullen nicht das Geringste anhängen. Überhaupt nichts. Schlimmstenfalls könnten sie herausfinden, dass Sie sich ein bisschen Spaß außerhalb der Familie gegönnt haben. Aber das ist kein Verbrechen, das müssen Sie höchstens mit Ihrer Frau klären. Und jetzt Schluss mit diesem Unsinn, rufen Sie mich nicht wieder an. Denken Sie daran, leugnen Sie immer, falls zufällig mein Name fällt ...«

Als Riccobono den Hörer auflegte, merkte er, dass sein Mund ausgetrocknet und er unter den Achseln nass geschwitzt war, obwohl es in diesen Tagen sehr kalt war. Er stieg in seine Limousine und setzte sich automatisch in Richtung Kaserne in Bewegung, wo er noch eine harte Nuss zu knacken hatte. In seinen Kreisen war Bonanno als gestandener, nicht sehr umgänglicher Polizist bekannt, den man besser mit Samthandschuhen anfasste. Davon konnte der Bürgermeister ein Lied singen.

Riccobono dachte an den üblen Schlag, der ihn aus heiterem Himmel getroffen hatte. Er war sehr nervös. Er hatte viel zu verlieren, wenn jemand seinen Namen mit dem von Aspanu, diesem widerlichen Zuhälter, in Verbindung brachte. Diese Lektion hatte der Kerl wirklich verdient. Wie konnte er es wagen, ihn zu erpressen? Glaubte Aspanu etwa, er hätte lange gebraucht, um herauszufinden, dass dieser widerliche Zuhälter die ekelhaften Fotos geschossen hatte?

Aber wie war der Maresciallo dahintergekommen?

Wenn der Maresciallo so klipp und klar und ohne Respekt mit ihm geredet hatte, musste er ausgezeichnete Trümpfe in der Hand haben. Mit diesem fetten Polizisten war nicht gut Kirschen essen. Aspanu musste gesungen haben. Vielleicht hatte er begriffen, wer den Befehl gegeben hatte, ihn zusammenzuschlagen, und wollte sich rächen. Vielleicht hatten die Bullen – wie auch immer – herausgefunden, dass der Zuhälter ihn erpresste. Vielleicht hatte Aspanu ihnen das Material in seinem Besitz gezeigt. Und dann …

O Gott, daran dachte er besser nicht. Was für ein Drama! Seine politische Karriere, sein Ingenieurbüro, seine Lehrtätigkeit an der Schule für Vermessungstechniker, seine Frau, seine Kinder, die ganze Familie, die Wohlfahrtsorganisation und das Museum. Das ganze Leben hatte er damit verbracht, sich ein sauberes Image zu aufzubauen und nun das …

Alles war dahin. Durch die Schuld eines widerlichen Zuhälters, der ein Verräter und Erpresser war, war alles verloren. Wegen ein paar afrikanischer Nutten ging alles zum Teufel. Er war dumm gewesen, Aspanu zu vertrauen. Ein Idiot war er, weil er diese unbedeutenden fleischlichen Befriedigungen, um sich vom Stress, von den Sorgen der harten Arbeitswochen zu erholen, nicht außerhalb seiner Heimatstadt gesucht hatte wie bis vor wenigen Monaten. Er war ein Idiot. Es war alles seine Schuld. Einzig und allein seine Schuld.

Dreizehn

Auch heute Nacht habe ich meinen Engel nicht gefunden. Ich bin lange aufgeblieben, um den Himmel mit dem Fernrohr abzusuchen, während Mama und Papa in dem anderen Zimmer friedlich schliefen.
Stundenlang habe ich hinaufgeschaut, überallhin, hinter den Mond, der aussieht wie ein Mandarinenstück, das mit Milch übergossen wurde, und weiter nach oben, wo die Sterne wie ein Fluss aus leuchtendem Mehl aussehen und noch weiter, wo die Sonne abends schlafen geht. Nichts. Kein weißer Flügel hat die Nacht durchzogen, um mir zu Hilfe zu kommen und mich mitzunehmen. Ich habe keinen Engel gesehen. Nur die Kälte hat mich umarmt. Ich habe gespürt, wie sich meine Haut zusammengezogen hat und habe mich in den Wollpullover gekuschelt, den ich über den Schlafanzug gezogen hatte.
Dabei träume ich oft von meinem Engel. Er hat ein helles, leuchtendes Gesicht. Er sieht genauso aus, wie ich ihn mir vorgestellt habe, strahlend schön, sanft und sehr traurig. Er sagt mir immer wieder, ich soll mit meiner Lehrerin Enza sprechen, ihr alles anvertrauen. Er sagt auch, ich soll alles Vater Ernesto, dem jungen Pfarrer aus Sant'Antonio, erzählen, das ist unser Pfarrei, wo ich manchmal hingehe, um mit anderen Mitschülern zu spielen.
Mit denen kann ich nicht reden. Ich kann es nicht.
Papa hat mir gesagt, ich dürfte niemandem etwas verraten,

sonst würde die Mama traurig und ich lande im Internat. Papa sagt mir das immer wieder: »Weh dir, weh dir, wenn du es wagst, jemandem auch nur ein Wort zu erzählen. Weh dir.«
Ich habe nur meinen Engel, dem ich mich anvertrauen kann. Wenn ich ihn nur sehen könnte. Nur ein einziges Mal. Ich würde mich an der kleinsten seiner Federn festklammern und ihm sagen, er solle schnell mit den großen, weißen Flügeln schlagen, damit wir zusammen wegfliegen und dorthin fliehen, wo uns keiner mehr finden kann. Niemand kann einem echten Engel etwas antun. Nicht einmal Papa.
Gestern ist Mama noch später als sonst nach Hause gekommen. Sie hat beschlossen, nach der Arbeit das neue Fitnessstudio zu besuchen. Sie behauptet, sie würde zu faul und allmählich immer dicker. Ich habe das nie bemerkt. Für mich sieht sie immer gleich aus. Aber vielleicht irre ich mich. Ich sehe Mama nur selten nackt. Jeden Morgen geht sie fort und kommt erst abends wieder. Und seit einiger Zeit kommt sie zweimal in der Woche noch später nach Hause. Wegen des Fitnessstudios.
Gestern hat Papa diesen Freund mitgebracht. Als ich die beiden zusammen gesehen habe, hat sich mir der Magen zugeschnürt. Ich hätte gern geschrien, aber das habe ich mich nicht getraut. Zur Begrüßung haben sie mich breit angelächelt. Papa hat gesagt, das da ist mein kleiner Mann, ein richtiger kleiner Engel, das versichere ich dir, ein ganz liebes Kind, so süß wie Zucker und zart wie ein Sahnebonbon. Du wirst schon selbst merken, wie lieb er ist.
Papas Freund heißt Giovanni. Ein großer, dünner Mann, mit wenig Haar und schiefen Zähnen. Er hat mir ein Geschenk mitgebracht, einen Modellbaukasten. Als die beiden hereinkamen, hat er mich mit einem seltsamen

Leuchten in seinen Augen angesehen und mir die Wange gestreichelt, ganz lange, und dann hat er seine Hand auf mein Kinn gelegt und hat es gestreichelt. Ich habe seine Hand gefühlt, die war warm und klebte vor Schweiß. Er roch nach Rauch. Ich habe Papa Hilfe suchend angesehen, sein Freund gefiel mir nicht.
Heute habe ich ein Spiel von der Kirche aus, habe ich gesagt, meine Freunde erwarten mich. Vater Ernesto wartet auch auf mich, wir nehmen an einem Turnier teil, heute ist das Entscheidungsspiel.
Kein Spiel heute, Michelino, heute bleibst du hier und spielst mit deinem lieben Papa und dem Onkel Giovanni. Du wirst schon sehen, wir drei Männer werden uns gut allein amüsieren, ohne schwatzhafte Frauen im Haus. Ein ganzer Nachmittag nur für uns. Wir haben eine Packung Schokoladeneis gekauft, Milchschokolade, das magst du doch so. Wir spielen jetzt ein Spiel und das geht so: Wir essen Eis, ohne einen Löffel zu benutzen. Du fütterst den Onkel und ich füttere dich. Wir dürfen nur die Finger nehmen. Das wird schön.
Seit einiger Zeit hasse ich Schokoladeneis. Daran hat es wohl gelegen, dass mir plötzlich im Gesicht ganz warm war und meine Augen brannten. Ich habe angefangen, alles wie durch einen Schleier zu sehen. In meinem Kopf hörte ich den Engel sagen: »Lauf weg, lauf weg. Lauf schnell zu Vater Ernesto.«
»Na, du kleines verängstigtes Pummelchen, warum zitterst du denn? Weißt du denn nicht, dass jedes Küken die Eierschale zerbrechen muss, um das Nest zu verlassen? Komm, trockne dir diese dummen Tränen ab, komm, komm hierher, mein Schätzchen. Komm Kleiner, sei brav und setz dich hier rauf, wir werden dir helfen, die Eierschale zu zerbrechen, dein Vater hat dir ja schon gezeigt, wie man das

macht, du wirst schon sehen, heute wird es noch schöner, es wird dir sehr gefallen, hab keine Angst, gib mir deine Hand, auch wir sind früher einmal kleine Küken wie du gewesen. Wir wissen, dass es dir gefallen wird.«

Das Ehebett von Mama und Papa ist wirklich groß. Da passen auch drei Leute rein. Papa wollte selbst anfangen. Und während er mit mir spielte und seinen Spaß dabei hatte, mich zu streicheln, mich zu berühren, mich zu … hat Onkel Giovanni ein Bild nach dem anderen geknipst. Viele Bilder.

Dann war der Onkel dran. Auch er wollte mich streicheln. Das hat lange gedauert. Und dann hat er auch … Und Papa hat ein Foto nach dem anderen gemacht.

Und dann haben sie gemeinsam gespielt. Ich spürte ihren Schweißgeruch. Und die warmen feuchten Hände auf meinem Körper. Ihre Augen glänzten, als hätten sie hohes Fieber. Aus ihren Mundwinkeln tropfte die Spucke in kleinen Rinnsalen. Und sie redeten und redeten. Ich weiß nicht mehr, was. Ich habe nur gefühlt, wie ich innerlich zerplatzte. Und ich wollte weg.

Ja, ich werde es der Lehrerin sagen, ich werde es Vater Ernesto zuschreien. Wenn der Engel mich nicht anhören will, dann werde ich es eben ihnen sagen. Ja, das werde ich tun, ich werde es tun. Es macht nichts, wenn ich ins Internat komme und Mama weint. Es macht nichts, wenn ich in die Hölle komme, das ist mir egal, Hauptsache, sie hören auf damit.

Auf einmal kam es mir vor, als wäre ein roter Schleier vor meine Augen gefallen und etwas in mir zerbrochen, es wurde größer und größer und plötzlich hat etwas in meinem Kopf geschrien, während ein Paar blaue Flügel wegflogen, und auf dem Boden weiße Federn zurückließen. Auf diese Federn fielen Tropfen aus meinen Augen, meine

Tränen, und die Federn wuchsen und verwandelten sich in viele tiefe Münder, die den Onkel und Papa verschlangen, sie deckten sie bis zur Nase und den Ohren zu, bis zu den Haaren, aus denen viele Würmer wuchsen. Sie waren glibbrig und milchig wie das Weiß ihrer Augen. Und da habe ich verstanden, was im Innern von Papa und Onkel Giovanni ist.

Dann war plötzlich alles vorbei. So plötzlich, wie es begonnen hatte. Aber ich weiß, es wird wieder anfangen und immer wieder. Jetzt weiß ich, mit wem ich reden kann. Ich habe einen Freund, dem ich mich anvertrauen kann. Ich habe ihn gestern kennengelernt, als er in unsere Schule gekommen ist, um dort die kaputten Glühbirnen zu wechseln. Er ist ein so guter Mann. Nicht wie Papa und Onkel Giovanni.

Vielleicht sehen die Engel wie Menschen aus und man kann man sie deshalb nicht erkennen. Vielleicht ist er ja mein Engel. Darauf bin ich gekommen, als er mich gegenüber dem Hausmeister verteidigt hat, diesem dicken bösen Mann, der mich ohrfeigen wollte, weil ich im gebohnerten Flur herumgerannt und dort entlanggeschlittert bin.

Der Herr hat mich gegenüber dem Hausmeister in Schutz genommen. Er hat gesagt, wenn der es wagte, mich auch nur mit einem Finger zu berühren, dann würde er ihm einen Arm abreißen und die Carabinieri rufen. Und er ließe ihn auch verhaften. Kinder seien wie die Blumen auf der Wiese, die streifte man nicht einmal mit dem Blick.

Der Hausmeister ist stinksauer geworden, er hat so wütend geguckt wie das kleine Küken Calimero aus dem Zeichentrickfilm.

Der Herr hat mir die Hand gegeben und sich vorgestellt. Er hat gesagt, er heißt Mansueto und ist Elektriker.

Es war gerade mal kurz nach elf an diesem Mittwoch im November, und Bonanno hatte schon vier Becher starken Kaffee getrunken, die ersten beiden mit Süßstoff. Den dritten versuchte er schwarz zu trinken, aber ohne Erfolg. Zum Ausgleich gab er in den vierten Becher zwei gehäufte Löffel Zucker.
An Rauchen war gar nicht zu denken, seine Bronchien protestierten und während sie protestierten, ließen sie schwarze Schleimkaskaden fließen, so schwarz wie seine Laune. Damit konnte man Taschentücher so groß wie Segel füllen.
Man musste ihm ansehen, dass er so unruhig war wie ein Tiger im Käfig. An diesem Morgen konnte er nicht einmal in die winterlich kahlen Hügel fahren, um sich zu entspannen. Das verhinderte dieses große Durcheinander, das er im Namen einer Justiz bekämpfen musste, die sich immer weiter von diesem Land und den Menschen in seiner Heimat zu entfernen schien, je näher er sie kennenlernte. Immer musste er sich um die unangenehmsten Angelegenheiten kümmern. Was konnte unangenehmer sein als ein Mord an einem jungen Mann, dessen Kopf jemand wie eine reife Tomate zerquetscht hatte?
»Maresciallo, wenn Sie erlauben, der Ingegnere ist jetzt da. Er ist totenbleich, was soll ich tun?«, fragte Cacici.
»Worauf wartest du noch? Dass unsere Militärkapelle die Nationalhymne spielt, wenn du ihn hereinholst?«
An manchen Vormittagen war mit dem Maresciallo nicht zu reden.
Alfonso Riccobono sah wirklich aus wie ein wandelnder Leichnam. Von Natur aus schon mit fahler Hautfarbe gestraft, hatte Bonannos Anruf ein Übriges getan. Der Ingegnere war nun blasser als ein unreifer Apfel.
»Maresciallo, da bin ich, ich bin sofort nach Ihrem Anruf

hierhergeeilt. Es handelt sich bestimmt um einen Irrtum, denn Sie wissen ja sehr genau, ich bin ein ehrenwerter Mensch, der seine zahlreichen politischen und beruflichen Aufgaben stets sehr ernst nimmt. Falls irgendein Fehler aufgetreten ist, kann das nur einem unglücklichen Zufall zuzuschreiben sein.«

Bonanno verursachte dieser Redeschwall ohne Punkt und Komma das gleiche Unbehagen wie ein kariesbefallener Zahn. Dieser Mann hatte es allzu eilig, sich zu rechtfertigen. Als hätte er etwas zu verbergen. Also schwieg er und wandte die gleiche Technik an wie bei Adelina Midulla.

Bonanno reichte Riccobono den Umschlag mit den kompromittierenden Fotos und wartete ab. Er wusste dieses unbezahlbare Schauspiel zu genießen. Es war immer amüsant, die Schwächen von Menschen aufzudecken, die sich so wichtig und unangreifbar vorkamen und meinten, eine Handbreit über den gemeinen Sterblichen zu stehen. Sie wie leere Säcke unter dem Druck ihrer Leidenschaften zusammensinken zu sehen, die er, ein Provinzpolizist, enthüllte. Umso besser, wenn es sich dabei um Frauengeschichten handelte.

Umso schlimmer allerdings für den Unglücklichen, der äußerst besorgt und schweißüberströmt ein Foto betrachtete, auf dem er gerade eine junge Afrikanerin umschlang, die er stundenweise gemietet hatte. Er war auf diesen Nahaufnahmen wirklich sehr gut zu erkennen.

»Ich wusste, dass dieser verdammte Hurensohn uns verarscht hat«, sagte Riccobono und bereute es sofort. Er änderte ständig seine Hautfarbe, von schmutzig Weiß über Giftgrün bis zu einem galligen Violett mit Spuren von dem Rosa eines hohen Blutdrucks und dem Gelb der Angst.

Bonanno spitzte die Ohren und sagte dann: »Würden Sie das bitte wiederholen.«

»Ach nichts, Maresciallo, lassen wir das.«
»Wir lassen gar nichts, ich habe es sowieso verstanden. Entweder Sie reden oder wir gehen ab jetzt ganz offiziell vor, alles kommt ins Protokoll, das hängt von Ihnen ab. Mir persönlich könnte es nicht gleichgültiger sein, wie Sie sich die Zeit vertreiben ... das müssen Sie höchstens Ihrer Frau erzählen ... und Ihrem Bürgermeister.« Wenn es um Totino Prestoscendo ging, konnte er sich einfach nicht zurückhalten.
»Aber eine Frage müssen Sie mir beantworten und zwar sofort«, fuhr er fort. »Was zum Teufel hatten diese Bilder in Mansueto Malossos Wohnung zu suchen?«
Hätte man Riccobono ganz plötzlich an seinem spärlichen Haupthaar gepackt und ihn daran über dem höchsten Haus von Villabosco an einem Kran aufgehängt, seine Überraschung hätte nicht schmerzhafter sein können. Er fiel förmlich aus allen Wolken und riss unter Bonannos wachsamem Blick den Mund so weit auf, wie er konnte, ohne sich den Kiefer auszurenken. Dann stotterte er leise, ohne es zu merken: »Verdammt, dann war es also gar nicht Aspanu Caccialesto!«
Bonanno besaß ein feines Gehör. Ein Engel musste durch die Kaserne geflogen sein und ihm mit der Harfe einen Schlag auf den Kopf gegeben haben, denn er hörte eine jubilierende Musik in seinen Ohren und sah, wie sich ein Lichtstrahl in dem Chaos aus finsteren Gedanken ausbreitete, das in den letzten fünf Tagen von jungen verkauften Frauenkörpern, krankenhausreif geschlagenen Zuhältern und toten Erpressern bevölkert war.
Witterte Bonanno so etwas, dann wurde er zum Bluthund, dem niemand mehr seinen Knochen entreißen konnte, nicht einmal wenn man auf ihn schoss. Und der Knochen, den er gepackt hatte, versprach, fleischig zu sein und kon-

krete Antworten auf viele Fragen aus den chaotischen Tagen dieses verdammten Totenmonats November zu geben, der vom Nordwind gegeißelt wurde.
Bonanno zündete sich eine Zigarette an, obwohl sein Katarrh noch längst nicht vorbei war. Er war einfach zu aufgeregt.
»Also, dann gehen wir mal alles durch, und Sie erklären es mir, als wäre ich ein dummes kleines Kind. Was hat Aspanu Caccialesto mit diesen Fotos zu tun?«
»Maresciallo, Sie wollen mich fertigmachen«, sagte Riccobono. Er fühlte, wie ihm der Boden unter seinen Füßen so trügerisch wegrutschte wie Treibsand und mit all dem sein guter Name dort versank. Wie hätte er einem solchen Skandal die Stirn bieten können?
»Ich möchte niemanden fertigmachen. Ich möchte einen Fall lösen, in dem nicht nur ein jemand übel zugerichtet im Krankenhaus gelandet ist, sondern vielleicht sogar jemand ermordet wurde. Mit einem Zementpfahl. Und dort auf den Fotos, die wir in der Wohnung dieses Ermordeten gefunden haben … na gut, lassen wir das. Also, reden Sie jetzt oder muss ich Sie als Verdächtigen im Mordfall Malosso festnehmen?«
»Maresciallo, was soll das? Ist das ein Witz?«
»Was glauben Sie? Wissen Sie was? Bis jetzt weiß noch niemand außer uns Polizisten von den Fotos, die wir gestern Abend gefunden haben. Können Sie sich vorstellen, was für ein gefundenes Fressen das für die Presse wäre? Die wären fähig, in der morgigen Ausgabe kalendergroße Fotos abzudrucken. Und ich schwöre Ihnen bei Gott, mein lieber Ingegnere Riccobono, wenn Sie mir nicht sofort alles ganz genau erzählen, dann werde ich Sie vor die Untersuchungsrichterin zitieren und sie über alles informieren. Die junge Dame ist sehr fortschrittlich, sie liebt Blitzlicht

und Fernsehkameras, und es kann durchaus sein, dass sie gleich eine nette Pressekonferenz einberuft. Es gibt ja genug Material, vielleicht findet sich sogar noch ein Platz in den heutigen Abendnachrichten und …«

Ganz offenbar mussten Bonannos Augen so hell strahlen, dass der Ingegnere mit absoluter Klarheit vor sich sah, was ihn erwartete, wenn er nicht redete. In diesem Moment ging es nur darum, sich aus der Affäre zu ziehen und möglichst unbeschadet aus dem Chaos herauszukommen, in das Bonanno ihn stürzte. Unter keinen Umständen durfte er zu Angiolo da mit hineinziehen. Der Maresciallo war ein verdammter Scheißbulle!

»Was möchten Sie genau wissen, Marescià?«

»Alles!«

Für Riccobono begannen die schlimmsten Augenblicke seines Lebens.Verschwitzt und verlegen wie er war, blieb wenig von dem Bild eines arroganten Politikers und fähigen Experten übrig. Er erzählte von seiner leidenschaftlichen Vorliebe für junge, dunkelhäutige Mädchen. Er liebte ihren kräftigen, wilden Geruch, ihre krause Behaarung, die wulstigen Lippen. Außerdem brauchte ein Mann seine ganz privaten Momente, um sich von seinem beruflichen Leben zu erholen.

»Machen wir es kurz, Ingegnere, und kommen wir zur Sache.«

Riccobono erzählte ihm von dem Geschäft, das Caccialesto vor ein paar Monaten aufgezogen hatte. Er hatte es zufällig von einem Freund erfahren. An seinen Namen erinnerte er sich nicht. Das war vielleicht in einer Bar oder Pizzeria gewesen, ein Gespräch unter Freunden, über dies und jenes. Alles ging glatt. Es gab ein gut funktionierendes Einlasssystem vor Caccialestos Haus. Wenn dort schon Autos parkten, trat man den Rückweg an. Man fuhr ein wenig durch die Gegend und kam dann zurück, wenn ein Platz frei war. Also ein sinnvolles System, um peinliche Begegnungen zu vermeiden. Dieser Ort war schließlich keine Großstadt und hier fingen die Leute schnell an zu reden. Und wer stoppte dann die bösen Zungen?

»Also, Maresciallo, alles ging seinen Gang. Aber vor ein paar Wochen erhielt ich plötzlich seltsame Anrufe. Der Mann sprach mit verstellter Stimme. Er sagte, ich würde einen gelben Umschlag erhalten, sollte mir den Inhalt genau ansehen und weitere Anweisungen abwarten. Ein paar Tage später fand ich in meinem Büro den verdammten Umschlag. Mit fünf Fotos. Etwa wie diese hier. Er rief mich wieder an und sagte, er wolle fünftausend Euro. Sonst würden die Bilder im Dorf herumgehen. Ich zahlte, aber der erpresste mich immer weiter. Und jedes Mal wollte er Geld, und zwar immer mehr. Wer außer Caccialesto hätte die Fotos schießen können? Dieser verdammte Bastard musste eine Möglichkeit gefunden haben, sich irgendwo zu verstecken, während ich … also, Sie wissen schon.«

»Und dann haben Sie sich an diesen bewussten Freund gewandt, an dessen Namen Sie sich nicht erinnern. Und dieser brüderliche Freund hat dann ganz uneigennützig Caccialesto eine Abreibung von der harten Sorte verpassen lassen. Nur, dass Aspanu diesmal nichts mit der Sache zu tun hatte. Aspanu wäre fast bei seinem Schöpfer gelandet. Und damit nicht genug, um ihn zu demütigen und ihm zu verstehen zu geben, dass man es bei bestimmten Freunden nicht versucht, hat man ihm auch noch ins Gesicht gepisst. Ich habe verstanden. Ihnen hat ein vager Verdacht gereicht, um die Hunde loszulassen. Und was für Hunde …

Heraus mit den Namen, Ingegnere, verdammt noch mal. Oder, so wahr mir Gott helfe, ich sperre Sie als Auftraggeber für einen Mordversuch ein und behalte mir vor, Sie

auch wegen der Geschichte um Malosso anzuzeigen. Was ist passiert, als ihr festgestellt habt, dass ihr euch in der Person geirrt hattet? Seid ihr dann härter vorgegangen?«
Der Ingegnere wurde blass, seine Stimme klang so erstickt, als hätte er einen Stein in der Kehle, als er meinte: »Aber was sagen Sie da, Maresciallo, was fällt Ihnen ein! Sie sind ja verrückt geworden! Ich will sofort meinen Anwalt sprechen!«
»Sie bekommen Ihren Anwalt, wenn Ihnen so viel daran liegt – später. Vorher sagen Sie mir aber, wo Sie gestern Nacht waren und beten Sie, dass Ihr Alibi glaubwürdig ist, denn es sieht wirklich schlecht für Sie aus.«
»Um Gottes willen, Maresciallo, überlegen Sie bitte«, flehte Riccobono, dessen Beine weich wie Wackelpudding waren. Die Aussicht auf eine Anklage dieser Größenordnung bedeutete seinen Ruin.
»Wie können Sie nur glauben, dass ein angesehener Mensch wie ich ... um Gottes willen, wie können Sie glauben, ich sei fähig, das auch nur zu denken, was Sie vermuten? Und was habe ich mit Caccialestos ... äh, Unfall zu tun? Und wie können Sie nur annehmen, dass, um Gottes willen, wie können Sie nur glauben, dass ich etwas mit dem Mord an diesem armen Kerl zu schaffen habe?«
»Die Welt ist voll von anständigen Menschen, die Unanständiges tun. Sie haben ein starkes Motiv. Also, wo waren Sie gestern Nacht, Ingegnere?«
»Zu Hause natürlich, wo sonst?«
»Na, mit Ihren nächtlichen Extratouren kann man das nie wissen. Das kann sicher jemand bezeugen, Ihre Frau, Ihre Kinder?«
»Nein, gestern Nacht war ich allein. Meine Frau ist mit den Kindern in der Stadt geblieben, um einzukaufen, und hat bei ihrer Schwester übernachtet. Sie fährt nicht gern in der

Dunkelheit. Sie sind heute Morgen zurückgekommen.«
»Also waren Sie allein zu Hause?«
»Ganz allein, und was soll das?«
»Reden wir Klartext, Ingegnere, das Ganze nimmt eine üble Wendung für Sie.«
»Maresciallo, wir kennen uns jetzt eine Ewigkeit, wie können Sie nur denken, dass ich … um Gottes willen. Seien Sie doch vernünftig, Maresciallo, ich bitte Sie, denken Sie nach! Wenn ich den Verdacht gehabt hätte, es sei Caccialesto gewesen, wie Sie glauben, und wenn ich ihm dann … sagen wir mal, eine Lektion erteilen ließ, warum hätte ich diesen anderen armen Kerl dann ermorden sollen? Den ich noch nicht einmal im Entferntesten verdächtigte, mich erpresst zu haben?«
Die Überlegung war schlüssig, aber Bonanno schien nicht gewillt, ihr Glauben zu schenken.
»Da ist immer noch dieser Freund, an dessen Namen Sie sich nicht erinnern. Als ihr beide begriffen habt, dass Caccialesto nichts mit den Fotos zu tun hatte, hat er sich darum gekümmert, den Erpresser aufzuspüren. Vielleicht hat er sich dort postiert, wo Sie das Geld hinterlegt haben, und ein Mittel gefunden, den Mann aus dem Verkehr zu ziehen. Der könnte sich gemeldet haben, nachdem ihr Caccialesto ins Krankenhaus gebracht habt, noch mehr Geld gefordert haben und ihr habt ihm dann eine Falle gestellt. Eine tödliche Falle.«
»Ich will auf der Stelle tot umfallen, Maresciallo. Zur Hölle mit mir und all diesen verdammten Schlampen der ganzen Welt und all diesem Blödsinn, der uns durch den Kopf geht. Wenn es so war, warum haben wir dann nicht auch die Fotos aus dem Verkehr gezogen?«
Das war der Kern der Sache. Die Fotos, die sie in der obersten Schreibtischschublade des Elektrikers gefunden hatten.

Der Ingegnere hatte recht, genauso wie Adelina Midulla. Warum sollte jemand die Mühe auf sich nehmen, einen Erpresser zu töten, und dann offensichtliche Beweise, die direkt auf seine Spur führten, nicht beseitigen?
Als sie am vorigen Abend Mansueto Malossos Wohnung durchsucht hatten, war die Tür verschlossen gewesen. Aber bei dem Elektriker hatten sie keinen Schlüssel zu seiner Wohnung gefunden. Ein Zeichen dafür, dass er ihn während des Kampfes verloren hatte – aber sie hatten nichts gefunden – oder, viel simpler, jemand hatte ihn an sich genommen. Wer konnte das gewesen sein, außer dem Mörder natürlich? Und aus welchem Grund?
Seine Männer hatten die Tür aufbrechen müssen. Bonanno war sich ganz sicher, dass dort jemand nach dem Mord eingedrungen war. Jemand, der das jedoch verheimlichen wollte. Alles schien in Ordnung zu sein. Aber er fühlte, dass das nicht stimmte, sein Bulleninstinkt kitzelte ihn. Es gab keinen bestimmten Grund dafür, er fühlte einfach, dass es so war. Malossos Wohnung sah aus wie eine riesige Werkstatt. Sie war angefüllt mit seltsamen technischen Geräten, von denen Bonanno praktisch nichts verstand, sonst wären ihm neben dem leistungsstarken Computer mit dem 19-Zoll-Bildschirm sofort auch der superschnelle Scanner, ein genauso schnelles Modem, der Farbdrucker, der DVD-Brenner, Digitalkameras und Teleobjektive, Videokameras und Fotoapparate aufgefallen. Äußerst kostspielige Geräte. Im Wert von einigen zehntausend Euro. Vielleicht dienten die Erpressungen dazu, dieses Hobby zu finanzieren.
»Nun sagen Sie mir endlich die Wahrheit, Ingegnere, denn ich verliere langsam meinen letzten Rest Geduld. Um die Essenszeit werde ich immer ein wenig nervös.«
»Die Wahrheit, Maresciallo, die Wahrheit. An dieser Stelle

kann ich Ihnen nur eins sagen und das ist wahr: Nach der letzten Erpressung war ich schon drauf und dran, meiner Frau alles zu erzählen und sie um Verzeihung zu bitten. Doch nach diesem Vorfall war plötzlich alles anders … Sie verstehen schon, was ich meine. Ich bin nie wieder dort gewesen. Ich hatte mit einem Mal die Lust daran verloren. Ein Mann begreift genau, wann es Zeit ist, aufzuhören. Deshalb habe ich mit Caccialestos Unfall und dem Rest wirklich nichts zu tun, Maresciallo. Ich habe das Ganze schon vor einem Monat beendet.«

»Und warum wissen Sie so gut über diesen Unfall Bescheid?«

»Das Dorf ist klein und außerdem ist Dottor Arcadipane, der Assistenzarzt in dem Krankenhaus, in dem Caccialesto liegt, mein Cousin. Kennen Sie ihn?«

Bonanno kannte ihn, aber er spürte, dass Riccobono ihm einen Haufen dicker Lügen auftischte. Während er noch grübelte, warum, kam ihm auch schon ein Detail in den Sinn und jetzt wusste er mit Gewissheit, dass Alfonso Riccobono ganz unverschämt log. Dieser Mistkerl versuchte, ihn an der Nase herumzuführen. Totino Prestoscendos Dezernent wusste wohl noch nicht, mit wem er es zu tun hatte.

Bonanno zügelte sein cholerisches Temperament und setzte auf eine List.

»Ingegnere, ich gebe Ihnen jetzt ein paar Stunden Zeit, um in Ruhe noch einmal über alles nachzudenken. Wir beide essen jetzt erst einmal und sehen uns später noch mal wieder, ich schlage vor, um Punkt fünf hier in meinem Büro. Ach, und ehe ich es vergesse: Heute Nachmittag wird Brigadiere Steppani dabei sein und alles protokollieren, Sie sollten dann etwas vorsichtiger sein.«

Vierzehn

Der Himmel wirkte genauso bleiern schwer und dunkel wie die Laune des Maresciallo. Vielleicht hätte er beim Essen etwas maßvoller sein sollen. Aber er hatte den köstlichen Nudeln mit Sardinen einfach nicht widerstehen können und wieder einmal eine gigantische Portion vertilgt. In seiner Gegend bereitete man die fangfrischen Sardinen etwas anders zu als direkt am Meer. Man zerteilte sie in Stücke und ließ sie in einer Mischung aus Öl, Knoblauch, Zwiebeln und in Salz eingelegten Anchovisfilets kochen, damit sie noch aromatischer waren. Sobald das Ganze gar war, fügte man noch blanchierten wilden Fenchel hinzu, eine Handvoll Pinienkerne und Rosinen, nach Belieben auch Safran und Chili. In die Pfanne mit dem Sud kamen dann die Bucatini, die man im Kochwasser des Fenchels al dente gekocht hatte. Und wer einen guten Magen hatte, konnte richtig zulangen. Um das Fischgericht abzurunden, hatte man ihm als zweiten Gang auch noch Stockfisch mit Kartoffeln serviert, und er hatte sich nicht lange bitten lassen. Die Antwort auf seine festen Vorsätze, sich beim Essen zu mäßigen, war jedes Mal, wenn er sich an den Tisch setzte, das unermüdliche, gierige Mahlen seiner Kiefer. Das Endergebnis bestand in einem unermesslichen Schuldgefühl, das er dann zu beschwichtigen versuchte, indem er sich mit jedem anlegte, der ihm über den Weg lief.

Im Moment war Bonanno böse auf den Koch der Kompanie, einen fröhlichen, jungen Mann, der anstelle von Händen Suppenkellen und Backformen hatte. Mit seinen überbackenen Tagliatelle, aromatischen Soßen und saftigen Obstsalaten hätte man Tote zum Leben erwecken können und mästete Lebende. Das war eine unbestreitbare Tatsache.

An diesem Tag hatte Bonanno beschlossen, zum Mittagessen nicht nach Hause zu fahren. Seine Tochter Vanessa hatte in der Schule einen Ganztagskurs begonnen, und ihm war nicht danach, diese Zeit mit seiner Mutter, Ringhio und Briciola zu verbringen.

Außerdem war er nach dem äußerst üppigen Mittagessen pappsatt.

»Jetzt bräuchte ich nur noch einen Kaffee«, sagte er stöhnend, nachdem er wieder in sein Büro zurückgekehrt war .

»Ich hole Ihnen sofort einen, Maresciallo. Das dauert nur einen Augenblick, ich gehe zur Maschine und bin in zwei Minuten mit einem heißen und dampfenden Kaffee zurück.«

Bonanno seufzte, Steppanis fixe Idee schien auch Cacici angesteckt zu haben.

»Cacì, das habe ich nur so gesagt, lass das mit der Maschine.«

»Ich auch, Marescià, aber wenn Sie möchten, hole ich Ihnen wirklich einen.«

»Das ist nicht nötig, zum Teufel, ist das klar?«

»In Ordnung, Marescià, nichts für ungut, Sie brauchen sich gar nicht so aufzuregen«, antwortete Cacici und verzog den Mund.

Der Maresciallo war wirklich unausstehlich, wenn er seine wilden fünf Minuten hatte. Man konnte ihm nicht einmal einen Gefallen anbieten, ohne beschimpft zu werden.

Der Maresciallo stand vor dem Leichenschauhaus des Friedhofs von Villabosco. Die Kälte legte sich schwer auf seine Haut, seit zwei Wochen waren die Temperaturen deutlich gesunken. Vielleicht würde es schneien.
Dottor Paternò obduzierte gerade Mansueto Malossos Leiche. Obwohl es so kalt war, fiel es Bonanno nicht einmal im Traum ein, diesen engen Raum zu betreten, in dem der Geruch des Todes in jeder Ecke hing. Als junger Mann hatte er einer Autopsie beigewohnt und das hatte ihm für alle Zeit genügt. Danach hatte er drei Wochen lang kaum geschlafen und in seinen nächtlichen Albträumen gesehen, wie die scharfe Schneide des Skalpells in das kalte, graue Fleisch schnitt.
Ein tiefer, ypsilonförmiger Schnitt und dann wurde das nackte weiße Brustbein angehoben, damit der Gerichtsmediziner mit seinen Händen, die in Latexhandschuhen steckten, auf der Suche nach den Rätseln dieses gewaltsamen Todes in den leblosen Organen wühlen konnte. Organe, die so kalt waren wie der Schweiß, der ihm über den Rücken lief. Er war hinausgerannt und hatte sich seiner Schwäche geschämt. Er hatte sich erbrochen. Ein paar Minuten später hatte er den Raum wieder betreten und war bereit gewesen zu beweisen, dass er alles ertragen konnte, was seine Polizeiuniform ihm vorschrieb. Jede Prüfung, so schwer sie auch sein mochte. Und er hatte es geschafft. Wenn auch nur zum Teil. Drei Wochen lang hatte er wach gelegen und die Schatten auf den Wänden gezählt, mit Brotkügelchen gespielt, eine Angewohnheit, die er seit seiner Kindheit hatte. Dann hatte er einen Kompromiss gefunden und sich vorgenommen, nie im Leben wieder etwas Ähnlichem beizuwohnen. Und so war es geblieben. Auch an diesem Nachmittag.
Bonanno rauchte, während er wartete, und pfiff auf den

dicken Husten, der sich in seinen verstopften Bronchien bemerkbar machte und ihn quälte, indem er seine Kehle mit giftigem Schaum füllte.

Das Donnern eines wütend aufheulenden Motors, das brausende Pfeifen eines beschleunigenden Wagens, begleitet vom kratzenden Geräusch der Gangschaltung, das genau zu den quietschenden Reifen passte, die sich in die Kurven auf der Straße zum Friedhof verbissen, kündigten Steppanis Ankunft an.

Bonanno seufzte noch einmal tief auf, als er die Haube des Jeeps hinter einer Unebenheit der wenig befahrenen Straße auftauchen sah. Anstatt den besten Rückweg von Vallevera zu wählen, hatte sich der Brigadiere auf eine Ausweichstrecke gewagt. Der Weg war etwa einen Kilometer kürzer, aber dafür eher für Ziegen geeignet als für Jeeps.

Steppani schien das keine Sorgen zu bereiten. Seine wässrigen Augen leuchteten, als wären sie von einem alten Fieber befallen: Während er in einer Staubwolke die letzten Kurven anging, lag auf seinem Gesicht der gleiche Ausdruck, wie man ihn auf Bildnissen von Heiligen im Paradies sah.

Nach einem Manöver, das eines Verbrechers auf der Flucht aus dem Irrenhaus würdig gewesen wäre, hielt der Jeep auf dem Vorplatz. Das Fahrzeug schlingerte zweimal mit dem Heck, als würde es tanzen, dann stoppte der Kühler mit perfektem Timing etwa zwanzig Zentimeter vor Bonanno, der instinktiv zurückwich und fast das Gleichgewicht verloren hätte.

Im selben Moment, als Bonanno sich von seinem Schreck erholte und deshalb seine Zigarette in hohem Bogen wegwarf, riss jemand plötzlich die Beifahrertür weit auf. Der Carabiniere des Einsatzkommandos, Antonino Brandi, lief flink wie ein Wiesel los, hielt sich die Hand vor den Mund und begoss die Wurzeln einer unglücklichen Zypresse mit grünlicher Flüssigkeit. Sein heiseres Würgen verlor sich in der stehenden Luft des grauen Nachmittags.

»Der hat's am Magen«, meinte Steppani und betätigte die Sirene, womit er eine alte Frau in Schwarz erschreckte, die frische Blumen für das Grab ihres verstorbenen Ehemannes in der Hand trug.

Drei Sekunden später errötete der bleigraue Himmel plötzlich aufgrund der Flüche, mit denen Bonanno seinen Untergebenen überschüttete, während die Reifen des Jeeps Fußtritte abkriegten – stellvertretend für Attilio Steppani, diesen Polizisten aus Zufall, verhinderten Rennfahrer und Berufsirren.

»Du solltest Krebs an Händen und Füßen bekommen, Steppà!«

»Sie müssen schon entschuldigen, Marescià, aber mir ist die Hand ausgerutscht.«

»Von wegen, dir ist die Hand ausgerutscht, Steppà! Du musst endlich damit aufhören, wild draufloszufahren, zum Teufel noch mal, du bist hier nicht in Monte Carlo! Es gibt keinen einzigen Bullen in der ganzen Kompanie, der nicht seinen Mageninhalt im Mund hätte, kurz nachdem er bei dir eingestiegen ist.«

Bonanno war wild wie eine Furie. Seine Augen sahen aus wie zwei Schlangengruben. Das begriff Steppani sofort und spielte seinen heimlichen Trumpf aus.

»Das schickt Ihnen Maresciallo Amenta mit seinen herzlichen Grüßen!« Und mit diesen Worten zog er ein Prachtstück von Salami heraus, schön fett und dick, dass man schon beim ihrem Anblick Lust bekam, hineinzubeißen. Auf dem Friedhof!

»Ich sollte dir deinen Führerschein abnehmen, Steppani,

und dich sechs Monate lang Nachtdienst schieben lassen, das sollte ich«, sagte Bonanno überrascht.
»Außerdem schickt Ihnen der Maresciallo noch fünf Liter Öl. Beste Qualität. Olivenöl aus Vallevera, das duftet …«
»Na, diesmal versetze ich dich noch nicht in den Nachtdienst, aber bis Weihnachten wirst du keinen unserer Wagen mehr fahren.«
Cacici kümmerte sich inzwischen um den armen Brandi. Aus persönlicher Erfahrung wusste er genau, wie mörderisch der Fahrstil Brigadiere Steppanis war. Jetzt konnte auch Brandi ein Lied davon singen.

Nachdem Bonanno sich wieder beruhigt hatte, forderte er Steppani auf, über das Ergebnis seiner Ermittlungen zu berichten. Der Brigadiere ließ sich nicht lang bitten. Das war seine Art, sich beim Maresciallo zu entschuldigen und zu bedanken. Sie stiegen in den Jeep und Steppani legte los. Vorher allerdings hatte der Maresciallo ihm einen vernichtenden Blick zugeworfen, als er zufällig den Knopf für die Sirene berührte.
»Mansueto Malosso hatte praktisch keinen Menschen auf der Welt. Seine Mutter ist vor fünf Jahren von ihm gegangen. Sein Vater schon viel früher, ein Arbeitsunfall. In Frankreich«, sagte Steppani und zog instinktiv seine Hand von dem Knopf für die Sirene zurück.
»Der Elektriker war ein Einzelkind. Nach dem Tod seiner Mutter zog er nach Villabosco. Zwei Jahre lang arbeitete er in der kleinen Fabrik für elektrisch bedienbare Matratzen. In der Fabrik, die pleiteging, als wir die Besitzer wegen schweren Betrugs zum Nachteil des Staates festnahmen. Er hatte sich aber in seiner Umgebung einen guten Ruf erworben und blieb deshalb in Villabosco. Malosso war wirklich tüchtig, er konnte in kürzester Zeit die kompli-

ziertesten Anlagen montieren, nichts war zu schwierig für ihn, von der Videosprechanlage bis zur Fernbedienung für Automatiktore. Er interessierte sich auch für die neuesten technischen Entwicklungen, war ein richtiger Fachmann auf diesem Gebiet. Seine wahre Leidenschaft war die Elektronik, speziell Videorekorder und Computer, so erklärt sich auch die große Auswahl an Geräten, die wir bei ihm zu Hause gefunden haben. Zu seinem Vergnügen drehte er Kurzfilme und fotografierte.

Die kleine Wohnung in der Via Martiri D'Ungheria hat er vor drei Jahren von einem Ehepaar aus Villabosco gekauft, nachdem er durch den Verkauf des Hauses in Vallevera ein wenig Geld bekommen hatte. Dort hatte er keine Verwandten mehr. Nicht einmal einen entfernten Cousin. Die Geschwister seines Vaters waren in den Sechzigerjahren nach Amerika ausgewandert, die seiner Mutter leben in Deutschland. Er hatte also niemanden mehr. Nicht einmal eine Freundin. Ja, wenn man es von dieser Seite betrachtet, wird das Ganze seltsam. Es ist nichts über irgendwelche Kontakte zu Frauen bekannt, wirklich gar nichts, habe ich mich klar ausgedrückt, Maresciallo?«

»War der Knabe schwul?«

»Nein, aber er war schon etwas merkwürdig. Vielleicht nicht richtig schwul, eher ein wenig … eigenbrötlerisch, das ist es.«

»Was meinst du damit, Steppà?«

»Dass er sich mit niemandem traf und es ihm vielleicht gefiel, sich mit sich selbst zu … vergnügen. Wenn er nicht arbeitete, saß er zu Hause inmitten seiner Geräte. Eine Nachbarin brachte ihm zweimal am Tag etwas zu essen und sorgte einmal die Woche in seiner Wohnung für Ordnung. Sie hat gerade gestern Morgen geputzt. Er zahlte ihr dreihundertfünfzig Euro im Monat dafür.

Signora Mommina Calavò sagt, der Elektriker hätte nie zu Hause Besuch empfangen, aber in letzter Zeit ist ihr ein kleiner Junge aufgefallen, ein Knirps von zehn oder zwölf, der ihm ab und zu nachmittags Gesellschaft leistete. Sie hat ihn zwei-, dreimal gesehen. Der Elektriker ließ ihn am Computer spielen. Er erzählte, er hätte so ein Spiel mit Formel-1-Wagen, genau wie die Rennstrecken in Imola und Monte Carlo, wo man die Kurven mit dreihundert Stundenkilometern …«

»Verdammt noch mal, Steppà!«

»Entschuldigen Sie, Maresciallo, es ist mir so herausgerutscht, Sie wissen schon …«

»Ich weiß nichts, kommen wir zum Schluss. Gibt es noch etwas Brauchbares?«

»Nichts, Marescià. Ganz selten, nur ein- oder zweimal im Monat, ging er in Santini Cacciacavolis Spielsalon, das ist der an der Hauptstraße, und spielte dort ein paar Partien Billard. Es heißt, er sei gut gewesen. Er spielte Karambolagebillard. Aber auch dort hatte er keine näheren Kontakte. Er redete wenig und kümmerte sich um seine eigenen Angelegenheiten. Ein Mensch, über den man fast nichts wusste, außer dass er gut arbeitete. Die Leute, bei denen er Anlagen installiert hat, sagen alle, sie hätten nie irgendwelche Reklamationen gehabt. Beste Arbeit und günstige Preise. Der Elektriker war nicht geldgierig.«

Bonanno grinste, als er an die Erpressungsopfer Riccobono und Adelina Midulla dachte. Offensichtlich hatte der Elektriker sein Doppelleben gut zu verbergen gewusst.

»Und über den Kleinen wissen wir nichts? Wer er ist, wie er heißt?«

»Wie denn? Signora Mommina hatte ihn doch nie vorher gesehen. Vielleicht hat der Elektriker ihn im Spielsalon kennengelernt, aber niemand weiß etwas darüber. Ich glaube, wir müssen diese Wohnung noch einmal überprüfen und dort vielleicht die Computer durchsuchen. Es heißt ja von diesen Geräten, man könnte auf einer einzigen Diskette ganze Archive unterbringen.«

»Das glaube ich auch«, sagte Bonanno, zündete sich eine Zigarette an und begann sofort schrecklich zu husten. Der Maresciallo informierte Steppani über das, was er in den Befragungen der beiden Personen auf den Fotos erfahren hatte. Ein langer und detaillierter Bericht.

»Das heißt, der Elektriker hat sie erpresst?«

»Nein, sein Zwillingsbruder. Steppà, bitte … nein, sag mir lieber, ob du von der Zulassungsstelle die Auflistung der Wagen bekommen hast.«

»Die wir Samstagnacht erwischt haben?«

»Genau die.«

»Sicher, Maresciallo, die ist gestern Morgen gekommen, aber ich habe Sie Ihnen noch nicht zeigen können. Sie haben sich in der Kaserne nicht blicken lassen, nein, Sie haben sich lieber ins Kloster zurückgezogen, um den Geschmack des alten Marsalas zu überprüfen.«

»Rühr lieber nicht daran, Steppà, ich bin immer noch wütend. Mir eine kalte Dusche zu verpassen. Ich leide jetzt noch unter der Nässe!«

»Und wie hätten wir Sie sonst wecken sollen, da Sie bis obenhin mit Dessertwein angefüllt zu sein schienen?«

Bonanno zwang sich, ruhig zu bleiben.

»Ich hab dir gesagt, du sollst damit aufhören, Steppà, und antworte mir gefälligst anständig: Steht Ingegnere Riccobonos Name in dieser verdammten Auflistung oder nicht?«

Auf Steppanis Gesicht breitete sich ein Lächeln aus. Wenn der Maresciallo so weit ausholte, hatte er ein bestimmtes Ziel. Aber man wusste nie, welches.

»Ich glaube nicht, aber wir können das noch einmal genauer überprüfen. Ich wollte Ihnen die Liste ja zeigen, aber mit diesem ganzen Durcheinander, das danach passiert ist …«
»Was heißt, du glaubst nicht? Hast du mir nicht erzählt, du hättest mit deinen eigenen Augen den Ingegnere und seinen Mercedes vor dem Haus gesehen, indem Caccialesto die Mädchen unterbrachte?«
»Ich habe gesagt, für mich war es so, Marescià. Anscheinend war ich mir sicher. Ich habe Ihnen auch gesagt, dass meiner Meinung nach gewisse Leute nicht mit ihrem eigenen Wagen kamen, um nicht aufzufallen. Und wenn Sie es wirklich wissen wollen, der bewusste Mercedes ist auf eine Betonfabrik angemeldet, ein Firmenwagen, jeder hätte ihn nehmen können.«
Bonanno beherrschte sich nur mühsam. Ohne Beweise war Riccobonos Version noch schwieriger zu zerpflücken. Trotzdem war er sicher, dass der andere log. Hinter dem Überfall auf Caccialesto steckte Riccobono und hinter Riccobono stand jemand, der ihn beschützte.
Hätte er nur beweisen können, dass der Ingegnere Samstagnacht zu der jungen Farbigen gefahren war, um sich zu amüsieren. Hätte er nur.
»Steppà, weißt du, warum ich dich jetzt nicht erschieße? Für dich ist sogar eine Patrone zu schade. Erinnerst du dich etwa nicht, dass du mir gesagt hast, du hättest den Ingegnere und andere Männer nackt beim Liebesspiel fotografiert? Und was hast du mir statt dieser Fotos gegeben? Einen Mist, der keinen Pfifferling wert ist. Ohne den Hauch eines Beweises führt der Kerl uns so lange an der Nase herum, wie er will. Er behauptet, er sei seit damals nicht mehr zu seinen kleinen Freundinnen gegangen. Wegen der Erpressung. Er will uns tatsächlich einreden, er sei ein unschuldiger Engel geworden und ganz sauber.

Und ich muss ihn heute Nachmittag verhören. Der wird alles leugnen …«
In diesem Augenblick durchzuckte es den Brigadiere und obwohl Bonanno protestierte, stieg Steppani schnell in den Jeep, startete ihn und fuhr ab. Hinter ihm stieg eine dunkle Gaswolke auf. Bonanno war wie vom Blitz getroffen. Kurz darauf kam er wieder zu sich und schwor, Gefängnis hin oder her, sollte er Steppani wieder in die Finger bekommen, würde er ihn erschießen. Und wenn es das Letzte wäre, was er täte.

Zwei Stunden später hatte Dottor Paternò die Autopsie beendet.
Das Ergebnis lieferte nichts Brauchbares für die Ermittlungen, außer dass der Elektriker unheilbar krank gewesen war. Bauchspeicheldrüsenkrebs. Es handelte sich um eine bösartige Form, die unweigerlich zum Tod führte. Vorher wäre Mansueto Malosso aber verrückt vor Schmerzen geworden. Wenn man es recht bedachte, konnte das Schicksal sich schon als sehr zynisch erweisen, wenn es wollte. Die übrigen Ergebnisse deuteten darauf hin, dass der arme Kerl brutal mit Fußtritten und Fausthieben bearbeitet worden war. Man hatte ihn mehrmals in den Bauch und die Hoden getreten. Und als er schließlich rückwärts auf den Boden gefallen war, hatte man auch noch seinen Kopf mit kräftigen Tritten traktiert. Und dann hatten sie das Ganze mit dem Zementpfahl vollendet. Es war nicht das Werk eines Einzelnen, das hätte schon ein Riese mit übermenschlichen Kräften gewesen sein müssen. Eher war anzunehmen, dass die Mörder zu zweit gearbeitet hatten.
Die Tatzeit war die, die Paternò vorher angegeben hatte: zwischen ein und drei Uhr in der Nacht von Montag auf

Dienstag. Das Opfer hatte anfangs versucht, sich zu verteidigen, das bezeugte auch sein doppelter Armbruch. Dann hatte er sich aufgegeben und zugelassen, dass der Tod seinen dunklen Mantel über einen Körper breitete, der seinen letzten Seufzer ausstieß, während der Zementpfahl mit blinder Wut sein Gesicht verwüstete, als ob jemand jede Spur, jeden einzelnen seiner Gesichtszüge auslöschen wollte.

Ingegnere Alfonso Riccobono war genauso blass wie am Morgen, er triefte vor Angstschweiß. Man konnte die Furcht förmlich riechen, die ihn zerfraß. In dem kleinen Warteraum der Kaserne lief er unruhig auf und ab und bei jedem Schritt bedachte er, welche stürmische Zukunft ihn erwartete. Er musste sich wohl zwischen einer Ehekrise, zu Angiolos furchtbarer Rache, falls er ihn mit hineinzog, und einer Mordanklage entscheiden. Seine Frau würde ihn mit der Zeit verstehen und ihm verzeihen. Und wenn nicht, auch gut. Hauptsache, sie bereitete ihm keine Schwierigkeiten, wenn er seine Kinder sehen wollte.

Bonanno begrüßte ihn mit einem knappen Kopfnicken und forderte ihn auf, ihm in sein Büro zu folgen. Er war immer noch wütend auf Steppani, der im Übrigen wie vom Erdboden verschluckt war. Der Brigadiere antwortete nicht einmal am Funkgerät. Er schien sich in Nichts aufgelöst zu haben. Diesmal konnte Bonanno ihm das nicht so durchgehen lassen. Diesmal würde sich Steppani für sein unbegreifliches und unverzeihliches Verhalten verantworten müssen. Ihn wie einen Hampelmann vor der Leichenhalle stehen zu lassen. Glaubte er etwa, das Leben bestünde nur aus Feiertagen?

»Das können Sie nicht tun, Maresciallo!«

»Was ist es denn genau, das ich nicht tun kann?«

Wenn Bonanno nervös wurde, wurde es sogar schwierig für ihn, ein halbwegs anständiges Italienisch zu sprechen. Er verhedderte sich mehr als der Bürgermeister, wenn der seine Sätze ausspuckte.

»Mir gegenüber diese Verhörmethoden anwenden. Ich habe Ihnen die Wahrheit gesagt. Sie müssen mir natürlich nicht glauben. Heraus mit den Beweisen! Sie haben doch nur grundlose Vermutungen. Die nicht einmal durch Beweise erhärtet werden.«

Der Ingegnere hatte sich inzwischen eine Abhandlung über Strafverfahren einverleibt.

»Was das angeht, kann ich auch jeden anderen verdächtigen, vielleicht sogar Sie selbst, Maresciallo«, fuhr er fort. »Aber ich frage doch nicht einen angesehenen Menschen wie Sie, wo Sie gestern Abend gewesen sind und was Sie getan haben.«

»Ingegnere, Sie haben das nicht richtig verstanden. Schluss mit diesen verdammten Spitzfindigkeiten. Rufen Sie schon Ihren Anwalt an, lassen Sie ihn kommen, damit wir das hinter uns haben. Inzwischen informiere ich das Kommando und den Untersuchungsrichter, dass wir einen Tatverdächtigen gefunden haben, und Sie bleiben heute Abend in Untersuchungshaft.«

»Das können Sie mir nicht antun. Ich habe nichts verbrochen.«

»Es hat einen Toten gegeben, er wurde mit einem Zementpfahl erschlagen. Dieser Mensch hat Sie erpresst. Außerdem haben Sie kein Alibi. Glauben Sie nicht, das genügt?«

»Was bedeutet das schon? Ich habe Ihnen heute Morgen erklärt, dass ich nicht wusste, dass er der Erpresser war. Ich hatte nicht die leiseste Ahnung. Das Einzige, was mir jetzt noch übrig bleibt, ist, meiner Frau alles zu beichten. Bes-

ser eine Ehekrise, als weiter diese Folter zu ertragen. Erpressung verwandelt einen Mann in einen feigen Schwächling.«
Na endlich, dachte Bonanno zufrieden.
»Hören Sie, Ingegnere, reden Sie nicht drum herum. Ich habe Ihnen genug Zeit gelassen, um nachzudenken, wie Sie Schlimmeres verhüten können, aber da Sie mir offensichtlich keine Wahl lassen ...«
Bonanno nahm den Hörer ab und, ohne eine Nummer zu wählen, tat er so, als rede er mit der Telefonzentrale: »Verbinde mich mit Dottoressa Mariagrazia Cancemi. Ja, sicher, du findest sie im Gericht.«
Wenn Panzavecchia den Fall geleitet hätte, hätte Bonanno problemlos auf seine Art ermitteln können, aber mit den anderen Untersuchungsrichtern musste man vorsichtig sein. Besonders mit der Cancemi. Sie war der Typ Richter, der noch Phrasen im Kopf hatte und respektvolle, juristische Theorien über unanständige Menschen. Wenn die irgendwie mitbekam, dass ein Ingegnere und Politiker in den Fall verwickelt war, brachte sie es fertig und beauftragte den Colonello, den Fall zu übernehmen. Er musste also mit gezinkten Karten spielen.
Riccobono fiel darauf herein. Er wurde rot wie ein Ziegelstein. Besiegt senkte er den Kopf. Er gab auf.
»Also gut, Maresciallo, Sie haben recht, ich hatte den Verdacht, dass Caccialesto der Erpresser sein könnte, aber ich schwöre Ihnen, mit dem Übrigen habe ich nichts zu tun. Aus diesem Grund habe ich das besagte Haus nicht mehr besucht. Genügt Ihnen das nicht, um meine Unschuld zu beweisen?«
Bonanno fühlte sich verloren. Wenn er Riccobono nicht dazu brachte, von sich aus zu reden, musste er zur Verhaftung schreiten, aber die musste der Richter vorher

genehmigen und wenn er ein entsprechendes Gesuch einreichte, musste er es begründen, indem er seine Verdachtsmomente aufzählte und die Fotos vorwies. Auch die von Adelina Midulla und ihrem Liebhaber. Und wie konnte man die Reaktionen im Ort eindämmen? Er sah schon zerbrochene Familien vor sich, Leute, die sich in die Haare gerieten und verlangten, dass die Hüter der öffentlichen Ordnung einschreiten sollten. Und als Leiter der Kompanie wäre er dafür verantwortlich.

Vielleicht wäre sogar die Geschichte in Bonanotti herausgekommen. Die Sache mit den beiden Zuhältern, die Crocifisso Barbarino wortwörtlich im Auge behalten hatte. Dass er ihnen das Geld weggenommen und heimlich den Mädchen zugeschoben hatte. Und manche anderen Dinge. Der Gerechtigkeit gut zu dienen war nicht immer damit zu vereinbaren, dass man die Regeln der Rechtssprechung hundertprozentig respektierte, die klar und deutlich in Strafprozessordnungen festgehalten waren. Man konnte über seine Methoden die Nase rümpfen. Aber da war ein Mord im Spiel, und er musste so oder so mit der Geschichte fertig werden. Selbst wenn ihn das persönlich in Gefahr bringen konnte.

In diesem Moment stürzte Steppani in sein Büro, er klopfte nicht einmal an. Bonanno sah ihn an, seine Augen feuerten Blitze auf ihn ab.

»Die sind gar nicht übel geworden, was Maresciallo?«, sagte er und zeigte ihm die Bilder, die er Samstagnacht mit dem zweiten hochempfindlichen Film aufgenommen hatte. Er hatte ihn in den vergangenen zwei Stunden entwickeln lassen und dafür einen befreundeten Fotografen aus seinem Nachmittagsschlaf gerissen, nachdem ihm der Maresciallo vor dem Leichenschauhaus seine Ängste anvertraut hatte.

Auf diesen Bildern war Alfonso Riccobono ganz deutlich zu erkennen, während er gerade das Freudenhaus betrat. Er stand zwischen der Türschwelle und einer jungen Afrikanerin, deren körperliche Vorzüge er genüsslich mit seiner Hand erkundete, die er auf ihre knackigen fleischigen Pobacken legte. Ja, er war es, daran bestand überhaupt kein Zweifel.

Als Riccobono die Fotos betrachtete, brach er plötzlich zusammen. Bonanno hielt mühsam sein Erstaunen zurück, während Steppani den Ingegnere bearbeitete.
»Der Mercedes, den Sie in dieser Nacht gefahren haben, gehört einer Betonfabrik. Sie hat fünf Gesellschafter. Sie sind einer davon. Und diese Fotos sind der Beweis, dass Sie zwischen Samstagnacht und Sonntagmorgen hinter Weibern her waren. Wollen Sie immer noch leugnen? Und wissen Sie, warum Sie dort hingegangen sind? Weil Sie wussten, dass man den Mann, den Sie für Ihren Erpresser hielten, nachdrücklich in seine Schranken gewiesen hatte, und Sie nun nichts mehr zu befürchten hatten.«
Riccobono verbarg seinen Kopf in den Händen und begann heftig zu weinen, er schluchzte lange und ohne Unterlass, während sich im Büro der unverwechselbare süßliche Geruch panischer Angst ausbreitete, die ihn verzehrte.

Fünfzehn

In dieser Nacht schloss Bonanno kein Auge. Unruhig wälzte er sich in seinem Bett hin und her und suchte vergeblich nach der bequemsten Position. Das Chaos in seinem Kopf ließ ihn nicht in Ruhe, es hämmerte auf ihn ein und ließ ihn nicht schlafen. Es staute sich wie der Ruß in einem Schornstein. Und während es sich so anstaute, wuchs es zu einem immer verworreneren Bündel, das schwer auf ihm lastete. Schlimmer als die dreifache Portion Kutteln und weiße Bohnen, die er zum Abendessen verschlungen hatte.

Er stand auf, ging ins Bad und beschloss, sich zu rasieren. Nur um nicht nachdenken zu müssen. Es war beinahe Mitternacht. Rasiert und nach Kölnischwasser duftend ging er in die Küche und zündete sich kräftig hustend eine Zigarette an. Er warf sie weg, noch bevor er die gesamte Familie, einschließlich Ringhio und Briciola, aufgeweckt hätte. Unschlüssig, ob er sich wieder hinlegen oder weiter frieren sollte, konnte er der Versuchung nicht widerstehen, trotz der späten Stunde einen Blick in sein Horoskop für die nächsten Tage zu werfen. Er richtete die Fernbedienung auf den Fernseher, stellte den richtigen Sender ein, während er sich selbst und alle Planetenkonstellationen verfluchte.

Jetzt war auch noch der verdammte rote Planet gegen ihn: *»Mars treibt Sie dazu, übereilte Entscheidungen zu treffen,* *und begünstigt gleichzeitig Ihre Unentschlossenheit. Sie überraschen sich oft dabei, lange über etwas nachzudenken und es schließlich doch anders zu lösen.«* Das war, als schlüge man sich selbst mit einem Holzhammer gegen den Kiefer.

Man sollte einen Pressluftbohrer nehmen, sich auf diesen verdammten Planeten versetzen, und ihn in so kleine Stückchen zertrümmern, dass man sie einpacken und per Post an Feinde und Freunde verschicken konnte. Einschließlich des guten Maresciallo Marcelli, der jetzt glücklich und zufrieden an einem australischen Strand herumlag. Sollten ihn doch die Aborigines holen und zum Abendessen kochen.

Bonanno war nervös. Er wusste genau, warum, aber er zog es vor, das zu ignorieren. Solange er instinktiv vorging und die gesetzlichen Grenzen für eine gute Sache überschritt, mochte es noch angehen, aber er war nicht der Typ, der lange über schwierige Zusammenhänge nachdachte. Ingegnere Alfonso Riccobonos Geständnis hatte ihn durch die Art, wie es zustande gekommen war, zu einer Art moralischer Verpflichtung genötigt, die ihm Unbehagen bereitete. Damit waren ihm nämlich die Hände gebunden und seine Verpflichtung ließ nicht zu, dass er nach seinem eigenen Willen handelte. Und das nur, um Riccobono vor der Rache des Gesindels zu schützen, an dessen Spitze Cavaliere Lo Sicco stand.

»Zur Hölle mit mir und meinem nachgiebigen Charakter«, klagte er und kehrte in sein Bett zurück. Er war völlig steif vor Kälte.

In seinem Kopf überschlugen sich die Bilder des vergangenen Nachmittags. Beim Anblick von Steppanis Fotos war Riccobonos Lügengebäude völlig zusammengebrochen, er fühlte, dass er gefangen war und zwischen zwei großen Gefahren schwebte: Einerseits stand ihm bevor, dass wegen Mordes gegen ihn ermittelt wurde, andererseits war da zu Angiolos tödliche Drohung.

Um sich von dem schrecklichen Verdacht zu entlasten, in den grausamen Mord an dem Elektriker verwickelt zu sein – und er schwor Stein und Bein, nichts darüber zu wissen –, beschloss er auszupacken. Aber vorher sollte Bonanno ihm zusichern, dass er ihn beschützen und nichts von dem, was er ihm erzählte, offiziell verwenden würde. Andernfalls wäre Riccobonos Leben so viel wert gewesen wie das einer Ratte in der Gewalt eines hungrigen streunenden Hundes.

Weil er zu menschenfreundlichen Regungen neigte, stimmte Bonanno zu. Er gab ihm sein Wort, dass niemand erfahren würde, was er ihm erzählt hatte.

Und wenn Bonanno sein Wort gab, dann war das eine Verpflichtung, die er respektieren würde, sogar wenn es ihm persönlich Nachteile brachte.

Deshalb wälzte er sich jetzt in der Flanellbettwäsche hin und her und war mit seinem Latein am Ende.

Riccobono hatte ihm gestanden, er habe sich nach der ersten Geldforderung des unbekannten Erpressers an Angiolo Lo Sicco gewandt. Zu Angiolo habe ihm gesagt, er solle zahlen, als ob nichts wäre. Er würde sich darum kümmern. Lo Sicco selbst hatte Aspanu Caccialesto die Genehmigung erteilt, sein Geschäft mit Prostituierten im Montanvalle aufzubauen, und fühlte sich deshalb für die Probleme der Kundschaft verantwortlich. Beide Männer waren überzeugt davon gewesen, dass Aspanu schuld an dieser Missetat sei. Dieses Schlitzohr nahm auf niemanden Rücksicht, wenn er nur Geld raffen konnte. Der Mann hatte eine Warnung verdient.

Am Tag, nachdem Aspanu zusammengeschlagen worden

war, hatte zu Angiolo Riccobono angerufen, um ihm zu versichern, dass der Weg nun wieder frei für ihn war. Er konnte wieder in das bewusste Haus zurückkehren und sich dort eine ordentliche Nummer mit einer hübschen kleinen Afrikanerin gönnen. Erste Sahne. Um sich die Finger danach zu lecken. In dieser Nacht hatte Riccobono sich gut amüsiert. Mit beruhigtem Gewissen und sexuell befriedigt hatte er alles rosarot gesehen, und in welches Chaos war er jetzt verwickelt?

Nach seinem Geständnis hatte Bonanno fast nichts in der Hand, um gegen Cavaliere Lo Sicco vorzugehen, zumal er Riccobonos Hilfe nicht nutzen konnte. Der Ingegnere war am gleichen Abend zu seiner Familie zurückgekehrt und Bonanno blieb auf seinen ungelösten Problemen sitzen. Er war auf hundertachtzig.

Er beschloss, am nächsten Tag noch einmal Aspanu und Angilina zu besuchen. Irgendwie würde er sie schon zum Reden bringen. Mit ihrer Hilfe konnte er gegen Cavaliere Lo Sicco vorgehen und herausfinden, ob der Überfall auf Aspanu, wie er vermutete, in direktem Zusammenhang mit dem Mord an dem Elektriker stand, der sich wohl als Erpresser betätigt hatte, wenn man an die kompromittierenden Fotos dachte, die sie in seiner Wohnung in der Via Martiri D'Ungheria gefunden hatten.

Bonanno schlief erst sehr spät ein. Er wusste genau, wie er es auch drehte und wendete, die derzeitigen Aussichten waren unbefriedigend.

Er wachte um Punkt sieben Uhr auf und war so aufgekratzt wie seit langem nicht mehr. Wahrscheinlich hatte in der Nacht ein Teil von ihm weiterüberlegt und jetzt hatte er eine Perspektive gefunden, die sich deutlich von der Grübelei in der Nacht unterschied. Schnell trank er einen schwarzen Kaffee, küsste Vanessa, die noch schlief, ver-

abschiedete sich von seiner Mutter, streichelte die beiden Hunde und verließ das Haus.
Ruhig und weich glitt der Punto durch die Kurven des Montanvalle. Wenn er fröhlich war, fuhr der Maresciallo großartig. Sein Ziel war das Gerichtsgebäude in Caltanissetta. Er musste unbedingt mit Dottor Giacomo Panzavecchia sprechen. Ohne ihn konnte er den Plan nicht verwirklichen, der ihm vorschwebte. In weniger als einer Stunde erreichte er Caltanissetta. Die Büros der Staatsanwaltschaft waren noch geschlossen. Bonanno entschloss sich, Panzavecchia direkt zu Hause anzurufen. Er konnte nicht warten.
»Guten Morgen, spreche ich mit Dottor Panzavecchia? Hier ist Maresciallo Bonanno.«
»Gibt es noch mehr Ermordete, Maresciallo?«
»Nein, aber wir sollten uns sofort treffen.«
»Sind Sie aus dem Bett gefallen, Maresciallo? Haben Sie eine Ahnung, wie spät es ist?«
»Fast acht, also die richtige Zeit, um wichtige Dinge zu besprechen. Ich bin extra nach Caltanissetta gekommen, um Sie zu sehen. Ich stehe vor dem Gericht. Wie lange brauchen Sie, um hier zu sein?«
»Ich schwöre bei Gott, wenn es sich diesmal nicht um etwas wirklich Wichtiges handelt, bekommen wir beide richtig Krach.«
»Wie lange, haben Sie gesagt, brauchen Sie hierher?«

Eine halbe Stunde später betrat Dottor Panzavecchia mit seinem Geleitschutz den Vorplatz des Gerichtes.
Er trug einen dunklen Anzug. Der passte ausgezeichnet zu seinem finsteren Gesichtsaudruck. Bonanno schluckte, als er ihn sah. Plötzlich war er sich nicht mehr so sicher, ob sein Plan so gut war. Hoffentlich war der Himmel ihm gnädig.
»Sie müssen als kleiner Junge einen Schlag auf den Kopf

bekommen haben, oder es sind die vielen Zigaretten, die Sie rauchen«, sagte Panzavecchia, als Bonanno ihm den ersten Teil seines Plans erläuterte.

»Merken Sie eigentlich, dass Ihre Idee ohne konkrete Beweise, vorsichtig ausgedrückt, verschroben ist? Wenn nicht gar absonderlich?«

Wenn man kompliziert mit ihm zu reden begann, wurde Bonanno nervös und gereizt. Er war nicht fünfzig Kilometer Kurven gefahren, um sich beleidigen zu lassen. Eines war jedoch hundertprozentig sicher: Obwohl er nicht genau verstanden hatte, was der Richter gesagt hatte, waren es doch hässliche Worte gewesen, die sich auf ihn bezogen, deshalb reagierte er auf seine Weise.

»Herrgott noch mal, Dottor Panzavecchia, ich bin heute Morgen hierhergekommen, um von Mann zu Mann mit Ihnen zu reden. Ich habe wie ein Bruder mit Ihnen gesprochen. Und was erlebe ich hier? Wollen wir endlich einmal einen Gauner fassen, der mit menschlichem Fleisch handelt, was juristisch Ausnutzung von Prostitution heißt, und der vielleicht auch noch in den Mord an dem anderen armen Kerl verwickelt ist, oder müssen wir uns hier gegenseitig an den Kragen gehen?«

Panzavecchia kannte Bonanno schon lange genug und er achtete ihn, obwohl er seine Aktion diesmal nicht billigte, die nach einem allzu übermütigen Polizisten aussah. Wenn Bonanno den ganzen Weg zu ihm gekommen war, brauchte er jetzt jemanden, der ihm half.

»Und wie hätte ich Ihrer Meinung nach reagieren sollen?«

»Als Erstes muss man beide Fälle zusammenlegen, den Überfall auf Caccialesto, den Sie betreuen, und den Mord an dem Elektriker, der in den Händen von Dottoressa Mariagrazia Cancemi ist. Mit … Frauen kann ich nicht gut umgehen, Richter Panzavecchia.«

»Sie wissen doch, in diesen Fällen steht demjenigen, der im schwereren Verbrechen ermittelt, das Vorrecht zu, weitere laufende Ermittlungen an sich zu ziehen?«

»Und warum das?«

»Heute muss Ihr Glückstag sein, Sie finden mich gnädig gestimmt. Gestern Abend hat die Dottoressa eine Krankmeldung für zwei Wochen geschickt. Sie liegt mit einer üblen Bronchitis im Bett.«

Bonanno entspannte sich. Die erste Hürde war genommen. Nichts gegen die arme Dottoressa, aber was war sie im Vergleich zu Panzavecchia? Und er fuhr fort, ihm seinen Plan zu erklären.

»Was?«, brüllte der Richter und sah ihn scharf an.

»Hören Sie, Dottore, wenn Sie nicht aufhören, wie ein wütender Hund zu bellen, drehe ich mich auf dem Absatz um und fahre sofort dahin zurück, wo ich hergekommen bin, und dann wird man eben sehen, was passiert. Was kostet Sie das schon?«

»Bonanno, haben Sie eigentlich eine Vorstellung davon, was Sie da von mir verlangen?«

»Ich beantrage doch nur, mich zu ermächtigen, Cavaliere Angiolo Lo Siccos Telefon abzuhören. Und dann die, wie heißt das noch, ja, die Raumüberwachung einzusetzen.«

»Was heißt das?«

»Minimikrofone im Haus.«

»Erklären Sie mir bitte, wie Sie die dort anbringen wollen?«

»Ich habe die richtigen Leute dafür«, log Bonanno.

»Und wer sind die?«

»Keine Namen.« Konnte er ihm von Cacici oder Steppani erzählen?

»Erklären Sie mir, wie Sie es schaffen wollen, ohne Aufsehen in diese Wohnung einzudringen? Wollen Sie sich vielleicht unsichtbar machen?«

»Darüber werde ich später nachdenken. Bekomme ich jetzt die Genehmigung oder nicht?«
Hätte Bonanno auch nur angedeutet, was ihm durch den Kopf ging, Panzavecchia hätte ihn auf der Stelle in die Psychiatrie einliefern lassen und dort eine ausführliche Anzeige wegen Gefährdung seiner Mitmenschen eingereicht.

Auf dem Rückweg fühlte sich Bonanno ein wenig erleichtert, aber keineswegs entspannt. Die technischen Probleme beunruhigten ihn, aber wenn er zu Angiolo Lo Sicco festnageln wollte, ohne den guten Riccobono oder andere Menschen wie Adelina Midulla mit Familie da mit hineinzuziehen, musste er handeln. Und gab es eine bessere Lösung, als vertrauliche Telefongespräche aus dem Hause Lo Sicco zu belauschen?
Seit wenigen Monaten war die Kompanie mit den betreffenden elektronischen Geräten ausgerüstet, und diese technischen Neuerungen brachten Bonanno auf die Palme. Er kam gerade mal mit einer Schreibmaschine zurecht, wie hätte er lernen sollen, einen Computer zu benutzen? Aber der Fortschritt nahm keine Rücksicht auf seine persönlichen Probleme und die Carabinieri wurden auf den neuesten Stand gebracht. Sogar er musste sich auf den neuesten Stand bringen lassen.
Der Einzige, der gezeigt hatte, dass er etwas von elektronischen Geräten verstand, war Carabiniere Ernesto Giarratana. Man hatte Bonanno auch Gutes von dem Neuankömmling Furio Della Valle erzählt. Er wusste schon in etwa, wo er gemeinsam mit den beiden, unter Steppanis und Cacicis Deckung, die Wanzen anbringen würde. Hoffentlich legte das Schicksal ein gutes Wort für sie ein. Er hatte nicht einmal vor, das Provinzkommando zu informieren. Wenn alles glattging, würde er sie rechtzeitig

benachrichtigen, und wenn etwas schieflief, erfuhren sie dort besser nichts davon. Wer wollte sich schon eine Standpauke des Colonello anhören müssen?

Als Bonanno die Kaserne von Villabosco erreichte, parkte er seinen Wagen und ging hinein. Der junge Della Valle erschreckte ihn wieder mit seinem militärischen Gruß.

»Nachher müssen wir beide einmal ernsthaft miteinander reden«, sagte Bonanno.

»Entschuldigen Sie vielmals, Maresciallo, ich verspreche, ich werde Sie nie wieder so grüßen. Ich mache das doch nicht absichtlich, das ist einfach Gewohnheit.«

»Zerbrich dir wegen einer solchen Kleinigkeit nicht den Kopf, junger Mann, wir müssen etwas anderes, etwas wirklich Ernstes besprechen. Komm in einer halben Stunde in mein Büro.«

»Zu Befehl«, antwortete der Soldat und schlug erneut die Hacken zusammen.

»Maresciallo, wo waren Sie heute Morgen? Hier müssen Entscheidungen getroffen werden. Entweder kaufen Sie sich ein Handy oder wir schenken Ihnen eins zu Weihnachten, das kann doch nicht so weitergehen«, sagte Cacici, als er ihm zufällig auf dem Flur begegnete. Es war gerade mal kurz nach halb elf und sein Untergebener war ziemlich rot im Gesicht.

»Was war los?«

»Bürgermeister Totino Prestoscendo war los, Marescià. Er kam heute am frühen Morgen hierher und hat uns furchtbar angekräht. Einfach unerträglich. Ganz zu schweigen von den Spuckattacken, die er losließ. Er suchte Sie persönlich. Als ich ihm mitteilte, ich hätte Sie noch nicht gesehen und wüsste auch nicht, wo ich Sie finden könnte, hat er mich so böse angesehen, das kann ich gar nicht beschreiben. Er sagte, so könne es nicht weitergehen, er habe endgültig genug von Ihren faschistischen Angriffen, und wenn wir keinen guten Grund dafür hätten, dass wir seinen Dezernenten für Stadtplanung in die Kaserne bestellt haben, gerade als der Stadtrat den allgemeinen Bebauungsplan verabschieden sollte, dann wird er es Ihnen schon zeigen.«

Was für ein verdammtes Nest. Hier konnte man sich nicht einmal rühren, ohne dass gleich Gerüchte die Runde machten. Und Gott allein wusste, welchen Schaden dieser Idiot Totino Prestoscendo anrichten konnte. Sollte er doch Riccobono schützen. Der Typ war fähig, ihn hier mitten in der Nacht mit seinem Blödsinn zu belästigen.

»Hat er sonst noch etwas gesagt, Cacì?«

»Und ob, Maresciallo, er meinte noch, wenn wir seine letzte Anordnung nicht durchsetzen – nur damit wir uns richtig verstehen, es geht um die Einhaltung der Müllabladezeiten –, dann wendet er sich an den Colonello oder wenn es nötig ist, sogar an die Präfektur oder an das Ministerium. Der kriegt das fertig, Marescià!«

Bonanno war in Rage. Prestoscendo musste man dringend eine Lektion erteilen. Damit er ein für alle Mal begriff, dass er aufhören musste, sich einzumischen.

»Cacì, tu mir einen Gefallen, nimm einen Mann mit, treib einen dicken, brandneuen Block mit Strafmandaten auf und dann dreht ihr eine nette Runde vor dem Rathaus. Wenn ich mich nicht irre, sind da immer noch riesengroße, unübersehbare Schilder, auf denen steht, wann man in den beiden Straßen an diesem Verwaltungsgebäude parken darf. Gut, und wenn meine Erinnerung mich nicht trügt und alles noch so ist, dann nimmst du dir einen Wagen nach dem anderen vor. Allen ohne Parkscheibe verpasst du ein gesalzenes Bußgeld. Vergiss auch nicht die Wagen der

Dezernenten und vor allem nicht den des Bürgermeisters. Haben wir uns verstanden?«
Cacici sah ihn verblüfft an: »Marescià, das entspricht einer Kriegserklärung.«
»Falsch, wir verhalten uns ganz genau nach dem Gesetz und beginnen damit, den gleichen Verboten Respekt zu verschaffen, die die Verwaltung Prestoscendo festgelegt hat. Dann sehen wir mal, ob der Bürgermeister endlich aufhört, uns auf die Nerven zu gehen.«

Als Cacici gegangen war, gönnte Bonanno sich einen köstlichen Kaffee mit reichlich Zucker. Nachdem er sich so entspannt hatte, rief er Giarratana in sein Büro. Als der den Maresciallo über Mikrofone reden hörte, die in einem Privathaus versteckt werden sollten, hielt er das für einen Witz.
»Ich scherze nicht, Giarratana, also, wie kommst du mit so etwas zurecht?«
»Grundsätzlich gut, Maresciallo, aber unter welchem Vorwand gelangen wir ins Haus?«
»Irgendwie wird es schon klappen. Warte einen Moment.«
Bonanno ließ den jungen Della Valle holen und fragte ihn, ob er sich auch mit Elektronik auskannte. Als dieser das bejahte, forderte Bonanno beide auf, ihm in ein anderes Zimmer zu folgen. Dort öffnete er einen Wandschrank und stellte einen ungeöffneten Karton auf den Tisch. Bei dem Anblick leuchteten Giarrantanas und Della Valles Augen auf, das war genau das Richtige für sie.
»Also, hier ist alles. Wie lange braucht ihr, um einsatzbereit zu sein?«, fragte der Maresciallo.
»Ein paar Stunden, um zu begreifen, wie diese Schmuckstücke hier funktionieren, dann können wir die ganze Welt ausspionieren, Maresciallo.«

»In Ordnung, Jungs, das alles gehört jetzt ganz euch. Sagt mir Bescheid, wenn ihr bereit seid.«

Zwei Stunden später kannten sie wirklich jede Funktion der Mikrofone. Das waren richtige technische Pretiosen, unglaublich klein, leicht anzubringen und mit einer großen Reichweite.
»Wie lange braucht ihr, um die Mikrofone zu platzieren?«, fragte Bonanno.
»Nur ein paar Minuten, aber wir müssen in Ruhe arbeiten können, es darf niemand im Haus sein.«
»Hmm.«
»Was bedeutet dieses Brummen, Marescià?«
»Ach nichts. Ihr haltet euch auf jeden Fall bereit. Heute Nachmittag entfernt ihr euch nicht aus der Kaserne. Übrigens, wer hat Dienst in der Telefonzentrale?«
»Calogero Dominuco, der Neue.«
«Ach ja, ich weiß. Also, wir bleiben in Verbindung, vielleicht haben wir später noch einen Lokaltermin.«

Um 14.45 Uhr verließ Bonanno die Kaserne, um Zigaretten zu kaufen. Er informierte Cacici und Steppani, sie sollten auf ihn warten. Sie würden in Kürze einen Auftrag ausführen müssen. Ein Lokaltermin in der Umgebung von Villabosco. Nachdem er an einer Ecke der Kaserne abgebogen war, zwängte sich Bonanno in eine Telefonzelle, schob sich einen großen Erdbeerbonbon in den Mund und wählte eine Nummer.
»Carabinieri-Station Villabosco«, antwortete Dominuco mit heller Stimme.
»In der Villa von Cavaliere Angiolo Lo Sicco sind zwei Bomben versteckt. Sie werden in drei Stunden hochgehen.«
»Wer spricht da?«, fragte der junge Soldat beunruhigt.

»Zwei Bomben, in Cavaliere Lo Siccos Haus. In drei Stunden – bumm«, wiederholte Bonanno mit verstellter Stimme.
Er verließ die Telefonzelle, zog sich an einem Automaten ein Päckchen Zigaretten und trat zufrieden den Rückweg an.

Als er zurückkam, herrschte in der Kaserne helle Aufregung. Seine Leute berichteten ihm von dem anonymen Anruf.
»Das ist genau die Gelegenheit, auf die wir gewartet haben«, sagte Bonanno mit unbewegtem Gesicht.
»Das kam gerade zur richtigen Zeit«, antwortete Steppani und schaute ihm direkt in die Augen. Bonanno wandte den Blick ab.
»Los, Jungs, informieren wir die Feuerwehr und dann fahren wir direkt zum Haus von Lo Sicco. Wir müssen die Bewohner evakuieren. Della Valle und Giarratana, seid ihr bereit? Eine bessere Gelegenheit konnten wir gar nicht bekommen.«

Für die Familie Lo Sicco, an der Spitze der Cavaliere, war es ein unglaublicher Schock zu erleben, wie ihr Haus von Feuerwehr und Carabinieri umstellt wurde. Maresciallo Bonanno organisierte die Evakuierung der gesamten Familie, die aus drei unverheirateten Töchtern, der herzkranken Signora Lo Sicco und dem Cavaliere persönlich bestand. Während man die Familie, deren häusliche Gewohnheiten völlig durcheinandergebracht wurden, in die Wagen des Rettungsdienstes geleitete, durchsuchten Feuerwehr und Carabinieri Schritt für Schritt die Räumlichkeiten, um sie von eventuellen Bomben zu säubern.

Die Feuerwehr kümmerte sich um den Außenbereich, die Carabinieri um die Innenräume.
Della Valle und Giarratana nahmen sich besonders des Wohnzimmers an, in dem der Cavaliere meist seine Gäste empfing, am Kamin saß und Likör trank. Sie versteckten drei Mikrofone in Steckdosen. In ein paar Minuten hatten sie die Blenden abmontiert, die Wanzen angebracht und die Blenden wieder befestigt. Weitere Wanzen montierten sie im Schlafzimmer. Und noch eine in der Küche.
»Dürfte ich vielleicht mal erfahren, Steppà, warum du, statt mir zu helfen, nach den Bomben zu suchen, ganz gemütlich herumstehst und dich an Bildern und Vasen erfreust?«
»Cacì, bist du denn total verblödet? Hier gibt es überhaupt keine Bombe. Die einzige scharfe Waffe weit und breit ist der Maresciallo. Und da heißt es immer, ich sei eine Gefahr für die Kompanie!«

Zwei Stunden später teilten Feuerwehr und Carabinieri der Familie Lo Sicco mit, in ihrem Haus wäre nicht die Spur einer Bombe. Irgendein verdammter Bastard hatte ihnen einen Streich gespielt. Dem sollte die geschwätzige Zunge abfaulen!
Bonanno bemerkte, dass zu Angiolos Augen aufblitzten wie die einer Schlange, die bereit ist, zuzubeißen und ihr Gift zu verströmen. Aber im Moment hielt sich die Schlange zurück.

In der Kaserne wich Steppani Bonannos Blick aus. Er zog sich lieber in die Unterkunft zurück und gönnte sich eine warme Dusche. Giarratana und Della Valle aktivierten den Empfänger, um zu überprüfen, ob die Mikrofone richtig funktionierten. Vorher hatten sie auf einer kleinen An-

höhe in der Nähe der Villa heimlich eine starke Antenne installiert, die das Empfangssignal verstärkte und die im Hause Lo Sicco aufgefangenen Funksignale übertrug. Cacici drückte sich in der Garage herum.
Nicht jeder hatte begriffen, wer hinter dem anonymen Anruf steckte, der so überaus gelegen kam. Manchmal scheute sich der Maresciallo nicht, über die Stränge zu schlagen.

»Wenn ich Sie störe, kann ich auch morgen früh wiederkommen, Maresciallo, ich glaube, heute ist nicht der Tag dafür. Sie sehen sehr müde aus.«
Rosalia Santacroces Stimme klang wie die eines Engels, der auf die Erde hinabgestiegen war. Süß und weich wie die Schlagsahne auf einer Tasse voll heißer Schokolade.
Ihre Augen glänzten in der trostlosen Atmosphäre der Kaserne wie Diamanten in der Wüste. Sterne am Nachthimmel. Angesichts solcher weiblicher Anmut fühlte sich Bonanno plötzlich wehrlos.
»Signorina, äh, welcher glückliche Zufall, äh ...«, stotterte er errötend und hörte in seinem Kopf eine leise Stimme auf Sizilianisch: »Um gut auszusehen, muss eine Frau die richtige Größe und die richtigen Maße haben.« Rosalia gefiel Bonannos Männerblick hundertprozentig.
Die Sozialarbeiterin zog einen beinahe lachenden Schmollmund, aber ihre Augen blieben ernst: »Erinnern Sie sich nicht? Ich habe Sie gestern angerufen und wollte mit Ihnen über eine heikle persönliche Angelegenheit reden.«
Das hatte er glatt vergessen, bei allem, was hier los gewesen war. Wie konnte er nur? Ein boshaftes Stimmchen in seinem Kopf beschimpfte ihn ständig, er sei ein ausgemachter Narr. So ein Gottesgeschenk zu ignorieren, wenn es ihm vor die Nase kam.

»Es tut mir leid, ich …«
»Sie brauchen sich nicht zu entschuldigen, Maresciallo, ich weiß, was passiert ist, das habe ich in der Zeitung gelesen. Und deswegen bin ich auch hier, jetzt ist es noch viel wichtiger, dass Sie alles erfahren. Ich bin mir sicher, Sie möchten wissen, wer der kleine Junge war, der in der Wohnung des ermordeten Elektrikers aus und ein ging.«

Sechzehn

Vor einigen Tagen habe ich ein Bild gemalt. Unsere Lehrerin Enza hat uns gesagt, wir sollen eine Szene aus unserem Familienleben malen, einen beliebigen Augenblick unseres Tages, an den wir uns aus irgendeinem Grund erinnern. Egal, ob es ein schönes oder schlimmes Erlebnis ist.
Ein paar meiner Mitschüler haben ihren Geburtstag gemalt, jemand die Geburt seiner kleinen Schwester. Elisa hat gemalt, wie sie sich einen Arm gebrochen hat, Francesco den Tag, als er am ganzen Körper rote Punkte bekommen hatte und aussah wie ein giftiger Pilz.
Ich habe auch gemalt. Ich habe mit Bleistift und Buntstiften gearbeitet, ich wollte, dass die Lehrerin zufrieden mit mir ist. Während ich das Bild ausmalte, spürte ich warmen Atem auf meinem Hals und eine Hand auf meiner Schulter. Ich habe mich umgedreht, aber ich habe niemanden gesehen. War das vielleicht mein Engel?
Man erzählt mir immer wieder, dass ich sehr viel Fantasie habe und mir die seltsamsten Dinge einfallen lasse. Und trotzdem hab ich in diesem Moment gespürt, dass da jemand ist, der mich gernhat und mir Dinge eingibt, die ich nicht verstehe.
Nach diesem Bild ist meine Lehrerin noch netter zu mir gewesen, sie hat mich zu sich gerufen und hat ganz sanft mit mir geredet und mir dabei über das Haar gestreichelt. Sie hat mir auch Süßigkeiten angeboten. Sie ist sehr nett

gewesen. Auch die anderen beiden Lehrer haben sich plötzlich sehr um mich gekümmert. Sie haben mich jedes Mal gefragt, wie ich meine Zeit zu Hause verbringe, mit wem ich spiele und was meine Lieblingsbeschäftigung ist. Ich wollte der Lehrerin Enza erzählen, was mich ängstigt und mir böse, furchtbare Träume verschafft, aber das konnte ich nicht. Gestern ist etwas ganz Schreckliches passiert. Und wenn ich ihr erzählen würde, dass …

Papa hatte seinen Freund wieder mit nach Hause gebracht. Sie wollten wieder mit mir spielen wie sonst. Ich wollte aber nicht. Ich war fest entschlossen, nicht mehr mitzumachen. Also bin ich weggerannt. Habe mich im Abstellraum eingeschlossen. Aber Papa hat einen Schraubenzieher genommen und das Schloss entfernt. Er hat mich am Arm gepackt und in die Küche gezerrt. Obwohl ich mich gewehrt habe.

Ich habe geweint und geschrien. Papa war sehr besorgt. Er hat mir eine Hand auf den Mund gelegt. Sei still, sonst hört man dich, hat er gesagt, sei still.

Dann hat sich sein Freund eingemischt, der Hässliche mit den schiefen Zähnen, der nach Zigarettenrauch stinkt. »Lass mich mit ihm reden«, hat er gesagt. »Geh in die Konditorei, hol ihm das Schokoladengebäck, das er so mag. Ich beruhige ihn inzwischen. Keine Sorge, du weißt doch, ich kann mit Kindern umgehen, ich bete diese Wesen an«, hat er gesagt.

Papa ist gegangen. Die Konditorei ist ganz in der Nähe. Ich habe weitergeweint, meine Nase tropfte und meine Augen brannten. Mama hatte sich einen Tag freigenommen. Am Nachmittag musste sie mit einer Freundin zu einem Arzt in der Stadt. Einem von diesen Ärzten, die einem Spritzen in den Bauch geben, damit man besser abnimmt. Ich habe Mama gebeten, mich mitzunehmen, ich habe gebettelt, aber sie hat nicht gewollt. Sie hat gesagt, das würde mich aufregen und ich sollte mich nicht wie ein verwöhntes kleines Kind benehmen. Und dann hat sie mich zu Hause bei Papa gelassen.

Papa war erst kurz draußen, er wollte etwas Süßes kaufen. Ich hasse Süßigkeiten. Wenn ich daran denke, dass ich sie früher so gemocht habe, aber da war alles anders, da wusste ich noch nicht, dass …

Dieser böse Mensch hat mich auf einen Stuhl gestellt, hat mein Gesicht angehoben und mich mit furchtbarer Stimme bedroht: »Hör auf zu greinen, du verdammter kleiner Fratz.« Dann hat er mir einen schrecklichen Hieb in den Bauch verpasst. Mir ist die Luft weggeblieben und es hat wahnsinnig wehgetan.

»Wenn du nicht sofort aufhörst, dann bringe ich dich mit meinen eigenen Händen um, einfach so, das schwöre ich dir.« Er hat mir mit eisenharten Fingern den Hals zugedrückt. Ich konnte nicht einmal mehr die Spucke hinunterschlucken. Ich habe versucht, nach Luft zu schnappen, aber ich bekam keine, alles drehte sich um mich, mein Brustkorb explodierte.

»Nachher spielen wir nicht mit dir, dann amüsieren wir uns mit deiner Mutter. Dann tun wir alles mit ihr, was wir sonst mit dir machen. Du bist ein sehr, sehr böser Junge. Du hast deine Mutter nicht lieb und auch deinen Vater nicht. Wir kümmern uns so um dich und du, schau mal, wie du dich benimmst, du verzogener Bengel. Dein Vater ist deswegen sehr traurig. Er weiß, wenn du nicht damit aufhörst, ist deine Mutter dran. Du bist mir ein schöner Sohn. Wirklich ein Goldkind. Hast du mich verstanden, Bengel?«

Und mit diesen Worten hat er meinen Hals freigegeben und sich mit meinen Haaren beschäftigt. Er hat so heftig

daran gezogen, dass ich dachte, jetzt reißt er sie mir einzeln aus. Mir hat alles wehgetan. Tausend Nadeln haben sich in meinen Kopf gebohrt. Ich habe den Kopf gesenkt. Jetzt wusste ich Bescheid. Dann hat mir dieser böse Mensch etwas Schwarzes, Glänzendes gezeigt. Er hat es mir ins Gesicht gehalten. Der Lauf war kalt, es sah aus wie die Pistole eines Polizisten. »Weh dir, wenn du etwas verrätst oder bei jemandem etwas ausplauderst, weh dir. Siehst du die hier? Mit der bring ich dich für immer zum Schweigen.«
Die Lehrerin Enza ist weiterhin so nett zu mir. Sie hat mich an sich gedrückt und neulich hat sie uns ein Thema für den Klassenaufsatz gegeben, wir sollten ein besonderes Erlebnis erzählen.
Der Titel des Aufsatzes hieß: »Beschäftigt dich etwas, wovon du niemandem erzählen kannst? Vertrau es diesem leeren Blatt Papier an, es ist dein bester Freund, es wird deinem Schmerz zuhören und ihn bewahren, ohne ihn jemandem zu verraten.«
Ich weiß, dass sie das lesen werden und dass ich sterben werde, wenn ich rede, und dann ist noch das mit Mama … arme Mama, gerade jetzt, wo sie begonnen hat abzunehmen.
Aber ich kann über das schreiben, was Papa und der Onkel mit den schiefen Zähnen »Wiedehopf« oder auch »Upupa« nennen. Wenn sie mit mir fertig sind, amüsieren sie sich damit, die Fotos anzuschauen, die sie aufgenommen haben und dann setzen sie sich an den Computer und arbeiten an den Bildern.
»Upupa« wird mit uns zufrieden sein, sagen sie jedes Mal stolz.
»Der Wiedehopf« kann sich bestimmt nicht beklagen.
Ich weiß nicht, was das bedeutet, sie jagen mich nämlich immer weg. Das ist nichts für Schnullerkinder, sagen sie.

»Upupa« muss etwas sehr Hässliches sein, wenn es mit ihnen zusammenhängt.
Das kann ich erzählen. Wenn die Lehrerin Enza will, wird sie es schaffen, ihn zu finden und mir helfen. Ich habe ihr nichts weiter erzählt. Niemand wird meiner Mama etwas antun können.
Ich habe auch meinem Freund, dem Elektriker, von »Upupa« erzählt. Er ist so nett. Er hat mich in seine Wohnung eingeladen. »Warum kommst du nicht mal und besuchst mich, wenn das Spiel in der Pfarrgemeinde zu Ende ist. Langweilt es dich nicht, immer nur gegen einen Fußball zu treten? Ich habe zu Hause sehr schöne Videospiele. Möchtest du sie gern sehen?«
Und deshalb bin ich eines Tages, als ich mich in der Gemeinde gelangweilt habe, dorthin gegangen.
Die Videospiele sind wirklich sehr schön. Er ist so freundlich zu mir. Er möchte, dass ich ihn bei seinem Vornamen Mansueto nenne. Er hat mir beigebracht, wie man spielt. Ich mag Mansueto gern, er ist nicht wie die anderen, er versteht mich. Er hat mir auch Schokoladenkekse angeboten, aber ich habe sie nicht genommen. Ich hasse Schokolade. Ich hasse auch die anderen Süßigkeiten. Davon wird mir schlecht und mir kommt alles hoch. Mansueto hat das gemerkt. Er hat mich ganz sanft angesehen. Dann hat er das Licht heruntergedreht und wir haben angefangen zu spielen.

Salomo ist zufrieden. Mit seinem Plan geht es wunderbar vorwärts. Upupa nimmt Formen an, obwohl sich in den smaragdgrünen Augen dieses wunderhübschen Kindes mit den kupferroten Haaren weiterhin eine unausgesprochene Qual offenbart. Die beiden, die es in die Sexualität einführen, leisten sehr schlechte Arbeit.

Das Kind ist wunderbar, wirklich ein großartiges Exemplar. Es wäre ein sehr geeignetes Opferlamm für die heilige Einweihung von Upupa, wenn der Sand, der über den Totenschädel der Zeit rieselt, die Menschheit in das vorbestimmte Jahrtausend versetzt und der Tempel die Auserwählten willkommen heißen wird.
Drei ist die ideale Zahl. Das dritte Jahrtausend muss im Zeichen der Liebe beginnen. Upupa ist die Liebe. Dieses Kind ist etwas Besonderes, es verkörpert die menschliche Natur und ihre verborgensten Seiten. Aber diese beiden Männer sind dabei, diesen Schatz zu zerstören, den es unter seiner unschuldigen Nacktheit verbirgt.
Salomo ist zornig. Nicht jeder hat den wahren Geist von Upupa verstanden. Nicht alle Anwärter sind würdig, daran teilzuhaben. Er muss sich darum kümmern. Er kann doch nicht zulassen, dass so kostbare Ware verdorben wird. Das großartige Unternehmen darf keine Risse bekommen. Jede noch so kleine Lücke kann zum gefährlichen Leck werden, das selbst das sicherste aller Schiffe zum Kentern bringen wird, eine Spalte, die gewaltige Risse im Fundament des Tempels erwirken kann. Er muss rechtzeitig vorsorgen. Bevor es zu spät ist.
»*Ich will verkünden, was die Weisheit ist und wie sie wurde, und will euch kein Geheimnis verbergen. Ich will ihre Spur vom Anfang der Schöpfung an verfolgen, ihre Kenntnis will ich verbreiten und nicht an der Wahrheit vorbeigehen. Verzehrender Neid soll mich nicht auf meinem Weg begleiten; denn er hat mit der Weisheit nichts gemein. Eine große Anzahl von Weisen ist Heil für die Welt, ein kluger König ist Wohlstand für das Volk. Lasst euch also durch meine Worte unterweisen; es wird euch von Nutzen sein.*« (Buch der Weisheit 6,22-25)
Im gleichen Moment, in dem er dieses Bibelzitat aus-

gesprochen hat, kommen ihm ganz andere Worte in den Sinn. Sie richten sich gegen den, der dem rosigen Körper des Kindes nicht wiedergutzumachende Schäden zufügt: »*Er stirbt aus Mangel an Zucht, wegen seiner großen Torheit stürzt er ins Verderben.*« (Buch der Sprüche 5,23)

Bonanno bewunderte weiterhin Rosalias himmlische Erscheinung, ohne genau zu verstehen, was sie sagte. Anscheinend sah er sie ein wenig zu lange mit diesem leicht dümmlich wirkenden Gesichtsausdruck an, denn die attraktive Sozialarbeiterin fuhr freundlich, aber bestimmt fort: »Fühlen Sie sich vielleicht nicht wohl, Maresciallo?«

»Verzeihen Sie, Signorina, ich ging einer persönlicher Überlegung nach.«

Natürlich konnte er ihr nicht sagen, was ihn abgelenkt hatte. Rosalias Busen war so voll und fest, dass er ein Eigenleben zu führen schien. Zwei blühende Hügel, es musste geradezu berauschend sein, darin zu versinken.

Natürlich hatte Rosalia, die schließlich eine echte Sizilianerin bis in die Fingerspitzen war, ein Blick genügt, um zu bemerken, welche Reaktionen sie beim Maresciallo hervorrief. Sie beschloss, ihn aus seiner peinlichen Lage zu erlösen.

»Vielleicht sollte ich besser morgen wiederkommen und etwas mehr Zeit mitbringen. Ich wäre Ihnen sehr dankbar, wenn Sie mich dann mit Ihrem Vorgesetzten sprechen ließen. Die Angelegenheit ist wirklich wichtig.«

Bonanno fühlte sich ertappt und nahm sich zusammen.

»Ich bitte Sie vielmals um Verzeihung, Signorina, ich habe gerade nachgedacht ... über etwas Persönliches. Was wollen Sie, mit all diesen Sorgen, die mich im Moment quälen ... Glauben Sie etwa, ein Maresciallo, der eine ganze Kompanie leitet, hat ein bequemes Leben? Ich möchte mich noch einmal bei Ihnen entschuldigen, ich habe wirklich nicht genau verstanden, was Sie mir gerade erzählt haben. Aber ich mache das sofort wieder gut. Möchten Sie vielleicht einen Kaffee?«, sagte Bonanno, der auch galant sein konnte, wenn er wollte.

Rosalia nahm den Kaffee an. So ganz gleichgültig war ihr der Maresciallo nun auch wieder nicht. Ja, er war ihr eigentlich sogar ganz sympathisch, mit seiner linkischen Art, mit der er die Regeln der italienischen Sprache mit Füßen trat. Trotzdem blieb er ein Polizist, und das Leben hatte sie gelehrt, Pfarrern und Polizisten zu misstrauen. Auch wenn sie noch so sympathisch wirkten und man sie gern beschützt hätte.

»Sie haben mir gerade von einem kleinen Jungen erzählt, nicht wahr?«

»Genau, Maresciallo. Das Kind heißt Michelino Macaluso«, fuhr Rosalia fort und machte es sich auf dem Stuhl bequem. Jetzt fühlte sie sich wieder wohl.

»Er geht in die fünfte Klasse der alten Schule im Ort. Ein wunderbares Kind mit rötlich schimmernden Haaren und grünen Augen wie die einer Katze. Aber seine großen Augen lachen nicht mehr. Seit ein paar Monaten geht es Michelino schlecht, sehr schlecht. In der Schule beschäftigt man sich schon mit ihm. Wenn man ihn hört, hatte er nur einen einzigen Freund, und das war der Elektriker, den Sie vorgestern ermordet aufgefunden haben.«

»Schei… schlimm«, begann Bonanno und bremste sich sofort.

»Und da ist noch etwas, Maresciallo. Seit Michelino erfahren hat, dass sein Freund auf so furchtbare Weise gestorben ist, hat er aufgehört zu sprechen. Seit gestern war jeder Versuch zwecklos, ihn zum Reden zu bringen.«

Bonanno sah sie verblüfft an. Er hatte den Zusammenhang noch nicht erfasst und wusste wirklich nicht, aus welchem Grund Rosalia Santacroce, von Beruf Sozialarbeiterin, mit Reizen ausgestattet, die sein Inneres durcheinanderwirbelten, sich um diesen Fall kümmerte. Was hatte sie denn mit dem Mord zu tun?
Rosalia merkte, dass Bonanno nur Bahnhof verstanden hatte: »Vielleicht ist es besser, wenn ich von Anfang an erzähle, sonst verwirre ich Sie vielleicht.«
»Das glaube ich auch«, antwortete Bonanno und fragte gleich darauf: »Stört es Sie, wenn ich rauche?«
»Sie sollten damit aufhören, das bringt Sie um.«
»Sie haben recht, ich sollte aufhören«, antwortete er und legte nur ungern das Päckchen weg.
Rosalia sah ihn mit äußerster Intensität an. Ihre Augen strahlten plötzlich hell. Bonanno fühlte, wie der Stuhl unter ihm wegschwamm. Rosalia bewegte die Lippen, um etwas zu sagen, aber ihre Stimme brach.
»Vielleicht ist es besser, wenn Sie sich diese Zeichnung ansehen«, sagte sie schließlich und breitete auf dem Schreibtisch ein Blatt aus einem Zeichenheft aus.
Bonanno betrachtete das bunt bemalte Blatt, eine Hand presste ihm die Eingeweide zusammen und riss sie ihm mit blinder Wut auf einmal heraus. Dieses Bild verkörperte das innerste Wesen des Schmerzes. Ein stummes Leid, das einem aus den Skizzen eines Menschen entgegenschrie, der keine Worte hat. Das Bild des kleinen Michelino. Obwohl er nicht genau verstand, was es bedeutete, erfasste Bonanno seine tiefe, schmerzhafte Intensität.
Auf einem großen Bett, das mit Süßigkeiten und roten Flecken übersät war, lag ein nacktes Kind und wartete. In seinen Augen standen große blaue Tränen. Eine Art Vogel, der lauter weiße Würmer im Gesicht hatte, flog ganz nah

an ihm vorbei und streckte die Krallen nach ihm aus, um es zu packen.
Ein anderer hässlicher Vogel, aus dessen Schnabel Reißzähne wuchsen, hielt einen dunklen Gegenstand in seinen Krallen. Auf dem Boden und dem Bett lagen andere Bilder, sie sahen aus wie Fotos. Aus dem Kopf des Kindes kamen winzige Blasen hervor, die sich in eine Treppe verwandelten. Auf dieser Treppe stand ein Engel mit ganz kleinen, geschlossenen Flügeln. Manchmal können selbst Engel nicht fliegen.
Bonanno musste schwer schlucken und, Rosalia hin oder her, jetzt holte er doch eine Zigarette aus der Tasche und zündete sie an. Er war erschüttert. »Was zum Teufel bedeutet das?«, fragte er mehr sich selbst als die Sozialarbeiterin.
»Haben Sie noch nie von Gewalt ... ich meine, sexueller Gewalt gegen Kinder gehört, Maresciallo?«
»Bitte, Signorina, nennen Sie mich doch Saverio und erklären Sie mir bitte sofort, was zum Donnerwetter uns diese Sache angeht, ich bin ...«
»Ich weiß, Mare ... Saverio, Sie sind erschüttert, das ging uns genauso. Auch den Lehrern. Aber denken Sie vor allem daran, was dieses Kind durchgemacht haben muss, wenn die Zeichnung eine reale Erfahrung widerspiegelt. Sehen Sie, ich kann mich natürlich irren, aber einer Sache bin ich mir persönlich ganz sicher: Dieses Bild ist kein Produkt der Fantasie.«
»Wollen Sie damit wirklich sagen, dass dieser kleine Junge mit irgendeinem widerlichen ...«
»Genauso ist es. Und das ist der Beweis dafür«, erwiderte Rosalia und holte das Heft mit Michelinos Aufsatz aus ihrer Handtasche.
Bonanno schnappte nach Luft und das lag nicht an der Zigarette. War der Elektriker tatsächlich nicht nur ein Er-

presser und Mistkerl, sondern auch ein widerlicher, verfluchter Kinderschänder gewesen?

»Entschuldigen Sie mich einen Moment«, sagte er und verließ den Raum. Kurz darauf kam er mit einer Flasche Sambuca zurück. Er goss sich ein Glas mehr als halb voll und kippte es hinunter. Rosalia lehnte es ab, ihm dabei Gesellschaft zu leisten.

»Signorina …«

»Nennen Sie mich ruhig Rosalia.«

»Nehmen Sie es mir bitte nicht übel, Rosalia, aber würden Sie mir bitte alles von Anfang an erzählen, als wäre ich ein wenig zurückgeblieben? In meinem Kopf pfeift es laut wie eine Amsel allein bei dem Gedanken, dass meine Vermutung zutreffen könnte.«

Rosalia Santacroce stieß einen langen Seufzer aus. Sie schlug die in weiche Leggings gehüllten Beine übereinander, ein schillerndes, flackerndes Licht zeigte sich in den Winkeln ihrer traurigen Augen und verdrängte die Bitterkeit ihrer Erklärungen.

Ganz leise erzählte sie die schreckliche Geschichte, die Bonanno nicht hinnehmen wollte. Vor ein paar Wochen hatte Michelino dieses Bild gemalt. Die Lehrerinnen waren schockiert und besorgt und hatten versucht, ihn zum Reden zu bringen, um so zu erfahren, was er für sich behielt. Das Bild konnte seinen Ursprung in einem besonders brutalen Film haben, der die Fantasie und die zarten Gefühle des Kindes erschüttert hatte. Es konnte sich um unbewusste Ängste handeln oder um die Darstellung einer schrecklichen, erschütternden und dennoch wahren Realität, obwohl Michelino als fantasiebegabtes Kind galt.

Sehr oft verbergen sich die Monster unter der Maske der Alltäglichkeit, im gleichen Haus wie ihre Opfer, wo sie jeden Tag die Fassade der Wohlanständigkeit vorleben.

Die Lehrer, vor allem Michelinos Klassenlehrerin Enza, versuchten alles Mögliche, um ihn dazu zu bringen, sich ihnen anzuvertrauen, aber sie erreichten nichts. In letzter Zeit wirkte der Junge noch erschütterter und erschöpfter, er war sogar aufbrausend und gewalttätig geworden. Manchmal fing er grundlos an zu weinen und wies die Süßigkeiten zurück, die er so gemocht hatte. Man redete mit den Eltern, die die Veränderung bestätigten, aber die Befürchtungen der Lehrer herunterspielten.

»Michelinos Lehrerin Enza gab aber nicht auf und beschloss, es mit einem gezielten Aufsatzthema zu versuchen. In seinem Aufsatz schrieb Michelino nichts über sein Bild, erzählte aber von einem Wiedehopf, der seine Fotos auffraß. Die Fotos, die der Vogel mit den Zähnen im Schnabel auf Michelinos Bild schießt. Das, was er in den Krallen hielt, war wirklich ein Fotoapparat. So hatte es Michelino gesehen.

Er schrieb auch über seinen Freund, den Elektriker, er beschrieb ihn als den Engel, den er so sehr herbeigesehnt hatte, der endlich auf die Erde gekommen war, um ihm zu helfen. Das musste der Engel sein, der auf der Treppe stand, ein Engel, der aber nicht fliegen kann, sonst wären seine Flügel groß und prächtig gewesen.«

»Wobei sollte er ihm helfen, verdammt noch mal?«, platzte Bonanno heraus und unterbrach so Rosalias Bericht.

»Sich gegen den Wiedehopf und seine Folterknechte zu wehren. Ich glaube, hier handelt es sich um einen tatsächlichen Fall von Kindesmissbrauch«, sagte Rosalia.

»Aber wenn der Elektriker der Engel und sein Freund war, wer, verdammte Sch… sind dann die Täter?«, fragte Bonanno, der sich überhaupt nicht mehr zurechtfand.

»Lassen Sie mich zu Ende erzählen, Saverio, dann verstehen Sie es vielleicht besser. In Anbetracht des rätselhaften

Aufsatzes hat mich die Lehrerin Enza mit Zustimmung des Schuldirektors hinzugezogen und mir erklärt, was passiert ist. Sie bat mich, ihr dabei zu helfen, die Familienverhältnisse des kleinen Michelino genauer zu durchleuchten. Ich habe diskret nachgeforscht, aber nichts herausgefunden. Michelinos Eltern scheinen anständige Leute zu sein. Seine Mutter arbeitet außerhalb in einem Notariatsbüro, sie ist den ganzen Tag weg. Der Vater arbeitet im Landwirtschaftsamt, er ist Vermessungstechniker. Ganz normale Menschen wie Sie und ich. Wie Millionen andere.

Da gab es nichts, was irgendwelche schändlichen Geheimnisse vermuten ließ, aber Michelino ging es trotzdem immer schlechter. Ich habe versucht, mit ihm zu reden, aber ohne Erfolg, und ich habe herausgefunden, wer sein Freund, der Elektriker, war. Es handelte sich um Mansueto Malosso, den Sie ermordet aufgefunden haben. Auch er schien ein wirklich anständiger Mensch zu sein. Er hat sofort zugegeben, dass Michelino ihn manchmal besuchte und ein paar Stunden bei ihm mit den vielen Videospielen verbrachte, die er auf seinem Computer installiert hatte, aber er ist gestorben, wie er gestorben ist.

Alles wirkte eigentlich ganz normal, wenn man die Freundschaft zwischen einem zehnjährigen Jungen und einem vierunddreißigjährigen Mann als normal ansieht. Für mich war da etwas faul.

Und da habe ich mich entschlossen, Sie anzurufen. Ich wollte Sie an unseren Zweifeln teilhaben lassen, damit Sie uns dabei helfen zu verstehen, was passiert ist, vielleicht diskret ein wenig ermitteln. Diesem Kind muss geholfen werden, Saverio, ich glaube, es verschweigt ein furchtbares Geheimnis. Michelino, der arme Kleine, ist so empfindsam ... das konnte man schon daran erkennen, wie er auf den Tod seines Freundes reagiert hat … wenn der da wirklich sein Freund war.«

Bonanno hörte ihr schweigend zu. Er konnte die fürchterliche Vermutung, die sich in ihm ausbreitete und ihn förmlich überrollte, nicht so einfach hinnehmen. Seit Tagen witterte er Unrat und wusste nicht genau, was es bedeutete. Ein unangenehmes Gefühl hämmerte wie wild auf ihn ein und bereitete ihm Magenschmerzen. Es roch geradezu unerträglich nach nie da gewesener Verkommenheit.

»Rosalia, bitte, mir platzt fast der Kopf. Würden Sie mir bitte dieses komplizierte Ding noch einmal wiederholen, das der Kleine beschrieben hat?«

»Meinen Sie den Wiedehopf?«

»Ja, genau den, ist das nicht eine Art Tier, oder irre ich mich da?«

»Ein Vogel, ich habe das nachgeschlagen. Er wird auch *upupa epops* genannt, hat einen zimtroten Hals, während die Flügel und der hintere Teil des Rumpfes charakteristische, abwechselnd schwarze und weiße Streifen aufweisen. Der Schwanz ist ebenfalls schwarz. Auf dem Kopf thront ein schwarz-weißer Federbusch, bei den Weibchen ist er kleiner. Der Wiedehopf ist ein lebhafter und ruheloser Vogel, er lebt in kleinen Gruppen auf den Hügeln und in der Ebene, und er kommt auch hier bei uns vor.

Der Wiedehopf ernährt sich von Insekten. Sein Nest strömt einen unangenehmen Geruch aus. Der entsteht durch eine Substanz, die der Vogel absondert, um unerwünschte Besucher fernzuhalten. Wegen dieses Geruchs oder wegen seines klagenden Rufs galt der Wiedehopf lange Zeit als Symbol für schlechte Vorzeichen, schlimme Krankheiten und Tod.«

»Aber warum hat Michelino über diesen verdammten Wiedehopf geschrieben?«

»Wir wissen es nicht, aber wenn wir herausfinden, was sich dahinter verbirgt, dann finden wir sicher des Rätsels Lösung. Glauben Sie, Sie können mir helfen, Saverio?«

»Selbst wenn da kein verdammter Toter im Spiel wäre, der mir wegen seiner Vorliebe für kleine Jungs immer unsympathischer wird, und selbst wenn Sie mich nicht persönlich darum bitten würden, schwöre ich Ihnen bei meiner Ehre, ich werde diesen unheilvollen Wiedehopf finden, wo auch immer er sich verbirgt, ich werde ihn dort herausholen und ihm mit meinen eigenen Händen die Federn ausreißen, das verspreche ich Ihnen, Rosalia!«

Siebzehn

Bonannos überzeugende Erklärung stand für einige endlos scheinende Sekunden zwischen ihnen im Raum. Rosalia erhob sich, nahm die Hände des Maresciallo, sah ihm in die Augen und sagte ganz leise: »Ich setze großes Vertrauen in Sie, Saverio, ja, ich bin fest davon überzeugt, Sie werden mir dabei helfen, Michelino sein verlorenes Lachen zurückzugeben.«

Bonanno konnte sich nicht mehr daran erinnern, wann ihm jemand ähnlich uneingeschränktes Vertrauen ausgesprochen hatte. Besonders eine Frau. Und was für eine! Er fühlte ein Meer widersprüchlicher Empfindungen schäumend über sich hereinbrechen, eine wohltuende Wärme hüllte ihn ein, in seinen Wangen stieg Röte auf, er erhob sich und stotterte: »Ich danke Ihnen, Rosalia, Sie sind sehr freundlich.«

Jetzt sah er ihr unverwandt in die Augen und vergaß alle Sorgen. In diesem Moment war er nicht mehr Maresciallo Bonanno im Gespräch mit einer wachsamen Sozialarbeiterin, sondern nur noch ein unbeholfener Mann, den sein Übergewicht und eine Unzahl ungelöster Probleme mit dem weiblichen Geschlecht quälten, und der sich in unmittelbarer Nähe zu Rosalias üppig weiblichem Körper nur eins sehnlichst wünschte. Nur das Eine.

Rosalia verstand die Anzeichen und nahm es nicht übel, als sie merkte, wie Bonannos Hände feucht wurden. Als

Tochter aus gutem Hause entzog sie sich seiner kaum verhüllten Erregung, die an den glühenden Augen und an den schweißnassen Handflächen des Maresciallo unschwer zu erkennen war.
»Ich gehe jetzt wohl besser«, meinte sie und fühlte sich auf einmal ganz leicht und fröhlich. Bonanno hatte eine Saite in ihrem Herzen berührt, die lange stumm geblieben war. Es hätte ihr gefallen, diesen verlegenen Riesenkerl zu beschützen.
»Wenn Sie nichts dagegen haben, bringe ich Sie noch zum Eingang.«
Rosalia lächelte verstohlen, während sie sich den Mantel zuknöpfte. Offensichtlich war sie durchaus empfänglich für die Aufmerksamkeiten des Maresciallo.
»Ich möchte Sie noch etwas fragen, bevor Sie gehen«, meinte Bonanno. »Glauben Sie, der Elektriker hat, vielleicht unter dem Vorwand der Videospiele …«
»Saverio, ich glaube alles und nichts. Nur in einem bin ich mir absolut sicher: Wer etwas tut, begeht Fehler, aber wer nichts tut, wird sein Leben lang von Reue geplagt. Jeder Zweifel, in heiklen Fällen wie diesem auch der kleinste Zweifel, muss an der Wurzel ausgerissen werden. Ich habe nicht, wie nennt man das, die rechtliche Befugnis, um die Familie in dieser Richtung zu befragen, aber Sie als ermittelnde Behörde …«
Am liebsten hätte Bonanno sie dafür geküsst. Rosalia und er verstanden einander sofort. Eine wunderschöne Frau mit einem klugen Kopf. Wer sagte denn, dass das eine das andere unbedingt ausschließen musste?

Rosalia ging zu ihrem Y 10, den sie vor der Kaserne geparkt hatte. Unbeholfen öffnete Bonanno ihr die Fahrertür und schloss sie ganz sanft, nachdem sich die Sozialarbeiterin gesetzt hatte. Bonanno war ganz bezaubert von der Art und Weise, wie Rosalia in ihren Wagen gestiegen war: Mit einer leichten Drehung ihres Beckens hatte sie ihren runden Po, den Bonanno sich so weich wie ein mit Ricottacreme gefülltes Eclair vorstellte, auf den Fahrersitz platziert, den er ganz wunderbar ausfüllte. Gleichzeitig warf sie mit einem natürlich und zugleich sinnlich wirkenden Schwung des Kopfes die Haare zurück, die ihr lang und weich über die Schultern fielen und den schlanken weißen Hals freiließen. Ja, diese Sozialarbeiterin gefiel ihm wirklich sehr!

Rosalia startete den Motor und winkte ihm noch einmal zu, bevor sie an der nächsten Kreuzung verschwand. Der Maresciallo wirkte völlig durcheinander. Er fühlte, wie in ihm eine seltsame Freude kribbelte, die zudem seinen Wunsch beflügelte, den lästigen Fall endlich zu lösen. Er wusste genau, wem er diese Energie verdankte und beglückwünschte sich zu dem gewissen Kribbeln im Bauch. Als er gerade die Kaserne betreten wollte, hörte er ein bekanntes Hupen.

Instinktiv drehte er sich um und ihm blieb fast das Herz stehen. Der Fahrer sah ihn an und Bonanno hätte seine Uniform verwettet, dass der Mann ihn in Rosalias Gesellschaft gesehen hatte. Aber wenn dieser Schnüffler sich einbildete, er könne sich wie sonst verhalten und ihn mit seinem armseligen Sarkasmus demütigen, dann hatte er sich geschnitten. Der da war jetzt nicht mehr sein Freund.

Das hatte Bonanno sich geschworen, nachdem Tonio ihn neulich in der Apotheke so furchtbar enttäuscht hatte. Wenn sich Freunde, auf die er im Notfall zählen zu können hoffte, schon so verhielten, was richteten dann erst Feinde

an? Tonio ging auf ihn zu, er wirkte geknickt. In seinen trüben Augen blitzte kein teuflisches Glitzern auf. Er sah aus wie ein geprügelter Hund, der mit eingeklemmtem Schwanz näher kam. Hatte er ihn vielleicht doch nicht mit der Sozialarbeiterin plaudern sehen?
»Ciao, Savè, kann ich mit dir reden?«, fragte Tonio.
»Ist es wichtig? Ich habe nämlich wenig Zeit, die Pflicht ruft«, antwortete Bonanno überheblich.
»Also bitte, Savè, du wirst doch wohl ein bisschen von deiner so verdammt kostbaren Zeit für einen Freund finden, oder?«
Bonanno fühlte seine berühmten wilden fünf Minuten nahen: »Bitte verbessere mich, falls ich mich irre, aber hast du mir nicht neulich vormittags den Unterschied zwischen einem Freund und einem Spitzel erklärt? Und hast du, wenn ich mich immer noch nicht irre, nicht hinzugefügt, dass du weder ein Speichellecker noch ein Mistkerl bist und in diesem verdammten Ort dein friedliches Auskommen haben willst? Und hast du dann nicht auch noch gesagt: ›Wer vögelt, vögelt, und Gott verzeiht allen‹? Also, irre ich mich oder …«
»Leck mich, Savè!«
»Nein, leck du mich und zwar kreuzweise, du verdammter Mistkerl!«
»Savè, lass das gefälligst … bitte! Also, opferst du mir jetzt zehn Minuten, damit ich dir über Signora Musicchia Bericht erstatte … und vielleicht noch über etwas anderes? Oder soll ich wirklich gehen? Ach, übrigens, nur falls du es nicht gemerkt hast, ich saß hier schon eine gute halbe Stunde in meinem Wagen und habe deine amüsante Liebesszene mit diesem reizenden Appetithäppchen sehr genossen.«
Am liebsten hätte Bonanno Tonio auf der Stelle den Gar-

aus gemacht, direkt vor dem Sitz der Carabinieri, die er, das war Schicksal, seit einiger Zeit auch noch anführte. Hatte Tonio wirklich nichts Besseres zu tun, als sich ausgerechnet hier vor der Kaserne herumzutreiben? Ein gezielter Schuss zwischen die frechen Augen dieses Idioten, ein kleines, rundes, schwarzes Loch. Das hätte auf dieser unverschämten Stirn großartig ausgesehen.

Mit einem kurzen Kopfnicken gab er Tonio zu verstehen, er könne ihm in sein Büro folgen. Bonanno war tödlich beleidigt, zu bitter war die Enttäuschung gewesen. Außerdem litt er immer noch unter den Folgen der morgendlichen Erkältung, die er sich an jenem Sonntag auf dem kahlen Hügel geholt hatte. Und nicht zuletzt hatte er es sehr eilig.

»Du hast zehn Minuten Zeit.«

»Savè, um dich zum Teufel zu schicken, genügen mir zwei Sekunden ... entscheide du!«

Bonanno schaute ihn mit Augen an, die wie mit Maschinengewehren vernichtende Blicke auf ihn abschossen.

»Darf ich vielleicht mal erfahren, was zum Teufel du willst?«

Tonio zahlte es ihm nicht mit gleicher Münze zurück. Das passte nicht zu ihm. Es musste ihm wirklich schlecht gehen, irgendetwas nagte an ihm. Etwa Schuldgefühle?

»Also, Savè, du kannst anstellen, was du willst, ich werde mich heute Morgen so verhalten, wie ich das möchte.«

»Ja, nämlich wie ein großer Mistkerl.«

»Das gebe ich zu, aber glaubst wirklich, es ist so einfach, in diesem verdammten Nest gute Beziehungen zur Polizei zu unterhalten? Ich werde schon schief angesehen, weil wir ab und zu einen Kaffee miteinander trinken und ein paar Worte wechseln, man sagt über mich, ich hätte eine viel zu geschwätzige Zunge, wenn jetzt auch noch herauskäme, dass ich den Verräter spiele ...«

»Du musst überhaupt nichts tun, dann hast du ein ruhiges Gewissen. Aber, denk daran, wer etwas tut, begeht Fehler, wer nichts tut, wird es sein Leben lang bereuen.«
Rosalias Worte hatten dem Maresciallo gut gefallen.
»Jetzt wirst du auch noch philosophisch ... Versuch doch, mich zu verstehen, Savè. Als ich mit dir über dieses Bordell geredet habe, habe ich mir vor Angst fast in die Hose gemacht! Zum Donnerwetter, du bist doch der Bulle, kann es wirklich sein, dass du nichts davon gewusst hast? Wo hast du denn deine Augen gehabt?«
»Nur damit du Bescheid weißt, ich schlafe nachts und zwar fest und tief, wenn Ringhio das zulässt, ich gehe nicht zu ... du weißt schon.«
»Und eure nächtlichen Streifen? Haben die wirklich nichts bemerkt? Da brauchtest du einen, der zugerichtet ist wie Christus am Kreuz, um von diesem Geschäft mit den Nutten zu erfahren? Ich bitte dich um Verzeihung, Savè, ich habe weder das Zeug zu einem Helden noch zu einem Verräter. Aber ich bin wirklich dein Freund, und ich leide unter dem, was am Sonntag vorgefallen ist. Und es ist mir scheißegal, was die Klatschmäuler im Ort sagen. Ich bin heute Abend gekommen, um ganz offen mit dir zu reden.«
Bonanno hörte ihm aufmerksam zu, er hätte von Tonio nie so ein Schuldgeständnis erwartet, aber Wut und Enttäuschung schmerzten noch zu sehr.
»Na gut, Tonio, ich nehme, deine, äh, Reue, zur Kenntnis und ...«
»Ich bereue gar nichts, Savè, willst du das verstehen oder nicht? Ich bitte dich nur als Freund um Verzeihung und jetzt mach endlich nicht mehr ein Gesicht wie am Totensonntag, sonst geht das hier übel aus. Kapiert?«
Bonanno antwortete ihm nicht. Stattdessen goss er reich-

lich Sambuca in zwei Gläser und reichte eines davon Tonio. Er brachte es nicht fertig, ihn anzulächeln, diese einfache Geste war das Äußerste, wozu er sich imstande fühlte.

»Kommen wir zur Sache: Was deinen Maresciallo Musicchia betrifft, den musst du sofort einliefern lassen, ohne kostbare Zeit zu verlieren. Seine Ehefrau, diese Vogelscheuche im Sonntagsstaat, wer soll die denn anschauen, so wie die aussieht? Wie soll diese arme Frau denn zu einem Geliebten kommen? Und zum Donnerwetter, bei gewissen Dingen muss man Zurückhaltung üben, das sagt dir jemand, der nicht sehr wählerisch ist …

Möchtest du wissen, wo sie jeden Nachmittag hinrennt? Zu den Treffen einer spirituellen Gruppe. Für mich sind das alles verblödete Fanatiker, sie psalmodieren in Ekstase Loblieder und Gebete. Ich weiß, welche Gnade diese Frau erfleht … Dem Musicchia wachsen keine Hörner, sondern Eselsohren.«

»Und was hast du mir über Aspanu Caccialesto zu erzählen?«

»Das, was jeder weiß, Savè. Als er aus dem Gefängnis kam, hat er sich mit Angilina zusammengetan und innerhalb kurzer Zeit eine Hure aus ihr gemacht. Das war eine anständige Frau, vielleicht ein wenig naiv und eben unsterblich in Aspanu verliebt. Wahrscheinlich glaubt Angilina immer noch, dass er sie heiraten und nach Amerika bringen wird, sie hat wohl noch nicht mitbekommen, dass sich alles in Schweinefraß verwandelt, was Caccialesto berührt.

Dem geschieht es ganz recht, dass sie ihn tüchtig verprügelt haben, das hat er ganz allein sich selbst zuzuschreiben. Er hat diese ausländischen Nutten hergebracht. Seit mehr als drei Monaten wird im Montanvalle jedes Wochenende wild herumgevögelt. Und das weiß jeder … außer blinden

Polizisten und diesen Schlampen von Ehefrauen, die die ahnungslosen Engel spielen und dafür von ihren Männern Schmuck und Pelze verlangen.«

»Und glaubst du, dieser Handel mit menschlichen Körpern war Caccialestos eigene Idee?«

»Warum, Savè, glaubst du, sollte das so sein? Wenn der nicht zu Angiolos Segen dazu bekommen hätte, dürfte der sich nicht mal bücken und die vom Wind zerstreuten Vogelbeeren aufsammeln.«

»Und was erzählt man sich über den, der ihn zusammengeschlagen hat?«

»Fast nichts, das waren interne Angelegenheiten.«

»Mmm ja, und von ... den Kunden weißt du nichts?«

»Du willst mich tatsächlich in Schwierigkeiten bringen.«

»Ich brauche weder Namen noch Vornamen, ich meine, aus welcher Schicht kommen sie? Gingen Schäfer, Handwerker oder Bauschlosser zu den Nutten oder Leute von gewissem Niveau?«

»Savè, dort verlangten sie hundert Euro pro Fick und wer bezahlte, kam dran. Es gab keine Vorauswahl, wer bar bezahlte, konnte seinen steifen Schwanz zehn Minuten lang in ein weiches, warmes Nest stecken.«

»Ja, ein verfaultes Nest.«

»Nenn es, wie du willst. Das ist alles.«

»Noch eins, weißt du nichts über den ermordeten Elektriker? Was erzählt man sich? Gibt es Gerüchte? Hast du etwas in der Apotheke aufgeschnappt? Das ist doch ein Ort, in dem Leute vorbeikommen, und jeder klatscht ein bisschen ...«

»Vollkommene Fehlanzeige, das war ein anständiger Junge, redete nicht viel, kümmerte sich nur um seine Angelegenheiten. Er arbeitete sorgfältig und man bezahlte einen angemessenen Preis, es gab nichts gegen ihn einzuwenden.

Ein höflicher Junge, sein Tod hat jeden erschüttert. Ich glaube, der Mord war eine Verwechslung. Hast du herausgefunden, wer es war?«
»Das Sprichwort sagt: ›*Addumanna unni fu e quannu fu, ma cu fu.*‹ (Frag ruhig, wo und wann es passiert ist, aber nie, wer es getan hat.)«
»Sprichwörter sind nur dazu da, Leute zu verarschen, es gibt für jeden Anlass eins, du brauchst nur zu wählen.«
»Kennst du wirklich keine Gerüchte über den Elektriker? Keine Ahnung, irgendein kleines Laster, eine Freundin oder vielleicht ein kleiner Freund, eine Verlobte, besondere Vorlieben, Leidenschaften, du verstehst schon, was ich meine?«
»Savè, ich habe mich überzeugen lassen, dass man, wann immer jemand ermordet wird, im Dreck wühlen muss, um Antworten zu finden, wie das letzte Mal bei dem Fischhändler, du erinnerst dich? Aber glaub mir, Savè, diesmal gibt es überhaupt nichts. Das Einzige, was alle wussten, war seine Vorliebe für Elektronik, da achtete er nicht darauf, was es kostete, um das Beste zu haben. Er war ein absoluter Fan von Computern und ähnlichen Geräten, einschließlich Videokameras, Fotoapparaten mit lichtstarken Teleobjektiven und so weiter. Der Mann war ganz verrückt nach diesen Dingen.«

Aus den zehn Minuten, die er Tonio zugestanden hatte, wurde mehr als eine Stunde. Das bemerkte Bonanno nicht so sehr an der Uhr, auf die sah er nur selten, sondern eher an seinem Magen, der ihm mit dumpfem Knurren zu verstehen gab, er solle jetzt mit allem, was ihm unterkam, das immer größer werdende Loch stopfen.
Nachdem er sich von Tonio verabschiedet hatte, ging Bonanno in sein Büro zurück, schloss die Tür ab, öffnete die

drittoberste Schublade seines Schreibtischs und stürzte sich gierig auf die gesalzenen Cracker. Kauend dachte er nach. Und denkend überlegte er weiter.
Tonio kam wirklich einer vertrauenswürdigen Klatschspalte gleich. Er war das authentischste Echo dieser kleinen Stadt, und Bonanno wusste aus Erfahrung, dass der allgemeine Klatsch zwar nicht immer direkt zur Wahrheit führte, aber zumindest mögliche Richtungen andeutete, auf die man seine Kräfte konzentrieren sollte.
Bonanno hatte ein ziemlich verwirrendes Blatt Karten in der Hand. Einerseits das Bild eines angesehenen Elektrikers, der seit Jahren in Villabosco lebte, seine Arbeit verstand und ehrliche Preise hatte, ein leidenschaftlicher Liebhaber von Elektronik. Das bezeugten seine Nachbarn, Bekannten und auch Tonio.
Doch hinter dieser Maske verbarg der Elektriker auch die Persönlichkeit eines geschickten, skrupellosen Erpressers, das bestätigten detaillierte Zeugenaussagen wie die von Adelina Midulla und Ingegnere Riccobono, ganz zu schweigen von den Fotos, die man in seiner Wohnung gefunden hatte. Außerdem hatte Dottor Paternò bei der Autopsie einen bösartigen Tumor in Malossos Bauchspeicheldrüse festgestellt. Soweit Bonanno wusste, hätte er nur noch wenige Monate unter entsetzlichen Schmerzen gelebt.
Wusste der Elektriker über dieses Ungeheuer Bescheid, das sich in seinen Eingeweiden aufhielt, jeden Tag wuchs und sich von seinem Leben nährte?
Und als ob das noch nicht ausreichte, um das Szenarium dieses blutigen Mordes, das sowieso schon verwirrend genug war, weiter zu komplizieren, war in den letzten Stunden noch seine seltsame Freundschaft mit einem Kind, Michelino Macaluso, hinzugekommen, der offen-

sichtlich zu Hause und in der Schule einen Haufen Probleme hatte. Ein Kind, das sehr wahrscheinlich dem Teufel, den jedes menschliche Wesen in sich birgt, direkt ins Auge gesehen hatte.

Bonanno schüttelte sich. Was war los mit ihm? Plötzlich fühlte er sich aller Kräfte beraubt und eine bleierne Müdigkeit überkam ihn. Er wollte schlafen, sich auf sein Bett werfen, die Welt sollte sich eine Weile ohne ihn weiterdrehen. Dieses ganze schäbige Leben.

Er zündete sich eine Zigarette an und atmete den Rauch ein, aber seit der Entgiftungskur bei den Mönchen im Kloster, dieser Oase des Friedens, schmeckten ihm die Zigaretten nicht mehr so gut wie sonst. Bonanno fühlte, wie sich etwas in seinen Gedanken festsetzte wie eine lästige Fliege, aber er war zu müde, um das lästige Summen in seinem Kopf genauer zu beleuchten. Aber nicht zu müde, um die Rosalia gegenüber übernommene Aufgabe zu erfüllen. Er musste herausfinden, was hinter dem Wiedehopf steckte. Manchmal kann sich hinter einem einzigen Wort eine ganze Welt voller Schrecken verbergen. Das begriff er jetzt.

Bonanno erklärte seiner Mutter, sie solle ihn nicht zum Abendessen erwarten. Dann fragte er Vanessa, wie ihr Tag verlaufen war, und sie informierte ihn, welche Fortschritte die lieben Tiere beim Pinkeln außerhalb des Hauses gemacht hatten, und schließlich darüber, dass die Schule ein Herbstfest organisiert hatte.

Er würde nie verstehen, was man am Herbst feiern sollte.

»Della Valle!«, brüllte Bonanno.

Der junge Hilfscarabiniere fuhr erschrocken hoch, er hatte sich allzu sehr darauf konzentriert, die Telefonate aus dem

Hause Lo Sicco zu überwachen und sich das leere Geschwätz von zu Angiolos Töchtern anzuhören.

»Zu Befehl, Maresciallo«, sagte er und schlug die Hacken zusammen.

»Steh bequem, Della Valle, steh bequem. Gibt es Neuigkeiten?«

»Nein, Maresciallo.«

»In Ordnung, hör weiter zu. Übrigens, weißt du, wo Giarratana ist?«

»In der Unterkunft, Maresciallo.«

»Sag mir mal, wie gut kennst du dich mit Computern und anderen elektronischen Geräten aus?«

»Ich bin Computerfachmann und habe die Prüfung mit Bestnote bestanden, mein Vater führt ein Computergeschäft und wenn ich entlassen werde, werde ich mich an der Universität in Informatik einschreiben.«

»Bestens, Della Valle, bestens. Mach dich bereit, in zehn Minuten fahren wir, wir haben etwas zu erledigen.«

»Um diese Zeit?«

»Es ist nie zu spät, um der Gerechtigkeit zu dienen und der Wahrheit zum Triumph zu verhelfen.«

Die Krimiserien im Fernsehen, die er so liebte, waren doch zu etwas gut: Um die richtigen Phrasen aufzugabeln, brauchte man sich nur daran zu erinnern, wie der übliche Held sich von seiner jeweiligen Schönen verabschiedete.

Zehn Minuten später ersetzte Giarratana den jungen Hilfscarabiniere beim Abhören des Hauses Lo Sicco. Er zog ein Gesicht wie drei Tage Regenwetter.

Bonanno und Della Valle machten sich auf den Weg in Richtung Via Martiri D'Ungheria. Endgültiger Bestimmungsort war die Hausnummer 99, die bescheidene

Wohnung Mansueto Malossos, des ermordeten Elektrikers.

Malossos Wohnung maß etwa siebzig Quadratmeter, die sich auf zwei Stockwerke verteilten. Im Erdgeschoss befanden sich das Bad und eine Kochnische, die er offensichtlich selten genutzt hatte. In dem übrigen geräumigen Zimmer hatte er sich eine Art Büro eingerichtet. Dort fiel ein sehr großer Bildschirm, der auf einem großen, billigen Schreibtisch stand, sofort ins Auge.
»Das ist ein 19- Zoll-Flachbildschirm, ein ausgezeichnetes Fabrikat mit einer hohen Bildwiederholungsrate«, sagte Della Valle fachmännisch. In nächster Nähe stand noch ein anderer, kleinerer Monitor. Und dann der Rechner, ein hervorragend ausgestatteter Maxitower: DVD-Laufwerk, Zip-Laufwerk, eine riesige Festplatte.
Neben dem Monitor stand ein superschneller Scanner, ein Faxmodem, mit dem man im Internet surfen konnte, ein Fotodrucker, Webcams, um die Aufnahmen ins Internet zu verschicken, Digitalkameras, mit denen man die Bilder in den Computer laden konnte, ein interaktives Whiteboard, Superlautsprecher, ergonomische Joysticks, Headsets für die Spracheingabe, ein Lenkrad mit Pedalen für die Spiele, dazu noch drei Handys, drei Videorekorder, zwei Großbildfernseher und vieles mehr.
Bonanno hatte Malossos Wohnung schon einmal durchsucht, aber damals hatte er sich nicht lange mit dessen Leidenschaft für elektronisches Gerät aufgehalten. Heute allerdings, nach all dem, was er von Rosalia erfahren hatte, wollte er schnell etwas überprüfen.
»Della Valle, kannst du mir sagen, ob auf diesem verdammten Computer Spiele für Kinder sind?«
»Natürlich, Maresciallo.«

»Also los.«
Der junge Carabiniere setzte sich vor die Computer, fuhr den Rechner hoch, ein leises Summen verbreitete sich im Raum. Della Valles Finger positionierten sich auf der Tastatur, dem allerneuesten Modell, und spielten in Wartestellung auf den Tasten herum. Der junge Mann liebte Computer.
Es kostete ihn nicht viel Mühe, festzustellen, dass man zahlreiche Spiele auf den Computer geladen hatte. »Maresciallo, hier ist die komplette Liste der Spiele, das Verzeichnis enthält zweiunddreißig Stück. Möchten Sie sie sehen?«
Della Valle öffnete einige Spiele, dabei benutzte er die CD-ROMs, die neben dem Monitor lagen. Sie waren eher harm loser Natur: Fußball, Motocross, Ski, Basketball, Formel 1, Kampfspiele.
Bonanno brummte unzufrieden, er schaute sich weiter um, ohne so recht zu wissen, wonach er eigentlich suchte. Er brauchte einen Hinweis, etwas, das ihn auf die richtige Spur führte und ihn aus dieser Verwirrung erlöste, die sich in ihm ausbreitete. Der Maresciallo zündete sich eine Zigarette an und rauchte. In der Zwischenzeit überprüfte Della Valle die anderen Spiele. Eines war fesselnder als das andere, was die hochwertige Grafikkarte, die in der Lage war, die 3-D-Anwendungen ausgezeichnet darzustellen, besonders zur Geltung brachte.
»Maresciallo, Verzeihung, soll ich fortfahren?«
»Hör mal, Della Valle, wenn wir zufällig etwas Bestimmtes in diesem … Ding da suchen wollten, wie ginge das?«
»Wenn Sie mir sagen, was Sie genau suchen, können wir es probieren.«
»Wiedehopf.«
»Wie … was?«

»Wiedehopf, das ist ein Vogel, frag mich nicht mehr.«
»Ich versuche es«, sagte der junge Mann und ging an die Arbeit. Della Valle benutzte die einfachste Möglichkeit des auf dem Computer installierten Betriebssystems, nämlich den Befehl »Suchen« im Hauptmenü des Windows-Programms.
»Donnerwetter, Maresciallo, hier ist es: Wiedehopf.«
Beinahe hätte Bonanno sich an seinem eigenen Rauch verschluckt. Sein Bulleninstinkt raste mit tausend Stundenkilometern los.
»Hast du wirklich was gefunden?«, fragte er Della Valle.
»Ja, da sind temporäre Dateien gespeichert, die die kürzlich aufgerufenen Internetseiten zeigen.«
»Dellavà, verwirr mich nicht, sondern drück dich gefälligst verständlich aus.«
»Das bedeutet, unser Mann hat mit diesem kleinen Gerät, das Modem heißt oder Modulator-Demodulator, der die elektronischen Signale in Signale umwandelt, die über Kabel ...«
Bonanno richtete seine Augen wie zwei Gewehrmündungen auf ihn.
»Entschuldigung, Maresciallo, das ist mir so rausgerutscht. Also noch mal von vorn. Der Elektriker hat dieses Gerät, den Computer und die Telefonleitung benutzt, und um sich im Internet mit den Seiten zu verbinden, die ›Wiedehopf‹ heißen. Das Verzeichnis der temporären Dateien enthält noch einige Adressen, sehen Sie.«
Bonanno schaute hin, aber er verstand überhaupt nichts.
»Können wir uns auch verbinden?«, fragte er.
»Schwierig, wenn wir das Passwort nicht kennen.«
»Dellavààà!!!«
»Dabei handelt es sich um ein geheimes Kennwort, eine Art persönlichen Schlüssel, um eine Verbindung zu er-

halten. Jeder Teilnehmer hat ein eigenes Passwort, um zu verhindern, dass andere seinen Account benutzen. Aber wir können ja einfach mal versuchen, uns einzuwählen, dann wissen wir wenigstens, über welchen Provider er reingegangen ist und … also, ich meine, dann wissen wir, durch wen Malosso ins Internet kam. Dort können wir dann nachfragen, welches Passwort Malosso benutzte, und seine letzten Internetsitzungen nachvollziehen.«

»Und das ist möglich?«

»Auf diesem Gebiet ist alles möglich, Maresciallo Bonanno.«

»Verdammt, ich kriege dich, du verfluchter Wiedehopf. Ich schwöre bei Gott, ich werde nicht eher aufgeben, bis du mir alle deine schäbigen kleinen Geheimnisse enthüllt hast.«

Achtzehn

Seine Mutter wartete vor dem Fernseher auf ihn, wo sie mit Gameshows selbst ihren allmählichen geistigen Abbau förderte. Bonanno begrüßte sie und bereitete sich mental darauf vor, das Abendessen in sich hineinzuschaufeln: Köstliche Linsen mit Schweineschwarte und einem saftigen Fleischknochen, dann *stigghiola arostita*, das waren Innereien vom Lamm, die seine Mutter spiralförmig mit Petersilienstängeln und Speckstreifen umwickelt hatte, nachdem sie sie mit zerquetschtem Knoblauch, gehackter Petersilie, Salz, schwarzem Pfeffer, Zitronensaft und Olivenöl gewürzt hatte, danach gab es noch panierten, ausgebackenen Blumenkohl mit schwarzen Oliven und ganz jungen Pecorino. Und viel Brot. Bonanno aß beinahe widerwillig, ohne rechten Appetit, obwohl er hungrig war. Ein Zeichen seiner Nervosität. Etwas legte sich auf seinen Magen und schnürte ihn ein, als würde er mit einem unsichtbaren Reißverschluss verschlossen.

Zum Nachtisch zupfte er sich ein paar Trauben ab. Donna Alfonsina versuchte, ihren Sohn auszuquetschen, aber sie erreichte nichts. Selten vertraute Bonanno seiner Mutter seine geheimsten Gedanken an. Bevor er sich für die Nacht in sein Zimmer zurückzog, klopfte er leise an die Tür zu Vanessas Zimmer.

»Herein«, hörte er seine Tochter sagen.

»Hallo, mein Spätzchen, ich wollte dich nur begrüßen.

Heute Morgen bin ich sehr früh gegangen und habe mich den ganzen Tag nicht blicken lassen. Wie geht es dir?«
Vanessa setzte sich im Bett auf und umarmte ihn mit kindlicher Inbrunst: »Ich habe dich sehr gern, Papa.«
Während Bonanno seiner Tochter über das Haar strich, fühlte er eine Welle von Zärtlichkeit in sich aufsteigen. Dem stellte sich ein merkwürdiges Unbehagen entgegen. Ein unbekanntes, flüchtiges, aber störendes Gefühl, als könnte er hinter dieser Umarmung irgendwelche schmutzigen Absichten verbergen. In seinem Männerhirn blitzten erschreckende Bilder auf, unschuldige Kinder als Objekte schändlicher Absichten skrupelloser Erwachsener. Instinktiv zog er sich erschrocken vor diesen Fantasiegebilden zurück.
Vanessa bemerkte sein Unbehagen und fragte: »Geht es dir nicht gut, Papa?«
»Es ist nichts, meine Kleine ... mir dreht sich nur der Kopf ... ich bin sehr müde und gehe jetzt besser ins Bett. Nach einem guten, tiefen Schlaf wird es mir schon besser gehen.«
»Soll ich dir einen schönen Kamillentee kochen?«
»Nein danke, ich werde schlafen, sobald ich das Kopfkissen berühre. Heute hatte ich wirklich einen sehr schweren Tag.«
»Weißt du, Ringhio und Briciola sind ganz brav geworden. Wenn sie jetzt ihr Geschäft verrichten müssen, dann tun sie das nicht mehr einfach da, wo sie gerade sind, nein, Papi, sie jaulen so lange, bis wir sie rausbringen und ...«
»Sie haben eine ganz liebe Besitzerin und deshalb werden sie genauso wie sie«, sagte Bonanno.
»Weißt du, Papa, ohne dich würde ich mich ganz verloren fühlen. Du bist der beste Vater auf der ganzen Welt. Das habe ich auch heute diesen boshaften Mäulern unter

meinen Mitschülern gesagt, die dich verspottet haben: ›Ach komm, dein Vater, dieses Fass auf zwei Beinen, der erwischt doch nie jemanden‹, haben sie gesagt. Aber ich bin fest überzeugt, du wirst die kriegen, die den Elektriker ermordet haben, stimmt's, Papa?«

Bonanno wurde blass und erstarrte. Während er überlegte, dass es jetzt endlich Zeit für eine strenge Diät war, fragte er seine Tochter: »Wer erzählt euch denn so was?«

»Wir sprechen unter uns in der Schule darüber, und die Lehrer haben auch von nichts anderem geredet.«

Wie hatten sich die Zeiten geändert. Bonanno erinnert sich, als er klein war, hatten sich Kinder in Vanessas Alter mit ganz anderen Dingen beschäftigt, aber heute, wo Fernsehen und Zeitungen jeden Tag alles und jedes überall ausposaunen, wurden davon auch die Gespräche unschuldiger Kinder betroffen und ihre Fantasie vom rechten Weg abgelenkt. Man störte ihre Träume und zerstörte ihre Zukunft, so wie es dem kleinen Michelino passiert war.

Sollte wirklich geschehen sein, was er befürchtete, würde niemand die unbekannten Täter, die diese schändlichen Verbrechen begangen hatten, vor seinem Zorn bewahren können, selbst wenn es sich dabei um den bereits toten Elektriker handelte. Dann würde Bonanno seinen Ruf für immer zerstören. Alle sollten wissen, dass er kein anständiger Kerl gewesen war, der sich nur mit seiner Arbeit und Computern beschäftigt hatte. Dieser Widerling war nicht nur ein feiger Erpresser gewesen, vielleicht hatte er sich auch noch auf übelste Weise an Kindern vergangen. Er sollte in einer Grube voller Würmer ruhen, nicht auf dem Friedhof inmitten von anständigen Christenmenschen.

O Gott, was für eine Dreckloch war diese Welt!

Pechschwarze Müdigkeit hüllte ihn ein. Bonanno schlief tief und fest. Er wusste, dass er träumte, aber er kämpfte dagegen an, sich von den Ereignissen im Traum einfangen zu lassen. Ein vergeblicher Kampf.

Er stand an einer Kreuzung, vor ihm lagen drei Straßen: Die erste wirkte heiter, Lichtstrahlen fielen durch die grünen, mit Früchten behängten Zweige, das üppig bewachsene Tal erstreckte sich unterhalb der Hügelkette, die es wie einen Kranz umgab, der türkisblaue Fluss bewässerte das Land, das in voller Blütenpracht stand.

Dort war Rosalia, die an der letzten Wegbiegung lag und auf ihn zu warten schien. Er schaute genauer hin, und da sah er *sie*, seine Exfrau. Sie kam von oben auf einem Trapez angeflogen und stieß schnell wie ein Raubvogel herab. Rosalia war aufgestanden, um ihm entgegenzulaufen. Sie lächelte glücklich und bemerkte seine Exfrau nicht. Diese traf sie mit gezielter Bosheit in den Rücken. Rosalia fiel in den Fluss und drohte zu ertrinken. Er konnte sich nicht bewegen, er hatte sich in einen Speckberg verwandelt, eine Kugel ohne Bewegungsfreiheit.

Die andere Straße war dunkel, stürmisch, dort lauerten elektronische Fallen, in jedem Felsen verbargen sich Spione und Wanzen. Caccialesto schlug Angilina, die sich weigerte, ihren Körper zu verkaufen. Angilina verwandelte sich in verschiedene Frauen, Hellhäutige, Mulattinnen, Magere, Üppige. Dann tauchte plötzlich zu Angiolo auf, er hielt einen Stock und schlug auf Aspanu ein. Dabei unterstützte ihn Ingegnere Riccobono tüchtig, während Bürgermeister Totino Prestoscendo, der an Händen und Füßen gefesselt war, das Ganze aus der Ferne beobachtete. Er war gerade damit beschäftigt, im Müll zu wühlen, um sich von einem Hund zu befreien, der ihn mit einem Baum verwechselt hatte, an dem er sein Bein heben konnte.

Die dritte Straße wirkte ruhiger. Der Himmel war klar, nur von ein paar Wolken durchbrochen, die wie Baumwollflocken aussahen und in die unendliche Weite führten. Dort flogen bunte Vögel. Kinder rannten glücklich und unbekümmert umher. Sie spielten und hatten ihren Spaß. Ihr helles Lachen erhob sich zum Himmel und erreichte die schneebedeckten, hohen Gipfel. Überall spürte man Ruhe und Reinheit, eine Stimmung unendlichen Friedens umhüllte den Blick mit wohltuender Klarheit. Plötzlich wurde diese Stimmung von einem dunklen Ruf durchbrochen: *Hub, hub, hub.*

Am Horizont erschien ein harmlos wirkender Wiedehopf, aber Bonanno wusste, was sich hinter ihm verbarg. Die Kinder hatten keine Angst, sie liefen mit ausgebreiteten Armen auf ihn zu. Der Wiedehopf grinste niederträchtig und schaute grimmig. In diesem Moment blieb das größte Kind ängstlich stehen. Es hatte rötliche Haare und seine Augen schienen das Grün der Wiese widerzuspiegeln. Es verließ die Gruppe und begann, genau in die entgegengesetzte Richtung zu laufen, auf den Elektriker Mansueto Malosso zu, der ebenfalls auf den Jungen zurannte, um ihn zu nehmen und wegzubringen. Die Entfernung zwischen ihnen wurde kleiner, das Kind kam immer näher, es waren nur noch zwanzig oder dreißig Meter, ein paar Sekunden und Malosso hätte es an sich gerissen und beschützt, nur noch ein paar Meter und …

Da packte der Wiedehopf zu. Er hob Michelino in die Luft und brachte ihn weit fort, verschwand zwischen Wolken und Lichtstrahlen, die wie Regen auf die Erde fielen. Wie himmlische Tränen.

Schweißgebadet erwachte er. Der Traum war noch lebendig, fast greifbar, die Bilder blitzten in der Morgendämmerung auf und verloren sich dann in den messerscharfen Lichtstrahlen, die durch die Vorhänge gefiltert wurden. Es war ein schöner Novembertag. Bonanno hatte beschlossen, den Fall Wiedehopf abzuschließen. Dazu brauchte er die Hilfe der Sterne. Er schaltete den Fernseher an, stellte den richtigen Sender ein und las die Voraussagen für sein Sternzeichen.

»*Ein leichter Hoffnungsschimmer zeigt sich und ein gewisser Optimismus kann hilfreich sein, solange er Sie nicht dazu bringt, chaotisch oder unkontrolliert zu handeln. Benutzen Sie Ihre Intelligenz und setzen Sie Ihr Ungestüm dosiert ein.*«

»Na klar«, meinte Bonanno dazu und trank schnell seinen Kaffee aus. Nie standen die Sterne gut für ihn. Er regte sich über Ringhio auf, der aus irgendeinem unbekannten Grund immer seine Pantoffeln anknabbern musste, sobald er sie sah. Dann brachte er seine Tochter zur Schule, küsste sie aber nicht auf die Wange, sondern auf die Stirn. Seit dem gestrigen Tag war ihm das so lieber.

In der Kaserne rechtfertigte Steppani sich vor dem Bürgermeister und nahm dabei Zuflucht zu unglaublichem Blödsinn. »Dottor Prestoscendo, ich schwöre Ihnen, falls es sich um einen Irrtum handelt, bringen wir das in Ordnung, aber dafür ist der Maresciallo zuständig.«

Als er seinen Namen hörte und danach Prestoscendos schrilles Stimmchen, das sich überschlug und wer weiß wie viele Tonnen Spucke auf den unglückseligen Brigadiere ausgoss, flüchtete Bonanno unbemerkt in den Verhörraum.

Giarratana sah ihn verwirrt an: »Geht es Ihnen gut, Maresciallo?«

»Sei still, sonst brumme ich dir bis Neujahr Dienst auf«, antwortete Bonanno knapp und schloss die Tür.

Giarratana wagte es nicht, auch nur den Mund zu öffnen. War der Maresciallo vielleicht mit dem falschen Fuß aufgestanden?
»Also, was gibt es Neues?«, fuhr Bonanno mit gespielter Gelassenheit fort.
»Ach was, überhaupt nichts. Heute Nacht haben wir uns mit Della Valle abgewechselt, aber da war gar nichts. Im Hause Lo Sicco redet man nur über das Wetter, über Likör und welche Süßigkeiten man für Weihnachten vorbereiten soll.«
»Aber bis dahin ist es doch noch über einen Monat!«
»Sagen Sie das diesen alten Jungfern!«
»Hört sie weiter ab.«
»Zu Befehl, Maresciallo ... könnte Sie mir bitte erklären, was hier vorgeht?«
»Tu deine Arbeit und misch dich nicht ein. Nur ein schweigsamer Polizist ist ein guter Polizist.«
Wo zum Teufel nahm der Maresciallo nur diese plastischen Redewendungen her?

Nachdem er eine halbe Stunde vergeblich gewartet und Steppani ausgiebig gequält hatte, beschloss Prestoscendo, seinen Fisch vom Haken zu lassen. Der Brigadiere sah inzwischen rot und stellte sich vor, wie er einen gepanzerten Jeep steuerte und damit ganz ruhig über Totino Prestoscendos Brustkorb fuhr. Der Bürgermeister drohte ihm den Untergang an, kündigte an, er würde Himmel und Hölle in Bewegung setzen und verschwand. Steppani platzte wie eine rächende Furie in den Verhörraum.
»Also hat Cantara doch nicht Äpfel mit Birnen verwechselt, Sie waren wirklich die ganze Zeit hier, während dieser Durchgeknallte fast meinen Kopf zum Platzen gebracht hätte, Sie haben wirklich Nerven!«

»Hat er gesagt, was er wollte?«, fragte Bonanno.
»Als wüssten Sie das nicht!«
»Und hast du es aufgenommen?«
»Marescià, der Bürgermeister hat klipp und klar gesagt, wenn wir ihm noch mal Knüppel zwischen die Beine werfen, dann lässt er es uns büßen. Ich weiß zwar nicht, wie er es erfahren hat, aber er weiß, dass wir seinen Dezernenten Ingegnere Riccobono hierherbestellt haben, der, wie es der Teufel will, auch noch stellvertretender Bürgermeister ist, und droht damit, einen Riesenkrach zu veranstalten. Gerade jetzt, wo der Stadtrat nach Jahren bürokratischer Dienstwege den Bebauungsplan verabschieden soll, wirkt diese Einbestellung seines Verwaltungsfachmanns für ihn, als hätten Sie das schön hingekriegt, um ihn in den Augen der faschistischen Stadträte, Ihrer Kameraden, in Verruf zu bringen. Damit meint er Sie persönlich, Maresciallo, nur damit wir uns recht verstehen.
Also, Maresciallo, es ist das Übliche. Der denkt, der einzige Unterschied zwischen Ihnen und den Schwarzhemden bestehe darin, dass Sie für Ihre Verhöre kein Rizinusöl benutzen. Sonst sind die Methoden identisch, eben die von Faschisten. Und als würde das noch nicht reichen, behauptet er auch noch, gestern hätte sich eine unserer Streifen die Zeit damit vertrieben, alle Wagen der städtischen Angestellten mit Strafzetteln zu belegen, einschließlich seines Wagens. Hier, das ist sein Strafmandat, er hat es ganz bewusst hiergelassen. Wissen Sie etwas darüber, Maresciallo?«
»Trägt der Strafzettel zufällig meine Unterschrift?«
»Also, auf den ersten Blick sieht das aus wie Cacicis Gekrakel.«
»Dann musst du ihn fragen … und tu mir einen Gefallen, Steppà, falls der Bürgermeister und seine Arschkriecher

nicht innerhalb eines Monats zahlen, dann geh den offiziellen Dienstweg.«
Steppani enthielt sich jedes Kommentars. Es war nur zu offensichtlich, wer Cacici losgeschickt hatte, links und rechts Strafzettel zu verteilen. Bonanno hatte die Geschichte mit der Überwachung des Mülls anscheinend immer noch nicht verdaut.
»Noch etwas, Steppà, ruf Della Valle und hol einen Wagen, wir haben zu tun.«
»Zu Befehl!«

Zwanzig Minuten, zwei Espressi und drei Zigaretten später fuhren Bonanno und zwei Carabinieri mit dem Alfa Romeo in Richtung Elettronic Sistem, einer Computerfirma im Gewerbegebiet von Villabosco. Ihre Abfahrt war das Letzte, die Reifen krallten sich in den Asphalt und kreischten wütend auf, während Steppanis Fuß mit fürchterlicher Gewalt auf dem Gaspedal zu kleben schien, das bis zum Anschlag durchgetreten war.
»Steppà, ich schwöre dir hoch und heilig: Bevor du mich umbringst, nagele ich dir an einem der nächsten Tage die Füße an, während du schläfst. Und zwar alle beide.«
Wegen des schlechten Starts hielt Della Valle sich gut fest: Mit einem Arm umklammerte er den Sitz und mit dem anderen hatte er sich im Haltegriff verankert. Der Brigadiere fuhr, dass man am liebsten ein Feuer unter seinem Hintern angezündet hätte. Mit Benzin und Kerosin.

Nino Favetta, der Eigentümer der Elettronic Sistem, war ein junger Mann von gerade mal dreißig. Schon mit vierzehn steckte ihm das Computerfieber im Blut, als er, statt draußen Fußball zu spielen oder drinnen mit Mädchen herumzumachen, seine gesamte freie Zeit damit verbrachte, auf die Tastatur seines ersten Computers einzuhämmern. Den Computer hatte sein Vater ihm zum Abschluss der Mittelschule geschenkt. Aus dieser früheren Leidenschaft hatte sich inzwischen ein einträgliches Geschäft entwickelt. Seit einigen Jahren besaß er nicht nur einen Computer-Groß- und -Einzelhandel und eine Beratungsfirma, sondern produzierte zusätzlich mit einem Dutzend Arbeiter hochgeschätzte Grafikkarten. Außerdem hatte Nino Favetta noch einen Einwählknoten zum Internetsurfen gegründet, er war inzwischen der regionale Provider.

Als er den Wagen der Carabinieri mit erhöhter Geschwindigkeit herannahen sah, bekam der junge Mann einen Schreck. Bonanno betrat mit finsterem Gesicht die Büros, gefolgt von dem schockierten Della Valle. Steppani, der sich wegen seines lockeren Fahrstils eine Zurechtweisung eingehandelt hatte, war im Auto geblieben. Wie immer hatte Bonanno ihm die Wagenschlüssel abgenommen.

Der Maresciallo erklärte Favetta den Grund für seinen Besuch und Della Valle, der sich von seinem durch Steppanis Fahrstil bedingten Schock erholt hatte, erläuterte die technischen Details.

»Es tut mir leid, Maresciallo, aber ich kann Ihnen nicht helfen.«

»Was bedeutet das?«, fragte Bonanno

»Ich kenne das Passwort dieses armen Malosso nicht.«

»Wollen Sie mich auf den Arm nehmen?«

»Hören Sie, Maresciallo, wenn ein neuer Kunde bei uns einen neuen Vertrag abschließt, um ins Internet zu gehen, dann übergebe ich ihm einen Umschlag, so einen wie den, und da hinein lege ich dann den Benutzernamen, zum Beispiel Destroyer und das Passwort, sagen wir mal, Navigator. Das ist eine doppelte Vorsichtsmaßnahme, um eventuelle Spekulationen zu verhindern. Ich habe viele von diesen

Umschlägen, jeder hat einen anderen Inhalt, ist fest versiegelt, und enthält eine doppelte Sicherung. Deshalb habe ich nicht die leiseste Ahnung, welches Passwort der arme Elektriker hatte.«

»Verzeihung«, meldete sich Della Valle zu Wort, »aber wenn wir die URLs der Seiten kennen, die Malosso besucht hat und sie ebenfalls besuchen wollen?«

»Oh ja, das ist etwas ganz anderes. Dazu brauchen Sie sich nur ein neues Abonnement zu besorgen, damit kann man surfen und alle Seiten aufrufen, die man möchte. Falls Sie Interesse daran haben, bei mir bekommen Sie wiederaufladbare Karten mit einem Zeitkonto, damit können Sie fünfzig Stunden im Internet surfen. Jede Karte kostet nur achtzig Euro.«

»Können Sie mir das genauer erklären?«, fragte Bonanno und seine Hände bewegten sich nervös, als wollte er Violine spielen.

»Maresciallo, Sie müssen nur achtzig Euro bezahlen, um den Rest kümmere ich mich«, sagte Della Valle, der inzwischen begriffen hatte, aus welchem Holz der Maresciallo geschnitzt war.

»Na gut, bereiten Sie uns diese verdammte Karte vor und schicken Sie die Rechnung in die Kaserne«, beendete der Maresciallo das Gespräch. Der junge Eigentümer von Elettronic Sistem war wirklich ein Knicker. Ich werde mich revanchieren, dachte Bonanno.

Eine knappe Stunde später waren Della Valle, Steppani und Bonanno wieder in der Wohnung des Elektrikers. Sie saßen vor dem leistungsstarken PC und probierten, sich mit der Karte und den persönlichen Zugangsdaten ins Internet einzuwählen. Kurz darauf erschien die Homepage des Providers auf dem Bildschirm. Della Valle rief die

Adressen der letzten Seiten auf, die Malosso besucht hatte. Dazu benutzte er die temporären Dateien des Browsers, in denen sie noch gespeichert waren.
Unter dem Namen ›Wiedehopf‹ fanden sie zahlreiche Seiten. Sie begannen damit, die erste zu überprüfen, dann die zweite, die dritte, die vierte. Zwei Stunden und vierundzwanzig Minuten später, sie riefen gerade die achtzehnte Seite auf, hätte Bonanno liebend gern auf den Monitor, das Modem und alle verdammten Wiedehopfe dieser Welt geschossen, von denen er jetzt sogar wusste, wie viele Federn ihnen über dem Hintern wuchsen.
»Wir vergeuden nur Zeit«, meinte Bonanno stöhnend.
»Maresciallo, könnten Sie mir bitte sagen, wonach genau wir suchen?«, fragte Steppani.
Della Valle ging es genauso, er hatte zwar nicht offen gefragt, hätte aber auch gern näher gewusst, wonach sie suchten.
Sollte er seinen Männern jetzt Rosalia Santacroces Befürchtungen mitteilen? Ihnen erklären, dass der Wiedehopf vielleicht nicht unbedingt ein Vogel war, sondern etwas ganz anderes? Dass ein Kind sich davor fürchtete und dies ihre einzige brauchbare Spur war? Dass der Elektriker sehr wahrscheinlich dieses Kind sexuell missbraucht hatte? Dafür sprach, dass sie den Wiedehopf, den der Kleine so fürchtete, hier in Malossos Computer entdeckt hatten, in diesen verdammten Dateien oder wie zum Teufel nannte man das noch?
Bonanno beschloss, sich ihnen anzuvertrauen. Während er kräftig qualmte, erklärte er in ein paar Worten, wonach sie suchten, obwohl er das eigentlich auch nicht genau wusste.
»Eine Geisterseite oder eine verschlüsselte Seite«, rief Della Valle.

»Ver … was?«
»Eine geheime, verborgene Seite. Wenn es sich dabei um eine Seite mit Kinderpornografie handelt, dann verstecken die sie absichtlich, die lassen sie ganz sicher nicht so offensichtlich sehen, dass dort jeder reinkönnte, so blöd sind die nicht.«
»Und wie sollen wir sie dann finden?«
»Warten Sie mal, Maresciallo, ich möchte mir etwas näher ansehen. Gerade eben habe ich, glaube ich, etwas Unerklärliches bemerkt, eine Seite hat sich nicht öffnen lassen, man wurde immer gleich wieder zum Ausgangspunkt zurückgeschickt. Mir ist das nicht sofort aufgefallen, weil ich nicht genau wusste, was Sie suchen, aber jetzt … ja, da ist es, schaut mal, was jetzt passiert.«
Della Valle gab die Adresse ein und auf dem Bildschirm erschien plötzlich das wunderbare Bild eines Wiedehopfs. Der Federbusch und der gebogene Schnabel verliehen ihm eine düstere Eleganz, die ein wenig von den schwarz-weißen Flügeln und dem ruderförmigen Schwanz gemildert wurde.
Kurz darunter fiel ihnen ein absolut unverständlicher Satz ins Auge: *»O ihr Ameisen, hinein in eure Wohnungen, damit nicht Sulayman und seine Heerscharen euch zertreten, ohne dass sie es merken.«*
»Sehen Sie sich das an, Maresciallo«, sagte Della Valle.
Steppani und Bonanno ließen sich nicht lange bitten und hockten sich nahe vor den Bildschirm.
»Sehen Sie mal, was jetzt passiert.«
Della Valle gab etwas ein und man hörte ein düsteres *hub, hub, hub,* den Ruf des Wiedehopfs. Dann öffneten sich gleichzeitig mehrere Seiten mit der gleichen Adresse und dem gleichen Bild. Jeder Versuch des jungen Carabiniere, auf die Homepage zu kommen, scheiterte. Nur das trau-

rige Echo des sich wiederholenden Rufs unterstrich die Tatsache, dass er es vergeblich versuchte und sie sich im Kreis drehten. Der Wiedehopf schien sie spöttisch anzusehen und höhnisch zu rufen.
Nach über einer Stunde vergeblicher Versuche wirkte Della Valle entmutigt. Seine Fähigkeiten prallten gegen eine undurchdringliche Mauer, die Internetseite, auf der das stolze Federvieh prangte.
»Ich glaube, jetzt brauchen wir Hilfe, Maresciallo, vielleicht haben wir gefunden, was Sie suchen, aber wir müssen einen Weg finden, um Zugang dazu zu bekommen. Leider habe ich noch nicht mit meinem Studium begonnen, hier brauchen wir einen Elektroingenieur oder einen Hacker oder …«
»Was hast du gesagt?«, brüllte Bonanno und packte Della Valle heftig am Kragen.
Der junge Mann wurde kreidebleich. »Was hast du gesagt?«, wiederholte Bonanno.
»Wir brauchen einen Hacker oder …«
»Zum Teufel mit dem Hacker, vorher, vorher …«
»Wir brauchen einen Elektroingenieur.«
»Du bist Gold wert, mein Kleiner, pures Gold. Los, Steppani, fahr schnell zum Kloster und frag nach Bru… verdammt noch mal, jetzt weiß ich nicht mehr, wie er heißt! Frag den Abt, der weiß es. Er hat mir neulich erzählt, einer der beiden Mönche, die ihrem Kloster zugeteilt wurden, ist eine Art Computergenie und kennt alle Tricks. Bevor er ins Kloster eintrat, hat er Elektroingenieur studiert.«

Siebenundzwanzig Minuten später betrat Bruder Umberto den Raum. Er war bleich wie der Tod.
»Entschuldigen Sie bitte den Fahrstil unseres Brigadiere, Bruder Umberto, aber er hat da, wo sonst die Hände sit-

zen, das Steuer eines Rennwagens«, erklärte Bonanno, der sofort begriff, was hinter der Leichenblässe steckte, und Steppani mit vernichtenden Blicken strafte.
Niemand wusste seinen elastischen, schwungvollen Fahrstil zu schätzen, wie er mit ein wenig überhöhter Geschwindigkeit fuhr, um die Kurven des Montanvalle besser auszukosten.
Bruder Umberto erwies sich sofort als Computerfachmann. Und nicht nur das. Als Bonanno in groben Zügen erklärte, wonach sie suchten und was sie im Internet herausgefunden hatten, und schließlich ihren Verdacht äußerte, dass diese ungewöhnliche Seite etwas verbergen würde, las Bruder Umberto neugierig den Satz, der dort stand.
»Guter Gott, das ist aus dem Koran!«, meinte er überrascht.
»Was hat denn das Buch der Türken damit zu tun?«, fragte Bonanno.
»Der Moslems, Maresciallo, der Koran ist die Heilige Schrift des Islam. Wenn ich mich recht erinnere, stammt dieser Satz: »*O ihr Ameisen, hinein in eure Wohnungen, damit nicht Sulayman und seine Heerscharen euch zertreten, ohne dass sie es merken.*« aus einer Sure, genau, das ist die Stelle, an der Salomo, hier im Text Sulayman genannt, nachdem er sein Heer versammelt hat, den Wiedehopf ruft. Der erscheint vor ihm und berichtet von dem fernen Land der Königin von Saba. Ein wunderschönes Land, dort kniet man jedoch vor der Sonne nieder, anstatt den einzig existierenden Gott anzubeten. Salomo vertraut dem Wiedehopf nicht, er stellt ihn auf die Probe und schickt ihn als Botschafter zur Königin. Und die Königin von Saba tritt später zu Salomos Glauben an den wahren einzigen Gott über.«
Bonanno, Della Valle und Steppani hörten dem jungen

Mönch mit offenem Mund zu. Der tippte inzwischen weiter hektisch auf der Tastatur und suchte nach einem Weg, Zugang zu der Seite zu bekommen.

»Auch unser großer Dichter Ugo Foscolo erwähnt den Wiedehopf, in seinem Meisterwerk *Von den Gräbern*«, erklärte der Mönch weiter, »aber hier wird er nicht als stolzer Vogel, sondern als Vorbote des Unheils bezeichnet. Er erhebt sich von einem Totenschädel, in dem er sich versteckt hat, um sich vor dem Mondlicht zu verbergen und flattert düster zwischen den Grabkreuzen auf dem Friedhof umher. Dabei erfüllt er die Nacht mit seinem traurigen Lied. Der Ruf des Wiedehopfs klingt nicht gerade wie Musik in den Ohren.«

Bonanno, der gerade mal wusste, was der Koran war, ergriff große Begeisterung, als der Mönch den bedeutenden Poeten und sein Gedicht erwähnte.

»Hören Sie, Vater …«

»Umberto, Bruder Umberto, Maresciallo.«

»Sehr gut, also Bruder Umberto. Glauben Sie, Sie können uns helfen zu begreifen, was das hier zum Teufel bedeutet?«

»Es sieht wirklich so aus, als würde diese Seite hier etwas verbergen, aber um Zutritt zu bekommen, muss man die richtigen Schlüssel finden.«

»Die Schlüssel? Welche Schlüssel?«

»Die, mit denen man die elektronischen Türen öffnen kann, die derjenige, der hinter alldem steckt, der Wiedehopf, gut verriegelt hat, um zu verhindern, dass Leute wie wir seine Geheimnisse ergründen.«

Neunzehn

Salomo grinst. Jemand versucht, sich ohne die nötigen Zugangsdaten in die Seite einzuklicken, aber die fünf passwortgeschützten Sperren wehren großartig jeden Angriff ab. Sein Tempel steht fest.

Die wiederholten Versuche zeigen, dass der Surfer auf der Datenautobahn viel hartnäckiger ist als viele seiner Vorgänger, aber wie die anderen muss er scheitern. Man kommt hier nicht hinein, wenn man nicht die Schlüssel besitzt, um die ersten elektronischen Sperren zu überwinden und die Gabe, um die letzten beiden zu öffnen. Nur die Auserwählten besitzen dieses Privileg.

Sein Unternehmen Upupa lässt nicht den kleinsten Fehler zu. Aus immer mehr Teilen dieser Welt erheben sich in letzter Zeit heuchlerische Schreie der Empörung gegen die, die Kinder lieben. Diese bigotten Heuchler, die ihr eigenes Herz vor der reinen Liebe verschließen, bemühen sich, Menschen an den Pranger zu stellen, die sich wie er die universelle Liebe für das ganze Leben auf ihre Fahnen geschrieben haben.

Upupa wird triumphieren.

Der Wiedehopf wird das neue Jahrtausend mit seinem wunderbaren Gesang begrüßen, die Nacht wird im Glanz der Unschuld erstrahlen und der Tempel wird zum ersten Mal ein Blutopfer sehen. Purpurroter Lebenssaft eines Kindes soll die tiefsten Wurzeln der Menschheit benetzen und den Übergang in ein neues Zeitalter adeln. Dieses Opfer soll die ideale natürliche Verbindung zu den Anbetern des Tempels schaffen, sie mit neuen Bildern überfluten, es ist die Taufe einer erneuerten Gesellschaft, dieser Gesellschaft der universellen Liebe im Zeichen des wundervollen Gesangs ihres Vogels.

Es macht wirklich Spaß, mit Mansueto zu spielen. Er hat sogar ein Fußballspiel auf seinem Computer installiert. Da kann man sich Mannschaften aus allen Ländern der Welt aussuchen sowie das Stadion, die Länge der Partie und das Wetter, ob es kalt ist und schneit oder ob die Sonne den Platz wärmt. Man kann auch die Trikots auswählen, die Farbe der Strümpfe, sogar die Frisuren und die Spieler auswechseln.

Mansueto hat auch noch andere Spiele, alle sind wunderschön. Am liebsten mag ich das mit den Ringkämpfern. Mansueto ist ein guter Mensch. Bei ihm fühle ich mich wohl und neulich, als er Süßigkeiten gekauft hat, um seinen Geburtstag zu feiern, habe ich mich ihm zuliebe gezwungen, etwas davon zu essen.

Danach ging es mir sofort schlecht, sehr schlecht. Ich habe mich übergeben. Mansueto hat sich Sorgen gemacht. Er wollte mich zum Arzt bringen, aber ich habe Nein gesagt. »Dann rufe ich deinen Vater an«, hat er beharrt. Ich habe angefangen zu weinen, der Brechreiz hat mich weiter gequält. Mansueto wusste nicht, was er mit mir anfangen sollte, er wollte mich nach Hause bringen, da habe ich ihn angefleht, das nicht zu tun und mich bei ihm bleiben zu lassen. Ich habe ihn beschworen. Zu Hause wäre ich allein mit Papa, und er …

Mansueto hat es begriffen. Ich weiß nicht, wie, aber plötzlich hat er mich ganz anders angesehen und hat nur noch geschrien: »Oh Gott, oh Gott!« Dann hat er den Kopf zwischen die Hände gepresst, ist mit großen Schritten durch die Wohnung gelaufen und hat immer wieder gesagt: »Oh Gott, Michelino, wie konnte ich das nur übersehen?«

Dann hat er sich neben mich gekauert. Ich habe gesehen, wie er weinte und mich mit eindringlichen, schmerzerfüllten Augen anstarrte.

Sie sahen aus wie meine Augen, wenn Papa und sein Freund mit ihren Spielen fertig waren. Wenn ich mich danach im Spiegel betrachtete, sah ich dort diese unergründlichen Teiche voller Traurigkeit.

Mansueto war auch traurig. Er hat mir von einem Traum erzählt und von einer Krankheit. Seiner Krankheit. Vor ein paar Monaten hatte er herausgefunden, dass er schwer krank war. Eines Tages hatte er während der Arbeit einen heftigen Stich im Rücken gespürt, aber das hatte er nicht beachtet. In den folgenden Tagen wurde ihm schwindelig und er fühlte sich sonderbar. Da ist er zu seinem Hausarzt gegangen, und der hat Untersuchungen angeordnet. Sie haben etwas Zucker in seinem Blut gefunden. Nichts Ernstes, er sollte das aber kontrollieren.

Von da an hatte sein Leidensweg begonnen, bis er es schließlich satthatte, dass es ihm immer schlechter ging, und er sich an eine Spezialklinik wandte. Dort haben sie eine ganz schlimme Krankheit bei ihm festgestellt: Bauchspeicheldrüsenkrebs.

Mansueto hat mir erzählt, das hätte in diesem Moment mehr wehgetan, als wenn man ihn mit Messerstichen traktiert hätte. Es ist furchtbar für ihn gewesen, in seinem Alter sein Todesurteil zu hören. Armer Mansueto, er war

verzweifelt und hat andere Ärzte aufgesucht, aber überall bekam er die gleiche schreckliche Antwort.
Dann hat er von einer Ärztin gehört, die verschiedene Therapien anwandte, für die man aber selbst bezahlen musste. Und die Medikamente kosteten sehr viel Geld. Mansueto beschloss, diese Therapie zu versuchen und wegen des Geldes … na ja, irgendwie würde er das schon auftreiben.
Er fing an, sich von der Ärztin behandeln zu lassen. Einmal in der Woche verließ er den Ort und fuhr in die ferne Stadt. Niemand wusste von seiner Krankheit. Mansueto ging es besser, aber er war traurig und sehr allein. Er fragte sich, was er mit seinem Leben anfangen sollte. In ein paar Monaten würde er tot sein und was blieb dann von ihm, von seinem Leben?
Er hat mir erzählt, seltsamerweise sei es weniger der Tod, der ihn schreckte. Wenn man dazu verdammt ist, dann gewöhnt man sich nach einer anfänglichen Phase der Angst und der Ablehnung sogar daran, mit dem Tod zu leben. Er achtete nicht auf seine Krankheit, außer wenn es ihm schlecht ging, dann besorgte er sich Geld und rannte zu seiner Ärztin.
Ihn ängstigte vor allem die Gewissheit, sein Leben verschwendet zu haben, zu sterben, ohne etwas für andere Menschen getan zu haben. Sein Leben war leer gewesen, und jetzt spürte er das dringende Bedürfnis, etwas zu tun, aber er wusste nicht, was, bis er eines Nachmittags in der Klinik, während der Therapie …
Da tauchte es plötzlich vor ihm auf, strahlend und wunderschön, vielleicht war es nur ein Fiebertraum, eine Nebenwirkung der Medikamente, aber als er mit den Ärzten darüber sprach, schüttelten sie die Köpfe: Solche Nebenwirkungen rief die Therapie nicht hervor, höchstens

Brechreiz und körperliche Schwäche. Und seine Vision? Vielleicht war er eingeschlafen und hatte geträumt.
Mansueto hat mir seinen Engel aus seiner Erinnerung beschrieben, er ähnelte meinem Schutzengel. Er konnte sich genau an seine Gesichtszüge und die großen, weißen Flügel erinnern. Sein Engel war jedoch kein einfacher Engel, sondern ein Erzengel. Aber sosehr sich Mansueto auch bemühte, er konnte sich nicht an seinen Namen erinnern, er wusste nur noch, dass der irgendetwas mit Licht zu tun hatte.
Doch seine Botschaft hatte er behalten: *»Im Dunkel findet sich der Weg. Viele, die durch das Licht gehen, verirren sich in der Dunkelheit. Aus dem Schmerz entsteht das Leben, aus der Krankheit Hoffnung, aus dem Leid die Befreiung. Deine Zeit ist beendet, du bist das Werkzeug im Kampf gegen die fortschreitende Dunkelheit. Der Engel des Lichts hat das Gebet seines kleinen Freundes erhört.«*

Als er mir von seinem Traum erzählte, habe ich gemerkt, wie mir plötzlich ganz heiß wurde, das Eis in meinem Herzen schmolz, und mit ihm löste sich auch das Salz, das in meinen Augen brannte. Mansueto hat mich im Arm gehalten wie ein wahrer Freund.
Ich habe ihm alles erzählt, von meinem Schutzengel, der nicht auf mein Flehen antwortete, dass ich in die Nacht hinauswollte, um inmitten der Sterne zu fliegen und nicht mehr sehen zu müssen, wie der Speichel aus Papas Mundwinkel tropfte und sein Ding sich aufrichtete oder das seines Freundes, wenn sie zu mir kamen. Um nicht mehr diesen düsteren Gesang zu hören, jedes Mal danach, wenn sie den Computer einschalteten und ihm die Fotos zu essen gaben.
Mansueto wollte, dass ich ihm mehr über die Fotos erzähle.

Ich habe ihm alles gesagt,was ich über den Wiedehopf und diesen Upupa wusste. Er ist aufgesprungen, als hätte ihn eine Schlange gebissen. Wir haben uns vor den Computer gesetzt, dann hat er ein kleines Gerät angeschaltet. Er hat gesagt, das heißt Modem, und mir erklärt, dass es uns helfen wird, den Wiedehopf festzunageln. Wenn das stimmt, was Mansueto annimmt, dann muss es auf der Welt viele wie meinen Vater und seinen Freund geben. Sie treffen sich im Internet und tauschen dort Fotos von ihren Heldentaten aus. Für die Erwachsenen ist es so einfach, uns zu benutzen.

Mansueto hat mir gesagt, ich soll nicht zu Hause bleiben, wenn mein Vater da ist. Ich sollte keine Angst haben, der würde mich nicht mehr belästigen. Nie mehr. Kurz darauf habe ich den Ruf dieses verdammten Vogels gehört. Er hat mir in den Ohren gedröhnt. Das ist er, habe ich geschrien. Mansueto hat mich ganz fest umarmt und hat mir gesagt, ich soll keine Angst haben, jetzt hätte er den Wiedehopf entdeckt und der würde nie wieder fliegen. Es war Zeit für den Kampf. Dann hat er mich nach Hause gebracht. Mama war zurück, also bestand keine Gefahr.

Eine Viertelstunde später hat das Telefon geklingelt. Ich bin drangegangen. Es klang, als wäre es Mansuetos Stimme, aber ich war mir nicht sicher. Er hat nach Papa gefragt. Als Papa dann den Hörer aufgelegt hat, war er verstört. Von da an hat er sich von mir ferngehalten.

Mansueto ist tot. Jemand hat ihn ermordet. Ich weiß, wer das gewesen ist. Der Wiedehopf. Mansueto hatte sehr viel über dieses Mistvieh herausgefunden. Zwei Tage vor seinem Tod hat er mir einen Brief gegeben. Er hat mir anvertraut, er hätte die ersten drei elektronischen Sperren entschlüsselt. Dann blieben noch zwei, die waren am schwierigsten zu durchdringen, denn außer dem Zugangsschlüssel brauchte man noch ein Geschenk. Und er hatte keine Ahnung, wo er sich dieses eklige Zeug beschaffen sollte, das er brauchte, um die Gier des Wiedehopfs zu befriedigen und so zu tun, als wäre er einer von ihnen.

»Hör mir zu, Michelino«, hat er mir beim letzten Mal gesagt. »Du weißt, wir beide sind Freunde, und ich verheimliche nichts vor dir, ich erzähle dir jetzt die ganze Wahrheit. Ich bin krank und eines Tages werde ich vielleicht für eine Weile fortgehen müssen ... vielleicht komme ich auch nicht zurück. Wenn das passiert, heb diesen Brief gut auf, gib ihn nur jemandem, dem du wirklich vertraust. Jemandem, der den Wiedehopf jagt, so wie ich es getan habe.

Dieses verdammte Vieh sitzt fast in der Falle. Aber es ist noch sehr stark, wir müssen es endgültig aus dem Verkehr ziehen, wenn wir die Welt von dieser Plage befreien wollen. Jetzt versteh ich, was meine Vision bedeuten sollte. Ich dachte, sie bezöge sich auf meine Arbeit als Elektriker, all diese Worte von Dunkelheit und Licht, stattdessen ...

Es gibt sehr viele kleine Jungen wie dich, Michelino. Viele Unschuldige, die leiden und nicht alle haben das Glück, einen Erzengel oder so was Ähnliches als Beschützer zu haben.

Ich weiß nicht, ob ich es schaffen werde, den Wiedehopf zu besiegen, denn in letzter Zeit fühle ich mich immer schwächer. Glaub mir, ich versuche es mit all meiner Kraft, aber es ist schwierig, denn die sind sehr gut organisiert. Dahinter muss ein teuflischer Kopf stecken, ein krankes, sehr schlaues Hirn.

Es handelt sich um Menschen, nein, man kann niemanden als Menschen bezeichnen, der Kinder vergewaltigt. Es handelt sich um skrupellose Kreaturen, die es nicht verdienen zu leben, und wir müssen sie aus dem Verkehr ziehen.

Deshalb brauche ich deine Hilfe. Sollte ich nicht zurückkommen, sollte mir … etwas passieren, dann rede mit niemandem darüber, Michelino, merk dir, mit niemandem. So etwas ist nicht leicht zu verstehen und zu akzeptieren, die Leute wollen immer erst ein Wunder sehen, ehe sie auch an den Heiligen glauben, und ich habe immer noch nicht ganz herausgefunden, wie man ins Allerheiligste des Wiedehopfs eindringt. Hör nur auf dein Herz, Michelino, und nimm das, heb diesen Brief auf, hüte ihn sorgfältig. Er ist das Ergebnis vieler Nächte, die ich vor dem Computer verbracht habe, um zu versuchen, dieser Bestie die Krallen zu stutzen. Sollte es wirklich … zum Schlimmsten kommen, bin ich mir sicher, dass du dich richtig entscheiden wirst, wir werden siegen und dann wird die Dunkelheit wirklich vom Licht durchdrungen werden.«
Mansuetos Gesicht verzog sich zu einer Grimasse des Schmerzes, obwohl er versuchte, ihn vor mir zu verbergen. Er hatte mir auch erklärt, ich brauchte mich nicht mehr vor meinem Vater und seinem Freund zu füchten. Er war wirklich der Anrufer gewesen. Mansueto hatte geblufft, er hatte ihm gesagt, er hätte alles über den Wiedehopf herausgefunden und von der Seite Fotos heruntergeladen, die so kompromittierend waren, ja, so hatte er es genannt, Fotos, auf denen er und ein anderer Kumpan sich mit kleinen Jungs amüsierten. Wenn sie es noch einmal wagten, mich anzurühren, würde er die Bilder an einen Richter schicken.
Mansueto hatte gelacht, aber es hatte bitter geklungen: »Ich bin ausgesprochen gut geworden, Leute zu erpressen, aber diesmal habe ich es nicht nur für mich getan, diesmal war es wirklich Zeit dafür«, hatte er gesagt.
Das ist meine letzte Erinnerung an ihn.

Bonanno rauchte, ohne es zu bemerken, während Bruder Umberto, unterstützt von dem jungen Furio Della Valle, immer wieder versuchte, über die Homepage dieser ungewöhnlichen Seite hinauszukommen. Sie drehten sich weiter im Kreis, der Wiedehopf verteidigte seine Geheimnisse, und jedes Mal wenn sie glaubten, sie hätten das Hindernis überwunden, erschien ein großes feuerrotes X, begleitet vom rauen Ruf des Wiedehopfs, das ihr Scheitern bezeugte. Sofort danach eroberte der Wiedehopf wieder den Bildschirm, geheimnisvoll und nicht zu entfernen.

»Verdammte Scheiße noch mal«, polterte der Maresciallo. »Immer noch nichts?«

»Möchten Sie es vielleicht versuchen?«, erwiderte Bruder Umberto seelenruhig.

»Der Maresciallo ist nur ein wenig erschöpft, Vater«, mischte Steppani sich ein, der die Verstimmung des Mönches und die Sorge seines Vorgesetzten begriffen hatte. »Außerdem sind ihm Computer und andere elektronische Geräte ziemlich fremd. Aber wenn Sie jetzt hier weiterarbeiten, würden Sie dann so freundlich sein, uns auch ein wenig zu erklären, wie ...«

Bruder Umberto blickte vom Computer auf und in die Augen des Brigadiere. Er sah ihn ein paar Augenblicke lang an und verstand, wie viel Respekt und tiefe Zuneigung dieser für den Maresciallo empfand. Hinter dem verrückten Rennfahrer verbarg sich ein junger Mensch mit einem weichen Herzen.

»Ihr habt recht«, sagte der Mönch schließlich. »Furio, probieren Sie es eine Weile allein weiter, ich werde mich inzwischen bemühen, auch unserem aufbrausenden Maresciallo verständlich zu erklären, was wir gerade versuchen. Kommen Sie, Maresciallo, und Sie auch, Brigadiere, kommen Sie näher.«

Bruder Umberto hatte nichts von einem klassischen Mönch. Er trug braune Jeans, einen blauen Rolli, einen bunten Pullover und Tennisschuhe. Er nahm sich ein Stück Papier, griff nach einem zwischen CDs und Disketten versteckten Stift und schrieb:

u

p

u

p

a

»Sehen Sie sich das Geschriebene genau an: Der Wiedehopf – mit seinem wissenschaftlichen Namen heißt der Wiedehopf *upupa epops* – der auf der Homepage erscheint, hat meiner Meinung nach zwei Bedeutungen: Einerseits steht er, glaube ich, als Symbol für etwas, das uns Salomo, den dritten König Israels, in Erinnerung ruft, der fast tausend Jahre vor der Geburt Jesu gelebt hat.

Salomo, der Sohn von David und Batseba, wurde zum Nachfolger Davids auserwählt und der Prophet Nathan verkündigte, er werde den Tempel von Jerusalem bauen. Er war nicht gerade ein Heiliger, er ließ sogar seinen älteren Bruder ermorden, heiratete die Tochter des Pharao von Ägypten, schloss strategische Bündnisse, baute Festungen und verstärkte den Seehandel. Seine Flotte stieß über das Rote Meer hinaus bis zu den Küsten anderer Erdteile vor, von denen sie kostbare Waren mitbrachten. Salomo teilte Israel in zwölf Bezirke und weitete sein Herrschaftsgebiet vom Fluss Euphrat bis zum Land der Philister und an die Grenze Ägyptens aus. Die im Land verbliebenen Kanaaniter machte er zu Sklaven und verbündete sich mit Hiram, dem König von Tyros, der ihm Holz für seine Schiffe lieferte und ihm half, den Tempel in sieben Jahren fertigzustellen, der dann mit großem Pomp eingeweiht wurde.

Salomo verfügte über ein großes Organisationstalent, er verkaufte Pferde an das Reich Cilicia, Wagen an die Syrer, modernisierte sein Heer, verwirklichte eindrucksvolle Bauten wie den königlichen Palast, aber vor allem den Tempel. Sein Ruf breitete sich bis in ferne Länder aus und seine Weisheit war sprichwörtlich. Er war das, was man einen großen König nennt, man muss nur daran denken, dass er am Tag, an dem er den großen Tempel einweihte, Zehntausende Ochsen und Schafe opferte und mit dem Blut seinen Glauben bestätigte. Aber seine Ausschweifungen trieben ihn zur Selbstzerstörung. Wie die Bibel erzählt, liebte Salomo außer seiner legitimen Frau, der Tochter des Pharao, viele andere ausländische Frauen, zu denen der Herr den Kontakt verboten hatte. Er hatte etwa siebenhundert Ehefrauen und über dreihundert Konkubinen, sein Herz wurde von fremden Bräuchen gefesselt und er lief falschen Gottheiten nach, bis der Herr entrüstet erklärte, er werde ihm seine Herrschaft entreißen und sie einem seiner Diener geben.«

»Entschuldigen Sie meine Aufdringlichkeit, Bruder Umberto, aber erklären Sie mir bitte, was dieser Erzhurenbock Salomo mit unserer Sache zu schaffen hat?«, polterte Bonanno, der sich in all dem nicht mehr zurechtfand.

»Vielleicht nichts und vielleicht doch etwas, denn sowohl der Satz als auch der Wiedehopf erinnern an andere Aspekte von Salomo. Ihm begegnet man auch in anderen religiösen Schriften, ergänzt durch Legenden, die ihren Ursprung in seiner großen Weisheit haben. Zum Beispiel soll er einen Pokal besessen haben, der ferne Ereignisse sichtbar werden ließ, und das erinnert mich an einen Computerbildschirm. Oder er ließ sich vom Wind in die entlegensten Länder tragen, und heute ist der schnellste Weg, das andere Ende der Welt zu erreichen, sich via Internet zu verbinden. Man sagt auch, er habe einen Ring besessen, der es ihm ermöglichte, mit Tieren zu sprechen, daher stammt die Geschichte mit dem Wiedehopf und den Ameisen, von der der Koran erzählt.«

Steppani war sprachlos, er dachte über Bruder Umbertos Erklärungen nach. Furio Della Valle hackte weiter auf der Tastatur herum. Bonanno nahm die Erklärungen ein wenig ungläubig auf, obwohl sein Bulleninstinkt wie wild in ihm kribbelte.

»Aber es kann natürlich auch etwas völlig anderes bedeuten«, fuhr der Mönch fort, »und der Vogel ist eine falsche Spur, hinter der sich nur die Schlüssel verbergen, um Zugang zur Seite zu erhalten. Es kann auch sein, dass dieses Geheimnis im lateinischen Namen des Wiedehopfs verborgen ist, das heißt, es könnte sich um ein Akrostichon handeln.«

Bonannos Hände begannen sich zu bewegen, als würde er Geige spielen: Was für eine Sprache sprach dieser Mönch eigentlich?

»Gerade eben«, fuhr Bruder Umberto fort, ohne auf Bonannos wachsende Nervosität zu achten, »während Sie einen Ihrer zahllosen Kaffees getrunken haben, haben wir versucht, jedem Buchstaben des Wortes Wörter, die gemeinsam einen Sinn ergeben, zuzuordnen. Zum Beispiel:«

U: Ulema
P: Prediger
U:Ungläubiger
P: Priester
A: Astartes

Bonanno sah sich verwirrt um. Was bedeutet jetzt schon wieder Ulema, Astarte oder wie zum Donnerwetter das geschrieben wurde?

»Leider haben wir so noch nichts wirklich Sinnvolles herausgefunden, es fehlen uns nach wie vor die richtigen Passwörter. Das ist so, als versuchte man, ein Auto mit einem Schlüssel zu starten, der zwar ähnlich aussieht, aber nicht der passende ist. Ich glaube aber, wir sollten diesen Weg trotzdem weiterverfolgen.«

Der dröhnende Ton von Steppanis Handy erschütterte den Raum. Das klang nicht wie ein Handyklingeln, sondern wie der aufheulende Motor eines Ferrari. Bonanno sah seinen Untergebenen böse an. Der Brigadiere meldete sich schnell am Telefon. Sein normalerweise gleichmäßig rosiges Gesicht sah plötzlich gefleckt aus wie eine Malerpalette. Er stellte dem Anrufer dreimal die gleiche Frage: »Bist du dir ganz sicher?«

Als er das Gespräch beendet hatte, starrte er Bonanno mit einem Blick an, der Verwirrung und Unglauben, aber auch große Freude ausdrückte.: »Marescià, gerade eben hat Giarratana angerufen, halten Sie sich fest: ›Volltreffer im Hause Lo Sicco, alles ist perfekt aufgezeichnet, jetzt wissen wir, wer den Elektriker mit dem Zementpfahl erschlagen hat.‹ Soll ich die Sirene starten und wir schnappen uns diese Bastarde sofort?«

Zwanzig

Melo Sferrazza wirkte aus der Nähe noch eindrucksvoller, als Bonanno ihn in Erinnerung hatte. Er kannte ihn schon lange, wusste, dass er sehr schweigsam und zu Angiolo Lo Sicco treu ergeben war, dessen Besitz, Olivenhain, Weinberge und Bauernhöfe er verwaltete. Ein kräftig gebauter Mann, dessen Stärke legendär war. Es hieß, als er ein junger Mann war, hätte er nur mit seinen Zähnen zwei volle Getreidesäcke hochheben können. Trotz seiner siebenundvierzig Jahre hatte sich Sferrazza den Körperbau eines Herkules bewahrt.

Bonanno hätte nie angenommen, dieser Berserker mit Schwielen an den Händen, der so sanft wirkte und vom Charakter her schweigsam war, könnte in der Lage sein, einen Menschen zu ermorden. Aber das Gespräch, das Giarratana abgehört hatte, ließ keinen Zweifel daran. Jetzt wussten sie auch genau, wer den Mord befohlen hatte und aus welchem Grund.

Den Auftrag hatte zu Angiolo erteilt: Der Elektriker hatte ihn bei irgendeiner Gelegenheit fotografiert, als er mit Angilina die weichen Laken ausprobierte, in denen Angilina sonst nur Aspanu empfing. Zu diesem Bett hätte der Zuhälter niemandem Zutritt erlaubt. Seine Frau konnte und sollte ihren Körper verkaufen, aber nicht in diesem Haus, nicht in seinem eigenen Bett. Aspanus primitiven Moralvorstellungen genügte es schon, wenn sie dort nur einen

Kunden empfangen hätte, um ihn zu einem betrogenen Ehemann zu stempeln. Auf Sizilien bedeutete Ehre noch etwas.

Die Fotografierten wirkten so lebensecht, als würden sie gleich anfangen zu sprechen, so scharf waren die Bilder geworden. Seine Krankheit hatte Mansueto Malosso dazu gezwungen, sich fortwährend Geld für die Therapien zu besorgen. Der Elektriker hatte sich das notwendige Geld beschafft, um seinen Kampf gegen die quälende Krankheit fortzuführen. Dazu hatte er den persönlichen Lastern zahlreicher Leute in der Stadt nachgeschnüffelt, die nach außen Muster an Tugend waren. Im Dunkeln blieb, ob er noch andere Musterbürger erwischt hatte, während sie sich amüsierten, ohne zu wissen, dass ein indiskretes Auge ihre persönlichen Fehltritte beobachtete, und ob sie bereit gewesen waren, eine Menge Geld dafür zu bezahlen, dass diese auch geheim blieben.

Das war Ingegnere Riccobono und Signora Adelina passiert und dann zu Angiolo. Aber dieser wackere, ehrwürdige Greis war nicht der Typ, der sich einfach erpressen ließ. Als Mansueto ihn in den Kreis seiner Melkkühe aufnahm, hatte er damit sein eigenes Todesurteil unterschrieben.

Der Elektriker war zu naiv gewesen, er hatte zu sehr auf sein Glück vertraut, das ihm bis jetzt geholfen hatte. Vielleicht war er auch zu übermütig geworden, schließlich war es nicht seine erste Erpressung und bis dahin war immer alles glattgegangen. Aber mit einem Menschen wie zu Angiolo spielte man nicht. Als der Cavaliere den üblichen gelben Umschlag mit den Bildern und den Anweisungen erhielt, wo er fünftausend Euro in bar hinterlegen sollte, wenn seine ältlichen Töchter nicht unverheiratet bleiben und außerdem noch entehrt sein sollten, stieg ihm das Blut in den Kopf. Er war wütend auf sich, so

einen Bock geschossen zu haben, und glaubte fest daran, dass Aspanu der Erpresser war. Die Aussicht, selbst einmal das Opfer dieses großen Bastards zu sein, der ihm Geld abknöpfen wollte, ließ zu Angiolo jegliche Beherrschung verlieren.
Er erteilte eindeutige Befehle.

Melo postierte sich auf einer Anhöhe in der Nähe des Übergabeortes. Er ging zu Fuß dorthin und nahm nur ein starkes Nachtsicht-Fernglas und eine Flasche Rotwein mit. Und zwar ging er noch in der gleichen Nacht und wartete dort zwei Tage und zwei Nächte in der Kälte. Er hatte einen Befehl erhalten, dem er gehorchen musste: Er sollte diese Kanalratte entdecken und ihr den Kopf zerquetschen.
Als Mansueto meinte, es sei genug Zeit seit seiner Geldforderung vergangen, um die fünftausend Euro einzusammeln, suchte er den vereinbarten Platz auf, einen alten verlassenen Brunnen, der halb von Laubwerk und Büschen verborgen war, und nahm das Geld an sich, das zu Angiolo vor zwei Tagen dort hingelegt hatte.
Außer den Tausendern nahm er noch etwas mit: einen drohenden Schatten, der ruhig atmete, und wütende Augen, die ihn hart und unbeweglich anstarrten. Zwei eiskalte, zu Schlitzen zusammengezogene Augen, so scharf wie Rasierklingen, beobachteten ihn, bis er nur noch ein kleiner Punkt war, der von den gepflügten Feldern verschluckt wurde.
Melos stämmiger Körper erhob sich aus der beengten Stellung, die er achtundvierzig Stunden lang eingenommen hatte. Er entleerte seine volle Blase und setzte sich in Bewegung. Dieser Ratte blieben nur noch ein paar Krümel Leben, letzte Fetzen ihrer Existenz und dann …

Er holte ihn sich noch am gleichen Abend. Es war eine Nacht, in der man keinen Hund vor die Tür jagte, so schüttete es. Sferrazza kam zu ihm nach Hause und gab vor, das Gewitter hätte in seiner Wohnung einen Stromausfall verursacht, er brauche unbedingt den Rat und die Hilfe eines guten Elektrikers, egal was das kostete, diese besondere Arbeit könne nicht warten. Es müsse gleich sein.

Das war das letzte Mal, dass Mansueto seine Wohnung verließ. Sferrazza brachte ihn in eine dunkle, verlassene Gegend, in der Nähe von Melchiorre Russos Land. Dort zertrümmerte er ihm systematisch das Gesicht, wie sein Herr es befohlen hatte, nachdem er ihn vorher brutal mit Fausthieben und Fußtritten bearbeitet hatte.

Er nahm der noch warmen Leiche die Schlüssel ab, kehrte in die Wohnung zurück, fand die Bilder, die ihn interessierten, griff danach, steckte alle Negative ein und ging. Ohne jegliche Gewissensbisse. Eine Ratte mehr oder weniger, was machte das schon für einen Unterschied?

Darüber hatten sich zu Angiolo und er vor wenigen Stunden unterhalten. Als die Töchter des Cavaliere unter dem wachsamen Auge ihrer Mutter ausgegangen waren, rief zu Angiolo seinen Vertrauten an, um sich noch einmal in allen Einzelheiten erzählen zu lassen, wie er den verdammten Bastard ausgelöscht hatte. Melo erfüllte wie immer seinen Wunsch.

Zu Angiolo genügte es nicht zu wissen, den Mord an dem Elektriker befohlen zu haben. Sein Zorn brannte so sehr, dass er sich seiner letzten Atemzüge bemächtigen und Melos lakonischem Bericht dessen Angst entnehmen wollte. Er konnte gar nicht genug davon bekommen, sich wieder und wieder an jenen wenigen Augenblicken zu weiden, die ihn, zu Angiolo, Gott, dem Herrn über die Schicksale aller Menschen, gleichgestellt hatten. Seit er ein kleiner Junge war, hatte man ihm eingeschärft: Der Wert eines Mannes misst sich daran, ob er in angemessener Weise auf Beleidigungen zu reagieren weiß.

Jemand, der sich so weit vorgewagt hatte, zu Angiolo an der Nase herumzuführen und sogar zu erpressen, verdiente die schlimmste Strafe, den Tod. Und so geschah es, aber auch für den Cavaliere war das der Anfang vom Ende. Manchmal gab es sogar in einem gottverlassenen Ort im Montanvalle ein bisschen Gerechtigkeit.

Das Gespräch zwischen den beiden Männern wurde so klar aufgezeichnet wie die Luft dieses Morgens, und mit so tödlicher Wirkung wie die Anmaßung der Mörder.

Auf Befehl Dottore Panzavecchias hatte man Melo Sferrazza sofort verhaftet. Der war gemeinsam mit Colonello Eugenio Latella in halsbrecherischer Fahrt nach Villabosco geeilt, um die Abhörergebnisse höchstpersönlich zu überprüfen. Danach nahm man auch den Auftraggeber fest. Zu Angiolos Verhaftung schlug große Wellen, schließlich war der Cavaliere in der Gegend ein sehr bekannter Mann. Doch die Beweise in den Händen der Polizei erwiesen sich als unwiderlegbar und wurden noch durch den reichhaltigen Fundus an Bildern ergänzt, die man in seinem Tresor fand, aus dem Bonanno mit der Fingerfertigkeit eines professionellen Diebes einige Negative verschwinden ließ: Sein Wort verpflichtete ihn, aber wenn die Welt für den Cavaliere unterging, würde Ingegnere Riccobono auch bald die Zeche bezahlen. Adelina Midulla und ihr Liebhaber waren ihm völlig gleichgültig.

Nach den üblichen Formalitäten verhörte man die Verhafteten, aber sie sagten kein Wort. Das waren eben richtige Männer. Panzavecchia ordnete an, sie ins Gefängnis zu

überstellen, dort würden man alle Zeit der Welt haben, ihre Zunge zu lösen.
Bonanno empfing Komplimente vom Colonello, der stolz darauf war, dass seine Carabinieri den Fall so glänzend gelöst hatten, und von Panzavechia einen festen Händedruck, der Bände sprach.

»Einen kleinen Kaffee für Sie, Maresciallo?«
»Danke, Steppani.«
Bonanno ließ sich die schwarze, cremige, heiße Flüssigkeit auf der Zunge zergehen.
»Also hat dieses alte Schwein nicht nur Angilina gevögelt und dem ahnungslosen Aspanu Hörner aufgesetzt, sondern ihn auch noch ohne Grund beinahe umbringen lassen. Wer hätte je gesagt, dass der nichts mit der Erpressung zu tun haben würde«, fuhr Steppani fort, der sich diesmal Bonannos Konjunktivformen bediente.
»Aber auch Aspanu hat seine Fehler, Steppà, deshalb bemitleide ihn nicht, denk lieber daran, wenn es nach ihm gegangen wäre, hätten wir diese Mistkerle nie gefasst.«
»Diese falsche Bombendrohung gegen das Haus Lo Sicco war ein Wink des Himmels. Dadurch konnten wir dort die Wanzen anbringen. Wer wohl auf die Idee gekommen ist, einen gewissen anonymen Anruf zu tätigen, der uns so nützlich war ...«
Bonanno wechselte das Thema, er zündete sich eine Zigarette an, dann wurde er plötzlich ganz ernst und meinte: »Weißt du, Steppà, dieser Elektriker überrascht mich immer wieder. Einmal hat mir ein Gerichtsmediziner, einer von denen, die Krimis und philsosophische Bücher lesen, gesagt, in manchen Berufen versteht man die Menschen besser, wenn sie tot sind, und im Gespräch mit ihm schien das zu stimmen. Aus den Leichen, die er

untersuchte, konnte er so viel herauslesen ... zum Beispiel, welche Seife jemand benutzte, seine Lieblingsfilme, einfach unglaublich.«

»Marescià ...«

»Mir geht es im Moment genauso. Und zwar mit Mansueto Malosso. Als er noch lebte, hätte ich nicht mal gewusst, wo er wohnt, und jetzt haben wir schon eine Menge erfahren, aber ich glaube, es fehlt noch der ... ich meine, der größere Teil.«

»Genügt es Ihnen nicht, dass wir seinen Mörder und den Auftraggeber verhaftet haben? Wir haben den Fall glänzend gelöst, Glückwünsche vom Provinzkommando bekommen, und vielleicht springt dabei sogar eine Ehrung heraus.«

»Darum geht es nicht, Steppà, in meinem Kopf dröhnt es unaufhörlich. Du wirst es mir vielleicht nicht glauben, aber das klingt genau wie der verdammte Ruf des Wiedehopfs.«

Cacici stürmte wie üblich ins Büro.

»Marescià, Ingegnere Riccobono ist da, er möchte gern mit Ihnen höchstpersönlich reden.«

»Hol ihn herein, Cacì.«

Steppani verließ das Büro und Riccobono nahm Bonanno gegenüber Platz.

»Maresciallo, ich weiß wirklich nicht ... ich finde einfach keine Worte ... ich bin so verwirrt ... wirklich erschüttert und ...«

»Seien Sie beruhigt, Ingegnere, Sie sollten sich entspannen. Die Negative, die Ihnen so zu schaffen machen, sind in Sicherheit. Niemand hat sie gesehen ... jedenfalls bis jetzt nicht.«

Riccobono sah ihn scharf an und fragte: »Was bedeutet das, Maresciallo, ich ...?«

»Sie sind unwichtig, Ingegnere, hier laufen Ermittlungen, jedes Detail wird angemessen bewertet, jede Einzelheit überprüft. Die Negative befinden sich in guten Händen ... das garantiere ich Ihnen persönlich. Aber wenn Sie nicht innerhalb eines Monats die Müllhalde von Raffello schließen und eine andere Möglichkeit finden, diesen Skandal zu beenden, dann schwöre ich Ihnen, ich werde ...«

»Ein Wort unter uns, Maresciallo ...«

»Und nachdem Sie sie geschlossen haben, lassen Sie die Halde mit Tonnen fruchtbarer Erde bedecken, denn von Müll und Müllmännern möchte ich in der Nähe der archäologischen Stätten nicht einmal mehr einen Schatten sehen, habe ich mich klar genug ausgedrückt?«

»Sonnenklar.«

»Sind wir uns einig?«

»Zählen Sie auf mich.«

»Dreißig Tage, Ingegnere, und wenn Sie mit der Müllhalde fertig sind, sollten Sie sich vielleicht gleich von Totino Prestoscendo verabschieden und als Dezernent zurücktreten, und dann kommen Sie zu mir und holen sich Fotos und Negative ab.«

Der Maresciallo hatte ein merkwürdiges Gefühl, so als würde er im Spiegel jemand anderen sehen, aber er nahm nur eine undeutliche Silhouette wahr. Ein verworrenes Bild, das er genauer beleuchten musste. Je mehr Zeit verging, desto unruhiger wurde er, und in seinem Kopf, der seit Melo Sferrazzas und zu Angiolos Verhaftung ein Eigenleben führte, begannen die Gedanken klarere Formen anzunehmen. Stundenlang andauernde Wühlarbeit im Unterbewusstsein, die praktisch im Verborgenen geführt wurde, kam plötzlich an die Oberfläche und erwischte ihn unvorbereitet in seinem Bett, wo er in den frühen Mor-

genstunden aufwachte. Wenn ihm etwas nicht stimmig erschien, dann blieb so etwas wie ein Stachel im Fleisch haften, der schmerzte und ihm jegliche Entspannung verwehrte. Die Stille seines Zimmers und die morgendliche Dämmerung, die nur durch ein paar rosa Streifen am Horizont durchbrochen wurde, umgaben ihn.
Bonanno verglich sich mit einem Kreisel: Ausgehend von dem Überfall auf Aspanu hatte er einen Prostituiertenring entdeckt, einschließlich eines bunt gemischten männlichen Publikums, und das war noch das Geringste. Dann tauchte die Leiche des krebskranken Erpressers Mansueto Malosso auf. Endlich folgten die Ermittlungen einer klaren Spur, die im Zusammenhang mit der Welt der Prostitution und den Erpressungen stand. Daraus entwickelte sich nach Ingegnere Riccobonos halben Geständnissen Bonannos ebenso geniale wie skrupellose Idee, in zu Angiolos Wohnung Wanzen anzubringen. Aber als endlich alles zusammenzupassen schien, war plötzlich die schöne Sozialarbeiterin aufgetaucht und hatte von einem kleinen Jungen, dem Freund des ermordeten Elektrikers, erzählt, der, Gott möge es verhüten, vielleicht am eigenen Leib erfahren musste, wie verdorben diese Welt sein kann. Während sie in dieser Richtung ermitteln, erfüllten die Wanzen plötzlich ihren Zweck und die Mörder wurden überführt.
Bis vor wenigen Stunden hatte Bonanno fest angenommen, hinter dem Mord an Malosso müsse ein wütender Vater stecken, der entdeckt hatte, welchen Schweinereien sein unschuldiger Sohn ausgesetzt war, oder vielleicht hatte ein naher Verwandter, jemand, der Michelino liebte, ihn gerächt, als er von der widerlichen Vorliebe des Elektrikers für Kinder erfuhr, und kurzen Prozess gemacht, um ein so verabscheuungswürdiges Wesen von der Erde zu tilgen.
Aber was hatten sie statt Beweisen für die Perversion, die

den Elektriker das Leben gekostet hatte, in seiner Wohnung gefunden? Einen verdammten virtuellen Vogel, von dem der Kleine sogar im Klassenaufsatz erzählt hattte, während die wirklichen Mörder den im Haus des Cavaliere angebrachten Wanzen in die Falle gingen.
Bonanno fühlte, wie sein Bulleninstinkt zu glühen begann, Ameisenbisse zerrissen seinen Brustkorb, während der düstere Ruf des Wiedehopfs ständig in seinem Hirn widerhallte, wo die wenigen Gedanken noch verwirrter herumirrten als sonst.

Als Menschen und Tiere noch miteinander redeten, war die Welt besser. Als die Menschen den Tieren ähnelten und die Tiere den Menschen, hätte kein menschliches Wesen auch nur im Entferntesten daran gedacht, sich an den eigenen Jungen mit widerlichen Liebkosungen zu vergehen, die so niederen Trieben entspringen, dass selbst Tiere sie nicht haben. Als Menschen und Tiere …
Mit diesen Gedanken trat Bonanno unter der Dusche hervor. Ein Dorn von einem Brombeerstrauch steckte im Namen Gottes in seinem Fleisch und lehrte ihn, dass er sich etwas einfallen lassen musste, um diesen verdammten Ruf zum Schweigen zu bringen, der ihm den Schädel durchbohrte, seit er ihn zum ersten Mal gehört hatte. Aber ihm fehlte noch eine Information, um seinen Plan zu verwirklichen. Deshalb hängte er sich ans Telefon und wählte eine Nummer.
»Wer zum Teufel ist da?«, hörte er seinen Freund aus der Apotheke verschlafen brummen.
»Tonio, hier spricht Saverio, du musst mir einen Gefallen tun.«
»Kannst du mir sagen, wie spät es ist?«
»Halb sieben.«

»Dich soll ein blutiger Schlag treffen, wo ich es will.«
»Ich muss sofort die Sozialarbeiterin, die Signorina Rosalia Santacroce, erreichen, aber ich habe mich erinnert, dass heute Samstag und das Rathaus deshalb geschlossen ist. Du weißt nicht zufällig, wo sie wohnt?«
»Via Santa Lidia Purpuraria 15!«
«Vielen Dank!«
«Geh zum Teufel, heute habe ich meinen freien Tag«, sagte Tonio und knallte den Hörer auf.

Punkt acht Uhr klingelte Bonanno an Rosalias Haustür. Die Sozialarbeiterin antwortete auf das vierte Klingeln.
»Wer ist da?«
»Maresciallo Bonanno. Guten Morgen, Rosalia, entschuldigen Sie die Störung, aber ich müsste mich mit Ihnen persönlich unterhalten.«
»Mein Gott, Saverio, ich bin noch nicht ganz fertig, um diese Zeit …«
»Bitte beunruhigen Sie sich nicht, ziehen Sie sich in aller Ruhe an, ich warte so lange hier unten. Kommen Sie einfach herunter, wenn Sie fertig sind.«
»Ja gut, ich beeile mich, es dauert nur ein paar Minuten.«
Aus Rosalias paar Minuten wurden mehr als dreißig. Bonanno hatte sich schon nach einer Viertelstunde schrecklich gelangweilt, obwohl er sich Ringhio und Briciola zur Gesellschaft mitgebracht hatte, aber in der Zwischenzeit hatte er in der Nähe einen Zeitungskiosk entdeckt, wo er sich die aktuelle Ausgabe von *Leben mit den Sternen* kaufte. Wie immer wurde sein Sternzeichen von Himmelskörpern und Planetenkonjunktionen geplagt, die sich verschworen zu haben schienen, um ihm seine Vorhersagen zu vermiesen, und sich diesmal sogar auf das Thema Liebe stürzten: *»Nach einer Zeit enttäuschender Liebesbeziehun-*

gen könnten Sie jetzt eine schöne Bekanntschaft schließen, es könnte sogar sein, dass Sie sich ernsthaft verlieben. Sie dürfen sicher sein, dass Ihre Liebe erwidert wird, wenn Sie Ihre angeborene Schüchternheit überwinden und gegen die Schatten der Vergangenheit kämpfen.«

Also, die Astrologen wollten es sich mit niemandem verderben, wenn sie nur mal irgendwie ins Schwarze trafen. Er würde es diesen Schaumschlägern schon zeigen.

Rosalia erschien. Sie sah aus wie eine Figur aus einem Film der Fünfzigerjahre, eine bezaubernde Erscheinung, die atemlose Hektik malte ihr komische rote Flecken auf die Wangen. Bonanno ließ die Zeitschrift schnell unter dem Sitz verschwinden.

»Ich habe mich so sehr beeilt, wie ich konnte.«

»Es war nicht so dringend«, log er dreist. »Trinken wir einen Kaffee in der Bar?«

»Gern, ich habe keine Zeit gehabt, mir einen zu kochen.«

Zum Kaffee aßen sie *biscotti ricci* und *mustazzoli*, köstliche Gebäckröllchen, die hauptsächlich aus Mandeln und Honig bestanden. Bonanno hätte nie eine Signorina allein in der Bar frühstücken lassen.

Als sie die Bar-Pasticceria verließen, war der Moment gekommen, seinen Plan zu enthüllen, auch weil Rosalia, obwohl sie Tiere liebte, mit besorgter Neugier die beiden jungen Hunde beobachtete, die mit Schnauze und Krallen die Polsterung des Punto traktierten.

Mit wenigen begeisterten Worten erklärte er ihr kurz seine Idee. Es folgte eine lange Pause, während aus Rosalias frischem Gesicht die Verblüffung verschwand und einer heiteren Entschlossenheit wich.

»Gehen wir's an«, sagte die Sozialarbeiterin und machte es sich auf dem Sitz bequem.

Die Grundschule »San Giovanni Bosco« befand sich ganz in der Nähe des Hauptplatzes von Villabosco. Als die Schuldiener die Sozialarbeiterin und den Maresciallo in Zivil mit zwei Hunden auf sich zukommen sahen, fragten sie sich nach dem Grund dieses merkwürdigen Besuches. Die große Wanduhr zeigte 8.50 Uhr.

Die Schuldiener brachten sie zur Direktorin, einer Riesin. Im Verhältnis zu ihr wirkte Bonanno wie ein Grissino für Diabetiker. Der Maresciallo erklärte den Grund für ihren Besuch in Begleitung von Ringhio und Briciola. Die Riesenfrau ließ ihren Kopf zweifelnd hin- und herpendeln. Bonanno hatte sich bemüht, überzeugend zu wirken, unterstützt von Rosalia, die dabei eine Redseligkeit an den Tag legte, die einer echten Sizilianerin würdig war, ... und nahm alle Verantwortung auf sich.

»Einverstanden!«, sagte die Riesenfrau. Der Klang ihrer Stimme erinnerte an ein heiseres Wildschwein. »Ich hoffe stark, dass Ihr Plan funktioniert, Maresciallo, und Michelino keine Schäden oder negative psychische Folgen davonträgt.«

Der Maresciallo hob eine Augenbraue: Welche Schäden konnte er bei einem Kind hervorrufen, das so etwas durchlitten hatte?

Rosalia spürte seine Gereiztheit und beruhigte die Schulleiterin, die majestätisch den Raum durchschritt und einen ungefähr halbtonnenschweren Po hinter sich herschleppte.

Drei Minuten später kam ein verängstigter, rothaariger Junge herein. Seine smaragdgrünen, weit geöffneten Augen drückten unendliches Leid aus. Er hieß Michelino Macaluso.

Bonanno fühlte, wie sich ihm bei diesem Anblick das Herz zusammenzog. Konnte es wirklich sein, dass irgend-

jemand, selbst der niedrigste aller Menschen, fähig wäre, sich an einem so schutzlos wirkenden Kind zu vergehen? Einem verängstigten kleinen Wesen, das so alt war wie seine Tochter? Obwohl sich sein Herz vor Angst verkrampfte, war Bonanno klar, dass dies nicht der richtige Moment für sentimentale Gefühle war: Er musste den Plan verfolgen, den er mit Rosalia abgesprochen hatte.
Rosalia empfing Michelino mit einem strahlenden Lächeln. Das Kind wirkte abwesend, völlig desinteressiert an der Anwesenheit des Maresciallo und der Sozialarbeiterin, aber sobald es die Hunde bemerkte, die sich mit dem teuren Ledersofa der Riesenfrau beschäftigten, lief es zu ihnen hin.
Ringhio wandte sich ihm sofort liebevoll zu, ein Schmeichler wie immer, außerdem war er von Vanessa Streicheleinheiten gewöhnt. Michelino nahm ihn in den Arm und tollte mit ihm herum, ließ sich ablecken. Zwei unschuldige kleine Wesen.
»Magst du ihn?«, fragte Bonanno.
Michelino antwortete nicht.
»Er heißt Ringhio. Wenn du wüsstest, was der so anstellt … er ist eine kleine Plage, er macht sich immer an meinen Schuhen zu schaffen, vielleicht liegt das auch daran, dass sie aus Kalbsleder sind, und Ringhio mag sehr gern Fleisch. Könntest du nur sehen, wie er sie jedes Mal zurichtet …«
Diesmal entdeckte Bonanno den Anflug eines Lächelns im Gesicht des Kindes, das weiter mit dem Fellbündel spielte. Rosalia ging zu Michelino, strich ihm über die Haare und nahm Briciola in den Arm.
»Komm, ich stelle dir die kleine Schwester unseres Freundes vor.«
Michelino setzte Ringhio ab, der sich jetzt wieder mit dem Sofa beschäftigte, und widmete sich Briciola. Die Hündin

begann ihn abzulecken und entlockte ihm sogar ein richtiges Lächeln, als sie mit ihrer feuchten Nase seine Handgelenke streifte.

»Wie heißt sie?«, fragte das Kind.

»Wiedehopf, ihr Name ist Wiedehopf«, sagte Bonanno verbissen. Er hatte nur darauf gewartet, diese Frage zu beantworten.

Michelino wirkte plötzlich, als hätte ihn ein heftiger elektrischer Schlag getroffen, er befreite sich sofort von Briciola und begann zu zittern. Ein kleines, zerbrechliches vom Wind fortgerissenes Blatt in der Gewalt von Sturm und Gewitter hätte weniger gezittert als der Junge, kein bekannter Abgrund konnte den lebendigen, zuckenden Schmerz fassen, der sich in den starren Augen dieses Kindes zeigte.

Bonanno und Rosalia sahen einander erschüttert an. Sie wussten, dass sie ins Schwarze getroffen hatten: Der Wiedehopf nährte sich immer noch von Michelinos Angst.

Bonannos Herz wurde von Zangen zusammengepresst. In ihm schrie der uralte Schmerz des Menschen auf, der das Gesetz vertritt, und trotzdem machtlos ist angesichts der Ungerechtigkeiten dieser Welt. In ihm wütete der Zorn des Vaters, der sein Kleines nicht beschützen kann, und die Trauer eines Menschen, der weiß, dass er zu spät gekommen ist, um zu verhindern, dass ein Unschuldiger in die Hölle hinabsteigen und immer wieder dorthin zurückkehren muss.

Wie hohl klang in diesem Zusammenhang das Wort Hölle, doch wie viele Grausamkeiten verbargen sich hinter diesem einfachen Wort. Gott, wie sehr hasste er den Wiedehopf und alles, was dieses verfluchte Symbol verkörperte!

Bonanno fing an, sanft und überzeugend mit Michelino zu reden. Er versuchte, dessen Einsamkeit zu umarmen und

die unsichtbare Barriere niederzureißen, die der Junge errichtet hatte, um seinen Schmerz über die gewaltsamen Übergriffe, seine verletzte Unschuld und die unendliche Qual, die ihm die Seele austrocknete, zu schützen. Sich den letzten Hoffnungsschimmer zu bewahren, den sein lieber Freund Mansueto in ihm wiedererwecken wollte.
Dann fand der Elektriker ein schreckliches Ende, und erneut hatte sich die Leere um Michelino aufgetan, ein dunkler Nebel, in dem er weiter davon träumte, sich in einen Engel zu verwandeln, und an einem seiner vielen einsamen Nachmittage überlegte, wie lange man wohl braucht, um sich in ein geflügeltes Wesen zu verwandeln, wenn man sich aus dem vierten Stock hinunterstürzt.
»Michelino, die Hündin heißt gar nicht so, verzeih mir, das ist mir so herausgerutscht. Ihr richtiger Name ist Briciola und sie ist Ringhios Schwesterchen ... Weißt du, ich habe auch eine Tochter, ungefähr in deinem Alter, sie liebt Tiere. Ich könnte mir vorstellen, dass es dir gefallen würde, sie kennenzulernen und an einem Nachmittag mit ihr und den Hunden zu spielen.«
Schweigen.
Rosalia hielt den Atem an. Michelino wirkte immer noch verängstigt.
»Vorhin ist mir der Name von diesem bösen Vogel, der Unglück bringt, herausgerutscht, weil ... weißt du, ich bin ein Mann des Gesetzes, ein Carabiniere, ja doch, ganz bestimmt, was hast du denn geglaubt? Siehst du fern? Ich bin derjenige, der die Bösen verhaftet, ihnen Handschellen anlegt und sie ins Gefängnis wirft, damit sie keinem Wehrlosen mehr etwas Schlimmes zufügen können ... Du glaubst mir vielleicht nicht, weil ich heute Morgen keine Uniform trage, aber ich versichere dir, dass ...«
Immer noch Schweigen.

»Saverio, vielleicht sollte ich …«, versuchte Rosalia zu sagen.
Bonanno streckte den Arm aus, um sie aufzuhalten. Diese Angelegenheit musste er persönlich erledigen. In diesem Augenblick sprach er nicht nur als Maresciallo. Nachdem er seine Pistole hervorgeholt hatte, ließ er sie mit einer schnellen Bewegung unter der Nase des Kindes kreisen und steckte sie zu Rosalias großer Erleichterung genauso schnell wieder an ihren Platz.
»Weißt du, Michelino, als ich klein war, habe ich mir vor Angst in die Hose gemacht. Aus Angst vor den Werwölfen bin ich fast verrückt geworden. Eines Abends, es regnete fürchterlich, haben ein paar meiner Onkel mit meiner Mutter über diese Werwölfe gesprochen und danach habe ich nächtelang kein Auge schließen können. Ich glaubte nämlich, ich könnte hören, wie sie jede Nacht den Mond anheulten, das war ganz schrecklich.
Dann wurde ich erwachsen und hörte dieses Heulen nicht mehr, aber gestern habe ich einen Gesang entdeckt, der mir die gleiche Gänsehaut verursacht hat, das war dieser verdammte Wiedehopf, der krächzte, und weißt du, wo man ihn hört? Auf Mansuetos Computer. Man hat mir erzählt, er sei dein Freund gewesen, und jetzt möchte ich herausfinden, was er mit diesem Mistvieh zu tun hatte, das verstehst du doch?
Ich brauche Hilfe, Michelino, wenn du etwas über den Wiedehopf weißt, dann musst du es mir sagen, sonst wird mir dieses Lied weiterhin den Schlaf rauben, wer weiß, wie lange noch … ich muss ihn einsperren, ich muss verhindern, dass er weiter herumflattert, er muss damit aufhören, kleine Kinder wie dich zu erschrecken, also Michelino, hilfst du mir dabei?«
»Ich habe auch Angst«, schluchzte Michelino. »Ich kann

auch nicht mehr schlafen«, wiederholte er und warf sich in Rosalias Arme.

Den kleinen Zettel, den Mansueto Malosso ihm zur Aufbewahrung übergeben hatte, hatte Michelino in der Umschlagklappe seines Lehrbuchs versteckt. Das Kind hatte ihn dort festgeklebt und so ein perfektes Versteck geschaffen.

Bonanno nahm den Zettel zitternd in die Hand, weil er spürte, dass dieses einfache Stück Papier den Schmerz der ganzen Welt ausströmte, das grenzenlose Leid unschuldiger Kinder, die auf dem Altar dieser Bestie geopfert wurden. Zwei kleine Seiten, mit einfacher Handschrift geschrieben, um die heimliche Tragödie von Millionen zu erklären, wie zum Beispiel dieses liebenswerten Kindes, dessen bloßer Anblick schon Bonannos Beschützerinstinkt erweckte.

Wenn Michelino Ihnen diesen Brief übergeben hat, heißt das, es gibt mich nicht mehr, aber mein Schicksal war sowieso schon besiegelt. Manchmal geschehen Dinge, die schwer zu erklären sind, und man findet in der größten Dunkelheit plötzlich ein Licht. Meines ist Michelino gewesen, ein sanftmütiges Kind, das zwei eklige Würmer, zwei Besessene, die Gott in Ewigkeit verfluchen soll, als Objekt für ihre widerlichen Spiele benutzt haben.

Mehr brauche ich wohl nicht zu schreiben. Ich habe sie für den Augenblick kaltgestellt, aber man braucht Beweise, um sie in eine Gefängniszelle zu sperren, denn wer wird schon den Worten eines Kindes glauben?

Gerade wird ein Plan von unglaublichen Ausmaßen in die Tat umgesetzt, der die ganze Welt betrifft. Sie benutzen das Internet und verstecken sich hinter der Signatur UPUPA, aber ich habe herausgefunden, wie man das »Rad des Herrn«, so nennt ihr Anführer Salomo das große rote X, das zwei auf

die Spitze gestellten Pyramiden entspricht, umgehen kann. Sie erscheinen jedes Mal, wenn man versucht, Zugang zu bekommen, ohne die elektronischen Sperren zu öffnen.
Das ist sein Zeichen:
X
Der Wiedehopf ist, genau wie der Rest, nur ein Symbol, der Schlüssel liegt in den einzelnen Buchstaben seines lateinischen Namens, hinter denen sich der Zugang zu den elektronischen Sperren verbirgt.
Mir ist es gelungen, die ersten drei Passwörter zu entschlüsseln:
U = Unser, P = Paradies, U = Universellen
Ich weiß zwar nicht genau, was sie vorhaben, doch ich weiß, dass es noch zwei weitere Sperren zu öffnen gilt, um die Seite zu betreten, aber ihr Anführer ist sehr gerissen.
Hinter den ersten drei Sperren kann man seine Wahnvorstellungen lesen, die davon handeln, die Welt zu verändern und den Tempel eines neuen Gottes zu errichten. Dann verlangt Salomo ein Geschenk, das sind Filme oder Fotos von Kindern, die … Sie wissen schon. Und dieses Geschenk muss ausreichend sein, sonst kommt man nicht auf die Seite und landet wieder beim »Rad des Herrn«.
Dieser Wahnsinnige plant etwas. Michelino weiß, dass er diesen Brief nur Personen übergeben darf, denen er vertraut, und ich bin sicher, sein kleines Herz wird sich nicht irren. Mit Gottes Hilfe wird es mir vielleicht gelingen, in meinem Leben irgendetwas Gutes getan zu haben, bevor ich sterbe.
Viel Erfolg, bitte unternehmen Sie alles, damit dieser verfluchte Ruf endlich aufhört.

Diesem Brief, der die Unterschrift des Elektrikers trug, war nichts hinzuzufügen. Bonannos Mund fühlte sich so rau an, als sei er mit Sandpapier ausgerieben worden. Rosalia, die den schluchzenden Michelino weiter umarmte, beobachtete ihn aufmerksam, als er hinausging, um eine Zigarette zu rauchen.

Das Kind hatte ihnen sein Herz geöffnet, Wellen lebendigen Schmerzes und Tränen verwüsteten sein hübsches Gesicht.

Sein Vater hatte es getan. Der Mann, der ihn gezeugt hatte, um ihm dann Gewalt anzutun, ihn in den tiefsten Abgrund hinunterzustürzen, wo die Dunkelheit sich in feuchte, schmutzige Schluchten verwandelt. Wie grauenhaft! Bonanno hätte sich am liebsten erbrochen, er wollte seinen Ekel hinausschreien, dieser Kreatur den Lauf seiner Pistole in den Hintern stecken und abdrücken, immer wieder abdrücken, bis seine Eingeweide, sein Blut und sein verkommenes Fleisch umherspritzten.

Wenn es einen Gott gab, warum ließ er nur all das zu?

Und als reichte das nicht, hatte dieser miese Kerl auch noch einen Bekannten aufgefordert, sich an Michelino zu vergehen. Bonannos Zorn war wie ein zum Zerreißen gespanntes Seil, seine Hände bewegten sich unaufhörlich, als würde er Geige spielen. Wenn er die Kerle nur ein paar Sekunden in die Finger bekäme, dann würde er für nichts garantieren können.

Dottor Panzavecchia traute seinen Ohren nicht. Noch einmal raste er in halsbrecherischem Tempo nach Villabosco. Michelino hatte endlich die Flügel seines Engels geöffnet, der sich in ihm verbarg, er hatte Rosalia und Bonanno das schreckliche Geheimnis anvertraut, das ihn quälte und das er mit dem Elektriker geteilt hatte.

Sogar Ringhio und Briciola schienen von dem Leid dieses Kindes betroffen. Sie hatten aufgehört, das Sofa anzunagen und lagen jetzt still zu seinen Füßen.

Michelino redete, endlich gewann Bonanno völlige Klarheit: Malosso war kein Pädophiler, im Gegenteil, dieser arme Kerl hatte den schwierigsten Weg gewählt, als er vermutete, dass etwas anderes hinter dem Wiedehopf steckte, nämlich systematisch geplante Gewalt gegen wehrlose Kinder. Mit diesem Verdacht hatte er sich Tag und Nacht beschäftigt und auf seine Weise Michelino vor neuen schmutzigen Angriffen des Vaters beschützt. Dann war alles so gekommen, wie es kam …

Bonanno ließ Michelinos Vater ohne große Umschweife in die Kaserne bringen. Zunächst versuchte der, alles zu leugnen, regte sich auf und brachte vor, sein Sohn würde zu viel fernsehen, aber als Bonanno und Panzavecchia seine Lügen widerlegten und ihm den Bericht des Arztes zeigten, der den Jungen untersucht hatte, und die Sozialarbeiterin Michelinos Geständnis bestätigte, wurde er kreidebleich. Er brach völlig zusammen. Als man ihm das Bild seines Sohnes zeigte und fragte, wer der andere Mann sei, löste er sich in Tränen auf.
Noch nie in seinem Leben hatte Bonannos Blut vor tiefem Abscheu und Empörung so heftig in ihm gekocht. Noch nie hatte er sich so sehr gewünscht, einen Menschen zu töten, deshalb zwang er sich, aus dem Fenster zu sehen und an etwas anderes zu denken, um sich nicht auf diesen Abschaum, der noch Verständnis suchte, zu stürzen und ihm den Hals zu brechen.

Der andere Kinderschänder war ein Arbeitskollege, die beiden erwiesen sich gegenseitig diesen Gefallen. Stand Michelino aus irgendeinem Grund für ihre Vergnügungen nicht zur Verfügung, benutzten sie dessen kleinen Neffen. Ein leicht zurückgebliebenes Kind von sechs Jahren, das noch nicht einmal sprechen konnte. Vor ein paar Monaten hatten sich die beiden dem Projekt des Salomo angeschlossen und sich das Recht, zu den Auserwählten zu gehören, mit einer Menge pornografischer Bilder erkauft, auf denen Michelino und der Neffe des Kollegen zu sehen waren. Die hatten sie via Internet an die Seite mit dem Wiedehopf geschickt.

Jetzt passte alles zusammen. Um die Ermittlungen nicht zu behindern, hatte man die wahren Gründe für die Verhaftung der beiden Perversen nicht an die Presse weitergegeben. Die Männer entschlossen sich, mit der Polizei zusammenzuarbeiten, um ihre Lage nicht noch zu verschlimmern, und lieferten die Passwörter für die beiden letzten Sperren.

Upupa stand als Abkürzung für Unser Paradies Universellen Persönlichen Austauschs. Durch die letzte Sperre gelangte man direkt in das Herz des Wiedehopfs. Dort predigte Salomo seinen Glauben, die neue Weltreligion, die allumfassende Liebe, und führte vor, wie viel Liebe man den Kleinsten geben konnte, wenn sie, gelähmt vor Furcht, auf Sofas und zerwühlten Betten obszöne Zärtlichkeiten ertragen mussten.

Mit seinem teuflischen Hirn leitete Salomo ein unendlich großes Netz perverser und verkommener Menschen, die sich alle zu dem verrückten Plan vereinten. Ihr Ziel war es, im dritten Jahrtausend eine neue Gesellschaft zu errichten, die legalisierten Sex mit Kindern propagierte, um dadurch deren Unschuld, die so voller Lebenskraft war, in sich aufzusaugen. Dabei stützten sie sich auf völlig irrsinnige Theorien, die von sogenannten Deutungen antiker Schriften belegt wurden, um das Unrecht zu rechtfertigen.

Der großartige Tempel der neuen Religion hätte zu Beginn des neuen Jahrtausends ein festes Fundament bekommen sollen. Dafür wollte man das schönste Exemplar der kleinen Freunde als Blutopfer darbringen, das man aus den vielen gezwungenen Protagonisten der Filme oder Fotos auswählte, die als Gabe eingebracht wurden. Salomo hatte den Auserwählten schon benannt: Auf dem Monitor erschien Michelinos Bild, sein hübsches, gesundes Gesicht, die eindringlichen, traurigen smaragdgrünen Augen unter rötlichen Locken. Salomo hatte sein Opferlamm gefunden.

Bonanno kämpfte mit dem Brechreiz. Panzavecchia war erschüttert. Rosalia wirkte so bleich und erstarrt wie eine Gipsstatue. Steppani brachte kein Wort heraus, ebenso Cacici. Der junge Furio Della Valle hantierte weiter mit Maus und Tastatur, um neue Einzelheiten über ihre schockierende Entdeckung herauszufinden.

Dazu benutzte er das Passwort von Michelinos Vater: Vor ihren Augen öffnete sich der Wiedehopf wie zu einem unheilvollen Loch, einer finsteren Höhle, die die abstoßendsten Geheimnisse des Menschen bewahrte: Nackte Wesen umschlangen verängstigte Kinder, behaarte Männer versenkten sich in die unreifen Bäuche kleiner, weinender Mädchen, geifernde Männer schlüpften hinter kniende Jungen, fürchterliche Gestalten, die sich unheilvoll über ihre kleinen Sklaven erhoben, deren Körper und Geist quälten. Hier triumphierte der Wiedehopf.

Düster erklingt sein Ruf, während auf dem Bildschirm Mails des großen Anführers erscheinen, die den Tempel der Liebe verkündigen. Hinter dem Wiedehopf verbirgt sich Salomo.

Bonanno möchte ihn am liebsten in einem Holzsarg einsperren und lebendig in der nackten Erde begraben, ein Wurm zwischen anderen Würmern.

Man verhaftete ihn nach drei Monaten intensiver, streng geheimer Ermittlungen von Computerexperten der Carabinieri. Sie hatten ihn über die Verbindungsleitungen verfolgt und ein Versteck nach dem anderen entdeckt, wo sich der Wiedehopf verbarg und seine stinkende Brut ablegte, die von der Furcht und der Unschuld der Kinder genährt wurde, die zu schnell ihrer Kindheit beraubt wurden.
Mit ihm gingen Hunderte seiner Anhänger in die Falle. Das Netz war sehr weit gespannt. Verschiedene Länder waren beteiligt, das Netz verzweigte sich über alle fünf Kontinente. Die Aktion startete in großem Rahmen an einem Sonntagmorgen Ende Februar um fünf Uhr. An diesem Morgen wirkte der bleigraue Himmel im Montanvalle genauso dunkel wie Bonannos Stimmung.
Panzavecchia informierte Bonanno vorher: »Morgen früh beginnt die Operation Wiedehopf.«
Seit Wochen wartete Bonanno auf diese Nachricht und jetzt war sie endlich gekommen: Endlich würde er der anderen Seite dieser ihm unbekannten Welt ins Gesicht sehen können, er würde die Augen eines Menschen ergründen, der fähig war, kindliche Seelen und Körper zu zerfleischen. Er würde diesem Mann gegenüberstehen und eine Erklärung für diesen ganzen Schrecken suchen. Endlich würde er sein Versprechen einlösen, dieses Stück Dreck und alles, was er in sich trug, hinter festen Eisengittern einzusperren.

Salomo war ein kleiner, unscheinbarer, sanft wirkender Mann, der Trainer einer zweitklassigen Jungenfußballmannschaft. Dort lockte er auch seine Opfer an, die er dann auf dem Altar seiner widerlichen Leidenschaft opferte. Er war genauso durchschnittlich wie sein Name: Augusto Fontana. Der Mann lebte in einer kleinen Stadt in Norditalien. Dort besaß er eine gut gehende Buchhandlung, die auf antike Schriften spezialisiert war. Er hatte sie vom Vater geerbt, einem großen Liebhaber religiöser Texte. Dessen Firmenzeichen waren zwei auf die Spitze gestellte Dreiecke gewesen, die sich an der Spitze berührten, mit dem etikettierte er seine Bücher. Die gleichen Pyramiden wie im großen roten X. Das »Rad des Herrn«.

Sie nahmen ihn im Morgengrauen fest, während er im Internet genüsslich erregt einen Film mit drei rumänischen Kindern ansah, die sich unter den hungrigen Blicken anderer Männer, die bereit waren dazuzustoßen, körperlich vereinigten.

Überrascht von den Eindringlingen, die ihn auf dem Höhepunkt seiner üblichen Selbstbefriedigung erwischten, leistete Salomo keinen Widerstand und folgten ihnen, stolz wie ein König, in dem Wissen, dass kein Gesetz der Welt die Ideen eines Erneuerers verhaften und einsperren kann.

In seiner luxuriösen Junggesellenwohnung fanden die Ermittler eine riesige Datenbank. Sie enthielt Hinweise auf sämtliche Nester des Wiedehopfs, wo seine Anhänger sich ausbreiteten und das neue Wort verkündeten. Eine schier unendliche Liste mit Namen, Orten und Adressen. Dazu eine riesige Menge Kinderpornografie, deren unfreiwillige Darsteller noch so klein waren.

Zu Salomos zahlreichen Projekten gehörte auch eine Halbmonatsschrift, mit der er unter all denjenigen, die nicht im Internet surften, seinen Glauben verkünden und seinen wahnsinnigen Plan weiterverbreiten wollte. Außerdem produzierte er Kalender, Bücher und Notizen, die überall auftauchten, wie seine eigene teuflische Person, die sich in dem Abgrund wälzte, dessen Hüter auf Erden er war.

Die Aktion dauerte einige Tage und erstreckte sich über die ganze Welt. Bei den Pädophilen handelte es sich meist um äußerst angesehene Bürger, die in der Abgeschiedenheit ihrer eigenen Wohnungen ihre Kinder, ihr eigenes Fleisch und Blut, vergewaltigten, wie ausgehungerte Haie, die ihre eigenen Eingeweide fressen.
Geachtete Geschäftsleute, Bilderbuchväter und -großväter, Onkel, Cousins, Lehrer, angesehene Bürger, die in der Verschwiegenheit und Abwesenheit von Familien, die nur noch auf dem Papier bestanden, oder weil es Institutionen gab, die sich selbst darin feierten und beweihräucherten, ihre Sucht befriedigten, die ihre Quälereien oft auch noch auf Fotos oder Filmen verewigten, um dann mit anderen ihre Erfahrungen auszutauschen, alles unter der Schirmherrschaft von Salomos Plan.

Lange dauerte der Albtraum. Die gemeinsame Pressekonferenz von Carabinieri, Richtern und Geheimdienst war gleichzeitig zermürbend und befreiend. Bonanno entzog sich ihr, ohne dass er auf großen Widerstand stieß. Für die Carabinieri war es ein Freudentag, unter den wild zuckenden Blitzen der Fotografen und den Fernsehkameras glänzten schon genug Generäle und Colonello-Uniformen. Niemand würde bemerken, wenn die Uniform eines einfachen Maresciallo aus der Provinz dort fehlte.
Bonanno zog sich schweigend zurück. Er fuhr ins Gefängnis und überredete den Direktor, einen alten Bekannten, ihn mit dem großen Anführer sprechen zu lassen.
Die Zelle sah sehr bequem aus, Salomo starrte ihn spöttisch lächelnd an, er war durch seinen Besuch neugierig geworden. Bonanno fühlte, wie die Wut in ihm hochstieg, in seinem Kopf schrien die flehentlichen Bitten all dieser unschuldigen Kinder auf, die diese Bestie zerfleischt hatte.

Vor seinen Augen türmten sich die Bilder missbrauchter Kinder auf, vervielfachten sich, zu Tausenden schrien sie nach Rache.
Wortlos holte er unter dem verblüfften Blick Salomos seine Pistole heraus.
»Bist du verrückt geworden, was fällt dir ein? Was hast du vor?«
In Bonannos Hand blitzte das kalte Metall des Pistolengriffs auf, er richtete den Lauf auf den verängstigten Menschen, zielte in aller Ruhe und drückte ab. Einmal. Zweimal. Dreimal. Klick, Klick, Klick.
Der Schlagbolzen drehte sich leer. Die Waffe war nicht geladen. Salomo hatte sich in eine Ecke verkrochen, er schrie und zitterte, er hatte sich vor Angst vollgepinkelt.
Bonanno nahm eine Patrone, hielt sie zwischen Daumen und Zeigefinger über den Kopf des Gefangenen. Dann zischte er ihm drohend zu: »Wenn die Gesetze der Menschen nicht ausreichen sollten, um dich im Gefängnis festzuhalten, dann werde ich dich finden, wo auch immer du dich versteckst.«
Auf Salomos Schreie hin kam der Gefängniswärter herbeigeeilt. Bonanno beruhigte den Wärter von weitem und wollte ihm entgegengehen, um diesen Sumpf, der nach Dreck und Urin stank, hinter sich zu lassen. Doch dann musste er plötzlich ganz heftig an Michelino denken. Mit einem raubtierähnlichen Sprung kehrte er zurück und versetzte diesem Zwerg zwei Fußtritte zwischen die Beine wie ein wild gewordenes Maultier. Er fühlte, wie der Stolz des großen Königs unter der festen Sohle seines Schuhs in Stücke zerbrach. Erst dann zündete sich Bonnano einigermaßen zufrieden eine Zigarette an.

Das Grab des Elektrikers lag auf dem neuen Teil des Friedhofs, dort hatte man ihn auf Gemeindekosten begraben. Bonanno hielt ein Bild vom Wiedehopf, der hinter Dutzenden roter X eingeklemmt war, und ein Foto Salomos. Rosalia trug einen Strauß Zyklamen, Michelino ein Gamepad mit vier Schaltern. Sie blieben erschüttert am Grabstein stehen, um stumme Gebete zu sprechen, während am blauen Himmel Haufenwolken einander nachjagten und die Morgenluft wegen des kalten Nordwinds prickelte.

Auf dem Stein aus Marmor klebte ein Schwarz-Weiß-Foto des abgemagerten jungen Mannes. Alle legten ihre Andenken ab und schlugen ein Kreuz, dann küssten sie sein Foto und drängten den Kloß zurück, der ihnen die Kehle zudrückte. Ohne weitere Worte nahmen sie sich bei der Hand und gingen durch das schmiedeeiserne Gittertor. Das ständige Gurren der Tauben erfüllte die Luft, während sich herunterfallende Blätter am Fuß der Bäume häuften, die so nackt waren wie ihre Seelen.

Sie brachten Michelino in die Schule, streichelten ihn zum Abschied und versprachen ihm, er dürfte wieder mit Ringhio und Briciola spielen. Dann fuhren sie los. Bonannos Punto erreichte den kahlen Hügel, seinen Lieblingsplatz, um nachzudenken, wenn die Welt sich wieder einmal zu schnell für einen Carabiniere wie ihn drehte, der aus einem kleinen Ort in den Bergen kam. Zum ersten Mal brachte er jemanden mit hierher.

Rosalia bewunderte die Aussicht. Die winterlichen Farben, die sich langsam veränderten und schon den Frühling ankündigten, ließen einem das Herz aufgehen. Das Montanvalle zeigte sich in all seiner Pracht und Herrlichkeit wie ein aufblühendes junges Mädchen. Graue Girlanden mischten

sich in das Grün und verblassten zum Meer hin, das man hinter den braun schimmernden Bergen erahnte.
»Dass es auch heute, an Tagen wie diesen, Menschen gibt, die ihre schändlichen Perversionen an unschuldigen Wesen ausleben. Wie können sie das nur tun? Ich glaube, die sind krank, unglaublich krank«, meinte Rosalia.
Bonanno rauchte, sein Blick hing so trüben Gedanken nach, dass man darin versinken konnte.
»Diese Erfahrung hat mich tief geprägt…, weißt du, Saverio, ich hätte nie geglaubt, dass es so viel Wahnsinn auf der Welt geben könnte, so viel Schrecken direkt vor unseren eigenen Augen, in unseren Häusern.«
Bonanno schnippte seine Kippe weit weg, dann packte er Rosalia an den Schultern und starrte sie an, als wolle er sich vergewissern, dass sie wirklich verstehen und sich tief einprägen würde, was er ihr jetzt sagen würde. Als er anfing zu reden, hörte man seiner Stimme die unendliche Beklemmung eines Menschen an, der sich klein und ohnmächtig fühlt: »Jeden Tag, seit mich meine Mutter auf die Welt brachte, höre ich, wie Leute sich rechtfertigen. Jeden Tag in meinem Beruf habe ich jemanden vor mir sitzen, der versucht, sich und sein Verhalten vor den Gesetzen Gottes und der Menschen zu rechtfertigen.
Der Elektriker hat mich noch als Toter gelehrt, dass man nur, wenn man Gutes tut, keine Rechtfertigungen braucht, man tut es eben und Schluss, jedes weitere Wort ist überflüssig.
Wir versuchen auch immer, die anderen zu rechtfertigen. Damit verteidigen wir nur uns selbst, wir wollen uns selbst betrügen, um uns sagen zu können, nein, dieser ganze Schmutz kann nicht wahr sein, und deshalb bezeichnen wir diese Menschen als verrückt, krank, pervers, um nicht in ihnen die verzerrten Abbilder unserer eigenen Gesichter er-

kennen zu müssen. Und dann fragen wir uns noch, warum Gott das zulässt. Sogar ich habe mich das gefragt.
Jetzt habe ich begriffen, dass Gott diesen Schmutz nicht zulässt ... nein ... wie würden wir uns sonst Taten wie die des armen Mansueto erklären, der einen Weg fand, um sich zu befreien, als er an seiner Krankheit verzweifelte, und mitzuhelfen, dieses Gesindel von der Oberfläche dieser verdammten Erde zu tilgen?
Ich glaube eines, Rosalia, vielleicht irre ich mich, aber trotzdem glaube ich fest daran: Das sind wohl auch nur Menschen wie wir, aber es gefällt ihnen, kleine Kinder zu missbrauchen, und wahrscheinlich gefällt ihnen das so sehr, weil sie sich dann mächtig vorkommen, wie Gottvater persönlich, sie fühlen sich in ihrem Element, wie Fliegen in der Scheiße. Und diesen Dreck genießen sie, weil sie eben selbst Dreck sind, und du und ich, wir suchen immer noch nach Erklärungen und Entschuldigungen für sie.
Das glaube ich, und ich finde keine Entschuldigung für diesen Abschaum, es gibt ihn eben, da ist jede Erklärung nutzlos, und deshalb mach ich mir vor Angst fast in die Hose.«
Rosalia sah ihn an, wie nur eine Frau einen Mann ansieht. Ein Sonnenstrahl wärmte das Montanvalle und überzog es mit wohltuendem Licht. Rosalia fühlte, wie zugleich eine andere Wärme ihre Brust erfüllte, und streckte daraufhin ihre Hand aus, um Bonanno leicht über das Gesicht zu streichen. Das hatte sie sich schon lange vorgenommen.

»Mistrettas Maresciallo Bonanno ist eine wirkliche Bereicherung für die Krimiwelt!«

FRÄNKISCHE NACHRICHTEN

Roberto Mistretta
DAS FALSCHE SPIEL DES FISCHERS
Maresciallo Bonanno sucht nach Regeln
BLT
272 Seiten
ISBN 978-3-404-92249-9

Eigentlich hatte Maresciallo Bonanno sich auf einen erholsamen Urlaub mit Tochter Vanessa gefreut, doch dann macht ihm ein mysteriöser Mordfall einen Strich durch die Rechnung. Auf der Müllkippe im sizilianischen Villabosco hat man einen Toten gefunden, der – wie sich schon nach kurzer Zeit herausstellt – in verschiedener Hinsicht ordentlich Dreck am Stecken hatte. Für Bonanno ist Schwitzen angesagt: Nicht nur seine verwöhnte Tochter macht ihm die Hölle heiß, auch sein Vorgesetzter, der aufgrund einer Kraft raubenden Liebesaffäre derzeit nur bedingt einsatzfähig ist, sorgt dafür, dass Bonanno schließlich im Alleingang einem grausamen Spiel auf die Spur kommt …

BLT

Drei sehr stark geschriebene Kurz-Krimis. Camilleri – wie immer das pure Vergnügen!

SONNTAG EXPRESS, Köln

Andrea Camilleri
DER FALSCHE LIEBREIZ DER VERGELTUNG
BLT
352 Seiten
ISBN 978-3-404-92232-1

Wie sah Salvo Montalbanos Leben eigentlich aus, ehe er Commissario wurde? Gab es vor Livia andere Liebschaften in seinem Leben? Und warum fand er ausgerechnet in Vigàta seine Heimat? – In diesem Buch lüftet Camilleri nicht nur das Geheimnis um Montalbanos Leben »vor Vigàta«, sondern beglückt seine Leser zugleich mit drei ungemein fesselnden Kriminalfällen und einem äußerst gewieften Commissario.

BLT

»Das Buch, das alle Sinne anspricht, ist noch nicht erfunden. Aber Lily Prior kommt der Sache verdammt nahe.«

B.Z.

Lily Prior
LA NOTTE AZZURRA
ODER DIE STIMME DER
VERSUCHUNG
Roman
Aus dem Englischen von
Veronika Dünninger
BLT
240 Seiten
ISBN 978-3-404-92279-6

Wenn Papageien und Bauchredner plötzlich verschwinden, wenn anständige Frauen sich zu nächtlichen Abenteuern hinreißen lassen, wenn zahlreiche Leichen auftauchen, aber kein Mord in Sicht ist ... Dann kann nur eine mörderisch gute Phantasie im Spiel sein: Vorhang auf für das neue Meisterwerk von Lily Prior.

»Eine wunderbare Geschichte über die kleinen und großen Leidenschaften.« KÖLNISCHE RUNDSCHAU